新潮文庫

「三島由紀夫」とは なにものだったのか

橋本 治著

新潮社版

7842

「三島由紀夫」とはなにものだったのか◆目次

序

第一章　『豊饒《ほうじょう》の海』論

第二章　同性愛を書かない作家

第三章「女」という方法

終章「男」という彷徨《ほうこう》

「三島由紀夫」とはなにものだったのか

序

一　アポロ像神話

何年か前、詳しい事情は知らないが、「アポロ像がある屋敷」として有名だった三島由紀夫邸の修理だか解体の工事があるとかいうことで、写真週刊誌の編集部にいた私の友人が取材に行った。私と会った彼がその話を始めようとして、「いやー、びっくりした」と言ったのだが、私には人の話の先を取ってしまう悪い癖があるので、すぐに、「なにが？　アポロ像がチャチだったとか、そんなこと？」と言ってしまった。すると彼は目を剝《む》いて、「なんでそんなこと分かるの？」と言った。私の断定は、「三島邸でびっくりするって言ったら、それしかないじゃない。へんな趣味だし」である。

その以前に私は、「三島邸のシンボルであるようなアポロ像は存外チャチだ」ということを誰かが書いていたのを、なにかで読んだ。それが本当かどうかを「分からない」と思ったのは、三島由紀夫の生前には、彼に関して悪意のある書き方をする人がいくらでもいたからである。「俺がちょっとくらい踏んづけても、それで揺らぐような相手じゃなかろう」という大きさが、三島由紀夫にはあったからだろう——とは思う。だから、アポロ像の一件もそのテの悪口かもしれないとは思ったのだが、それと同時に、「意外と本当かもしれないな」とも思った。それ以前、全集だかなんだかの口絵で「アポロ像の傍らに立つ三島由紀夫」とか、「その像をシンボルとする洋館の大階段に立つ三島由紀夫」というような写真を見て、「へんな趣味だなー」と思ってしまっていたからである。

顔を見せることを商売にしている役者や歌手でもない、作家の顔写真は、特別に立派な顔をしているか、「参考資料」でもない限り、へんなものである。どうでもいいものでもある。しかし、三島由紀夫にはそういう意識がなかったらしい。「肖像写真」を撮るためにカメラを向けられた三島由紀夫は、いつでも「私はスターだ」という前提に立っている。「スナップ写真」ではない三島由紀夫の写真を見て、私はそのように思う。まァ、人間に顔がくっついていて、作家というものが自意識過剰な生き物である以上、作家の顔写真が常に「へんなもの」になってしまうのは仕方のないことではあるが、それとは別に、三島由紀夫が自宅に飾るアポロ像は、歴然と「へんな趣味」だった。いくら古代ギリシアに傾倒していて、アポロが好きであったとしても、日本の風土にそれを麗々しく飾って、似合うわけがない。やたらの金をかけて、それに似合うような箱＝家を作ったとしても、ギリシアやアポロへの傾倒を自分の作品の中で明らかにしてしまった作家が、それを自分の生活の中で絵解きしてしまうのは、歴然としてへんである——

私はそう思っていた。三島邸のアポロ像は庭園に飾られていたというのだが、私の頭の中では、それがいつの間にか「大階段に麗々しくアポロ像を飾る三島由紀夫」というものに変形されていた。そして、「三島由紀夫はそういうことをへんだと思わない人なんだろうか？」と思うようになっていた。そこへ、三島邸を実見した友人の「いやー、びっくりした」である。

　取材に立ち合った彼の話によれば、これもまた有名な「大階段」は、まるで映画のセットのように奥行きがないんだそうである。遠くから見ると立派に見えるが、近くから見ると薄っぺらで、歴然とチャチなんだそうである。そういう話をして、しみじみとびっくりしているもんだから、「なんでそんなにびっくりしてんのさ？」と、私は言った。それに対する彼の答は、「だってショックじゃない」である。そう言われてしまえば仕方がない。「三島由紀夫」とは、そういう存在だったのである。

　私と「いやー、びっくりした」の彼とはほぼ同年代で、「三島由紀夫」がどんなものだったかを、二人共よく知っている。彼は、自分の知っていた「奇矯にして偉大なる時代の象徴」がチャチであったことを知ってびっくりしたが、私は驚かない。「ふーん」と思うばかりである。驚いた彼にしても、それで「落胆」するわけではない。驚きだけが宙に浮いて、今更「落胆」になる理由もない。三島由紀夫が死んだ一九七〇年に「若者」だった男二人は、「僕達が通り過ぎたのはへんな時代だったんだよ」という話をするばかりである。
三島由紀夫が生きていた時代は、確かにへんな時代だった。だからこそ、若かった我々は三島由紀夫を読んだのである——というのが、その日の我々の結論であった。もしかしたら、それは強引な私一人の結論だったかもしれないが。

生きていた当時の三島由紀夫という人は、決してボロを出さない、そしてまた、鬼面人を驚かすようなことを公然とやってのける——それが輝きになるような、スーパーな存在だった。人は死んで、時として〝伝説〟になる。しかし、三島由紀夫は逆だった。生きている内、既に三島由紀夫は〝伝説〟だった。〝伝説〟なんだから、「へん」であっても構わないのかもしれない。生きている内からその存在が〝伝説〟であるような人は、存在自体が「へん」なのである。だから、「へん」な人が死んだら、その〝伝説〟も消えてしまう。「同じ時代に生きていた」ということ以外に、その人の「へん」は、意味を持たないからである。そういうことを、「たやすく忘れられる」と言う。しかし、三島由紀夫は違う。生きている内から〝伝説〟だった彼は、死んだ後、「すぐれた作品を残すだけの作家」になった。「作品だけになった三島由紀夫」には、生きていた時の〝伝説〟が当てはまる鍵穴《かぎあな》がない。「作品だけになった三島由紀夫」は、生きていた時の〝伝説〟では解読出来ない。なまじそのエピソードを知っている人は、「三島由紀夫と共に生きていた時代のノスタルジーを語るだけの存在」になってしまう。ということは、三島由紀夫が、自身を隠す煙幕として数々の〝三島伝説〟を使っていたことの傍証にもなるだろう。それはまた、三島由紀夫が自分の生きている世の中をそれだけ嫌いだったということでもあろう。だがしかし、それで「三島由紀夫邸のアポロ像は本当に立派で美しかった」ということにはならない。今の基準からすれば立派に「大邸宅」であるような邸《やしき》であったとしても、その大邸宅にある大階段は、映画のセットのような「奥行き」を演出しなかったら狭くしか見えないようなものでもある——それが日本の現実であり、そこに生きた三島由紀夫には、その不十分を補う「仕掛け」を設定するだけの頭のよさはあって、しかし、それであってもやっぱりなお、彼の誇ったアポロ像はチャチなのである。

「アポロ像神話」に代表される三島由紀夫は、そのようにややこしい。三島由紀夫の残した作品は、掛け値なしに立派な作品であって、その作品が〝伝説〟によって解読されることを拒むものであるのもまた事実ではあるが、しかし、三島由紀夫がその〝伝説〟を作り続けた「へんな人」であったことも、間違いのない事実なのである。

二　スター——あるいは、三島由紀夫が生きていた時代

三島由紀夫が生きた時代は、作家がえらかった最後の時代である。今では錆《さび》ついてしまった「流行作家」という言葉に、燦然《さんぜん》たる輝きが宿っていた。三島由紀夫が死んだその日、部屋にいた私のところにやって来た私の母親は、「あんた、三島さんが死んだよ」と言った。私の母親が、三島由紀夫の作品を読んだことがあるのかどうかは知らない。しかし、それでも「さん」付けである。私は「三島由紀夫と知り合いなの？」といやみを言ってしまったが、三島由紀夫は、全然関係のない人間から作家が「さん」付けで呼ばれるような時代の作家だった。その時代に生きる人間は、作家に敬称を付けて呼ぶことを疑わなかった。ちなみに私の母親は、三島由紀夫より二歳の年下である。同時代に生きているという以外になんの縁《ゆかり》もない人間が、作家というものを「尊敬に価《あたい》する隣人」のように思っていた時代は、三島由紀夫の死と共に終わってしまっただろう。三島由紀夫が死んで、文壇というところからは輝きがなくなった。あえて言ってしまえば、三島文壇から色気がなくなった。三島由紀夫は、文壇という、本来なら色気なんかないはず

の世界に、映画スター同様の輝きを与えるような人だった。そして、だからこそ、「三島由紀夫」という逆説は動き始める。三島由紀夫は、作家がえらいことに異を唱えた作家だからである。

「文壇に色気を与えていた作家」というのは、なんだかとても奇妙な表現ではあるが、しかし我ながら、言い得て妙だとは思う。三島由紀夫は、「文壇に色気を与えていた作家」である。三島由紀夫が文壇に与えたものは「輝き」だけではなかったはずである。文壇なんかとは関係ない人を呼び込むための「色気」が、彼にはあった。それをしも「スキャンダリズム」と人は呼ぶのかもしれないが。


三島由紀夫は文壇に所属するスターで、文壇というところは、同胞がスターであることを嫌うところだった。それを知っていればこそ、三島由紀夫は、あえてスターを演じた。文壇に属していて、しかもスターであるということは、文壇から大きくはみ出すということでもある。だからこそ、「三島由紀夫」の名には、知名度があった。そして、三島由紀夫は、真実、才能溢《あふ》れる作家だった。そうなったら、もうめんどくさい理屈はいらない。三島由紀夫は、掛け値なしのスターだったのである。

文壇に属するということは、「えらい人である」ということで、えらくて、才能があって輝いていて、それが話題性という形で大衆に放射されたら、もうスターであることは決まっている。作家の三島由紀夫が大衆向けの作品を一度だって書いたことがあるのかと言えば、そんなことはない。彼の「エンターテインメント」と称する作品群は、ある意味で、彼の純文学作品より難解で、大衆の理解を拒絶するようなおもしろさに満ちている。三島由紀夫は、芥川龍之介の『杜子春《とししゅん》』や、川端康成の少女小説のような、大人以外の人間が読めるものを書いたことなんか、一度としてない。作家としての三島由紀夫は、自分であることに対してしか貪婪《どんらん》ではない、いたって吝嗇《りんしょく》な作家だった。彼は、大衆の方にちっとも顔なんかを向けていないのである。そして、であるにもかかわらず、三島由紀夫はスターだった。

なにが三島由紀夫をスターにしたのか。その最大の理由は、三島由紀夫が生きていた時代の人間が、みんな文字を読んでいたということである。みんなが文字を読んで、「すごい文章が書けるということはすごいことだ」という常識が、世の中には前提としてあったのである。その前提は、「すごく才能のある作家＝スター」を可能にする。三島由紀夫は、日本人が文字を読んで、そこから「品格」とか「知性」を学習していた時代に、手の届かない高嶺《たかね》にある人だった。日本人が文字を読むことを自然にしていた時代、作家の知名度を大きく高めたのは、新聞の連載小説だった。高名な作家の文章が、毎日自宅まで届けられる――その親密さの中で、作家は「さん」付けで呼ばれるような存在にもなる。しかし三島由紀夫は、その新聞小説とは無縁な作家でもあった。連載小説を書かなかったわけでもないが、三島由紀夫は「新聞小説の作家」ではない。三島由紀夫は、わざわざそっちから出向いてくれるような親切心を持ち合わせない作家だった。だからこそ、三島由紀夫は、手の届かない高級ブランドの作家で、高嶺に輝ける存在だったのである。

しかも三島由紀夫は、学習院から東大の法学部へ行き、大蔵省にまで行った。そして作家になった。三島由紀夫が作家だった時代は、日本人の上昇志向が、まだ健康な野蛮人のようにエネルギッシュで、時代に活力を与えていた時代である。「東大から大蔵省」というのは、そういう時代の、人のテキストとなりうるような生き方である。その人が多少難しいものを書いたとしても、大衆は拒絶なんかしない。「難しいものを書くえらい人」がいて、時代はそれを「当然」とした。「上」があればこそ、上昇志向というエネルギーは生まれる。親しみのない難解な作品を書いたにしろ、三島由紀夫が拒まれる理由はない。それは、「読まなければならない作品」なのである。誰が「読まなければならない」と言うのかといえば、社会が言うのである。そのようにして、三島由紀夫の社会的地位は保証され、しかもなおかつ三島由紀夫は、その「えらい」という地位を平気で放擲《ほうてき》してしまえるような力を見せる、「スター」だった。

三島由紀夫が生きている間、三島由紀夫の作品を読んで「つまらない」と言える人間はいなかっただろう。それは、「つまらない」ではなく、「分からない」の言い間違えでしかなかったはずだ。そして、三島由紀夫の作品を読んで、「分からない」と言うことも出来ない。それは、「私は俗物である」という白旗を掲げることでしかなかったはずだからである。「難しい」と言ったら、「君には無理だから読まなきゃいい」という言葉が、作者からではなく、友人から返って来る。「分からない」と言って、友人達の間でひそかに囁《ささや》かれるのは、「あいつはやっぱりバカなんだ」である。だからこそ、三島由紀夫の作品を読んで「つまらない」と言いたがった人間は、多かったろうと思う。「三島由紀夫」を読んで「つまらない」と言えたら、それは、「俺は三島より頭がいい」を宣言したことになるからである。「我こそは宮本武蔵《むさし》たらん」と思う多くの日本青年にとって、三島由紀夫は「京都の吉岡道場」であったはずである。そしてしかし、「三島由紀夫」を読んだ後で、うっかり「つまらない」などと言ったら大変なことになる。それを聞いた周りの人間から、「お前は頭が悪いのではないか？」という視線を浴びせられるからである。

三島由紀夫は、やたらの人間から「つまらない」などと言われるようなボロを、決して出さない人だった。それを「つまらない」と言うのだとしたら、その人間は、「頭が悪くて高度な知性を理解することが出来ない人間」にしかならないからである。それが当時の常識である。その社会常識を知らず、「三島由紀夫はつまらない」と言ってしまえる人間は、知的社会の一員になる資格を欠いた、ただのイナカモノなのである。三島由紀夫の生きていた時代、世の中はそのように出来上がっていた。そこで、「三島由紀夫」を「つまらない」とか「分からない」とか「難しい」と言える権利を持つのは、女だけだった。三島由紀夫の生きていた時代、文学は「男の読むもの」だった。だからこそ、女子大や女学校があるように、「女流文学」というものも存在していた。男と女の間には歴然たる一線があって、その一線が、「三島由紀夫への批評」を女達に許していた——「私、あの人嫌いよ」とか。

しかしもちろん、三島由紀夫は本当に頭がよかった。つまりは、完璧《かんぺき》なのである。三島由紀夫のスター性にヒビが入るような問題が生まれるのだとしたら、「その頭のよさにはなんか意味があるの？」という疑問が登場しえた時だけである。三島由紀夫の生きていた時代と社会は、その疑問を登場させなかった。そして、三島由紀夫は死んだ。今となっては、その疑問がたやすく登場しえる。今の人間なら、三島由紀夫の知性に対して、「その頭のよさにはなんか意味があるんですか？」という疑問をたやすく発せられるだろう。その疑問が公然と登場しえてどうなったか？　日本人は、ただバカになっただけである。

「三島由紀夫」とは、そうなる前の時代に生きていた、「日本で一番頭のいい作家」だった。これを倒すのは、容易なことではない。その頭のよさを否定することは、社会から知性を追放することにつながる——三島由紀夫は、そのような形で、日本人と日本社会のあり方に連動していた作家なのである。

三島由紀夫は、日本の知性のあり方に対して、要石《かなめいし》のような存在のしかたをする。だからこそ、一九七〇年十一月における「三島由紀夫の死」は、今でも〝思想上の謎《なぞ》〟となりうるのである。

ところでしかし、私には、三島由紀夫が生きていた時代の人達がなぜ「三島由紀夫」を読んでいたのか、その理由が分からない。私が「三島由紀夫」を読んでいた理由の第一は、私が三島由紀夫の意地悪に惚《ほ》れていたからである。「なんて役に立つ意地悪だろう」と思って、私は三島由紀夫を読んでいた。私は意地悪な人間で、嫌いな人間に対してはもちろん意地悪だが、好きな人間に対する愛情表現もまた意地悪である。そんな人間だから、私が生きて行く上で、意地悪のストックは欠かせない。三島由紀夫の作品は、その意地悪の宝庫でもあった。

意地悪が、「おもしろいお話」になっている。三島由紀夫の小説は、書かれた意地悪の余白を美しさで埋めるような小説である。そんな贅沢《ぜいたく》な娯楽はそうそうない。私は、「三島由紀夫」の意地悪を第一の理由として、第二としては「三島由紀夫」の美しさを理由として、三島由紀夫の作品を読んでいたのである。そういう読み方をしていた人は一杯いもしただろうとは思うのだが、まさかそれだけの理由で、普通一般の日本人が「三島由紀夫」を読むとも思えない。自分の生きている社会に対してそんなに意地悪な視線を向ける人間ばかりだったら、日本の社会には革命だって起きていただろうと思うからである。

三島由紀夫は、「革命」とは無縁の作家だったはずである。だから、彼の口から「革命」の言葉が出た時、人は三島由紀夫に対して、ようやく嫌厭《けんえん》の情を示すようになる。「革命」の語を口にして、三島由紀夫はようやく「なんだか分からない作家」となりえたのである。だからこそ、「革命」を前提として存在する「三島由紀夫の死」は、思想上の〝謎〟でもある。

〝謎〟なのか、〝混乱〟なのか。意地悪で革命が起こるのだったら、その革命は、よほど革命としては「へんな革命」であるはずである。しかし、三島由紀夫が実践しようとした「革命」は、そういう種類のものではない。ということになったら、「三島由紀夫の死」にあるものは、〝謎〟ではなく〝混乱〟である——私には、そのようにしか思えない。

そしてもちろん、三島由紀夫には混乱があった。当然だろう。三島由紀夫ほど「作家」であることをバカにした人もいない。だからこそ、奇矯とも言える形でスターを演じた。スターを演じえて、スターであることを誇ってもいた。三島由紀夫にとって、彼がスターであることは、「作家＝えらい」を覆《くつがえ》す冒険でもあった。だがしかし、それをする三島由紀夫は、正真正銘の「えらい作家」でもあった。しかも三島由紀夫は、終生「えらい作家」であることから下りようとはしなかった。正真の「えらい作家」でありながら、「作家」そのものを拒絶しようとする。そんなことが可能になる心理は、「俺一人がえらい作家で、他の作家はみんなバカだ」でしかないはずである。三島由紀夫の中には、もしかしたら、そんな種類の拒絶もあっただろう。しかし、三島由紀夫が「作家」を拒絶していたのは、そんな理由ではない。なぜかと言えば、三島由紀夫が最も拒絶した作家は、他ならぬ三島由紀夫自身だったからである。

彼の認識者への嫌悪《けんお》は、作家である三島由紀夫自身への嫌悪でもある。三島由紀夫という作家を拒絶した作家なのである。それならば、「作家」であることをやめればよかったのにとも思う。しかし彼にはまた、そういう気持もなかった。

作家である自身を嫌悪しながら作家であることを続ける——しかもその彼には、作家である必然があった。だからこそ、死んだ三島由紀夫は、「すぐれた作品を残すだけの作家」になりえた。それは矛盾であり、混乱である。だから、三島由紀夫という作家は、作家であることをやめる代わりに、人間であることをやめてしまったのだろう。私はそのように思うのである。

三　私と三島由紀夫

三島由紀夫が死んだ時、私は二十二歳だった。そして、三島由紀夫の小説を一つも読み通したことがなかった。それまでに読んだのは、三島由紀夫のいくつかの戯曲だけだった。上演された芝居はいくつも見た。そして、三島由紀夫が編者になった『六世中村歌右衛門』という、とんでもなく高い写真集を持っていた。それだけである。

私が三島由紀夫の小説をちゃんと読み通したのは、彼が死んだ後、『豊饒《ほうじょう》の海』が最初である。彼の「死」を報じる新聞の夕刊に、「自決の直前、彼は遺稿となる原稿を編集者に渡していた」と書いてあった。私は、三島由紀夫が『豊饒の海』という長い小説を書いていたことなんか全然知らなかったのだが、三島由紀夫が最後に渡したのはその大長編の最終部で、タイトルは『天人五衰《てんにんごすい》』だという。なんだか私は、それがすごくおもしろそうな小説だと思った。タイトルがすごく素敵だと思った。その結末が「なにもないところへ来てしまった」というようなものであることを知って興奮したのは、その当時の私が、世界のすべてを引っ繰り返してしまうようなＳＦ小説が好きだったからである。三島由紀夫と自分との間に関係があるとも思わなかった私は、その『天人五衰』が読みたくてたまらなくなった。私は、「そういう小説を書くことと引き替えにして、三島由紀夫は死んだんだ」と思っていた。「だったら本物じゃないか」と思った。「作家は書くことがなくなると死ぬ」と思ったのは、その時が最初である。なんの根拠もなく、そう思った。「市ケ谷の自衛隊駐屯地で自決」というようなことに、私はまったく関心がなかった。私に関心があったのは、「その死の直前に最後の原稿を渡した」という事実だけだった。そういう事実があるのなら、そうでしかないのである。そのようにしか思わない私にとって、「三島由紀夫の死」は、「文学的な死」か「文学の死」でしかなかった。

私は、生きている間の三島由紀夫が嫌いだった。作品の前にうっとうしい〝伝説〟が立ちはだかりすぎる。「あんた、三島さんが死んだよ」と、ラジオだかテレビだかのニュース速報を聞いた母親に知らされて、私がまず思ったのは、「じゃ、これで三島由紀夫の作品が安心して読めるな」だった。生きている間はうっとうしい〝伝説〟の霧に立ち籠《こ》められて、死んだ時の事件が事件だからしばらくは騒々しくもあるだろうが、死んでしまった以上、三島由紀夫は「すぐれた作品を残すだけの作家」になる。どこかの出版社から個人全集も出るだろうから、これで安心して三島由紀夫が読めるなと思った。

それだけの話である。

果たして、『豊饒の海』はすごくおもしろかった。本屋に行けば『春の雪』とか『奔馬』なんかは手に入っただろうけれども、『天人五衰』が単行本になるのはまだ先のことで、もしそこに至る前の部分がすごくおもしろかったら最後が待ち切れなくなってつらくなるだろうと、『天人五衰』の刊行時期がはっきりするまで待った。果たして、作家が自分の命と引き替えにしただけあって、『豊饒の海』はやたらとおもしろかった。

おもしろかったがしかし、『天人五衰』の最後まで読んで、「どうしてこれで三島由紀夫は死ななければならないのか？」が分からなかった。分からなかったがしかし、「こういうものを書くと死ななければならない人が三島由紀夫という作家なのだな」という思いだけは、なぜだか動かなかった。

『豊饒の海』には、それを読んだ人間を死に向かわせるような力はないと思う——私はそのように思った。だから私には、「どうしてこれで三島由紀夫は死ななければならないのか？」が分からなかった。しかし三島由紀夫は、それを書いて死んだ。だとしたら答は明らかである。三島由紀夫は、「こういうものを書くと死ななければならない作家」なのである。

死んで三年がたって、新潮社から全集が出た。二十五のその年になって、私はやっと、「ちゃんと三島由紀夫を読む」を始めた。それで一向に構わなかったというのは、私の中に「小説家になりたい」とか「なる」というような気がかけらもなかったからである。私は絵の仕事がしたかったし、もうその仕事はしていた。その上で、出来るなら芝居の仕事がしたいと思っていただけだから、そんな私は、いたって絵画的な三島由紀夫の小説を読み、そこから意地悪を引っ張り出すだけで満足していた。全集の中にあった三島由紀夫の意地悪はとても素晴らしく、「これだけ意地悪なスタンスを現実に対して取れる人が、なんで自殺なんかしなきゃいけないんだろう?」と、改めて思った。

意地悪というのは、現実を構成する主軸から、自分の居場所をずらすことによって生まれる。こんなに主軸からずらすことがうまい人が、なんで現実に巻き込まれて死ななければならないのか?——私は、そう思うだけだった。

私が三島由紀夫の小説に手を出したのは、『豊饒の海』が最初ではない。高校一年が終わりかける十五の年——それは昭和三十九年の春だが——『禁色《きんじき》』を読みかけた。私が読もうとした三島作品の最初は、『禁色』なのである。十五歳の橋本治が『禁色』を読んでいるというのは、ある種の人にとっては「待ってました」的なものもあるのかもしれないが、私はこの長い小説がどういうものかを知って手を伸ばしたわけではない。なんにも知らなかったのである。

昭和三十八年、河出書房新社から『現代の文学』という全集が出て、そこに「三島由紀夫集」の一冊もあった。「〝三島由紀夫読んじゃった〟と言えたらカッコいいかもしれないな」と思ったのは、私が十五歳だったからである。「三島由紀夫集」はまだ先の配本で、その第一回配本は「松本清張集」だったように思う。読みたいのなら、私は三島由紀夫より、松本清張を読みたかった。しかもこの全集には、当時まだベストセラーでもあった五味川純平の『人間の条件』さえも入っていた。この三人に読みたい順位をつけるのだとしたら、三島由紀夫は最下位だった。当時は全集ブームで、いろいろな出版社がいろいろな全集を出していた。同じ頃、中央公論社は『日本の文学』という全集を出して、こちらの編者は、谷崎潤一郎、川端康成、三島由紀夫、大岡昇平、伊藤整、高見順、ドナルド・キーンという、今思えば信じられないような豪華キャストだった。そっちの日本文学の方が〝本物〟らしい。「買うんだったらそっちかな？」と思ったが、やめた。この時の私が三島由紀夫より松本清張を選びたがったということが実は大きな意味を持っていたということを知るのは、ずーっと後の、いたって最近の話ではあるが。

私は『禁色』に手を出して、途中で投げ出してしまった。あまりにもめんどくさいことだらけだったからである。私にとって、『禁色』という小説は、絶世の美男である主人公が次から次へと人間を征服しまくって行く話である。「悪漢小説《ピカレスクロマン》」という言葉を知っていたのなら、そう言っていただろう。しかし、実際の『禁色』はそうじゃなかった。どういうわけだか、やたらとめんどくさい議論ばかりが続く。私の頭に、自分とは関係のない他人の議論を聞いて「つまり、こういうことなのか」と把握する能力が宿るのは、二十代の半ば近くになってからだから、十五の私に『禁色』の議論は分からない。「どうでもいいから早くお話を進めてよ」としか思わない。それで、飛ばし飛ばしに読んで、どうにか第二部の前半まで来た時、疲れたから投げ出してしまったのである。

『禁色』の中で作者が延々と展開する議論を、十五の私は「めんどくさい」と思ったが、しかしまた、十五の私は、その議論が「同性愛の正当性を論ずる作者の言い訳だ」とも思わなかった。それはただ、「なんだかへんなもの」だったのである。

『禁色』を投げ出した私が次に手にした三島由紀夫の小説は、『仮面の告白』である。十六歳になっていたかもしれない。『禁色』の解説に、やたらと『仮面の告白』が登場したから、「どんな小説なんだろう?」と思ったのである。もちろんそれ以前の私は、『仮面の告白』なる小説が存在することさえ知らなかった。それをわざわざ文庫本で買って、やっぱり私は、途中で投げ出した。理由は、めんどくさいからではない。これを投げ出した理由は、主人公である「私」——すなわち、平岡公威《きみたけ》と思われる少年が、全然好きになれなかったからである。「こんなやつが同じ教室にいたら、絶対近くになんか寄ってやんない」と思うくらいに魅力のない主人公がいて、しかも、そいつの体臭が匂《にお》うばかりの書かれ方をしていたからである。十五か十六だった私は教室の中のスターだったから、その〝嫌いな同級生〟の体臭に嫌気がさして捨てたのである。「ああ、やだ」と思って、第三章に入ったところで投げ出してしまった。そのおかげで私は、『仮面の告白』の最も重要な部分を、長い間知らないままでいた——もしかしたらこれは、人とは逆の見方かもしれない。

どうでもいい私自身のことは、いい加減に慎むべきかもしれない。私は、「三島由紀夫にとって、『豊饒の海』を書き終えることと死ぬことはイコールだった」と信じている。そう信じる以上、私は『豊饒の海』という作品の中から——あるいは、『豊饒の海』へと続く作品群の中から、「三島由紀夫が死ななければならない理由」を探さなければならない。一九七〇年十一月二十五日、三島由紀夫は彼の主宰する私設軍隊・楯《たて》の会の会員達を引き連れ、東京市ケ谷の自衛隊駐屯地へ行った。そこにいた自衛隊員達に「決起」を促すような演説をし、檄《げき》文を配り、その後に切腹自殺をした。それが、記録に残る「三島由紀夫の死」である。しかし私は、「その事件」に関心がない。檄文の内容さえ知らない。私にとって、「三島由紀夫の死」は、「『豊饒の海』を書き終えた以上、〃死〃以外の選択肢はない」と思った作家の死なのである。その死によって、その生の質が正体を現す——私は「三島由紀夫の死」をそのように理解する。そうである以上、この私のまずなすべきことは、『豊饒の海』論を書くことである。

第一章　『豊饒《ほうじょう》の海』論

一　二人の三島由紀夫——檜俊輔と南悠一

三島由紀夫の遺作のタイトルとなった「豊饒の海」の言葉は、四部作の第一である『春の雪』の巻末に記された作者自身の後註《こうちゅう》によれば、月面にある「海」の名前の一つである。なんにもない広大な窪《くぼ》みが「海」と命名される月面に、「豊饒の海」はある。なにもない空虚を「豊饒」とする、そのパラドックスを作者は採用した。「空虚＝豊饒」が、三島由紀夫の最期《さいご》に向けての方向だったことは確かである。それでは、『豊饒の海』は、いかなる点において「空虚」なのか。なにを以《もっ》て、三島由紀夫は「空虚＝豊饒」とすることを了承したのか？　そのような意味を持つ月の海——手の届かない遠い天空に光り輝く月の面の「海」を、なぜ遺作のタイトルとして選択したのか？　なんとなく分かるような気もするが、その結論はまだ先である。

『豊饒の海』の主人公は、二人の男である。もしかしたら二・五人の男かもしれないが、とりあえずは「二人の男」である。その一人は、若くして恋に死ぬ美青年・松枝清顕《まつがえきよあき》。もう一人は、彼の見た夢の記録を頼りに、転生したと信じられる松枝清顕の後を追い続ける本多繁邦《しげくに》である。松枝清顕を「美青年」とした時、本多繁邦は「美しくない男」である。彼は「美しくない男」で、恋に死んだ「行動者」松枝清顕に対すれば、「認識者」である。そして、この構造は、既に『豊饒の海』以前にある。『禁色《きんじき》』である。

女を愛さない絶世の美青年・南悠一《みなみゆういち》と、女に愛されない醜い老作家・檜俊輔《ひのきしゅんすけ》の二人が、後の松枝清顕と本多繁邦である。『禁色』と『豊饒の海』の違いはいくつもあるが、大きな違いは、『禁色』の二人に同性愛者と異性愛者の対比があって、『豊饒の海』の二人にそれがないことである。松枝清顕に対する本多繁邦の感情が同性愛的であるのは言うまでもないが、しかし、明白に「同性愛と異性愛の対比」を置く『禁色』に比べれば、『豊饒の海』に、男同士の同性愛はないも同然である。もう一つ、『禁色』が「認識者の死によって行動者が勝利を得る小説」であるのに対して、『豊饒の海』は、「行動者の死後における認識者の敗北を書いた小説」である――その点が違う。『禁色』の南悠一が行動者であり、檜俊輔が認識者であるのは、言うまでもない。昭和二十五年の終わりから昭和二十八年にかけて書かれた『禁色』(当初は『禁色』『秘楽《ひぎょう》』という別個のタイトルを持つ二部作として書かれた)は、昭和四十年から昭和四十五年にかけて書かれる『豊饒の海』に至って、そのような変化を遂げる。しかし、『禁色』と『豊饒の海』の間にはもっと大きな違いがある。それは、「成功した転生」と「失敗した転生」の違いである。

『豊饒の海』は、輪廻《りんね》転生を主題とした作品である。松枝清顕は転生する「主体」、本多繁邦は、それに立ち合うだけの「傍観者」である。この二人の間に、それ以上の関係はない。しかし一方、『禁色』の檜俊輔は三島由紀夫自身であり、南悠一もまた三島由紀夫自身である。『「禁色」は廿代《にじゅうだい》の総決算』という文章の中で、三島由紀夫は明白にこう書いている――。

《「禁色」では「假面《かめん》の告白」や「愛の渇き」とは違って、自分の中の矛盾や對立物《たいりつぶつ》なりの二人の「私」に對話させようとした。》

このぽんと投げ出された《二人の「私」》が三島由紀夫自身を指すものだとは、一言も言われていない。取りようによっては、「主人公となる二人の話者」とも取れる。「そのように解釈せよ」という指令が、「」でくくられた「私」という表現に隠されている。慎重にぼかすのが三島由紀夫だから、《二人の「私」》は「二人の三島由紀夫」ではないのかもしれないが、その手には乗らない。『禁色』は、三島由紀夫の二つの内面が対話する小説なのである。しかし、作者がそんなことを言わなければ、人はわざわざそんな風に考えもしなかっただろう。

『禁色』を観念小説と言う人は多い。そしてその人達の多くは、『禁色』を「同性愛をなにかの象徴とする観念小説」と勘違いしている。しかしそうではない。それを言うなら、『禁色』は、「同性愛をなにかの象徴とする観念小説となることを目指さなかった小説」であり、〝あえて〟付きで言ってしまえば、「同性愛をなにかの象徴とする観念小説になることに失敗した小説」である。『禁色』はただ、「同性愛を主題にして、作者の二つの内面が対話する観念小説」なのだ。「なんでそんなめんどくさいことをするんだ？」と、十五の私なら言うであろう。『禁色』は本来、「同性愛を主題にして、作者の二つの内面が活躍する悪漢小説《ピカレスクロマン》」であってもいいはずだからである。檜俊輔は「三島由紀夫のある部分」であり、南悠一は「三島由紀夫のまた違ったある部分」であっていい。そういう来歴を持つ二人の登場人物が葛藤《かっとう》し活躍する小説など、いくらもあるだろう。それをわざわざ、観念小説という特殊なものにしなければならない理由は、一つしかない。ウソがあるからである。ウソでなければ、失敗か勘違いがあるのである。それは、「異性愛者」として設定された檜俊輔にある。

『禁色』の檜俊輔は、どう見ても異性愛者ではない。これは、「同性愛の才能を持てない、潜在的な同性愛者」である。だからこそ『禁色』の中で、檜俊輔は惨《みじ》めなのである。「同性愛の才能を持てない、潜在的な同性愛者」という表現は奇異かもしれないが、現実にこういう男達はいくらでもいる。三島由紀夫の作品にちらつく同性愛や同性愛的表現を見て胸をゆらめかせるのは、こういう男達である。彼等は、三島由紀夫の小説を読んで、「分からない」とは言えない。三島由紀夫の小説を読んで「分からない」と言えるのは、女と、本を読まない同性愛者の男と、異性愛者の男だけである。つまり、生きて三島由紀夫がスターだった時代、「同性愛の才能を持てない、潜在的な同性愛者」はいくらでもいたということである。そしておそらく、それは今でも変わらないだろう。

異性愛者に、「同性愛の才能」という言葉は意味を持たない。「同性愛の才能」などという言葉を受け入れた時、異性愛者は潜在的な同性愛者に変わってしまうからである。三島由紀夫がスターだった時代、こういう言い方は人の恐怖を招いただけだろう。「潜在的な同性愛者」というのは、「その相手に出合わず、まだ実行行為に及んでいない自覚された同性愛者」だと思われていた。しかし、そんなのはウソである。「潜在的な同性愛者」が「潜在的な同性愛者」のままでいるのは、そこに「同性愛の才能」がないからである。そのように規定しないと、「同性愛者」というものは差別の対象になる。そして、「同性愛の才能」という言葉を導入した時、同性愛と異性愛の間を区切る明確な壁は崩れてしまう。それが恐怖となりえたのが、生きた三島由紀夫がスターだった時代である。今はもう違う。『禁色』の檜俊輔とは、「同性愛の才能を持てない、潜在的な同性愛者」の存在を明確に表すものなのである。

「女を愛せない絶世の美青年」南悠一は、老いたる認識者・檜俊輔によって、「女を愛する必要がない、男を愛することが出来る絶世の美青年」へと変えられる。これこそが「同性愛の才能」という概念の発見である。異性愛者には、そんな発見をする必要がない。そんな発見をするからこそ、檜俊輔は、「同性愛の才能を持てない、潜在的な同性愛者」なのである。だからこそ彼は、惨めになる。彼は他者に才能を発見して、と同時に、自分にその才能がないことをも発見するからである。他者の才能を識別する能力だけはあって、自身にはその才能が宿らない——ピーター・シェーファーの書く『アマデウス』のサリエリである。サリエリはモーツァルトに嫉妬《しっと》するしかない。『アマデウス』で、実行者モーツァルトは死に、認識者サリエリは生きる。なんだか三島由紀夫っぽいが、しかし『禁色』は逆である。認識者・檜俊輔は死に、彼にその才能を見出《みい》だされた実行者・南悠一は、その死を踏まえて生きる。つまりは、同性愛を舞台にした、皮肉にして残酷なるバーナード・ショーの『ピグマリオン』——『マイ・フェア・レディ』である。がしかし、実際の『禁色』は、『マイ・フェア・レディ』でもない。「そうすれば分かりやすかったのに」と、相変わらず十五の自分を明確にする私は思うが、『禁色』は、「『マイ・フェア・レディ』を指向する観念小説」なのである。

『禁色』は、『マイ・フェア・レディ』を指向した作品である。『アマデウス』ではない。それを「才能」と思えず、「悩める同性愛者」になっている南悠一の苦悩——「苦悩という薄汚さ」を、ヒギンズ教授でもある檜俊輔が一つ一つ取り去って、「完璧《かんぺき》なる美青年」に仕立て上げて行く物語だからである。ヒギンズ教授の檜俊輔は、イライザ・ドゥーリトルである南悠一にやがて恋愛感情を覚え、そして報われず、死を選ぶ——つまりは、悲劇に終わる『マイ・フェア・レディ』である。

そうなると、檜俊輔が異性愛者として設定された理由も分かる。三島由紀夫は、檜俊輔に南悠一を恋着させたかったのである。恋着して敗れる——つまりは、「異性愛者に対する同性愛者の勝利」を実現させたかったのである。それを書くために、檜俊輔は、異性愛者として設定された。『禁色』が、「『マイ・フェア・レディ』になれない観念小説」で終わっているのはそのためだろう。

もしも檜俊輔が「同性愛の才能を持てない、潜在的な同性愛者」として設定されていたなら、それは、「同性愛者間の才能のあるなし」という争いになってしまう。『禁色』を書く三島由紀夫に、そんなものが第一主題になるはずはない。『禁色』の中に、「同性愛の正当性を論ずる作者の言い訳」のような議論はない。そんなものがある必要はない。その代わり、ここには「異性愛者に対する同性愛者の勝利」が、根本設定としてある。勝利を確信する者に言い訳の必要はないのだ。

『禁色』の中で三島由紀夫は、檜俊輔に二つの役割を与えている。一つは、「敗北する異性愛者」。もう一つは、「敗北する認識者＝非行動者＝作家」である。後者が、三島由紀夫の否定したがっていた「作家」で、それは『禁色』を書き終えるまでの三島由紀夫自身でもある。三島由紀夫は、「檜俊輔」であるような自分自身を、葬《ほうむ》りたがっていたのだ。認識者でしかない自分を葬って、行動者になる。『禁色』の最後で、檜俊輔は全財産（昭和の二十年代で一千万円の額）を南悠一に遺《のこ》して死ぬ。認識者でしかない檜俊輔は、行動者である南悠一を生かすために死んだ――つまりは、「檜俊輔は南悠一へ転生するために死んだ」である。檜俊輔と南悠一が「二人の三島由紀夫」であるならば、どうしたってそういうことになる。

だからどうなのか？　そして『豊饒の海』へと至る、である。

『禁色』において、三島由紀夫は、醜い認識者・檜俊輔から、美しい行動者・南悠一への「転生」に成功した。ミもフタもない言い方をしてしまえば、『禁色』における《二人の「私」の對話》とは、「自信のない行動者を、認識者が励まし続ける」である。行動者を励ます認識者は、その一方で、認識者である自分を否定し続ける。かくして行動者は立ち上がり、認識者は死んで、三島由紀夫は「檜俊輔から南悠一への転生」に成功する。『禁色』が『アマデウス』にはならず、『マイ・フェア・レディ』にもならない「観念小説」となってしまったのは、この議論＝説得の必要ゆえであろう。

その延々たる議論によって、三島由紀夫の「檜俊輔から南悠一への転生」は成功した。成功して、しかしそれは「へん」だった。だからこそ、『禁色』から十二年たって、三島由紀夫は改めて「輪廻転生」を主題として設定し直す『豊饒の海』を書くのである。

考えてみればへんな話である。「『禁色』で認識者から実行者への転生が失敗したから、『豊饒の海』でもう一度その成功を目指す」というのなら分かる。しかし事実は逆なのである。『豊饒の海』の謎《なぞ》はそこにある。

二　『金閣寺』の二人

檜俊輔を異性愛者として設定したことは、『禁色』における大いなる失策である。なぜかと言えば、異性愛者は南悠一に恋着しないし、「南悠一になりたい」とも思わないからである。南悠一と異性愛者との関係は、ただ「関係ない」である。「檜俊輔が南悠一に敗れ、認識者・三島由紀夫は行動者・南悠一になる」という『禁色』の根本構造が成り立つのは、檜俊輔が「同性愛の才能を持てない、潜在的な同性愛者」として設定された時のみである。だがしかし、そうなってしまうと、「異性愛に対する同性愛の勝利」というもう一つの三島由紀夫の主張が成り立たなくなる。だからこそ、檜俊輔は「異性愛者」として設定された。その設定のずれがあったればこそ、三島由紀夫は後になって『豊饒の海』を書かなければならなくなったのである。私はそのように思う。

『豊饒の海』の本多繁邦は紛れもない異性愛者であり、松枝清顕もまた異性愛者である。『豊饒の海』の松枝清顕と本多繁邦の間には、同性愛に至るだけの愛がない。松枝清顕と本多繁邦という二人の男がいて、「唯一《ゆいいつ》無二の友」でもあるはずの二人の間には、それ以上のものがない。この二人の関係は、『アマデウス』のモーツァルトとサリエリの関係に似ていて、だからこそ本多繁邦は松枝清顕に嫉妬する。嫉妬してどうなるのか？　本多繁邦は、松枝清顕になりたいわけでもない。ただ、松枝清顕の転生を見つめるだけである。

　それでは、本多繁邦はなぜ松枝清顕の転生を見つめるのか？　どうやらそれは、「膨大なる法体系」に象徴される、完璧なる合理性――それを自身の中に収める認識者・本多繁邦の認識を突き崩すためである。輪廻転生は、本多繁邦を支える合理性の外側にある。だから、輪廻転生が実在すれば、認識者としての本多繁邦は敗北する。本多繁邦は、どうやら敗北したいのである。それが、彼にとっての解放につながるらしいのである。そして、解放されることは、自由になることではない。それは結局のところ、敗北なのである。膨大なる数の配線コードが密林のようにつながり合う『豊饒の海』の議論を掻《か》き分けると、どうやらそういう答が出て来る。

「合理性の外にあるものによって敗北する認識者」――『豊饒の海』を書く三島由紀夫の書きたかったものは、どうやらこれである。そして、不思議と言うのは、作者が「敗北せよ」という立場には立たず、「敗北したい」という立場に立ってしまったことである。だからこそ、完璧なる近代知性の持ち主である三島由紀夫は、『豊饒の海』を書き上げた時、自殺してしまう。

三島由紀夫は、「完璧なる近代合理主義者」ではない。それを逸脱したものまで容認する、「完璧なる近代知性の持ち主」である。なぜか？　三島由紀夫の作品に登場する女達は、すべて「近代合理主義から逸脱した人物」だからである。それを容認すれば、合理主義は崩れる。しかし、三島由紀夫はそれを容認する。三島由紀夫は、「完璧なる近代合理主義者」ではないのである。三島由紀夫は、近代合理主義の先にある、近代合理主義から逸脱したものまで包括する、完璧なる「近代知性の持ち主」なのである。でもなければ、小説家はやっていられない。小説家とは、合理主義の足場に立って、平気で合理主義から舞い上がってしまう者だからである。だからこそ、三島由紀夫は輪廻転生を容認する。容認して、しかしそれは、喫《の》んでしまった毒だった。輪廻転生を容認して、三島由紀夫は堪えられない。だから、本多繁邦に対して「敗北せよ」とは言えず、本多繁邦と共に敗北してしまう。なんだか不思議である。

認識者・本多繁邦は、松枝清顕の転生を見つめ続ける。その初めは、安定した合理主義の中に住まう穏やかなる認識者として、その後には、醜悪な認識者として。本多繁邦が見つめ続ける「松枝清顕の輪廻転生」は、彼を支える「美しいなにか」である。そしてこう言った時、我々は、三島由紀夫の別の作品の中にある、同じ構造に気づく。『禁色』の三年後、昭和三十一年になって書かれる『金閣寺』である。

孤独な主人公「私＝溝口《みぞぐち》」は、金閣寺という「美」によって、孤独でつらい自分自身を支える。溝口の中で、実際の金閣寺は、彼の孤独を救済する「美」として構築し直される。その孤独な主人公の前に現れるのが、『豊饒の海』の松枝清顕を思わせるような美青年、鶴川《つるかわ》である。溝口と同じ金閣寺の修行僧である鶴川は、三島由紀夫の作品では珍しい、「幸福」を担当する美青年である。主人公・溝口は吃音《きつおん》障害に悩み、鶴川はその悩みを救済する。

《「だつて僕、そんなことはちつとも氣《き》にならない性質《たち》なんだよ」

私は愕《おどろ》いた。田舎の荒つぽい環境で育つた私は、この種のやさしさを知らなかつた。私といふ存在から吃りを差引いて、なほ私でありうるといふ發見《はつけん》を、鶴川のやさしさが私に教へた。》

こんなやさしさと幸福感は、三島由紀夫の作品の中では例外的と言っていいものである。ところがしかし、この「幸福」を代表する美青年は、この全十章の小説のちょうど真ん中に当たる第五章で死んでしまう。「鶴川の死」を語った後の『金閣寺』第六章は、こう始まる——。

《私は鶴川の喪に、一年近くも服してゐたものと思はれる。孤獨《こどく》がはじまると、それに私はたやすく馴《な》れ、誰ともほとんど口をきかぬ生活は、私にとつてもつとも努力の要ら

ぬものだといふことが、改めてわかつた。生への焦躁《せうさう》も私から去つた。死んだ毎日は快かつた。》

《死んだ毎日は快かつた》とは、穏やかならざる一行である。《死んだ毎日》は事実だとしても、それが《快かつた》ですむはずはない。だから『金閣寺』は、そこから改めて、『金閣寺』たるべき破滅の方向へと進み始める。鶴川を失った溝口のそばには、醜悪なる認識者にして行動者である柏木《かしわぎ》しかいない。鶴川を失った溝口は、再び「孤独を救済する美」としての金閣寺を求め、それを柏木に嗤《わら》われ、中途半端《はんぱ》な自分から自立するため、金閣寺に火を放つ。鶴川は「松枝清顕」であり、金閣寺は「松枝清顕の輪廻《りんね》転生」であり、柏木に強迫的な感情を持つ溝口は、「醜悪な認識者となってしまった本多繁邦」である。溝口は金閣寺に火を放ち、本多繁邦は、月修寺門跡となった聡子《さとこ》に、《そんなお方は、もともとあらしやらなかつたのと違ひますか？》と、松枝清顕の存在ぐるみ、輪廻転生を否定される。そして本多繁邦は、《記憶もなければ何もないところへ、自分は來てしまつたと本多は思つた。》ということになる。『豊饒の海』は、《庭は夏の日ざかりの日を浴びてしんとしてゐる。……》で終わる。ところでしかし、『金閣寺』の最後は意外な一行である。

《一ト仕事を終へて一服してゐる人がよくさう思ふやうに、生きようと私は思つた。》

「松枝清顕の輪廻転生」を失った本多繁邦の呆然《ぼうぜん》自失に対して、『金閣寺』の《生きようと私は思つた》は、とんでもない差である。この差は、作者の眼差しの差である。《生きようと私は思つた》には、もちろん皮肉が込められている。しかし、《生きようと私は思つた》と書く作者は、溝口を生かそうとしているのである。「君を支える抽象概念はなくてもいい。それなしでどこまで生きられるか、生きてごらん」と、溝口を励ましている。それをするだけの力があったからこそ、溝口は、自分の手で金閣寺に火を放てた。それをする力がもう作者になくなっていたから、『豊饒の海』の本多繁邦は、聡子に消滅の段取りを整えてもらう。そして作者も、もう本多繁邦を励ませない。本多繁邦と一緒に消滅してしまう。『金閣寺』は、作者に「生きよう」と思わせた小説なのだ。

鶴川を失い、孤独の中で抽象概念に頼る――「それをやめて、自力で生きよう。生きられる」と思って、溝口は金閣寺に火を放つ。その昭和三十一年の『金閣寺』から、昭和四十年にスタートする『豊饒の海』までの間、作者の中にはある変化が起こった。その変化とは、「生きよう」と決意した『金閣寺』の溝口に対する、「そんなことは無理だ」という否定である。でなければ、『豊饒の海』はあのような終わり方をしない。『金閣寺』も『禁色』と同様、難解なる「美」に関する議論に満ち満ちた小説である。しかし、三島由紀夫の「議論に満ち満ちた」はクセモノである。三島由紀夫がその議論を必要としていることは確かだとして、彼はまたその議論を、読者に対する目眩《めくらま》しとしても利用している。どうあっても『金閣寺』は、「幸福を失った青年の凄《すさ》まじい足掻《あが》きと、自立への模索を描く小説」である。昭和三十一年の三島由紀夫は、「生きよう」と思っていたのだし、「生きられる」と思っていた。それは、作者にとっては重要かつ切実なことだったが、しかし、それが読者にとって必要かつ切実なものであったかどうかは分からない。おそらく『金閣寺』という小説は、「生きようとする前向きな意志を肯定するための小説」だと思われてはいないだろう。なぜそう思われないのかと言えば、『金閣寺』が難解なる「美」に関する議論に満ち満ちた小説だからで、多くの人は、この議論を「生きようとする前向きな意志を肯定するためのややこしさ」とは思わない。「目眩しとしても利用する」はそこにあって、三島由紀夫は「生きようとする前向きな意志」をストレートに肯定する一方、それを隠したりもする。それは、彼自身のシャイな性格によるものかもしれないし、また、別の理由によるものかもしれない。

三島由紀夫の生きた時代には、「生きようとする前向きな意志をストレートに肯定するだけの小説」が、あまり「高級な文学」とは思われなかった。そんな風潮もあった。今でもまだある。もちろん、その風潮を作ってしまった責任の一端が、三島由紀夫自身にあることも間違いのないことではある。もしかしたら、その責任は大いにある。しかし、『金閣寺』という小説は、「作者を死に至らしめるような小説」ではない。《生きようと私は思つた》は、三島由紀夫自身の本音でもあると思われる。それが昭和四十年スタートの『豊饒の海』に至って、「無理だ」に変わるのである。三島由紀夫を死に至らしめたものは、この間に起こった変化である。なにかが新たに起こったのか、あるいは、切除されたはずの病巣が改めて動き始めたのか——。

三　『暁の寺』のジン・ジャン――あるいは、「書き割り」としての他者

『金閣寺』の鶴川は、『豊饒の海』の松枝清顕と似ている。
《私は鶴川の亡骸《なきがら》も見ず、葬《とむら》ひにも列《つら》ならず、どうして鶴川の死を自分の心にたしかめたらよいかと迷つた。（中略）あのやうに光りのためにだけ作られ、光りにだけふさはしかつた肉體《にくたい》や精神が、墓土に埋もれて休らふことができると誰が想像しよう。彼には夭折《えうせつ》の兆候とて微塵《みぢん》もなく、不安や憂愁《いうしう》を生れながらに免れ、少しでも死と類似の要素を持たなかつた。彼の突然の死はまさにそのためだつたかもしれないのだ。純血種の動物の生命が脆《もろ》いやうに、鶴川は生の純粋《じゆんすい》な成分だけで作られてゐたので、死を防ぐ術《すべ》がなかつたのかもしれない。すると私にはその反對《はんたい》に、呪《のろ》ふべき長壽《ちやうじゆ》が約束されてゐるやうにも思はれる。》
『金閣寺』の第五章は、「鶴川の死」をこのように語るが、ここで語られている鶴川は、『豊饒の海』の松枝清顕の原型であり、松枝清顕は『金閣寺』の鶴川のヴァリエーションである。《呪ふべき長壽が約束されてゐる》と思う「私＝溝口」が、本多繁邦の原型

となるものであることも、また確かなことだろう。本多繁邦と松枝清顕の関係は、『金閣寺』の溝口と鶴川の関係に等しい。ところがしかし、『豊饒の海』の松枝清顕と、『金閣寺』の鶴川は違うのである。『金閣寺』の鶴川には、彼自身を見詰める視線などなかったが、『豊饒の海』の松枝清顕は、自分自身を凝視する男でもある。松枝清顕は、自身をこのようなものだと感じているのである――《彼はすでに自分を、一族の岩乗《がんじよう》な指に刺《ささ》つた、毒のある小さな棘《とげ》のやうなものだと感じてゐた。》

　彼と『金閣寺』の鶴川とは、まったく違う。そして我々は、この松枝清顕のような人物を、三島由紀夫の中で何人も知っている。自分自身に対して敢《あ》えて否定的な形容を載っけたがる人物は、『禁色』の南悠一でもある。『仮面の告白』の主人公「私」でもある。彼等は往々にして美青年だが、彼等のすべてが美青年だというわけでもない。『金閣寺』の主人公「私＝溝口」もまた、この手の人物なのだ。だからこそ我々は、この手の人物を「三島由紀夫の分身」だと思っている。松枝清顕とて同じである。だからこそ、先の引用部分の少し前には、こういう文章もある――。

《もしかすると清顕《きよあき》と本多は、同じ根から出た植物の、まつたく別のあらはれとしての花と葉であつたかもしれない。》

　言うまでもない、『禁色』の南悠一と檜俊輔のように、松枝清顕と本多繁邦も「三島由紀夫」である。だから松枝清顕は、不幸であり、苦悩を必須《ひっす》とする。しかし、『金閣寺』の鶴川は、不幸とも苦悩とも無縁な存在である。つまり、『金閣寺』の鶴川は、「三島由紀夫の分身」ではないのである。彼は、「三島由紀夫」でもあるような主人公に幸福をもたらす、「他者」なのである。それがいるから、主人公・溝口の孤独はなくなる。だから、『金閣寺』の「私＝溝口」は幸福になり、彼を失って不幸になる。あまりにも当然のことだが、三島由紀夫の小説の中にこういう種類の「他者」が登場することは、いたって稀《まれ》なことなのだ。

三島由紀夫が、人に愛される喜びや、孤独が癒《いや》される幸福を知らなかったはずはない。それを知らないままでいたのなら、『金閣寺』の主人公に〝幸福〟を与えられるはずがない。しかしにもかかわらず、三島由紀夫の作品の中に、鶴川のような「他者」は、ほとんど登場しない。だからこそ三島由紀夫の作品は、「悲劇の色」に満たされている。『豊饒の海』が三島自身にもたらした〝惨劇〟も、本来なら「他者」であってもいい松枝清顕を、「自分自身」として設定してしまったことにあるのだろうと思う。もちろん、そのような設定をすることには、三島由紀夫なりの必然があってのことだ。松枝清顕を「もう一人の自分」にする必要がなかったら、三島由紀夫は『豊饒の海』という作品など書かなかっただろう。松枝清顕は「三島由紀夫自身」であるしかなかった。だからこそ、『豊饒の海』の中には、松枝清顕と本多繁邦という「二人の三島由紀夫」がいる。

そういう設定を取らざるをえなかったから、松枝清顕と本多繁邦は、「無二の親友」という〝距離〟を置く。その〝距離〟を置いたまま、この二人は歩み寄らない。当然だろう。この二人は、どちらも「三島由紀夫自身」だからである。

なぜこんな当たり前のことを言うのか？　それは、読者である我々が、うっかりと錯覚をしているからである。

我々は、うっかりと思う――「本多繁邦は、松枝清顕に転生したいと思って、それで亡《な》き友の輪廻転生を見守っているのではないか？」と。もちろんそれは不可能である。本多繁邦は生きている。彼が生きている以上、「本多繁邦が松枝清顕に転生する」ということは起こらない。『豊饒の海』にだって、そんな無茶なことは書かれていない。しかし、それであっても、我々はうっかりと思ってしまう。なにしろ『禁色』の「檜俊輔である三島由紀夫」は、「南悠一である三島由紀夫」への転生を遂げてしまったのである。「二人の三島由紀夫」がいて、テーマが輪廻転生なら、そういうことが起こってもいいのではないか？　作者のやりたいことはそれなのではないか？――少なくとも私は、そのように思う。憧《あこが》れは恋であり、恋とは「その人になりたい」と思うことでもある。だとしたら、本多繁邦は「松枝清顕になりたい」と思ってもよかったのである。

ところが、『豊饒の海』ではそのようなことが起こらない。そのような設定を取っていない。だからこそ、「生き残った片割れの三島由紀夫＝本多繁邦」は、〝敗北〟してしまう。私にはそうだと思われるのだが、〝敗北の理由〟はそれだけではないのかもしれない。重要なことは、『豊饒の海』という長編小説が、「〝一人の三島由紀夫＝松枝清顕〟が死に、その転生した結果の別の人物（＝他者）が、〝もう一人の三島由紀夫＝本多繁邦〟の前に現れる」という構造になっていることである。

「松枝清顕が転生した」とされる人物――飯沼勲《いさお》や月光姫ジン・ジャンは、どうあっても「三島由紀夫」ではないだろう。「三島由紀夫ではない他者」が、「三島由紀夫」の前に現れる――それが『春の雪』以後の『豊饒の海』である。「二人の三島由紀夫」は「一人の三島由紀夫」を消し、自分自身以外の人物＝他者と出会う。つまり、「他者」と出会いたがった。『豊饒の海』とは、そのような「他者と関わりたがった小説」なのである。「他者」は、『奔馬』や『暁の寺』の中で、「三島由紀夫」である本多繁邦と、どのようにして関わったのか？　簡単な方から片付けよう――。

『暁の寺』のジン・ジャンは、「本多繁邦＝三島由紀夫」とは関係のない「他者」である。『豊饒の海』は、菅原孝標《たかすえ》の娘の作とされる『浜松中納言物語』にインスパイアされて出来上がった――そのように作者自身は言っているが、しかし『暁の寺』のジン・ジャンに関する部分には、別の種本がある。四世鶴屋南北の『桜姫東文章《あずま》』である。

清玄という僧には、稚児《ちご》の白菊丸と同性心中をしようとして、白菊丸だけを死なせてしまった過去がある。いかにも三島好みの「死に遅れた知識人」である。その過去から十数年がたった時、清玄の前に出家志望の桜姫が現れる。生まれてこの方、桜姫は片手が開かない――それを嘆いて出家しようとしていた桜姫の手を、清玄の祈禱《きとう》が開けてしまう。それまで一度も開かれなかった桜姫の掌《てのひら》の中から現れたのは、白菊丸が手にして死んだ形見の香箱の蓋《ふた》である。残る身の方は、清玄が持っていた。見覚えのある蒔絵《まきえ》の蓋がその掌の中から現れたのを見た清玄は、桜姫を白菊丸の生まれ変わりと信じる。一方桜姫には、忍び込んだ無頼漢・釣鐘権助《つりがねごんすけ》と関係を持ち一児を産み落としたという過去があり、彼女はいまだに権助を慕っている。出家の時を待つ桜姫の前に権助が現れ、桜姫と権助はメイク・ラブ――その〝破戒〟の現場を見つけられて、桜姫は追放のさらし者。共犯の権助が逃げて、「相手は誰だ!」という追及に対して、清玄は「私だ」と名乗り出る。白菊丸の生まれ変わりである桜姫となら、寺を追放されても惜しくはないと清玄は思うが、そんなシュールな理屈を、桜姫は信じない。桜姫と清玄は別れ別れになり、やがて清玄は殺される。殺された清玄は亡霊となり、切見世《きりみせ》女郎に身を落とした桜姫に付きまとうが、桜姫は見向きもしない。恐ろしいはずの幽霊が、桜姫から「消えねえなあ」と一喝されてしまうという、喜劇的な結末を迎える。観客からすれば喜劇的であり、清玄にしてみれば、無残この上ない結果である。

認識する清玄は、桜姫という実行者から、いともあっさり拒絶される。清玄は本多繁邦、桜姫はジン・ジャン、そして旧華族の令嬢であると思《おぼ》しい久松慶子が釣鐘権助に相当する。清玄の挫折《ざせつ》する同性心中を見せる「江の嶋児《ちご》ヶ淵《ふち》の場」は、昭和四十二年の国立劇場で、江戸の初演以来初めての再演を見た。この年は、三島由紀夫が『暁の寺』を発表する前年である。この時三島由紀夫は、国立劇場の理事だった。ちなみに、楯《たて》の会の閲兵式が行われたのは、彼が理事を務めるこの劇場の屋上である。これ以前の昭和三十四年、『桜姫東文章』は、六世中村歌右衛門の主演で、発端の「江の嶋児ヶ淵の場」を欠いたまま、復活上演されている。三島由紀夫は、監修者としてこの上演に関わっている。桜姫を「愛すべきもの」として、文章に書いてもいる。その後ポピュラーな演目になってしまった『桜姫東文章』を、三島由紀夫がその以前に熟知していたことは明らかである。『暁の寺』は、『桜姫東文章』の書き直しなのである。

三島由紀夫は、白菊丸の生まれ変わりである桜姫が、清玄に対してどのような態度を取るかを、熟知している。桜姫に拒絶される清玄の〝悲惨なる喜劇〟もよく承知している。つまり、『暁の寺』のジン・ジャンは、「三島由紀夫の前に登場した他者」ではないということである。

ジン・ジャンは、『暁の寺』の書き割りで、『豊饒の海』四部作の中でも唯一《ゆいいつ》「一部・二部」という異例の構成を持つ『暁の寺』は、他の三作と違うのである。『暁の寺』の主役は、ジン・ジャンではない。この不思議な小説の主役は、延々と繰り広げられる「輪廻転生に関する難解なる議論」なのである。三島由紀夫の小説に登場する難解な議論は、目眩しの役割を持つ書き割りだが、『暁の寺』に関して言えば、逆である。なんでそんな逆転が起こったのか？　私はそれを、『奔馬』における飯沼勲の失敗によるものではないかと思う。

四　『奔馬』の飯沼勲——その他者の不在

珍しいことだが、三島由紀夫は『奔馬』の中で、明白なるミスを二度冒している。一つは、「十一」におけるこの描写である。

《勲は笑つた中尉《ちゆうゐ》の顔を見て、むしろ過ぐる櫻《さくら》のころにここを訪れるべきだつたと思つた。中尉は、空を黄いろくするやうな演習場の風塵《ふうぢん》の中から歸《かへ》つて來て、櫻の花びらのついた埃《ほこり》だらけの長靴《ちやうくわ》を脱ぎ、春と馬糞《ばふん》の匂《にほ》ひにあふれたカーキいろの軍服の肩に、襟に、稚《をさ》ない赤と金の光彩をきらめかせて、少年たちを迎へるべきだつた。》

昭和の神風連《しんぷうれん》を目指す勲が、有力な支援者となるべき陸軍の堀中尉を初めてその下宿に訪ねるシーンだが、この描写は、明らかな間違いである。なぜかと言えば、飯沼勲という青年——あるいは少年は、こういう考え方、感じ方を絶対にしない人物だからである。少年が、信頼するに足る年長者の許《もと》を、ある期待を抱いて訪ねる——であればこそ、《過ぐる櫻のころにここを訪れるべきだつた》という美しい愛情表現を、三島由紀夫は捧《ささ》げる。しかし、飯沼勲はそんなことを考えない少年である。でなければ、一途《いちず》にテロリズムに向かって突っ走れない。その情熱と純粋を称《たた》えられる存在であるのなら、なおさら飯沼勲は、こんなことを考えない。こんなことを考えさせるべきではない。情景などというものが目に入らぬ、視野狭窄《きょうさく》の少年として書かれるべきである。この引用は、飯沼勲の心理に即して語られるべきものではなく、書かれるのなら、作者が主人公に捧げる地の文として書かれるべきものである。それが愛情なら、「他者への愛情」とはそのようにしてあるべきものであろう。しかし三島由紀夫は、それをしない。飯沼勲という「他者」を、松枝清顕と同じような「自分自身」として把握してしまっているから、その心理に余分な修飾をくっつけるのである。

　飯沼勲は、明白なる「他者」である。だから、『天人五衰』に至った本多繁邦は、率直に飯沼勲への愛情を語る。『天人五衰』の本多繁邦は、明らかにジン・ジャンより飯沼勲を愛している。それも当然だと言うのは、ジン・ジャンの愛人だった久松慶子が、《本多と久松慶子とは、老後まことに仲のよい友達で、》と書かれるような関係になっているからである。ジン・ジャンは「久松慶子の領分」で、もう本多とは関係がない。本多にとって愛すべき「松枝清顕の分身」は、飯沼勲ただ一人でいいのである。飯沼勲は、三島由紀夫から歴然と愛される「他者」で、だからこそ私は、「『豊饒の海』の主人公は二・五人」だと言う。

　そのような「他者」として存在する以上、三島由紀夫は、飯沼勲の心理に「桜の花の美を捧げる」などという余分な介入をするべきではなかった。「他者」は「他者」として美しい。人は、「他者であることの美しさ」を感じて、「他者」に惹《ひ》かれるのである。しかし三島由紀夫は、そういう愛し方をしない。他者を自己と同一視してしまっている。こんなへんてこりんなミスを、三島由紀夫は他では冒さない。それは、『奔馬』の飯沼勲に対してだけ起こった。つまりは、この作者がそれだけ「飯沼勲」なる他者を愛してしまった結果であろう。

「他者」を愛した時、三島由紀夫は、「他者」を「他者」のまま放置出来なかった。現実ならいざ知らず、これは、小説の作法としては、致命的なミスである。なぜか知らない、『奔馬』にはそういうミスがあるのである。

その理由の第一は、三島由紀夫が飯沼勲という人物を十分に造形出来なかったからだろう。それがなにによるものかは分からないが、飯沼勲の思想的基盤となる「神風連史話」があまりにも薄っぺらであるのは、そのためだと思う。作中でこれを読まされた本多繁邦も、《私がもし、君と同じ年頃だつたら同じやうに感動したらうか、と考へると、疑問なきを得ないからです。》と、飯沼勲に書き送る。

本多繁邦は、「神風連史話」に感動なんかしない。本多繁邦は、「神風連史話」を自分の拠《よ》りどころにしている飯沼勲——松枝清顕とは違う形で無謀に走ろうとしている「もう一人の松枝清顕」を見て、それに感動しているのである。それはそれで一向に構わないが、問題は、三島由紀夫が書いた「神風連史話」の内容のなさである。メチャクチャな悲劇に襲われる二流の丸本歌舞伎《まるほんかぶき》より、この「神風連史話」は内容がない。三島由紀夫なら、もう少し人を納得させるものが書けるはずだと思うのだが、しかし、それはそれで仕方がない。他の誰もが感動なんかしなくても、「神風連史話」は飯沼勲一人が感動すればいい質のものだからである。

飯沼勲は、「あんなものから立ち上がれるの？」と人を呆《あき》れさせるほどの〝純粋さ〟を持ち合わせていなければならない。それでこそ、「無謀な恋に死んだ松枝清顕の生まれ変わり」になるのである。飯沼勲は、そのような人物である——そのような人物として設定される。であるのだから、《勲は笑つた中尉の顔を見て、むしろ過ぐる櫻のころにここを訪れるべきだつたと思つた。》などというのは余分だろうと、私は思うのである。これは、「勲は笑つた中尉の顔を見て安心した。」ですむことだからである。

もう一つ、『奔馬』で冒した三島由紀夫のミスは、「三十三」にある。蜂起《ほうき》に失敗して捕らえられた飯沼勲は、市ケ谷刑務所に送られ、この獄舎の中で、女に変身する夢を見る。後のジン・ジャン登場の伏線となるべき部分だが、私は、「女に変身する夢」などを見せられた飯沼勲が、存外ケロッとしていることが不思議である。

《身を淋《さび》しく包む、ぞつとするほど暗い情緒が、（こんな不可解な情緒を、勲は生れてはじめて味はつたが)、目ざめてからも、天井の二十燭光《しよくくわう》の電燈が投げる黄ばんだ捺花《おしばな》のやうな光りの下に、いつまでも去らずに漂つてゐた》

これは、女に変身した夢を見た後で射精さえもしてしまった勲の事後感である。その前には、《瀆《けが》した自分の内に、世界が裏返つたやうな先程のふしぎな感覺が、まざまざと殘つてゐたのは奇怪である》という一節もある。

純粋さゆえにテロへ走って、それが挫折して捕らえられた結果、刑務所の中にいる――そういう少年が「女に変身する夢」などを見て、《奇怪である》とか《黄ばんだ捺花のやうな光りの下に、いつまでも去らずに漂つてゐた》ですむはずがない。「失敗した自分=女になってしまった自分」と解釈するのが普通で、それは「身を揉《も》みしだくばかりの激しい慚愧《ざんき》の念」で、そんな夢を見たら、刑務所の壁に自分の体を何度も打ちつけるのが普通だろう。ましてや、そんな夢の中で射精までしていたら、である。これは、出所後の飯沼勲を単独テロに走らせ、自決させてしまうくらいの衝撃であるはずである。

私はそのように思う。しかし、三島由紀夫はそのように思わない。ここであっさりと、「ジン・ジャンへの変身」という主題を紛れ込ませている。これは、評論家にコテンパンに叩《たた》かれてもいいほどの、小説上のミスだと思う。三島由紀夫は、なんでこんなミスを冒したのか? 私には、「三島由紀夫が〝他者である男〟を扱う方法を知らなかったから」としか思えない。

三島由紀夫は、明らかに飯沼勲を愛している。松枝清顕は「三島由紀夫自身」だから愛しようがないが、飯沼勲は「他者」である。だからこそ、三島由紀夫は飯沼勲を愛している。それは、「三十三」の冒頭に置かれた短い文章からでも分かる。

《警察の留置場で新年を迎へた勲は、起訴されて一月下旬に市ヶ谷刑務所へ移された。二日ふりつづいた雪の汚れた残りが、片蔭《かたかげ》にまだ積まれた町を、勲は編笠《あみがさ》の隙《ひま》からほのかに見た。市場の色さまざまな幟《のぼり》が、冬の西日に潤《うるほ》うてゐた。刑務所の南門は十五尺の鐵扉《てつぴ》を、高い蝶番《てふつがひ》の叫びを迸《ほとばし》らせて開き、勲の乗つた自動車を容《い》れると、忽《たちま》ち閉ぢた。》

無残と無残の間で、作者は哀《かな》しい作中人物に対して、《市場の色さまざまな幟が、冬の西日に潤うてゐた。》という光景を見せている。そこに人がいて、明るい光が差していて、しかもそれが《潤うて》いる。孤独と絶望の中にいる人物に対してこういうものをさりげなく見せる——愛情というのは、そういうものだと思う。私はこの部分が、作者の愛情が過不足なく表現されている点において、『奔馬』の中で最も美しい描写だと思う。三島由紀夫は、そういうことが出来る人なのである。その人がしかし、平気で「他者」の心理に割り込み、ご都合主義の展開を強制してしまう。本来ならこれは、あってはならないことである。なぜそれが起こるのか？　私はその理由を、三島由紀夫の中に「他者」というものが存在しなかったからだと思う。

五　阿頼耶識《アーラヤしき》

三島由紀夫の『豊饒の海』は、日本の幻想文学の第一位に遇されるものだと思う。『豊饒の海』は、途中からそうなるような方向へどんどん進む。私は、『豊饒の海』を「日本の幻想文学の第一位」と称賛するが、しかし、そう言われて、三島由紀夫は決して喜ばないだろう。なぜかと言えば、幻想文学になってしまうことは、三島由紀夫にとっては〝失敗〟であるからだ。これが幻想文学なら、『豊饒の海』を書き終えた三島由紀夫は、自殺なんかする必要がない。言うならば、三島由紀夫は『豊饒の海』を幻想文学にしないために自殺したのだ。

三島由紀夫にとって、『豊饒の海』は、幻想ではない、リアルな文学であった。だからこそ彼は、「終焉《しゅうえん》を知らせるリアルな文学」の作者として、作品に殉じて自殺する。そして、にもかかわらず、『豊饒の海』は幻想文学として残る。幻想文学として残った『豊饒の海』は、どこかでわけが分からない。「分からなくてもかまわない」と思われればこその、「幻想文学」である。つまりはなんなのか？　三島由紀夫は、どこかで間違えたのである。だから、『豊饒の海』は幻想文学となり、三島由紀夫は死への道を辿《たど》った。三島由紀夫にとっての『豊饒の海』は、他の作品同様、「明晰《めいせき》なる論理によって書かれた作品」なのである。これが幻想文学になるはずはない。なったのだとしたら、それは、三島由紀夫がどこかで論理の筋道を踏み外した結果である。三島由紀夫は、それに気づかず死んだのである。あるいはまた、それに気がつくくらいだったら、三島由紀夫は死ななかったのかもしれない。

『豊饒の海』は閉じている。閉じて、作者の逃げ場を失わせた。《庭は夏の日ざかりの日を浴びてしんとしてゐる。……》――『豊饒の海』はこのように終わり、作者はどこへも逃げられない。それが、《記憶もなければ何もないところへ、自分は來てしまつたと本多は思つた。》である。

これを書いた三島由紀夫は、《夏の日ざかりの日を浴びてしんとしてゐる》はずの「庭」を見て、「あ、そうか」の一言を発することが出来なくなっていた。「閉じている」とは、そういうことである。認識が閉じてしまったので、「夏の庭」を見ても、「夏の庭だ」と思えなくなってしまった。真理とは意外と単純なものである。

そうなってしまった三島由紀夫の選択ミスは、どこにあるのか？『暁の寺』第一部の「十八」にある。ここで三島由紀夫は、『暁の寺』の主役である輪廻《りんね》転生の議論を延々と続けるのだが、問題はその中にある。

まず三島由紀夫は、『暁の寺』の「二」において、こういうことを言う。

《佛教《ぶつけう》は靈魂《れいこん》といふものを認めない。生物に靈魂といふ中心の實體《じつたい》がなければ、無生物にもそれがない。いや、萬有《ばんいう》のどこにも固有の實體がないことは、あたかも骨のない水母《くらげ》のやうである。

しかし、ここに困つたことが起るのは、死んで一切が無に歸するとすれば、惡業によつて惡趣に墮《お》ち、善業によつて善趣に昇るのは、一體何者なのであるか？　我がないとすれば、輪廻轉生《てんしやう》の主體はそもそも何なのであらうか？》

あきれるべき、そして注目すべき問いかけである。輪廻転生はある。しかし、霊魂はない。だとしたら、なにが輪廻転生をするのか？「輪廻転生をした」と言って、「輪廻転生をしたもの」は、一体なんなのか？　松枝清顕の輪廻転生を語る『豊饒の海』の作者は、「輪廻転生はあるが、それは松枝清顕の魂ではないかもしれない、松枝清顕とは関係ないかもしれない」と言っているのである。じゃ、飯沼勲やジン・ジャンはなんなのか？　なにが転生したのか？　一体それは「輪廻転生」に価《あたい》するものなのか？　そうまでして存在させなければいけない「輪廻転生」とはなんなのか？　作者がその答を出そうとするのが、「十八」である。

《われわれはふつう、六感といふ精神作用を以て暮してゐる。すなはち、眼、耳、鼻、舌、身、意の六識である。唯識《ゆいしき》論はその先に第七識たる末那識《マナしき》といふものを立てるが、これは自我、個人的自我の意識のすべてを含むと考へてよからう。しかるに唯識はここにとどまらない。その先、その奥に、阿頼耶識《アーラヤしき》といふ究極の識を設想するのである。それは漢譯《かんやく》に「藏」といふごとく、存在世界のあらゆる種子《しゅうじ》を包藏する識である。》

ここから私＝橋本にとってはわけの分からない議論が延々と続き、《かくて、何が輪廻転生の主體であり、何が生死に輪廻するのかは明らかになつた。それこそは滔々《たうたう》たる「無我の流れ」であるところの阿頼耶識なのであつた。》という、一応の〝結論〟に至る。

私には、なにがなんだか分からない。分からない私を置いてけぼりにして、三島由紀夫は、こういうことまで言う——。

《世界を存在せしめるために、かくて阿頼耶識は永遠に流れてゐる。世界はどうあつても存在しなければならないからだ！》

三島由紀夫がなにを強調しているのか、私にはさっぱり分からない。分からないのは、私が別のことを考えているからである。

末那識が《自我、個人的自我の意識のすべて》で、阿頼耶識が《その先》にあるのだとしたら、阿頼耶識とは「自分の外にある自分」であろうと、私は思うのである。「自分の外にある自分」とはなにか？　つまりは、「他人への影響力」である。

たとえば、末那識とは「『豊饒の海』を書く三島由紀夫」である。その先にある阿頼耶識とは、「三島由紀夫の書いた『豊饒の海』」である。この阿頼耶識は、別の人間の胸に宿って、「もう一人の三島由紀夫」を生む。読者は、『豊饒の海』を読むのである。読んで影響されるのである。そうして、読者の胸の中には、「『豊饒の海』を書いた三島由紀夫」が生まれているのである。『豊饒の海』を読んだ読者の胸の中に「もう一人の三島由紀夫」が生まれている時、「『豊饒の海』を書く三島由紀夫」は死んでいる。読者の胸の中に生まれるのが、「『豊饒の海』を書いた三島由紀夫」である以上、どうしたってそういうことになる。つまりはそれが、「阿頼耶識による輪廻転生」である。「三島由紀夫の霊魂はないが、三島由紀夫は転生する」というのは、こういうことだろうと私は思うのだが、どうだろう?

「自分」がいて、その周りには、膨大な数の「自分ではない他人」がいる。「自分」がその「他人」の中で生きている以上、「自分」と「他人」との間には、相互に「影響力」が生まれる。世界は人同士の「影響力」に満ち満ちて、その中でいろいろなものが形成されて行く。それでいいではないかと、私は思うのである。仏教の唯識論が「阿頼耶識」なるものをどう言っているのかは知らない。しかし三島由紀夫は、「末那識なる」ものを《これは自我、個人的自我の意識のすべてを含むと考へてよからう》と規定している。だったら「阿頼耶識」を、「他人への影響力と考へてよからう」と言ってもいいのである。三島由紀夫がなぜそう言わなかったのか、私には不思議である。「阿頼耶識」は、「他人への影響力」と考えるべきである。そう考えなかったら、危険なことになる。世界はがらん洞で、自分は独りでいて、その周りに「阿頼耶識」という正体不明のものが充満していることになる。それを三島由紀夫流に言うと、《世界を存在せしめるために、かくて阿頼耶識は永遠に流れてゐる。世界はどうあつても存在しなければならないからだ！》になる。

世界は存在する。しかし、その世界に人間は一人しかいない。一人しかいない人間は、その孤独に堪えられない。孤独の中で、「こんな構図はウソだ」と思う。自分は独りではない、きっと「なにか」がある。「なにか」があればこそ、「自分」の周りには「世界」がある。「世界はどうあつても存在しなければならないからだ！」は、「世界はどうあつても存在する！」であって、「世界」が存在しなかったら、自分の周りは「なんにもない」になってしまう。だからこそ、「阿頼耶識」なる正体不明は存在する――「存在しなければならない！」と怒鳴りつけるような形で存在する。なぜそんな強調が必要なのかと言えば、それが、強調しなければならないウソだからだ。

三島由紀夫の言う「阿頼耶識」は、『金閣寺』の主人公が放火して消滅させなければならなかった、「美としての金閣」と同じものだろう。孤独な若者の世界は狭くて、鶴川を失った主人公には、金閣寺しかなくなっていた。だから、それに火をつけて消滅させても、「生きよう」と言えた。世界に存在するものは「金閣」だけではなく、世界はもっと広いはずだから。その広い世界の中には、「鶴川」に該当するような別の人間だっているかもしれない。「金閣」に火を放てば、それが見えるかもしれない。そう思える時にだけ、「生きよう」の言葉は生まれる。しかし、その広いはずの世界が、ただ一つの「巨大な金閣」でしかなかったらどうなるのか？　それが消滅した時、一切はなくなる。一切はなくなって、「自分」だけが残る。もう「阿頼耶識」もない。「そんなお方は、もともとあらしやらなかつたのと違ひますか？」と、輪廻転生の因《もと》を否定されてしまったら、「阿頼耶識」の存在するすべもないだろう。かくして彼の周りは、《記憶もなければ何もないところ》になる。そこは「夏の日ざかりの日を浴びてしんとしてゐる庭」なのだが、それを見て、「ああ、庭か」の一言も出ない。そうして、人は独りで死ぬのである。

六 天動説

三島由紀夫は、読者を信用しなかった人だと思う。そうでなければ、読者を煙にまくような難解な議論を延々と続けないだろう。彼が読者を信用する作家だったら、自分の書く作品が「読者にとっての阿頼耶識」となりうるなどということは、簡単に考えつかなかっただろう。そして、つまらない死に方などする必要はなかった。三島由紀夫は、すべてを自分一人で引き受けなければならない人だった。それは、「すべてを自分一人で引き受けなければ気がすまない」というようなものではない。三島由紀夫にとって、「近代的知性の持ち主」とは、「すべてを一人で引き受ける孤独な存在」だったのである。そしてそれは、三島由紀夫一人の病理ではない。三島由紀夫を「えらい人」にしていた時代に生きる人間すべてに共通しかねない病理だった。

『暁の寺』の「二十五」には、こんな一節がある。戦後に億万長者となってしまった本多繁邦のモノローグである。

《もつと自分に愕《おどろ》かなければならない。それはほとんど生活の必要になつた。理智を軽《けい》蔑《べつ》して蹂躙《じゆうりん》する特権《とくけん》があるとすれば、彼自身にだけ許されてゐるといふ理性の自負があつた。さうしてもう一度、この堅固な世界を不定形の裡《うち》へ巻き込まねばならない。彼にとつてはもつとも馴染《なじみ》の薄い何ものかへ！》

その仕事の結果億万長者になってしまった認識者・本多繁邦には、することがない。既にその先、彼を苦しめる窮屈な合理性をぶち壊すためだけに生きなければならない。既に彼は、「覗《のぞ》きの常習者」にもなっている。そんなことを仕出かしている自分を発見してしまった彼だからこそ、《もつと自分に愕かなければならない》などとご大層な口調で「退廃への決意」のようなことを語るのだろうが、結局彼のすることは、他人に対して不機嫌になり、自分の新しい別荘に「覗き」の施設を作るだけである。そんな彼が口にする、《理智を輕蔑して蹂躙する特權があるとすれば、彼自身にだけ許されてゐるといふ理性の自負があつた。》というのは、とんでもない自負ではあるけれども、しかし私が驚くのは、その後に続く文章――《この堅固な世界を不定形の裡へ巻き込まねばならない。》である。

彼自身は、常に《堅固な世界》を維持していて、その彼の外には、常に《不定形》がある――本多繁邦は、そのような認識をしている。つまり、《不定形の裡へ》巻き込まれて、しかし彼は、《堅固な世界》を崩さないのである。後には、その崩れないことを「認識の病」と言うくせに、《不定形の裡へ》巻き込まれる彼は、彼自身の《堅固な世界》を保持して、そのまま崩そうとはしないのである。「崩れない」という確信があればこそ、《この堅固な世界を不定形の裡へ巻き込まねばならない。》という、至って自然な述懐にもなるのだろう。

　彼の《堅固な世界》は、絶対に崩れないのだ。そのように、彼の《堅固な世界》を形作る論理は告げている。普通なら、「不定形の裡へ巻き込まれる」の受動態になるところを、この人は、《不定形の裡へ巻き込まねばならない。》の能動態なのだ。だから、その後に続く文章がなんとなくへんなものになる。

《彼にとつてはもつとも馴染の薄い何ものかへ！》というのは、なんだか意味の取りにくい表現である。それは、《彼にとつてはもつとも馴染の薄い何ものかへ（巻き込まれる）！》であるはずのものが、《彼にとつてはもつとも馴染の薄い何ものかへ（巻き込む）！》になっているからである。「歩み入る」とか「進み入る」の自動詞なら、これが能動態であってもおかしくないが、これは、「巻き込む」という他動詞の目的格に「自分」を置く能動態なのである。こういうことをしていたら、常に「巻き込む自分」と「巻き込まれる自分」との二種類を、「自分」として用意しておかなければならない。難儀なことだと思うのだが、これを当たり前のあり方とすればこそ、三島由紀夫という人物の認識の中に、本多繁邦と松枝清顕という「二人の自分」は簡単に存在してしまうのである。

「自分」が二人いて、しかもその外側にあるのは、「自分と同じような他者」ではなく、「自分とは違う不定形」なのである。世界の中に、構成要素は二しかなく、しかもその二は、本来的に一の「自分」なのである。その一である「自分」が、世界の不思議な存在の仕方を見て、「この二は互いにどのような関係にあるのだろう?」と考えている。

こういう前提の上で「本多繁邦と松枝清顕の関係」を考えるのは、無駄というものだ。考えれば考えるほど枝葉が広がって、収拾がつかなくなる。『豊饒の海』の本多繁邦の議論の難解は、多くそのためである。「二人の自分」などというものをキープせず、どちらか一方を、「自分によく似た他者」ということにしてあきらめてしまった方がいいのである。今更言っても仕方のないことかもしれないが、しかし、男の知性の孤独は、それを許せない——そのような矛盾した構造になっているのである。

男の知性が矛盾したものになってしまった理由は簡単である。男の知性の構造が天動説で、現実は地動説だからである。

天動説の知性は、天動説として受け継がれて、はじめて「知性」としての意味を持つ。しかし、三島由紀夫が『豊饒の海』を書き進める時代は、学生運動の時代だった。かつては東京帝国大学だったところの学生が、かつては東京帝国大学の教授でもありえたような人物に向かって、公然と「バカヤロー!」を叫んでしまう時代だったのである。巨大な亀の甲羅の上で天動説の平らな地面を支えていた幾匹もの象は、「ナンセンス!」

と叫びながら、平らな地面を揺るがしてしまったのである。そうなった時、一人で「世界の一切」を把握しなければならなかった——そのために哲学という事象の縮尺法をマスターした男達は、「視野の狭い旧式人間」になってしまった。『仮面の告白』の冒頭には、ドストエフスキーの『カラマーゾフの兄弟』からの引用がある。《美——美といふ奴は恐ろしい怕《おっ》かないもんだよ！》云々《うんぬん》と。《美といふ奴は》という言い方が、「事象の縮尺法」である。三島由紀夫はドストエフスキーと同じに、「美は——」という言い方をする。一体その「美」というものは、なんなのだろう？『金閣寺』でも「美は——」だし、『禁色』でも「美は——」だ。「美は——」と迫られた時、この「美」は、「胸の中で〝美しい〟と感じる感情、そう感じさせてくれるもの」ではない。そういうものとは全然別の形で、空に北極星があるように、「美という概念」が不動の形で存在しているのだ。そこで「美ってなんですか？」と尋ねても、知りたい答は返って来ない。そこから返される答は、既に自明である「美という概念」を前提にした、「美にはカクカクの力がある」という効能だけだからだ。

人は心で美を感じる。美を感じさせるものに出合ったら、そこで「美しい」と感じる。しかし、「事象の縮尺法」に従った「美」という自明の概念は、それを理解しない。それを、「俗なもの」として斥《しりぞ》ける。それを斥ける力は、『金閣寺』の主人公が、「幸福なる友」鶴川と共にあって感じる「幸福」をも斥ける。

三島由紀夫が「他者」の扱いに慣れていないのは、三島由紀夫とその同時代の男達にとって、「他者」というものが、すぐに消えてしまうものだったからだろう。天動説の世界観は、「一人の認識者に対して一つの世界」という割り振りしかしない。世界に住む者は常に「認識者」だから、その世界を変動させないためにも、一つの世界には一人の認識者しか置かないのだ。かくして、「一人の住人しか持たない世界」が、いくつもいくつも平行して存在する。「定員一」の世界はいくつもあって、しかしこの世界は相互に交わったりはしない。この構造の中で、「他者」とは、「自分の住む定員一の世界の外にある、別の定員一の世界に住む者」でしかない。いくら「他者」がいたとしても、この「他者」は、決して「一緒にいる」を可能にはしてくれない。天動説の男達は、広大な宇宙に浮かんでたった一人の人間しか存在させない孤独な惑星の住人なのである。なんだかとても悲しい世界観であるとしか、私には言いようがない。

第二章　同性愛を書かない作家

一　松枝《まつがえ》清顕の接吻《せっぷん》

　初めて『春の雪』を読んだ時、私は「なんと言い訳の多い恋愛小説だろう」と思った。私の手許《てもと》にある『豊饒《ほうじょう》の海』四部作の単行本の奥付は、『暁の寺』までが昭和四十五年の十二月発行で、『天人五衰』だけが昭和四十六年二月発行の初版だから、そんな感想を持ったのは、三島由紀夫が死んで二カ月か三カ月たった昭和四十六年の一月頃だろう。ようやく『天人五衰』の刊行時期がはっきりして、私は『春の雪』に手を出した。がしかし、それ以前に三島由紀夫の小説を読み通したことのなかった私は、まだ「三島由紀夫」に慣れていなかったのである。

　それ以前の私にとって、三島由紀夫とは、「古典的な歌舞伎《かぶき》台本が書ける唯一《ゆいいつ》の現代作家」だった。だから、「なんでこんなに言い訳が多いんだろう？」という疑問を解く努力も、そこからしかスタートしなかった。私は、歌舞伎の台本を書ける三島由紀夫を、「ちゃんとした恋愛小説、あるいはちゃんとしたメロドラマの書ける、様式美に関する深い造詣《ぞうけい》を持つ作家」だと思い込んでいたのである。メロドラマを否定する人間に、歌舞伎の台本なんか書けるはずがない。私は、三島由紀夫の書いた『春の雪』が、恋愛小説であることを疑わずにいた。

『春の雪』は恋愛小説であり、しかもそれは、「明治」という悪趣味な時代を舞台にしているのだという。私にしてみれば、明治というのは、「恋愛」などが成立しえないような悪趣味な時代なのである。ここには、権力欲だけがあって、明確な美意識がない——私は明治という時代をそのように思う。しかし三島由紀夫は、その困難な時代を背景にして、ちゃんとした恋愛小説を書いたのだという。三島由紀夫の死後、遺作である『豊饒の海』への言及は多く、そこで『春の雪』は「成功した恋愛小説」という評価を与えられていた。その存在を知らぬままにいた私が『春の雪』を「読みたい」と思った理由もそこにあって、私は、「明治を舞台にして成功した恋愛小説」であればこそ、『春の雪』を読みたいと思ったのである。

『春の雪』は、三カ月前の七月に明治が終わった、大正元年十月から始まる。明治は終わっているけれども、舞台背景は「大正」ではない。そこにあるのは、「明治に終わられてしまった大正」であり、その舞台となる時は、「終わってしまった明治」なのである。『春の雪』の中で、終わってしまった明治はまだ続いていて、そこに「美しい恋愛」があるのだという。明治という時代の中に「美しい恋愛」があるのなら、そこには同時に、明治という時代の悪趣味を排除しうるだけの「貧しさ」がなければならない。明治を美しくしうるのは「貧しさ」と「寂しさ」だけで、近代文学の扱う恋愛が「貧しさ」を必須《ひっす》としているのも、それと似た理由だろうと、私は思う。がしかし、『春の雪』の主人公二人は、ゴージャスな上流階級の人間なのだという。ゴテゴテとした着物を着たチンチクリンな女が、美意識を捨て権勢だけで周囲を飾り立ててしまった男達の統率する世界の中で、果たして美しくなりうるのか。そこにいる男は、「美しい恋」などというものを実践しうるのか。明治という悪趣味な時代が、そのまま「恋」というものを実現させる美に転化しているのなら、それはとんでもない力業である。時代が意識しなかった悪趣味《キッチュ》がそのまま美になり変わる——ということは、それをした作家が時代を転覆させたということになる。その頃の私は、自分の嫌いな〝野暮〟が明治になってから一般化したと信じていたから、そういう転覆を是非見たいと思ったし、それを実現させた作家のテクニックと〝成果〟を、『春の雪』に読みたいと思ったのである。

「一体、あのゴテゴテとした野暮な悪趣味の中に、美しい透明感が流れうるのか？」と思い、『鹿鳴館《ろくめいかん》』という戯曲を書いた三島由紀夫なら、そういう軽業もやってのけてしまうのだろうと独り決めして、私は『春の雪』に向かったのである。

『春の雪』で最初に私が出合った違和感は、これである——。

《彼はすでに自分を、一族の岩乗《がんじょう》な指に刺つた、毒のある小さな棘《とげ》のやうなものだと感

じてゐた。それといふのも、彼は優雅を學《まな》んでしまつたからだ。》（『春の雪』二）

この描写を読んで、「なんなんだこの主人公は？」と思ってしまったのは、私が「三島由紀夫」に慣れていなかったからである。松枝清顕は、至って三島由紀夫的な登場人物であるはずなのだが、自分の知らない三島由紀夫に初めて出会った二十二歳の私は、いきなり「へんな人……」と思ってしまった。

そしてその実感は、「四」になって再び登場する。

《――清顕《きよあき》のわがままな心は、同時に、自分を蝕《むしば》む不安を自分で増殖させるといふふしぎな傾向を持つてゐた。

これがもし戀心《こひごころ》であつて、これほどの粘りと持續《ぢぞく》があつたら、どんなに若者らしかつたらう。》

以前に読んだ三島由紀夫の戯曲やエッセイや、昔読みかけて投げ出してしまった小説を思い出して、「三島由紀夫はこういうことを書く人だったな」とは思ったのだが、それでも「なんかへんだ……」と思っていたのは、私が『春の雪』を恋愛小説だと思い込んでいたからである。

この主人公は、《自分を蝕む不安》を増殖させても、《戀心》を増殖させないと言う。

「だとしたら、こういう人は恋愛小説の主人公になんかなれないんじゃないのか？」と、二十二歳の単純なる私は思ったが、しかし、どうやらそうではないことが、すぐ後に続く文章で分かった。

《これがもし戀心であつて、これほどの粘りと持續があつたら、どんなに若者らしかつたらう。彼の場合はさうではなかつた。美しい花よりも、むしろ棘《とげ》だらけの暗い花の種子《ね》のはうへ、彼が好んでとびつくのを知つてゐて、聰子《さとこ》はその種子を蒔《ま》いたのかもしれない。清顯はもはや、その種子に水をやり、芽生えさせ、つひには自分の内部いつぱいにそれが繁茂するのを待つほかに、すべての關心《くわんしん》を失つてしまつた。わき目もふらずに、不安を育てた。》

これは明らかに「恋愛のスタート」である。「なるほど、三島由紀夫は単純な〝恋愛〟じゃなくて、〝不安〟という形からしかスタートしない恋愛を書くつもりなんだな」という風に、私は思った。そしてそれが、世間一般の「三島理解」に近いようなものだと思われたのだが、それもやがては崩れてしまう。「八」になると、こんな一節が登場してしまうからである——。

《かうまで人の感情を自分のもののやうに模寫《もしや》できるのを、彼は今の安堵《あんど》したひろびろとした心の自由のせゐだと疑はなかつた。自然な感情は陰鬱《いんうつ》で、それから遠く離れれば離れるほど、かうも自由になれるのだ。なぜなら自分は、聰子を少しも愛してゐないから。》

作者はわざわざ傍点を振ってまで、恋愛に進もうとはしない主人公の胸の内を肯定している。これは「皮肉」なのか？　適度の皮肉ならいいが、恋愛と相い容《い》れないものは、皮肉という名の理性である。こんなものを抱えて恋愛の中に入って行ったら、恋愛が恋愛として成り立たない。理性込みの恋愛とは、自己防衛に足を取られた、中途半端《はんぱ》な醜い恋愛である。まさか三島由紀夫がそんなものを書こうとしているとも思わない私は、「一体この松枝清顕というのはどういうやつなんだ？」と思うばかりである。

『春の雪』を読む二十二歳の私は、ほとんど女である。私の態度は、「恋愛小説だと思って読んでるのに、どうして恋愛にならないのよ。さっさと恋愛すればいいのに、ほんとに焦《じ》れったいわね！」と怒っている女のそれと同じである。そして私は、この態度を間違っているとは思わない。恋愛小説の読者は女ばかりで、恋愛小説を読む時、人は女になるしかないのである。女の主人公が男に惚《ほ》れる――だとしたら読者は、その女の立場に立たなければならない。女を主人公とする恋愛小説の読者は圧倒的に女であり、恋愛小説のほとんどが女を主人公にするものであることは、言うまでもない。

逆に、男の主人公が女に惚れるような恋愛小説では、主人公の男を通じて、読者が恋愛の対象である女に接近して行く。恋愛というものは、「相手と一つになりたい」と思う衝動だから、女に恋する男は、女になりたいのである。そのため、恋愛小説の主人公となる男は、多くの場合、その男性性を希薄にする。典型は、『源氏物語』の光源氏であろう。彼には「設定」だけあって、「人格」がほとんどない。それでもいいと言うのは、『源氏物語』が、女の読者を対象にして書かれた恋愛小説だからである。そこに「男」が立ち塞《ふさ》がっていたら、読者は「女」に近づけない。恋愛小説の主人公の多くが「男性以前」であるような少年か青年であるのはそのためで、主人公の男が「なんだかはっきりしない男」であることこそが、恋愛小説にとっての肝要事なのである。

恋愛小説の読者は女で、恋愛小説とは、読者に対して「女になれ」と命令するようなものである。ところがしかし、『春の雪』の主人公・松枝清顕はそうではない。男である自分を、絶対に崩そうとはしない。絶対に女になろうとはしないし、自分の外側にいる女の影響下に入ることさえも肯《がえ》んじない。だからこそここで、「女になる」という恋愛小説の原則は成り立たない。だから私は、少しばかり考えを変えた。「もしかしたらこれは、男のための恋愛小説ではないのか？」と思ったのである。「男のための恋愛小説」——つまり、「男のままで読める恋愛小説」であり、「男であり続けたいと思う男のための恋愛小説」である。「だからへんてこりんな理屈が多いんだろう」と、二十二歳の私は思った。その時の私は、「男が男であり続ける女相手の恋愛」が、「恋愛の不能」の別名だとは思っていなかったのである。

三島由紀夫は、「恋愛小説を読む」ということと「女になる」ということが一つであることを知っている人だと思った。だからこそ、彼の最後の恋愛小説となった『春の雪』は、その常識を引っ繰り返した、「男のための恋愛小説」になるのかと思ったのである。

しかし、そう思った私の期待は、またしても裏切られる。『春の雪』のタイトルの由来ともなる、「十二」のラブシーンである。

《膝掛《ひざかけ》の下で握つてゐた聰子の指に、こころもち、かすかな力が加はつた。それを合圖《あひづ》と感じたら、又清顯は傷つけられたにちがひないが、その輕い力に誘はれて、清顯は自然に唇を、聰子の唇の上へ載せることができた。

俥《くるま》の動搖が、次の瞬間に、合はさつた唇を引き離さうとした。そこで自然に、彼の唇は、その接した唇のところを要《かなめ》にして、すべての動搖に抗《さか》らはうといふ身構へになつた。接した唇の要のまはりに、非常に大きな、匂《にほ》ひやかな、見えない扇が徐々にひらかれるのを清顯は感じた。》

なんてへんな文章だろうと、これを読んだ私は思った。「これが、雪の人力車の中で初めて唇を交わす二人の描写なのか？」と、二十二歳の私は思った。外は降りしきる春の雪＝明治の雪である。年若い男女は人力車の中——そんな「情緒纏綿《てんめん》」としか言いようのない設定で語られるものが、どうして解剖学のテキストのような、「接吻《せっぷん》という事実を詳細に解説する文章」なのか？　《非常に大きな、匂ひやかな、見えない扇》はいいが、そんな表現を持ち出すのなら、「その前をもうちょっとうっとりさせるような文章にしてくれ」と言いたい。そもそも、《清顯は自然に唇を、聰子の唇の上へ載せることができた。》というのがへんである。こんなところで、《載せる》などという表現を使うだろうか？　ここは「合はせる」とか「触れる」が普通なんじゃないだろうか？　だからこそ私は、「一体この文章はなんなんだ？」と思う。

その後に続く文章——《そのとき清顯はたしかに忘我を知つたが、さりとて自分の美しさを忘れてゐたわけではない。》を、私は不思議だとは思わない。そういう自意識の強い男だっている。「恋愛なんかなんだ」と思っている若い男はそうなる。そうなってしかし、自分が直面してしまった恋愛に溺《おぼ》れて行く。溺れながらも、自意識だけはしっかと持っている——そういう恋愛だってあるだろうと私は思うから、この一行だけはへんだと思わない。しかしだからと言って、その後に続く文章を自然だとも思わない。《自分の美しさと聰子の美しさが、公平に等しなみに眺められる地《ち》點《てん》からは、きつとこのとき、お互ひの美が水銀のやうに融《と》け合ふのが見られたにちがひない。》

そんなものが《見られた》から、なんだと言うのだろう？　なんだってある種の男が、接吻の最中に《自分の美しさ》をしっかりと自覚したりするのかと言えば、それは、恋愛という没我の中に入って行こうとするためだ。たとえて言えば、それは、素潜りの前の深呼吸である。それをしなければ、恋愛の中で自分を見失い、溺れてしまう。《自分の美しさ》を自覚する男は、そうして接吻以降の行為へ没入して行くことになる——そのためにこそ、「自分の美しさを自覚する」などという自意識はある。ところがしかし、この松枝清顕は違う。彼が没入しようとするのは「恋愛」ではなく、接吻している自分とその相手の女を「眺める」という行為なのだ。そんなものを眺めてどうするのか？
──その問いに、作者はすぐに答える。
《拒むやうな、いらいらした、とげとげしたものは、あれは美とは關係のない性質であり、孤絶した個體《こたい》といふ盲信は、肉體にではなくて、精神にだけ宿りがちな病氣だとさとるのであつた。》
この主人公は、《お互ひの美が水銀のやうに融け合ふ》ことを実感して、やっと恋愛の陶酔の中に入って行ける人らしいし、三島由紀夫という作家もまた、そうまで書かなければ恋愛小説は成り立たないと考えている作家らしいのである。描写は、ここら辺からようやく「接吻の陶酔」へと変わって行くのだが、しかし、それを語るのもまた、とんでもなくへんな文章である──。
《清顕の中の不安がのこりなく拭《ぬぐ》はれて、はつきりと幸福の所在が確かめられると、接吻はますますきつい決斷の調子に變《かは》つて行つた。》
十九歳になったばかりのプライドの強い男が、初めてのキスに緊張している。しかしその相手は、自分を受け容れてくれる女なのだから、その緊張はすぐに溶ける。溶けると共に、恋の至福が訪れる。それは分かるが、しかしそうなってどうして、そこに《決斷の調子》が登場するのか？　それが「突進」なら分かるが、なぜ《決斷》なのか？

こんな言葉を使われたら、この恋の主人公は、したくてキスをしているのではなく、「したくもないキスを敢《あ》えてしている」になってしまう。「初めての三島文学」に戸惑う私は、「世間の人は、こういうわけの分からないことをこそ〝文学〟と言うのだろうか？」と、首を傾《かし》げる。私にとって、「初めての三島文学」は「初めての近代文学」と同義のようなもので、それ以前の私は、日本の近代文学なんかまともに読んだことがなかったのである。

だから私は誤解をする――「なんだってこんなに言い訳が多いんだろう」と。私にとって、そこに書かれるわけの分からない表現は、すべて、「恋愛を恋愛として書くことにためらいを持っている人の書いた言い訳」としか思えなかったのである。

そのわけの分からなさは更に続く――。

《聰子は涙を流してゐた。清顯の頰にまで、それが傳《つた》はつたことで、それと知られた。清顯は矜《ほこ》りを感じた。しかし彼のその矜りには、かつての人に施すやうな恩恵的な満足はみぢんもなく、聰子のすべてにも、あの批評的な年上らしい調子はなくなつてゐた。》

この文章の語るところは、「彼はかくしていやな女を屈服させることに成功した」である。しかも、「屈服させた彼には、〝屈服させた〟と自慢するようないやなところはなくなっていた」である。なんだか、とんでもなくへんてこりんな「恋愛」である。「一体このへんてこりんさはなんだろう？」と思っている私の前で、更に「接吻に関する描写」は延々と続く。それが精密であればあるほどなんだか分からなくなるという点において、この接吻の描写は、『春の雪』の冒頭に置かれた「日露戦争の写真」と同じである。その写真がいかなる写真かを語ろうとして、その説明が精細になればなるほど、なんだかよく分からなくなる。松枝清顕の接吻も似たようなもので、その延々と続く解剖学のテキストのような描写を読みながら、「もしかしたらこれは、恋愛小説ではないのだろうか？」と、私は思うようになった。

「日本の純文学は、恋愛小説を〝通俗小説〟としか思っていないらしいし、三島由紀夫は純文学の作家なんだから、文芸評論家の言う〝恋愛小説〟は、この自分の思うものとは全然別のものなのかもしれない」などという迂遠《うえん》なことを考えていると、そこに飛び込んで来るのが、紛れもない「恋愛小説の文章」なのである——。

《清顕は目を落した。緑の草叢《くさむら》から危険を察知してあたりを窺《うかが》ふ白鼠《ねずみ》のやうに、女の白い足袋の爪先《つまさき》が、膝掛の下から小さくおづおづとのぞいてゐた。そしてその爪先にはほのかに雪がかかつてゐた。》

これは紛れもない「恋愛小説の文章」である。原稿用紙三枚以上にわたって延々と続く、恋の陶酔とは縁遠い〝緻密《ちみつ》な接吻の描写〟なんかを全部省略して、ここにある《足袋》の描写をそのまま出せば、それで十分「恋」である。それをせずに、つまらない言い訳で文章を埋め尽くしているのはなぜなのか？——そう思って、私の答は一つしかない。「日本で文学が好きな人間はみんな野暮天だから、いきなり恋愛小説なんか出したって分かりゃしないんだろう。それで三島由紀夫は、〝かくかくしかじかで恋愛は必要である〟という言い訳をしているんだ」と、私は思った。そして更に、「三島由紀夫が死んだのは、そんな言い訳を必要として、ありがたがっている日本の文学状況に絶望したからかもしれない。可哀想《かわいそう》に」とさえ思った。これがすべて〝初心者の誤解〟であるのは言うまでもない。しかし、「三島由紀夫初心者」の私には、そこに点在する〝言い訳〟としか言いようのないものの存在理由が、理解出来なかったのである。

その〝言い訳〟の全貌《ぜんぼう》は、「二十五」になって明らかとなる――。

《……高い喇叭《ラッパ》の響きのやうなものが、清顯の心に湧《わ》きのぼつた。

『僕は聰子に戀してゐる』

いかなる見地からしても寸分も疑はしいところのないこんな感情を、彼が持つたのは生れてはじめてだつた。

『優雅といふものは禁を犯すものだ、それも至高の禁を』と彼は考へた。この觀念《くわんねん》がはじめて彼に、久しい間堰《せ》き止められてゐた眞の肉感を教へた。思へば彼の、ただたゆたふばかりの肉感は、こんな強い觀念の支柱をひそかに求めつづけてゐたのにちがひない。彼が本當《ほんたう》に自分にふさはしい役割を見つけ出すには、何と手間がかかつたことだらう。

『今こそ僕は聰子に戀してゐる』》

『春の雪』は、ここから「恋愛小説」としてのひた走りを開始する。松枝清顕が、「恋愛に至るための理由」を求めていた男であることは確かである。作者の三島由紀夫が、主人公の松枝清顕に対して、「恋愛に没入する必然」を与えたがっていたのもまた、確かである。『春の雪』の中核をなすモチーフが《優雅といふものは禁を犯すものだ》である以上、『春の雪』を「言い訳だらけの恋愛小説」と言うのは、別に間違いでもなんでもない。二十二歳の私は、その理由を「日本文学が恋愛小説の必要を理解しないから」と解した。そう解するだけの二十二歳の私は、世間の多くの人と同様に、まさかその言い訳が、「恋愛が出来ない男が恋愛に走るためのもの」だとは思わなかった——そんな言い訳が、この世に存在するとも思わなかった。

「なんと言い訳の多い恋愛小説だろう」と思いながら『春の雪』を読み、読み終わってもその感想は変わらなかった。しかし、その思いもやがては忘れられてしまう。三島由紀夫の全集が刊行され、それを読んだ私が、「三島由紀夫の修辞《レトリック》」に慣れてしまうからである。

三島由紀夫に慣れて、私は自分の慣れたものが三島由紀夫の「修辞《レトリック》」であって、「論理《ロジック》」であるとは思わなかった。彼の小説に「三島由紀夫の修辞《レトリック》」を発見する人は多く、「三島由紀夫の論理《ロジック》」を見る人は少ない。つまり、多くの人は、「彼はそう言っているのだろう」とだけ思って、「彼はそう信じているのだろう」とは思わない、ということである。

しかし、三島由紀夫は、「そう信じている」のである。だからこそそれは、彼の修辞《レトリック》ではなく、彼の論理《ロジック》なのだ。三島由紀夫の孤独と、彼に対する誤解もここに生まれるのだろうとは思うが、「三島由紀夫」に慣れた後の私は、もう『春の雪』を「言い訳の多い恋愛小説」だとは思わなかった。その後に『豊饒の海』を二度読み返して、格別の不満も持たなかった。そして時がたち、今回この原稿を書くためにもう一度旧版の三島由紀夫全集を読み返して、愕然《がくぜん》とした。

今回私は、『禁色《きんじき》』を読み、『仮面の告白』を読み、そして『豊饒《ほうじよう》の海』を読み始めたのだが、『仮面の告白』から直接に続けられた『春の雪』は、それまでとは全然違う表情を持っていた。松枝清顕のためらいが、『仮面の告白』の主人公「私」のためらいと、まったく同質のものだったからである。

二　同性愛を書かない作家

『仮面の告白』第三章における「園子との接吻《せつぷん》」は、この一行で始められる——。
《とかうするうちに、海軍工廠《こうしやう》へかへらねばならぬ日が二日あとに近づいてゐた。私はまだ自分に課した接吻の義務を果たしてゐなかつた。》
それは《義務》なのである。後の松枝清顕の接吻が《ますますきつい決斷の調子に變つて行つた。》になるのも、当然かもしれない。
《私は新兵のやうに緊張してゐた。あそこに木立がある。あの蔭《かげ》が適當だ。あそこまで約五十歩ある。二十歩で彼女に何か話しかける。緊張を解いてやる必要がある。》
男も女も《緊張》の中にいる。そして、接吻が始まる。
《私は演出に忠誠を誓つた。愛も欲望もあつたものではなかつた。
園子は私の腕の中にゐた。息を彈ませ、火のやうに顔を赤らめて、睫《まつげ》をふかぶかと閉ざしてゐた。その唇は稚《をさ》なげで美しかつたが、依然私の欲望には愬《うつた》へなかつた。しかし私は刻々に期待をかけてゐた。接吻の中に私の正常さが、私の僞はりのない愛が出現するかもしれない。機械は驀進《ばくしん》してゐた。誰もそれを止めることはできない。
私は彼女の唇を唇で覆《おほ》つた。一秒經《た》つた。何の快感もない。二秒經つた。同じである。
三秒經つた。――私には凡《すべ》てがわかつた。
私は體《からだ》を離して一瞬悲しげな目で園子を見た。》

『仮面の告白』の園子は、日本文学史上最も魅力のないヒロインである。性的な抑圧が強くて偽善的――典型的な中産階級の娘である。なんの魅力もない。こんな女と接吻しなければならないということになったら、それこそ《義務》だろう。「魅力」というものを持たない園子は、その代わり「女としての肉体」を持っている。この「肉体」ばかりをほしいと思う男なら、当時の仕来《しきた》りに従って、まず接吻という「義務」をこなさなければならない。接吻は「愛」の表現様式で、女の肉体を得たいと思う者は、まず「愛」を表現しなければならない――それが当時の仕来りである。接吻には、そのような「義務」としての意味もある。しかし、『仮面の告白』の主人公が言う《義務》とは、そのようなものではない。「同性愛者」という事実に足を取られた「私」は、女に対して欲望を感じなければならないと思う。感じなければならないのだから、それは《義務》なのである。

園子は、「私」に対する強迫観念として存在する女である。「女一般」が強迫観念であるような「私」が選び出した、「最も妥当な強迫観念」が園子なのだから、そこに「魅力」など生まれようはずはない。外見が「魅力のない中産階級の娘」であったとしても、もしかしたら彼女の中には魅力だって隠されているのかもしれないが、語り手である「私」は、そんなことを考えない。園子は、「〝女〟という魅力のない類の中に存在する、最も凡庸な〝魅力のない中産階級の娘〟」なのである。園子が「日本文学史上最も魅力のないヒロイン」になるのは仕方がない。だから、「そんな女相手にキスしようなんて思わなきゃいいのに」と、読者である私＝橋本は思うのだが、『仮面の告白』の「私」は、「なんとしてでもしなければならない」と思う。そして、その結果を無残なものとして終わらせる。『仮面の告白』の「私」は、それを、「したくもないことをしたのだからおもしろくもなんともなかった」とは解釈しない。「人として、男として、出来なければならないはずのことをして出来なかった。どうしよう……」と考える。徴兵検査に落ちた熱烈なる軍国主義者のようなものである。

『仮面の告白』が書き上げられたのは、昭和二十四年。『春の雪』が雑誌に発表されるのは、昭和四十年からである。三島由紀夫にとって、『仮面の告白』から『春の雪』に至る十六年の隔たりは、「失敗した接吻」が「成功した接吻」に変わるための時間だったらしいのだ。『春の雪』の接吻の描写に「勝利」のニュアンスが色濃いのは、そのためだろう——《清顯の中の不安がのこりなく拭はれて、はつきりと幸福の所在が確かめられると、接吻はますますきつい決斷の調子に變つて行つた。》とか、《聰子は涙を流してゐた。清顯の頰にまで、それが傳はつたことで、それと知られた。清顯は矜りを感じた。》とか。

『春の雪』の接吻の描写が精細を極めて、それが不思議なレポートのように冷静であるのは、『仮面の告白』における無残な「三秒」を埋めるためだろう――《一秒經つた。何の快感もない。二秒經つた。同じである。三秒經つた。――私には凡てがわかつた。》

十六年かけて、三島由紀夫は、『仮面の告白』における「接吻の失敗」を取り戻したかったのである。もしかしたらそれが、彼にとっての一生の目的だったかもしれない。意外な話である。それが「意外」に響くのは、私がこれを唐突に持ち出したからである。私自身も「意外」と思う。しかしどうやら、三島由紀夫の〝目的〟と〝失敗〟は、このことにある――私はそのように思うのである。

『仮面の告白』の「私」が、園子との接吻に失敗した理由は、「自分が女に欲望を感じない男だから」であって、「園子が魅力のない女だから」ではない。『春の雪』の松枝清顯が接吻に成功した理由は、その相手である綾倉聡子《あやくらさとこ》が魅力的であったことのようにも思えるが、本当の理由は違うだろう。松枝清顯が同性愛者ではなかったからである。

三島由紀夫は、「男の同性愛を書く作家」だと思われていて、「同性愛者だった」とも推測されている。だから今でも、その〝証拠〟と思えるようなものが時々持ち出される。昭和四十五年の十一月に市ケ谷の自衛隊駐屯地で自決した際にも、彼の切腹を森田必勝という学生が介錯《かいしゃく》したことから、これを「森田必勝との情死」と言う人さえもいた。しかし私は、そうは思わない。自決のその日、夕刊紙には「三島由紀夫の生首の写真」が載った。私は、介錯された三島由紀夫の首は、ただ一つ床の上に置かれ、目を瞑って、孤独だった。私は、その写真の中に「三島由紀夫の孤独」しか見なかった。孤独のまま人生を終えてしまった人の、あまりにも無残な寂寥《せきりょう》がそこにはあって、私は「二度と見たくない」と思った。あまりにも可哀想《かわいそう》だったからである。

それを言うならば、三島由紀夫は「同性愛を書かなかった作家」である。三島由紀夫が同性愛を明確に書いたのは、『仮面の告白』と『禁色』の二作だけである。『禁色』の第一部を書き上げた昭和二十六年、三島由紀夫は『「禁色」は廿代《にじゅうだい》の総決算』という文章を書いている。前章で引用した、《自分の中の矛盾や對立物《たいりつぶつ》なりの二人の「私」に對話させようとした。》と語る文章である。三島由紀夫の満年齢は昭和の年数と同じだから、彼は、二十六歳の年に「廿代の総決算」をしてしまったことになるが、『禁色』はどのような点で「廿代の総決算」なのか？　彼はこう書いている。

《「禁色」でもつてぼくは今の二十代の仕事を總決算しようと思ふ。青春といふものの惡いところもいいところも、いはば少年時代の大人になりたい氣持、それと今やまさに少しづつぼくに解《わか》りかけてゐる若さの意味とを、その二つのもの相交つた上に、ぽつぽつと書いてきた習作時代といふか、遍歴時代といふか、それの記念として、形にまとめてみたい。》

三島由紀夫が自分を語る文章には、時としてなにを言っているのかさっぱり分からないものがある。これも同じだろう。この引用は、それ自体が「なにを言っているのかよく分からない文章」である。だから、この文章に従って『禁色』を理解しようとしても、なにも分からない。分かるのはただ一人、三島由紀夫だけだ。

『禁色』の第一部には、《少年時代の大人になりたい氣持》と《少しづつぼくに解りかけてゐる若さの意味》とが書かれていて、それを前提とする形で、《習作時代といふか、遍歴時代》が記念碑のように存在するらしい。「どこに、なにが?」と思っても、『禁色』はただ「女を愛せない青年・南悠一《みなみゆういち》の物語」である。三島由紀夫以外の人間には、そこにあるはずの《少年時代の大人になりたい氣持》や《少しづつぼくに解りかけてゐる若さの意味》とかを発見することは出来ないだろう。そこにあるはずの《習作時代といふか、遍歴時代》の記念碑のようなものは、該当するとしたら、「女を愛せない美青年・南悠一」の存在だけだ。

『禁色』はその第二部に至って、「醜い異性愛者・檜俊輔《ひのきしゅんすけ》の敗北と美しい同性愛者・南悠一の勝利」を描くことになる。『禁色』の第一部にあるのは、美しい同性愛者・南悠一の公然たる登場だけである。《二人の「私」》の一方である同性愛者・南悠一は苦悩し、もう一方の檜俊輔は、その「美しさ」と「女を愛さないことの芸術的美徳」を称《たた》えて、南悠一の苦悩は解消される。三島由紀夫の言を無視して言ってしまえば、『禁色』の第一部をそれとする「廿代の総決算」とは、「もう同性愛に悩む必要はない」なのである。そう考えた時にだけ、三島由紀夫の言う《少年時代の大人になりたい氣持》や《少しづつぼくに解りかけてゐる若さの意味》が、苦悩する同性愛者・南悠一の中に現れる。この主人公が、《習作時代といふか、遍歴時代》の《記念》となることも理解される。

それは公然と存在する。もう悩む必要はない。だから、この後『禁色』の第二部を書いて、それ以降の三島由紀夫は、男の同性愛を書かない。三島由紀夫が書いたのは「同性愛」ではなく、「自分の少年時代・青年時代」なのかもしれない。『仮面の告白』『禁色』の二作によって「男の同性愛」というテーマを公然と提出しておきながら、三島由紀夫はそれを書かなくなった——「もっと書いていてしかるべきなのに書かなかった」という点において、三島由紀夫は、「同性愛を書かなかった作家」なのである。彼が「同性愛を知らない作家」であるはずはない。彼は、知って、提出して、そして書かなかったのである。

三　「仮面」の詮索《せんさく》

「三島由紀夫は果たして同性愛者だったのか、否《いな》か」という詮索が夥《おびただ》しいのは、彼が『仮面の告白』という小説を書いてしまったからである。そして、そのタイトルが『仮面の告白』であればこそ、「この告白は真実か、否か」という詮索も夥しく登場する。実のところ私は、その詮索に関心がない。意味がないと思う。『仮面の告白』は三島由紀夫の小説で、「三島由紀夫」は、平岡公威《きみたけ》のペンネーム――つまり「仮面」なのだから、『仮面の告白』とはそのまま、『三島由紀夫の告白』なのである。『三島由紀夫の告白』であってしかるべきものが『仮面の告白』になっている――それを作者は明確なる目的の下にしたのだから、つまらない詮索をすべきではない。それを礼儀だと思うからこそ、私はつまらない詮索をしたくないのである。

「三島由紀夫」という名義で書かれた『仮面の告白』という小説のタイトルは、平岡公威にとってだけ意味がある。それは彼にとって、「仮面＝三島由紀夫のする告白」なのだ。別に、平岡公威が仮面をつけて告白をしているわけでもない。三島由紀夫が仮面をつけて告白をしているわけでもない。ただ、平岡公威の仮面である「三島由紀夫」が告白をしているのである。『仮面の告白』は『仮面（＝三島由紀夫）の告白』で、三島由紀夫と平岡公威との間には、直接どのような関係もない。仮面である「三島由紀夫」の下には、いかなる人物も存在しない。平岡公威ならぬ「作家の三島由紀夫」は、そのように自分自身を設定するのである。

《多くの作家が、それぞれ彼自身の「若き日の藝術家《げいじゅつか》の自《じ》畫像《ぐわざう》」を書いた。私がこの小説を書かうとしたのは、その反對の欲求からである。この小説では、「書く人」としての私が完全に捨象される。作家は作中に登場しない。しかしここに書かれたやうな生活は、藝術の支柱がなかつたら、またたくひまに崩壊する性質のものである。従つてこの小説の中の凡《すべ》てが事《じ》實《じつ》にもとづいてゐるとしても、藝術家としての生活が書かれてゐない以上、すべては完全な假《か》構《こう》であり、存在しえないものである。私は完全な告白のフィクションを創《つく》らうと考へた。「假面の告白」といふ題にはさういふ意味も含めてある。》

この引用は、昭和二十四年に「書き下ろし長編小説」という叢書《そうしょ》の一冊として『仮面の告白』が出版された時、単行本に付されていた月報に掲載された『「仮面の告白」ノート』と題されるものの最終部分である。なんともややこしく分かりにくい文章だが、ここで三島由紀夫は、「平岡公威と三島由紀夫と仮面の関係」を説明しているのである。

《多くの作家が、それぞれ彼自身の「若き日の藝術家の自畫像」を書いた。》と言っているのは、「『仮面の告白』は私小説だ」ということである。それだけなら簡単だが、この引用文がややこしいのは、その後に、「私小説ではあるが私小説ではない」という説明が続くからである。それを理解するためには、まず三島由紀夫流の「私小説の定義」を頭に入れておく必要がある。

三島由紀夫にとって、「私小説」とは「〃主人公＝私＝作家（芸術家）〃という前提にのっとっていなければならないもの」である。これは、別に三島由紀夫に独特の定義ではなく、当時の当たり前の定義でもあろう。がしかし、これがまた〃独特の定義〃であることはもちろんである。『仮面の告白』を書く三島由紀夫以外に、誰がこんな定義を持ち出すだろう――その点において、これは〃三島由紀夫に独特の定義〃なのである。

三島由紀夫の言うところに従えば、「これは私小説だが、しかし私小説ではない。なぜならば、この小説の主人公が作家＝芸術家であることは、この小説の作者が作家＝芸術家であることによって明らかだが、作中で〃主人公は作家である〃とは一言も言っていないからだ」である。それが、《この小説では、「書く人」としての私が完全に捨象される。》である。「『仮面の告白』が描き出すものは、若き芸術家――〃私＝三島由紀夫〃の自画像である。しかし、作中の〃私＝三島由紀夫〃は、作家として存在していない。作中の〃私＝三島由紀夫〃が作家であるかどうかが判然とはしないように書かれているものである以上、『仮面の告白』は作者＝三島由紀夫自身の事実を書くものではない」というのが、『「仮面の告白」ノート』の告げるところである。そんな詭弁《きべん》があるものかと言いたいところだが、三島由紀夫は、そのように「平岡公威と三島由紀夫と仮面の関係」を設定しているのだから、仕方がないのである。

この作品が「私小説にあらざる私小説」である以上、『仮面の告白』はイコール『三島由紀夫の告白』で、この関係式から「仮面＝平岡公威のペンネーム＝三島由紀夫」という解は簡単に導き出せる。ところがしかし、この私小説では、「芸術家としての私、作家としての私＝三島由紀夫」が存在しないことになっている。だからこそ、《完全な假構》ということになる。そしてもちろん、こんな風に続けられたら、「『仮面の告白』の内容はフィクションだ」になってしまうだろう。そうとられるのは仕方がないし、『「仮面の告白」ノート』を書く三島由紀夫も、そのように誤解されることを承知していただろう。あるいはもっと積極的に、誤解されることを望んでいたかもしれない。しかし、三島由紀夫の言うところは違うのである。

「平岡公威のペンネーム」という点で、「三島由紀夫は仮構《フイクシヨン》」である。しかし『「仮面の告白」ノート』の言う《假構》は、別のことを指す。「仮面である〝三島由紀夫〟の、その仮面の下にはいかなる人物も存在しない」である。『「仮面の告白」ノート』が《すべては完全な假構であり、存在しえないものである。》と言うものの主体は、『「仮面の告白』に書かれた内容」ではなく、「『仮面の告白』を書いた三島由紀夫」なのだ。そうでなければ、この文章の前に、《從つてこの小説の中の凡てが事實にもとづいてゐるとしても》などという断りは登場しない。すべてが事実に基づいていて、それが《すべては完全な假構であり、存在しえないものである。》になるなどということはありえない。《完全な假構》《存在しえないもの》は、この小説の内容ではなく、この小説の作者なのである。三島由紀夫は、『仮面の告白』に書かれる内容を〝事実〟とするために、作者である自分自身を「虚」にしてしまったのだ。

三島由紀夫は、そういうことをする作家である。「三島由紀夫の生きた時代」は、三島由紀夫にそういうことをさせた時代である。三島由紀夫は、彼の生きた時代に至って忠実な作家だった。それを「臆病《おくびょう》」と言っても仕方がない。

『「仮面の告白」ノート』で最も有名な一節は、おそらく《告白の本質は「告白は不可能だ」といふことだ。》の一行だろう。この部分だけを取り出せば、これは〝真実〟である。ところがしかし、この部分には前文がある。この有名な一節は、正しくはこう続くのである——。

《同じ意味で、肉にまで喰ひ入つた假面、肉づきの假面だけが告白をすることができる。告白の本質は「告白は不可能だ」といふことだ。》

「三島由紀夫」という仮面の下に「平岡公威」という《肉》があれば、告白は〝真〟ともなりうる。しかし、「三島由紀夫」の仮面の下に「平岡公威」という《肉》はない。そして、ここに続く部分には、明らかな欠落あるいは意図的な省略がある。本来この文章は、《同じ意味で、肉にまで喰ひ入つた假面、肉づきの假面だけが告白をすることができる。(私はそれをしない。それをしない理由を述べれば、)告白の本質は「告白は不可能だ」といふことだ。》であってしかるべきものなのである。《告白は不可能だ》とは、「私にその力はない」である。「平岡公威は、この小説の中で〝三島由紀夫〟という仮面をつけて告白をする。〝三島由紀夫〟は文学者という芸術家だが、平岡公威はただの人間であり、両者の間にはなんの関係もなく、そしてまた、平岡公威の仮面である〝三島由紀夫〟の下にはいかなる人物も存在しない。実体はない」というややこしさは、この前提の上にのみ登場する。

作家である三島由紀夫は、「三島由紀夫」という自分自身を「虚」として設定した。なぜそんなややこしいことをしたのか？　これは「三島一流の修辞《レトリック》」なのか？　そうではない。これが「三島由紀夫の論理《ロジック》」である。

三島由紀夫は、自分自身を語る時に嘘《うそ》をつかない人である。だからと言って、「他人に対して分かりやすく自分自身を語る」もしない。彼が必要とする「前提」を置いて、それに従って自分自身に正直であろうとする三島由紀夫は、常に、「分かりにくい煙幕を張っている」という状態になる。それが三島由紀夫の論理《ロジック》のややこしさで、「ややこしさこそが三島由紀夫の真実」なのである。

『「仮面の告白」ノート』の最終部は、分かりにくい言い訳めいたものだが、しかしそれは、『「仮面の告白」ノート』の冒頭部と見事に照応している。

《この本は私が今までそこに住んでゐた死の領域へ遺《のこ》さうとする遺書だ。この本を書くことは、私にとつて裏返しの自殺だ。飛込自殺を映畫《えいぐわ》にとつてフィルムを逆にまはすと、猛烈な速度で谷底から崖《がけ》の上へ自殺者が飛び上つて生き返る。この本を書くことによつて私が試みたのは、さういふ生の囘復《くわいふく》術である。》

これもまた分かりにくい文章だが、『仮面の告白』の内容が《凡てが事實にもとづいてゐる》であることを呑《の》み込めば、そうそう分かりにくいものでもなくなるだろう。《私》＝三島由紀夫は、それまで《死の領域》に《住んでゐた》。《死の領域》とはもちろん、表沙汰《おもてざた》にさせにくい「同性愛の欲望」を密《ひそ》かに抱えていることを示す。それをオープンにしてしまう――それが、《飛込自殺を映畫にとつてフィルムを逆にまはすと、猛烈な速度で谷底から崖の上へ自殺者が飛び上つて生き返る。》である。だからこそ、《この本を書くことによつて私が試みたのは、さういふ生の囘復術である。》になる。しかし、もちろんこれは、「カミング・アウトしてよかった」ではない。そうであるなら、ここに《裏返しの自殺》などという表現は登場しない。それを言うなら、「生への復帰」

であるべきだ。ここに《裏返しの自殺》という言葉が使われているのなら、それは「とんでもなくつらいこと」なのである。《この本を書くことは、私にとつて裏返しの自殺だ。》は、前文につられただけのややこしさで、この真意はどうあっても、「この本を書くことは、私にとつての自殺行為だ」である。《裏返しの自殺》は「生への復帰」ではなく、《生の回復術》と言っても、それは結局「死者の自殺」でしかないのである。《裏返しの自殺》とは、「死者の自殺」でもあろう。「死者の生還」ではない。死者がもう一度自殺をしたらどうなるのか？　一度は生者になって、《生の回復術》と見えはするが、その生者には実体がない――だからこそ、《すべては完全な假構であり、存在しえないものである。》になる。《假構》とは、作品の内容にかかるものではなく、作家自身にかかる言葉なのだ。

三島由紀夫が自分を語って分かりにくいのは、全部を分かろうとして、結局は分からない部分、及ばない部分が残ってしまうからだ。当人は《死の領域》を放擲《ほうてき》したと思う。確かに放擲はした。しかし、それによって得たものは、「生に価《あたい》する生」ではなかった。「仮構である」と言わざるをえないような、「実体の持てない生」だった。その仮面の下になにも持たない「三島由紀夫」という「虚」は、ここから始まるのである。三島由紀夫は、それを覚悟して、しかしそれを理解していない。だから、『「仮面の告白」ノート』という文章はややこしい。それがややこしいのは、三島由紀夫のせいではなく、彼が生きた時代に彼が忠実だったせいなのである。そのことは、《ここに書かれたやうな生活は、藝術の支柱がなかつたら、またたくひまに崩壊する性質のものである。》という部分において明らかになるだろう。

『「仮面の告白」ノート』自体が、「今となってはなんとも不思議な文章だ」としか言いようのないものではあるが、この部分は特にである。ここで二十四歳の三島由紀夫は、「芸術家にとってだけ同性愛は意味がある」と言っている。「芸術家じゃない同性愛志向の人間はどうすればいいんでしょうか？」などと尋ねても、その答は《またたくひまに崩壊する》である。ソドムとゴモラに硫黄《いおう》の火が降って、瞬《またた》く間に崩壊するのである。

それは、「芸術家にとってだけ意味のあるようなもの」で、芸術家以外の人間にとっては、「あってはならないもの」なのである。二十四歳の三島由紀夫は、そのように信じていた——あるいは、そのように信じざるをえない時代状況の中にいた。だから、作家が同性愛を書いて、それを作家ではない人間が読んでしまえば、そこに書かれた同性愛は、必ず「同性愛ではないなにかを象徴する一種の観念」になってしまう——ならざるをえない。「同性愛を通してなにかを語る」は、書かれた後の結果論で、それが出来たらいきなり「なにかの観念的表象だ」にしてしまうのは、無茶である。『禁色』が「同性愛をなにかの象徴とする観念小説」と錯覚されてしまったのも、そのためだろう。

このことを頭に置いておく必要がある。そして、その前提に従って『「仮面の告白」ノート』を読み直す。そうするとここには、全然別の〝事情〟が浮かび上がって来る。《ここに書かれたやうな生活は、藝術の支柱がなかつたら、またたくひまに崩壊する性質のものである。従つてこの小説の中の凡《すべ》てが事實にもとづいてゐるとしても、藝術家としての生活が書かれてゐない以上、すべては完全な假構であり、存在しえないものである。私は完全な告白のフィクションを創らうと考へた。》

これは、このように書き換えられるものである——。

「同性愛の事実は、芸術家以外には認められないものである。しかし、同性愛を志向するのは〝作家としての私〟ではなく、〝生身の肉体を持つ人間の私〟である。〝生身の肉体を持つ人間の私〟は、この小説の中に書かれたような〝事実〟を持ち合わせているが、それは、作品として書いてはいけないことである。それを書くということは、〝私は同性愛者である〟という宣言をすることである。そんなことはつらいからいやだ。しかし、それを言えないままでいるのもいやだ。だから私は書く。書いてしまえば、私の人間としての実質は失われるだろう。現実生活から排除されるだろう。そのことを私はよく承知している。だから私は、この作品を〝存在しない人物の告白〟として提出する。この作品を真実とするため、私は、〝作家としての自分〟と〝生身の肉体を持つ人間としての自分〟を峻別《しゅんべつ》し、〝作家としての私〟から実体を追放する」

れないだろう。

《完全な告白のフィクション》という二重のひねくり返り方は、このようにしか理解さ

『「仮面の告白」ノート』の語ることは、存外シンプルである。ここで二十四歳の三島由紀夫は、「お願いだからつまらない詮索《せんさく》をしないでくれ」と言っているのである。「それをされたら死んでしまう」ぐらいのつらさはあったのだ。だからこそ私＝橋本は、それを了承する。だから私は、「つまらない詮索をしない」と言う——「それが礼儀であろう」と。作品を書く作家の礼式にのっとって言ったのである。それを三島由紀夫は、作品

『仮面の告白』を書いてしまった三島由紀夫は、そのことによって「虚の人物」となった。「三島由紀夫」というペンネームは「仮面」であっても、その仮面の下にはペンネームを名乗る人間の実体があるはずである。それを知ればこそ、三島由紀夫は《肉づきの仮面だけが告白をすることができる。》と言う。それが当然で、それが本当である。しかし三島由紀夫は、その「実体＝肉」を切って捨てた。それをしたらどうなるのか？「三島由紀夫」に実体がなくなれば、「平岡公威」にだって実体はなくなる。三島由紀夫は、「自分の影を殺した男」になったのである。「影」を殺してしまったら、当人もまた死ぬ以外にないだろう。

《告白とはいひながら、この小説のなかで私は「嘘《うそ》」を放し飼にした。好きなところで、

そいつらに草を喰はせる。すると嘘たちは滿腹し、「眞實」の野菜畑を荒さないやうになる。》――『「仮面の告白」ノート』には、こんな一節もある。

《嘘》とは「三島由紀夫」である。《眞實》とは「平岡公威」である。実体を持てなくなった「三島由紀夫」は、「平岡公威」の領分――すなわち現実生活を荒らさない。当人はこのような線引きをして、しかしそうなると、この『「仮面の告白」ノート』を書く《私》とは、いかなる存在になるのか？

《眞實》が「平岡公威」なら、この《私》も「平岡公威」である――そうあってしかるべきだが、しかし、「平岡公威」は「文章を書かない人物」である。文章を書く《私》なら、「三島由紀夫」以外にありえない。しかしそうなると、「三島由紀夫」にとって、《眞實》は「虚」になってしまう。なぜならば、それを書く「三島由紀夫」自身が《嘘》だからである。同性愛への性向を内在させてもいいとされる「芸術家の自分」と、それがあってはならないとされる「芸術家ではない自分」との二つに自分自身を引き裂いて、『仮面の告白』を書く三島由紀夫は、《私》という言葉の向こうに存在するはずの「実体」を失ったのである。『「仮面の告白」ノート』を書く《私》は、「誰でもない虚」なのだ。悲劇はそこから始まる。

三島由紀夫は「虚の人物」なのだから、ここに、「彼はいかなる人物か？」という問いは成り立たない。成り立つのは、「彼はいかなる作家か？」という問いだけである。

そういう作家だと思うので、私＝橋本は、三島由紀夫という作家のあり方——彼の書いたものにだけ関心を持つ。平岡公威なる人物にはまったく関心がない。「平岡公威なる人物は同性愛者だったのか？」というような詮索にはまったく関心がないし、人としての実体を持たない「三島由紀夫」という存在に対して、「彼は同性愛者だったのか？」という問いは、意味をなさない。あるべき問いは、「三島由紀夫という作家にとって、同性愛はどのような意味を持つ、どのように位置付けられるものだったのか？」ということだけである。

四　『仮面の告白』——その断層

『仮面の告白』が発表された昭和二十四年、翻訳家で小説家でもある神西清《じんざいきよし》は『仮面の告白』評である『仮面と告白と』という文章を書き、その中で『仮面の告白』には「断層」があると言っている——《率直にいふと僕はこの前半部と後半部との間に、一種名狀すべからざる斷層を感じないわけには行かなかつた》

昭和三十八年に『私の遍歴時代』と題する文章を書く三島由紀夫は、その中でこれを認めている。

《「假面の告白」の前半の密度と後半の荒つぽさの、誰にもわかるはつきりした對照《たいせう》について、神西清氏はまことに好意ある解釋《かいしやく》をして下さつたが、私にわかつてゐることは、それは單純な技術的失敗であつて、後半の粗さは息もたえだえに疲れて來て、しかも〆《しめ》切《きり》を氣にしすぎたことから起つたといふことである。》

全四章の小説『仮面の告白』には、第二章と第三章の間に「断層」あるいは「はっきりした対照」がある。作者と評者が揃《そろ》って認めているのだから、これはあるのだろう。

三島由紀夫は、それを、締め切りに追われた結果の《單純な技術的失敗》と言っているが、神西清の見解は違う。
神西清は、『仮面の告白』の第一章と第二章を絶賛している——《ひろく世界文學を通じても珍らしい男性文學（あるひは一そう端的に牡《をす》の文學といつてもいい）の絶品ではないかと思はれた。》
しかし彼は、その後半部に対して不満を表明する——《ところで僕にとつて不幸なことに、この幸福な發作《ほつさ》がこの邊《へん》から急速に収まつたことを白狀しなければならない。》——不満を表明して、しかし彼は、「後半部の出来は決して悪くない」とも言っている——《この部分はおそらく通例の小説的な觀念《くわんねん》からすれば間然とするところのない出來《でき》榮《ば》えであり、それのみか人によつては前半よりも寧《むし》ろこの後半部に一そう引きつけられないものとも限らない。》
『仮面の告白』の後半部に関してなら、私は神西清の見解に全面的に賛成する。それまで営々と積み上げて来たものが、最後一挙に音を立てて崩れ去る。それを見事だと思う。
それでは、前半部と後半部の間に、「断層」はあるのか？「〝ある〟と言うのならあるのかもしれない」と思う程度の私＝橋本にとって、その「断層」は別に気になるほどのものではない。
神西清に従えば、『仮面の告白』の第一章は「幼年期の性生活の告白」であり、第二章は「少年期の性生活の告白」である。神西清は、《この二つの章はおそらく『假面の告白』の全巻を通じて、最も輝かしい頁《ページ》をなすものでもあらう》と言う。しかしこの告白は、同性愛への嗜好《しこう》という性質上、あまり表沙汰《おもてざた》にはされにくい。だからこそ、この内実を「自分」という密室の中に抱えたままの「私」は、「現実」とか「人生」とかいうオープンなものの中へ新たに進み出て、「敗北」と向かい合わなければならない。それが予期されるからこそ、《輝かしい頁》の最後である第二章の末尾は、このように結ばれる。

《私は人生から出發の催促をうけてゐるのであつた。私の人生から？　たとひ萬一《まんいち》私のそれでなからうとも、私は出發し、重い足を前へ運ばなければならない時期が來てゐた。》

密室の中で輝ける告白を誇示していた「私」は、ここから「人生」へと向かう。それは、同性愛に対していかなる位置付けをも与えない現実社会の中に、この輝かしい告白の主が置かれることであり、敗北の道へと進むことである。その点で言えば、ここに「断層」があっても不思議ではない。しかし、この「私」が後半部において敗北に出合うことは、ほとんど「既定の道筋」のようなものなのだから、それをわざわざ「断層」と呼ぶ必要もないだろう——私はそう思うのである。それを「断層」と呼ぶのなら、神西清は、また別の考え方をしていることにもなる。

神西清は、この「断層」に関して、《假面と告白との間に横たはる深淵《しんえん》そのものを、直接反映するものではあるまいか》と言っている。『仮面の告白』には、この《假面と告白との間に横たはる深淵》的な議論がやたら多く、それは結局のところ、「本当はどうなんだ？」的な、「平岡公威における同性愛の真偽」にしか行きつかないようなものでもある。それは、昭和の初めに芥川龍之介をいじめ殺した「本当のことを言え！」的な文壇の声ともつながる、近代日本文学に特殊な詮索でもあろう。つまりは、「三島文学における私小説性の有無」なのだが、『仮面の告白』は三島由紀夫の私小説であり、しかも「私小説にはならない私小説」として周到に設定されたものなのだから、ここに深入りすることは出来ないし、深入りする必要もない。既に私はそれを言った。だがしかし、そうであったにしても、『仮面の告白』に「断層」あるいは「断絶」を感じてしまう人は多いだろう。なぜかと言えば、『仮面の告白』の前半部と後半部とで、語り手の調子が違うからだ。

前半の告白は、ためらいながら、しかし明らかに誇らしげ――つまりは「明確」である。それゆえに、神西清は《牡の文學の絶品》と言う。前半は誇らしげであり明確であって、後半は誇らしげではない。曖昧《あいまい》になり、曖昧になることによって、「小説」としての達成度を高くする。『仮面の告白』は、自己分析をする告白文でもなく、同性愛の如何《いかん》を論ずる評論でもない。『仮面の告白』は小説なのだから、それはそれで構わないのだが、しかし、後半部に至った『仮面の告白』が前半部に持っていた「誇らしげな調子」を失うのは、「小説としての達成度を高めるため」ではない。後半部を語る「私」が、「女と出合って敗北する私」になっているからである。

前半では「同性愛の才能」が誇らしげに語られ、後半では「女を愛する才能の欠如」が嘆かれる——あきらかに調子は違うのだから、そこに「断層」や「断絶」が感じられても仕方がない。だがしかし、『仮面の告白』とは「敗北へ進む小説」なのであり、そうなることに成功している小説なのだ。ここに「断層」や「断絶」を感じる必要はない。にもかかわらず、それをなぜ感じるのか？　私は推測する——そこに「断層」や「断絶」を感じてしまう人達は、「同性愛のなんたるか」をもっと知りたいと思っているからである。

『仮面の告白』とは、「日本で最初に公然と提出された同性愛の事実」でもある。しかもこれは、同性愛を排除する立場に立っていない。その点において、同性愛という奇異に首を傾《かし》げるようにして分析された精神分析医のレポートより、遥《はる》かに深い内容を持っている。だから当然、人は「もっと知りたい」と思う。これを嫌悪《けんお》し戸惑う人も多かったろうが、また一方、多くの読者は、「で、どうなんだ？」と、その事実の〝先〟を知りたがっただろう――「この主人公は、現実の中でどのように生きるのか？」と。私はそのように推測する。「同性愛」と規定されるものには、それを人にさせるだけの必然があるのだ。神西清の言う、《假面と告白との間に横たはる深淵そのものを、直接反映するものではあるまいか》も、そこへ向かうものではあろう。

「当人が告白する」ということをそのままに受け取れば、「告白」はイコール「事実」である。しかし、その「告白」が仮面を通して行われ、匿名性《とくめい》を高くしてしまったら、その「告白」は「フィクション＝小説」になる。神西清の言う「断層」が、「前半＝事実＝明確」と「後半＝小説＝曖昧」との間にあるものを示すのだとしたら、神西清は、前半の明確さと同じような調子で、後半部も裁断されることを望んだのである。その後半部を「小説になってしまったことが不満だ」とさえ言う神西清なのである。彼は、小説にならないこと、曖昧にならないことを望んだのである。それはつまり、「現実社会における同性愛の位置付けと意味を求める」であって、『仮面の告白』に「断絶」を感じる人達は、「それを放棄した主人公が、敗北者になったのはつまらない」と言っているのである。「主人公を敗北者にする前に、もう少し詳しいことを教えてくれ」と。

『仮面の告白』に「断絶」を感じる人達が知りたがったのは、「同性愛と称されるものの意味」で、「同性愛を自覚した男が女の前で敗北する事実」ではないはずである。しかし『仮面の告白』は、「同性愛の事実」を提出するだけで、その意味と位置付けを問う読者の疑問には答えてくれない。そこにあるものが自分の望む答ではないと思えばこそ、読者は前半と後半に「断層」あるいは「断絶」、あるいは「段差」を感じる。私としては、そう推測するしかない。ちなみにこの私は、三島由紀夫から同性愛のなんたるかを教えてもらおうとは思わなかったので、段差も断層も感じなかったというだけである。

　多くの男にとって、性欲とは、「女」の存在によって成り立つものである。だからこそ、多くの男は「女」に対して欲情する。男を欲情させることにおいて、「女」は男の外側にいる他者である。「自分とはなんだ？」と考えて、男は自身をつまずかせる性欲の存在に気づき、それが目の前にいる「女」という他者と大きな関わりを持っていることにも気づく。男にとって、女を手に入れることと自己達成への道は、一つである——と同時に、女を手に入れることと自己達成への道は、一つにはならない。一つになるものと一つにはならないものを同時に発生させる「女」は、男にとって矛盾の最たるものであり、だからこそ、自己達成を目指す近代文学の男達の多くは、「女」によって翻弄《ほんろう》される。ところが、昭和二十四年に忽然《こつぜん》と登場した『仮面の告白』の「私」は、違うのである。彼は、欲情に際して「女」を介在させない。「女」なくしても、男の性欲は成り立ちうるということを提示して、『仮面の告白』は、「女」によって翻弄される男達へ、

「自立の道」を暗示したのである。だからこそこれは、《ひろく世界文學を通じても珍らしい男性文學(あるひは一そう端的に牡の文學といってもいい)の絶品》と称されるのであり、だからこそ、「もっと知りたい」と思う男達も多かっただろうと思うのである。その《牡の文學》の語るところは、「幼年期」と「少年期」だけである。だとしたら、その「青年期」はどうなるのか? 《牡の文學》と称賛した人がこれを知りたがるのは当然であろうし、またその人が知りたいものが「青年期における敗北」などでないことはもちろんであろう。さらには、そんなややこしい回路を抜きにして、「自分の中にもそれはある」と思う男達だって数多くいる。彼等が、「で、それはどういう意味を持つんでしょう?」と身を乗り出しても、不思議ではない。昭和二十四年当時、それに答えられる立場にいたのは、三島由紀夫だけだったのだ。

しかし、三島由紀夫は答えない。答えないのは、彼が、《ここに書かれたやうな生活は、藝術の支柱がなかつたら、またたくひまに崩壊する性質のものである》と考えている――あるいは、考えざるをえない時代状況の中にいたからである。三島由紀夫は、それに答える代わりに、自分自身を「虚」にしてしまった。「つらい欲望の事実」を提出することで彼の力は尽き、〝その先〟を答えなかった。それゆえに存在する「断層」である。

『仮面の告白』の前半は、「つらい欲望の事実」を明確に提示する。その提示は、「生きようとする方向」を示すものだが、同じ小説が、後半になると、提示した事実の重さによって「生きていることを無にしようとする方向」へ進む。「敗北」は予期され、主人公は「虚」へと向かう。「虚」となった人物に、「現実における自分自身」などを扱えるはずがない。であればこそ、「その先を知りたい」と思う読者への答が、この作品にはないのである。

作者は答えず、「女抜きに性欲を成り立たせる男は女を愛せない」という、既定された「敗北への道筋」を進む。だからこそ三島由紀夫は、その前半部から後半部への転回を、「断層」とは言わない。《誰にもわかるはっきりした對照》と言う。しかも、三島由紀夫にとっての《對照》は、「急《せ》かされた〆切に由来する、質的な粗密」だけなのだ。ここにごまかしがあることは確かだろう。

三島由紀夫の言うところは、《「假面の告白」の前半の密度と後半の荒つぽさの、誰にもわかるはつきりした對照について、神西清氏はまことに好意ある解釋をして下さつたが》だが、神西清は「質的な粗密」を問題にしていない。三島由紀夫はその後半部を「荒っぽい」と言うが、神西清は、《通例の小説的な觀念からすれば間然とするところのない出來榮え》と言っている。「いいけれど不満だ」と言う神西清は、「いいのが不満だ」と言っているのである。神西清は、「質が落ちた」とは正反対のことを言っているのだから、それが三島由紀夫の言うような《好意ある解釋》であるはずはない。三島由紀夫は、ここで明らかなすり換えをしているのである。

　ではなぜ彼は、そんなことをしたのか？　それはもちろん、『仮面の告白』の中に〝あまり触れられたくないこと〟が隠されているからである。そして、三島由紀夫が「自分自身を語って嘘をつく人」ではない以上、三島由紀夫は、『仮面の告白』の中にある〝触れられたくないなにか〟の正体に気づかなかったということになる。それはなんなのか？　その答は、既に半ば以上明らかでもある。

　そこで「断層」を構成する『仮面の告白』第二章の最後――十六歳になっている「私」は、このように言う。

《私は人生から出發の催促をうけてゐるのであつた。私の人生から？　たとひ萬一私のそれでなからうとも、私は出發し、重い足を前へ運ばなければならない時期が來てゐた。》

　ここには、非常に重要なことが提示され、そして隠されている。あまりにも公然と提出された結果、それは「隠された」と同じことになってしまった。それは、二つの傍点――《私の人生から？》が示すものである。ここに傍点の強調があり、それが強調されながらも疑問形で終わってしまっている――そのことが重要なのである。

「自分」という密室の中に誇らしげな「告白」を持つ「私」は、そこを出て「人生」へ進まなければならない。「進まなければならない」ということは、「私」の自覚することでもあるが、それと同時に、この「私」は、「進め、進まなければならないのだから」と言う、外からの声に脅かされてもいる。だからこそ、《私の》という傍点がつく。彼は脅かされて、しかし同時に、そのことに疑問を抱いてもいる。だからこそ、その最後は疑問形になる。そしてそうなって、すべては曖昧にぼかされる。その疑問に対する答がないからである。もちろん、それは「わざと」ではないだろう。悩んで分からず、答が出なかった。だからこその自問なのだ。

十六歳になった「私」は、《人生から出發の催促をうけてゐる》。催促をうけた「私」は、《重い足を前へ運ばなければならない》。その足が重くなるのは、足を運ぶ先が、「自分の思うような人生」ではないからである。だからこそ「私」は、疑問に思う。「その催促をするのは誰なのか？」と。「自分はそのように生きたくない」と思えばこそ、《私の人生から？》という問いも生まれる。その問いと傍点の強調がある以上、「私」の前には、二つの選択肢があったはずである。「自分なりの人生を生きる」と「他人が生きているような人生を生きる」――この二つである。しかし「私」は、「自分なりの人生を生きる」という選択肢が存在することを、（おそらくは）知らない。だからこそ、《私の人生から？》という自問になるし、その後にさっさと、《たとひ萬一私のそれでなからうとも、私は出發し、重い足を前へ運ばなければならない時期が來てゐた。》という絶望が続けられ、答はそのまま見失われる。よく考えれば分かるはずだ。本来傍点が必要なのは、《私の人生から？》ではなく、《たとひ萬一私のそれでなからうとも》の方なのである。

外からの要請あるいは強制によって、「自分なりの人生」を生きられない――現代ではこの方がよほど重大である。にもかかわらず、「外部から要請されるような人生の形を生きたいとは思わない」はずの彼は、そこに止まったまま、「自分なりの人生を生きる」という選択肢の存在に気づかない。であればこそ私＝橋本は、「非常に重要なことが提示され、隠されている」と言う。

この傍点付きの問いかけは、「自分から選ぶのか、無意識的な外部からの強制に従うのか」を問うている点において、いたって重要なものである。しかし、この問いは答を持たない。《私の人生から？》と強調されながら、この問いはそのままに消えてしまう。まだ十六歳の「私」にとって、この問いが十分に重いものであることは確かだが、しかし、「断層」はここにあるのである。ここまで自分の選択に従って生きて来た主人公が、ここで選択を放棄する。「ここでその選択を放棄するのなら、今までにあった重要な告白はなんなんだ？」と思われた時、ここに「断層」は現れる。「断絶」はここにこそあるはずなのに、十六歳の「私」には見えなかった。十六歳の「私」を書く、二十四歳になっていた書き手の「私」にも見えなかった――肝腎《かんじん》とはこのことである。

『仮面の告白』が書かれたのは、昭和二十三年から二十四年にかけてである。それはどういう時期だったのか？「戦後」と呼ばれる時期である。それでは、その「戦後」とはどういう時期だったのか？『仮面の告白』第四章の冒頭にはこう書いてある――。
《意外なことに、私が怖《おそ》れてゐた日常生活はなかなかはじまるけしきもなかつた。それは一種の内亂《ないらん》であつて、人々が「明日《あす》」を考へない度合は、戰爭中よりもいやまさるやうに思はれた。》
つまり、そこでは「人生」が混乱していたのである。
誇らしげな告白を終えた「私」は十六歳になり、その第二章の終わりで渋々と「人生」へ出発する。そこには戦争があって、園子との「接吻《せっぷん》の失敗」もある。彼にとって重要なのは、戦争が続いているかどうかではなく、「女との接吻」を必須《ひっす》とする「日常」があるかどうかなのである。その「日常」があればこそ、戦争のさ中においてでも、彼は「人生」へと重い足を運び、出来ない接吻を演じて見せる。第二章の終わりで登場した「不安」は、第三章において「予期された通りの敗北」となり、そしてこの章の最後で戦争は終わる。終わってどうなったのか？　第四章の冒頭が語る通り、そこでは「人生」が混乱しているのである。第四章で語られる「園子との再会」はこの時間軸の上にあり、三島由紀夫が『仮面の告白』を書くのも、読者となった日本人が最初に『仮面の告白』を読むのも、この時間軸の上なのである。

そこでは「人生」が混乱している。だったら、そこにある「人生」は、誰のものでもない。「自分の人生」は「自分の人生」として始まりうるのである。「私の人生？」という種類の疑問は、もうここでは意味をなさない。他に対してパターン化された「人生」を強制しうる何者も、そこには存在しないからである。たとえ存在したとしても、そこは《一種の内亂であつて、人々が「明日」を考へない度合は、戰爭中よりもいやまさる》のだから、その強制を撥《は》ねつけることは、たいした困難ではない。そして更に、こうした私の言い方自体さえもが間違いだと言うのは、その「戦後」という時期が、日本人に「人生」の再検討を要求した時期だからである。であればこそ、そこで「人生」は混乱している。「混乱」こそが、その時代の必然なのである。そこで「私の人生？」などという自問を繰り返していたら、バカである。そこでは、それぞれの人間に対して、「今までの人生のあり方と対比しながら、新たな自分の人生を生きる」ということが要求されていた。その「新たなる人生」への模索がなければ、「戦後」という時期は、未来へ向かって動き出せなかったはずなのである。十六歳だった「私」は、ここで改めて、傍点を排した「私の人生」を選択し直さなければならない。それをしなければ「断層」は解消されない。神西清の言う「断層」は、『仮面の告白』の登場した「戦後」という時期との連関において重要であり、であればこそこの「断層」は、解消されるべきだったのである。

『仮面の告白』は、その「人生が混乱している」と言われる「戦後」という時期に忽然と登場した、《牡の文學》である。そこに前例はない。それは、読む者に衝撃をもたらす。そこにあるものは、「戦後」という時代に必要な「新しい人生の鍵《かぎ》」なのかもしれない。多くの人間達が、「で、どうなるの？」と、〝その先〟を知りたがるのは当然と言うものだろう。

しかし、三島由紀夫はその問いに答えなかった。彼には、「自分なりの人生」という選択肢が存在することが理解出来なかった。あるいはまた、「内乱の中においても、二十四歳の彼には〝自分〟という旗印を掲げるだけの力がなかった」と言うべきなのかもしれない。言いにくい告白を「事実」とするために、自分自身を「虚」としてしまった作家である。彼にそれを望むのは酷かもしれない。しかし、やっぱりそれは必要だったのである。

『仮面の告白』は、一人の青年の挫《ざ》折《せつ》の物語である。しかもその前には、「見事な出来の」という修飾語さえ付く。しかし、「人生」が混乱している「戦後」という時期において、「見事な挫折の物語」が登場しても仕方がない。だから、この小説に「断層」を感じる神西清は、《おそらく通例の小説的な観念からすれば間然とするところのない出來榮え》としながらも、後半部には疑義を呈する。彼は『仮面の告白』に、「通例の小説とは違うもの」を求めたのである。

それでは、神西清に代表されるような読者は、『仮面の告白』になにを求めたのか？　それはおそらく、「同性愛とはなにか？」ではない。その問いを含んだ、「我々とはいかなるものか？」という問いの答である——そうだろうと私は思う。そうでなければ「戦後」ではない。しかし、三島由紀夫は答えなかった。

なぜ答えなかったのか？——それは、「三島由紀夫はなぜ自分自身を虚にしたのか？」という問いと重なる。一体、三島由紀夫は、なぜこの作品を「単なる挫折の物語」にして終わらせ、自分自身を「虚」にしてしまったのか？『仮面の告白』を登場させた「戦後」という時代は、その問いと答を曖昧《あいまい》にしたままに続き、三島由紀夫はその先で「一切の虚無」と直面する——そして死ぬ。

「なぜ三島由紀夫は自分自身を虚にしたのか？」——この問いと答は、とてつもなく重大なもののはずである。

五　それはいかなる「欲望」か

『仮面の告白』は、挫折の物語である。これを書くことによって、作者は彼自身の新たなる展望を開きえたのかもしれない。しかし、それと読者とはまた別である。『仮面の告白』を読む読者は、「そこに同性愛の欲望が存在する」ということ以外の、「新しい展望」を得ることが出来ない。だからこその「挫折」でもある。しかしそうなって、『仮面の告白』でどのような挫折が描かれたのかということになると、これがまたよく分からない。

私は、三島由紀夫が「仮面」というカテゴリーを導入して、自分の書くものを《完全な告白のフィクション》などというややこしいものにしようとしたことの理由を、彼の中核に根を下ろした「同性愛」という欲望によるものだと即断してしまっているが、果たしてそれは正しいのか？　読者が『仮面の告白』の中に見る「私」の欲望は、「同性愛の欲望」だけなのか？　果たして『仮面の告白』は、「身内に巣食う同性愛の欲望に足を取られ、現実に進み出ることが出来なかった青年の挫折物語」でしかないのか？

そこには「同性愛」と呼ばれるような欲望が確かにある。しかし、三島由紀夫がこだわっていたのは、果たして、「同性愛」と呼ばれる欲望だけなのだろうか？　『仮面の告白』を書く三島由紀夫の中には、「明白には語りにくい欲望」が確かにある。それが「同性愛」と重なるものであり、「現実に足を踏み出すことを妨げるもの」であることだけは確かだが、しかし、三島由紀夫に「仮面の下にはなにもない」などという〝複雑〟を演じさせたのは、果たして「同性愛の欲望」と言われるものだけなのか？　それを「同性愛の欲望」であると仮定して、果たして『仮面の告白』の「私」の苦悶《くもん》は、「同性愛の欲望」にまつわるものだけなのか？　それが「挫折の物語」なら、『仮面の告白』はいかなる挫折を書く物語なのか？　問題にされるべきことは、まだ色々とある。

『仮面の告白』の第四章は、女に欲望を感じない「私」の、手に汗を握るような緊張で貫かれた「日常の日々」を描くことから始まる。やがて、「私」と園子は再会し、終局へ向けての突進が始まる。

再会した園子との必然のない逢瀬《おうせ》の時間は、じりじりと過ぎて行く。園子と「私」は、ダンスホールへ入る。やはりじりじりとするばかりの「私」は、そこに若い四人の男女がいるのを見つけ、そして、変化が起こる。

《のこる一人に私の視線が吸ひ寄せられた。廿《にじふ》二三の、粗野な、しかし浅黒い整つた顔立ちの若者であつた。彼は半裸の姿で、汗に濡《ぬ》れて薄鼠《ねずみ》いろをした晒《さらし》の腹巻を腹に巻き直してゐた。（中略）日に灼《や》けた半裸の肩は油を塗つたやうに輝やいてゐた。腋窩《えきくわ》のくびれからはみだした黒い叢《くさむら》が、日差をうけて金いろに縮れて光つた。

これを見たとき、わけてもその引締つた腕にある牡丹《ぼたん》の刺青《いれずみ》を見たときに、私は情慾に襲はれた。》

「私」は、「私」の欲望の常套《じようとう》に従い、その若者が刺し殺されることを妄想《もうそう》する——。

《私は園子の存在を忘れてゐた。私は一つのことしか考へてゐなかつた。彼が眞夏の街へあの半裸のまま出て行つて與太《よた》仲間と戦ふことを。鋭利な匕首《あひくち》があの腹巻をとほして彼の胴體《トルソオ》に突き刺さることを。》

しかし、刺し殺されるのは、「彼」ではなく、「私」である。

「私」は夢想している——。

《彼の血まみれの屍《しかばね》が戸板にのせられて又ここへ運び込まれて來ることを。……》

そこに園子の声が割り込んで来る——。

《「あと五分だわ」

園子の高い哀切な聲《こゑ》が私の耳を貫ぬいた。私は園子のはうへふしぎさうに振向いた。

この瞬間、私のなかで何かが殘酷な力で二つに引裂かれた。雷が落ちて生木が引裂かれるやうに。私が今まで精魂こめて積み重ねて來た建築物がいたましく崩れ落ちる音を

私は聴いた。私といふ存在が何か一種のおそろしい「不在」に入れかはる刹那《せつな》を見たやうな氣がした。》

目覚めた「情慾」は、「日常」になんとか適応しえたのではないかと思っていた「私」を、刺し殺した。後に残るのは、「不在となった私」である。それはあるいは、三島由紀夫が「虚」となる瞬間でもあろうが、私＝橋本は、このシーンに「第一章の最後」を重ねる。あるいは、作者の意図もそのようなものではなかったかと思う。「第一章の最後」とは、まだ幼い「私」の家に夏祭の一団が雪崩《なだれ》込むシーンである。

《植込が小氣味よく踏み躙《にじ》られた。本當《ほんたう》のお祭だつた。私に飽かれつくしてゐた前庭が、別世界に變《かは》つたのであつた。神輿《みこし》は隈《くま》なくそこを練り廻され、灌木《くわんぼく》はめりめりと裂けて踏まれた。何が起つてゐるのかさへ、私には辨《わきま》へがたかつた。音が中和され合つて、まるでそこには凍結した沈黙《ちんもく》と、意味のない轟音《がうおん》とが、交る交る訪れて來てゐるやうに思はれた。色もそのやうに、金や朱や紫や緑や黄や紺や白が躍動して湧《わ》き立ち、あるときは金が、あるときは朱が、そこ全體《ぜんたい》を支配してゐる一ト色のやうに思はれた。

が、唯《ただ》一つ鮮やかなものが、私を目覺《おどろ》かせ、切なくさせ、私の心を故《ゆゑ》しらぬ苦しみを以《もつ》て充《み》たした。それは神輿の擔《かつ》ぎ手たちの、世にも淫《みだ》らな・あからさまな陶醉《たうすい》の表情だつた。……》

家の前庭に神輿が侵入して来た時、「私」は二階にいる――《私は誰やらと二階へ駈《かけ》上つた。露臺へ出て、今しも前庭へ雪崩込んで來るあの黒い神輿の一團《だん》を、息をこらして見た。》

かつての「私」は、「淫らな陶酔を実践する男達」を、安全な場所から見ていた。そして、「男というものが、淫らな陶酔を実現しうるものである」という学習をしていた。その「私」は今、「陶酔しうる男」を至近距離で見て、頭の中で、その男との間で成り立つ「陶酔」を妄想している。現実と妄想との間には、神輿の雪崩込んだ前庭と二階の露台《バルコニー》ほどの距離がある。しかしその「私」は、もう安全地帯にはいない。幼い「私」には、安全地帯へ連れて行ってくれる「誰か」がいた。成人した私のそばには、「男の陶酔」を理解しない園子という女がいる。その女は、安全な距離を取っているはずの「私」を、妄想という二階の露台から突き飛ばした。それが、青年となった彼のいる「現実」――あるいは「人生」だった。そのことを衝撃的に知った彼は、《不在》になる。『仮面の告白』における「挫折」、あるいは「挫折の完結」とは、このようなものである。

「私」は、自分を欲情させた若者の存在――その若者の一団がいるダンスホールの雰囲気が、《園子の心にも或《あ》る種の化學變化《くわがくへんくわ》を起させた》と思う。確かにそうらしく、別れ際《ぎわ》の園子は、ある問いを口にする。

《「をかしなことをうかがふけれど、あなたはもう、もう勿論《もちろん》あのことは御存知の方《はう》でせう」

私は力盡《つ》きてゐた。しかもなほ心の發條《バネ》のやうなものが殘つてゐて、それが間髪を容《い》れず、尤《もつと》もらしい答を私に言はせた。

「うん、……知つてますね。殘念ながら」

「いつごろ」

「去年の春」

「どなたと？」》

「私」との間に「挫折した接吻《せつぷん》」しか経験していない園子は、「なぜ自分達が〝挫折した接吻〟しか経験出来なかったのか」を自分なりに考え、ある答を出す。「自分は彼からそれほど恋われてはいない。彼には自分以外の女性がいて、その女性との間でもう性交渉は持たれてしまっているのだ」と。だから彼女は尋ね、そして「私」は嘘《うそ》をつく。

この「私」に、女性との性交渉があるはずはない。「私」は偽り、そのことによって、現実における「私」の《不在》は、揺るぎなくなる。

《「名前は云《い》へない」

「どなた？」

「きかないで」

あまり露骨な哀訴の調子が言外にきかれたものか、彼女は一瞬おどろいたやうに默《だま》つた。顔から血の氣の引いてゆくのを氣取《けど》られぬやうに、あらん限りの努力を私は拂《はら》つてゐた。》

この「私」は、いたって誠実な人間である。ここでどうして「現実における〝私〟の《不在》」が揺るぎなくなってしまったのかと言えば、それは「私」が嘘をついたからである。これ以後の「私」は、その「嘘」を自分の前提にして行かなければならない。「嘘」を前提にして始められる現実が「真実」であるはずはない。他人はその現実を「真」なるものとして生きて行くことが出来るが、「私」は、その現実を「嘘」として生きて行かなければならない。だとしたら、この「私」は、現実を不在のまま生きなければならなくなる――それが、誠実なる「私」の結論である。

そして、このような結論を出すのは、「小説を書く芸術家＝三島由紀夫」の「私」ではない。三島由紀夫の規定によれば、「芸術家」は「現実に生きる」を担当しない。それをするのは「芸術家ではない私」――すなわち、「三島由紀夫」ではない「平岡公威《きみたけ》」なのである。この時、「平岡公威」である「私」は、「現実＝嘘」であるような人生を選択せざるをえなくなる。「現実生活を担当する私」だけが「虚」となって、「現実生活を担当しない私」が「虚」とならずにいていいわけがない――そう思うのが、誠実なる二十四歳の三島由紀夫である。であればこそ、この時から「三島由紀夫」という仮面の下にはなにもなくなる。それが、誠実なる人の誠実なる結論だったのである。

「平岡公威」は、《不在》のまま現実を生きる。そうなった時、残る一方の「私」がのうのうと生きていていいわけはない――そのように考えて、誠実なる三島由紀夫は、「三島由紀夫」という存在を「虚の人物」と設定するのだが、しかし、一体なんだって三島由紀夫は、そんな強引な結論を選び取らなければならなかったのか？　「虚の人物」として自分をスタートさせた三島由紀夫は、やがてそのままの状態で「虚の終末」に至り着く。それが彼の決断なのだから仕方がないとは言っても、しかし人は、そんな強引な決断をいつまでも持続させておくことが出来るだろうか？　二十四歳の青年ならともかく、人は、「その人生の続く限り」という長い間、「潔癖」を保っていられるものだろうか？　そんな強引な「人為」で人生を生きられるのなら、そこにはもっと「明確な理由」がなければならないはずである。『仮面の告白』における「欲望」の問題は、ここでようやく正面に出る。つまり、『仮面の告白』における「最も重要な欲望」は、「愛するものが男である」という同性愛の欲望ではなく、「強引な人為を最後まで保たせ続けた明確な理由」だということである。

三島由紀夫は、潔癖や誠実によって「虚」や「不在」を選び取ったのではない。そうならざるをえない必然があって、であればこそ、「それを選び取る」という方向へ進まざるをえなかった。『仮面の告白』で問題にさるべき「欲望」は、「その理由」の別名なのである。そうであるべきなのである。

その「欲望」があればこそ、彼は「その選択」をした。彼にそれをさせた「欲望」は、一体いかなる「欲望」なのか。

六　暴君の欲望

『仮面の告白』の「私」が語る欲望は三つある。一番最初に登場するのは「男への欲望」、次に、それと重なるような形で「死」が登場して、「死を運命づけられた男への欲望」となり、その後に《扮装欲《ふんさうよく》》と命名される「女装の欲望」が登場する。そこまでを、『仮面の告白』第一章はこう整理する。

《かうして私は二種類の前提を語り終へた。それは復習を要する。第一の前提は、糞尿《ふんねう》汲取人《くみとりにん》とオルレアンの少女と兵士の汗の匂《にほ》ひとである。第二の前提は、松旭斎天勝《しようきよくさいてんかつ》とクレオパトラだ。》

そして、《なほ語られねばならない前提が一つある。》として、《殺される王子》への執着が語られる。

「私＝作者」の分析は明快のようで、しかし違う。彼の欲望の形は、《第一の前提》の中にすべて籠《こ》められているからだ。最初に登場する《糞尿汲取人》が「男への欲望」を表すのは明らかだが、「私」の関心を惹《ひ》いて《偏愛》を成り立たせた《オルレアンの少女》――「男装した少女ジャンヌ・ダルクの勇姿を描く絵」は、「私」に「死」を教える。《私は彼が次の瞬間に殺されるだらうと信じた。いそいで頁《ページ》をめくつたら、彼の殺されてゐる繪《ゑ》が見られるかもしれぬ。》――「彼」と思われていたものが「彼女」で、しかしその次の頁に「彼＝彼女の死」はない。「私」が幻滅するのは、既に《オルレアンの少女》の中に《「殺される王子」の幻影》を見てしまっているからである。

《オルレアンの少女》の次に来る《兵士の汗の匂ひ》は、既に述べられた二つ――《糞尿汲取人》と《オルレアンの少女》を統合したようなもので、家の門前を通る兵士達の《汗の匂ひ》に吸い寄せられるばかりの「私」は、ここにもまた「死」を感じる。

《兵士たちの汗の匂ひ、あの潮風のやうな・黄金《きん》に炒《い》られた海岸の空氣のやうな匂ひ、あの匂ひが私の鼻孔を搏《う》ち、私を酔はせた。私の最初の匂ひの記憶はこれかもしれない。その匂ひは、もちろん直ちに性的な快感に結びつくことはなしに、兵士らの運命・彼らの職業の悲劇性・彼らの死・彼らの見るべき遠い國々、さういふものへの官能的な欲求をそれが私のうちに徐々に、そして根強く目ざめさせた。》

「私」は《兵士たちの汗の匂ひ》に陶酔し、彼等の内に「死」を感じる。《兵士らの運命・彼らの職業の悲劇性・彼らの死》と並べられて、「死」の序列はその三番目である。あるいはこの三つは、「兵士らの運命＝彼らの職業の悲劇性＝彼らの死」として等号で結ばれるように思われるかもしれないが、この三つは「兵士らの運命＝彼らの職業の悲劇性≠彼らの死」となるようなもので、兵士における《職業の悲劇性》とは、「死を覚悟しなければならないこと」ではない。これは、「貧しい階層に属する下層民」ということである。この以前、五歳の「私」は「坂を下りて来る汚穢屋《おわいや》の若者」を見て、《この世にひりつくやうな或る種の欲望があるのを豫感《よかん》》するが、それと同時に、《彼の職業に對《たい》して、私は何か鋭い悲哀、身を撚《よ》るやうな悲哀への憧《あこが》れのやうなもの》をも感じる。「汚穢屋の若者」に《悲劇的なもの》を感じた「私」は、やがて《花電車の運轉手《うんてんしゅ》や地下鐵《ちかてつ》の切符切り》の上にもそれを感じるようになる。《兵士たちの汗の匂ひ》から派生して感じられる《彼らの職業の悲劇性》もこの延長線上にあるもので、それは、彼等の職業が感じさせる「貧しさ」なのである。

「汚穢屋の若者」によって、「男に対する欲望」が目覚め、その男が「下層民の若者」であることに「悲劇性」を感じ、男装のジャンヌ・ダルクによって、「勇敢な王子の死」に対する予感が生まれ、それが男ではなく「女」であることによって、改めて「男への執着」が確認される。《汗の匂ひ》を感じさせて家の前を通る兵士たちは、これらの要素を現実の中で統合したもので、《殺される王子たち》の幻影はその上に登場する。

《子供に手のとどくかぎりのお伽噺《とぎばなし》を渉獵《せふれふ》しながら、私は王女たちを愛さなかつた。王子だけを愛した。殺される王子たち、死の運命にある王子たちは一層愛した。殺される若者たちを凡《すべ》て愛した。》

この王子達が成長して衣服を脱ぎ捨てたら、十三歳になった第二章の「私」に射精を実現させる、殉教図の「聖《サン》セバスチャン」になる。目の前の道を行く若い兵士たちは、絵本の中の《殺される王子》のイメージを吸収した後、《白い粗布》を腰に巻きつけたばかりのローマ帝国の親衛兵長セバスチャンになるのだが、裸にされた殉教図の聖セバスチャンが、「男の肉体を感じさせる下層民の若者」と「非現実の世界に住まう王子」との折衷形であることは明らかだろう。現実の《性的な快感》は、十三歳になった「私」に訪れるが、しかしそうなるための下準備は、その以前、既に十分整えられていたのである。

「初めての射精」に至るまでの「私」の欲望を語るキイ・ワードは四つ――それを登場順に並べれば「男」「下層民」「死」「王子」、あるいは「男」「下層民」「王子」「死」で、この欲望の間に登場する「女装への欲望」は、別系統として位置付けられる。私＝橋本はそのように整理する。本文にも、《「天勝になりたい」といふねがひが、「花電車の運転手になりたい」といふねがひと本質を異《こと》にするものであることが、おぼろげながら私にはわかつてゐた。》とある。「欲望の形の整理」は、その欲望を持つ人間が「どう生きたい」と思うかを探るための重要な手続きで、そう思えばこそ、私＝橋本はそのように整理する。この整理が、『仮面の告白』の「私」の欲望を探るための下準備――すなわち、私=橋本の用意する〃伏線〃である。

　ところでしかし、その四つのキイ・ワードが用意された『仮面の告白』の「私」には、もう一つの特徴がある。それは、彼が「自分から進んで男達の現実の中へ入って行かない男」だということである。

　第二章で「聖セバスチャンの殉教図」に出合う前、「私」は第一章の終わりで、「男達の夏祭による凌辱《りょうじょく》」を受け、神輿の担《かつ》ぎ手である男達の顔に《世にも淫らな・あからさまな陶酔の表情》を見る。しかし、夏祭の神輿を担ぐ男が恍惚《こうこつ》としているのは、当然のことである。それは、「恍惚を当然とする行為」なのだ。男達と一緒になって神輿を担いでしまえば、このことはたやすく理解される。しかしこの主人公は、決してそれをしない。第一章におけるその理由は、病弱であることと、幼いことである。しかしこの主人公は、病弱を克服しても、「幼い」と言われる時期を過ぎても、きっと神輿の担ぎ手の中には入って行かない。入って行ったとしても、そこにある「恍惚」を〃当然〃とはしない。自分の恍惚と他人の恍惚との間に一線を引く。なぜならば、この主人公は、妄想の中でさえ、愛する者を自分の手で殺さないからである。

「半裸の若者の死」を夢見る第四章の「私」は、「自分の手で逞《たくま》しい若者の腹に匕首《あいくち》を突き刺したい」と思っているのではない。「その若者が外へ出て、与太者仲間と戦って匕首で刺され、再び戸板に載せられて彼の目の前に運び込まれる」という、迂遠《うえん》なことを考えている。この「私」は、「男と直接関わる」ということにおいて、妄想《もうそう》の中でさえ不能者なのである。「たとえ神輿を担ぐ男達の中に入っても、そこで男達と同じ恍惚を共有しないだろう」と私が思うのは、そこである。

男に恋情して、しかし、その男と直接に関わろうとはしない――その不能状況に気づいてさえいない。彼はただ、「愛する若者の死を目前にする」ということだけを望み、そのことに対して、優越した王者の気分を感じ取っている。問題は、そこなのである。『仮面の告白』第二章の終わり近く、妄想の中で少年の体を料理しようとする有名なシーンの前には、こういう一行がある――。

《私は愛する方法を知らないので誤まつて愛する者を殺してしまふ・あの蠻族《ばんぞく》の劫掠者《ごふりやくしや》のやうであつた。》

この《のやう》は不要であろう。彼は「そのもの」である。にもかかわらず、ここには《のやう》の三文字がある。つまりここには、なんらかの不正確があるということである。《あの》が付いている《蠻族の劫掠者》が誰を示すのか、私は知らない。しかし、《蠻族の劫掠者》は、《愛する方法を知らないので誤まつて愛する者を殺してしまふ》などということをしないだろう。《蠻族の劫掠者》は、「愛さないから、(私の)愛する者を平氣で殺してしまふ」である。だからこそ《蠻族》なのだ。その殺戮《さつりく》の中に「愛情」はない。

人が人を殺すということは、その「関係」を断ち切るということである。だから人は、「関係ない」と思ったその段階で、平気で相手を「殺す」という方向へ進みうる。《蠻族の劫掠者》は、その侵略した相手民族に対していかなる感情をも持たないからこそ、平気で「殺す」を実践してしまう。そこに「愛情」はない。《愛する方法を知らないので誤まつて愛する者を殺してしまふ》は、《蠻族の劫掠者》ではなくして、「私」なのだ。そしてこの「私」は、自分が《愛する方法を知らないので誤まつて愛する者を殺してしまふ》という事実を認めたくない。だからこそ、それを《蠻族の劫掠者》におっかぶせる。そこに《のやう》の三文字をくっつけて、自分のための修飾とする。「《愛する方法》を知らないのは、自分一人の属性ではない」と、この「私」は信じるのだ。「それはまた《蠻族の劫掠者》の上にもあることなのだから」と仮想して、《私は愛する方法を知らないので誤まつて愛する者を殺してしまふ・あの蠻族の劫掠者のやうであつた。》という表現を取る。しかしその真実は、「私は、愛する方法を知らないので誤まつて愛する者を殺してしまふのであつた」でしかない。そして、それでさえも「間違い」であるというのは、この主人公が、「自分から殺す」をしないからだ。真実とは、「私は、愛する方法を知らない上に人を殺すこともできないので、愛する者を殺させてしまふ」なのである。

この哀れな不能状況は、どのようにすれば回避されるのか？《蠻族の劫掠者》に掛かる《のやう》は、その点からも必要とされる。《蠻族の劫掠者のやう》な地位があれば、彼は「不能」とは言われなくなるからである。その地位を「私」が得た時、「愛する方法を知らない上に人を殺すこともできないので、愛する者を殺させてしまふ」は、「私は、人に死を命じることが出来るので、愛する者を殺させてしまふことも出来る」に変わるからである。彼が必要なのは、「蠻族の劫掠者のやうな地位」で、彼は「権力者」であることを求めているのである。

「愛する者を人に殺させて恍惚とする」という妄想を抱いている段階で、彼は既に「権力者」である。彼はその地位を手放さない。少年期が青年期になっても、彼の妄想の質は変わらない。

《空つぽの椅子《いす》が照りつく日差のなかに置かれ、卓の上にこぼれてゐる何かの飲物が、ぎらぎらと凄《すさ》まじい反射をあげた。》——これが、『仮面の告白』の末尾である。

これは「挫折《ざせつ》の物語」なのだから、当然、《何かの飲物》に《ぎらぎらと凄まじい反射》を与えているのは、夏の日差ではない。それを見る「私」の無念である。それが、《反射》に対して《ぎらぎらと凄まじい》という性質を与えている。

「私」は「不在」になってしまった——そういう挫折がある。しかも、その「不在」以前の「私」には、《牡の文學》として人を興奮せしめるような〝なにか〟が宿っていた。それは、「戦後」という新しい時代において必要な、〝なにか〟であったはずである。それを喪《うしな》った――その挫折感と無念さが、《ぎらぎらと凄まじい反射》を作り出している。であるなら、我々はそこをもう一度振り返ってもよいはずである。「戦後という時代は、こぼした飲物の痕《あと》を、ただ強い無念の思いで見つめていただけだった」ということだって、言って言えないことはない。しかし、それは無意味である。『仮面の告白』の「私」が見つめていたのは、「自分の挫折の痕」なんかではないからである。

『仮面の告白』の末尾は、正確にはこうである――。

《私は立上るとき、もう一度日向の椅子のはうをぬすみ見た。一團《だん》は踊りに行つたとみえ、空つぽの椅子が照りつく日差のなかに置かれ、卓の上にこぼれてゐる何かの飲物が、ぎらぎらと凄まじい反射をあげた。》

《一團》とは、妄想の中で「死」を願った若者とそのグループである。「私」がぎらつくほどの凄まじさで見据えたのは、「私の不在」なんかではない。彼はひりつくほどの思いで、立ち去った「自分の欲望の対象」を見つめ続けていただけなのである。

この末尾に書かれるものは、自分の欲望の正当性を凝視する、権力者の怒りだけである。『仮面の告白』に「断層」を感じた神西清の見たがったものは、そんなものではないだろう。神西清は「断層」と言って、しかし三島由紀夫には、そんなことを感じる必然がなかった――《誰にもわかるはっきりした對照《たいせう》》ですませてしまえたのも、そのためである。

この「私」は、「戦後」という新しい時期が来ても――そこで「人生」に関する混乱が起こっても、決して「自分なりの新しい人生」など模索しないだろう。彼はひりつくほどの思いで「自分の欲望の対象」を見つめ続けて、彼のなすべきことはそれだけでよかった。それが実現出来ている時、彼は既に「妄想の中の権力者」で、せっかく始まった「戦後」という時の中で、彼は「妄想に住まう権力者」として存在し続ける。彼はそのことを手放そうとはせず、そのことが許される。なぜか？　彼が「芸術家」であるからだ。

『「仮面の告白」ノート』で、彼は《多くの作家が、それぞれ彼自身の「若き日の藝術《げいじゆつ》家《か》の自《じ》畫像《ぐわざう》」を書いた。》と書き、《ここに書かれたやうな生活は、藝術の支柱がなかつたら、またたくひまに崩壊する性質のものである。》とも書いた。三島由紀夫が、私小説を「〃主人公＝私＝作家（芸術家）〃という前提にのっとっていなければならないもの」と定義するのは、当時に当たり前の定義でもあろうが、ということになれば、『仮面の告白』に向かう読者は、すべて「芸術家」としての前提に立たなければならなくなる。なにしろこの作品の内容は、《藝術の支柱がなかつたら、またたくひまに崩壊する性質のもの》であるからだ。芸術家にとってだけ「同性愛」は意味があり、「芸術家じゃない同性愛志向の人間」は《またたくひまに崩壊する》運命を甘受しなければならない。芸術家というものは、「同性愛」という欲望において、特権的な立場を有するものなのである。「同性愛の欲望」が「現実とは相容《あいい》れないもの」であったとしても、『仮面の告白』における「同性愛の欲望」は、そのことに関わらない。『仮面の告白』における「同性愛の欲望」は、それが「芸術と関わるもの」であることによって、「現実と関わらずにすむ権利」を得ているからである。

二十四歳の三島由紀夫は、「三島由紀夫」という仮面の下に「なにもない虚」を設定した。我々が、「なんでそんなことが出来たのだろう」と訝《いぶか》しむのは、その仮面が「芸術」という特権的な世界に属するものであることの意味を知らないから——あるいは忘れてしまっているからである。

芸術家は、彼の所属するその領域において、「愛する者に死を命ずる暴君」になれる。それをする理由を深く考えず、《私は愛する方法を知らないので誤まつて愛する者を殺してしまふ・あの蠻族の劫掠者のやうであつた。》と言うことも可能になる。それが「誠実なこと」であったとしても、芸術家というポジションを獲得してしまえば、その芸術家は、「虚」という現実を生きて行くことが出来る。それは、現実を支配する暴君が「暴君」であることを咎《とが》められないでいるのと同じことである。現実を支配する権力者は、権力者であるがゆえに、「暴君」という批判を封殺出来る。三島由紀夫と彼の生きたその時代において、芸術家は「権力者」であり、「虚」はまた「暴君の自由」でもあった。であればこそ三島由紀夫は、自身を「虚」として設定し続けられたのである。『仮面の告白』において、三島由紀夫はその「欲望の形」を整理していない。「欲望の形を整理する」が必要なのは、その欲望を抱える人間に「生きて行く」が必要になるからで、「自分はどう生きたいのか」を考えるためだけに、「自分の欲望の形を整理する」は必要になる。しかし『仮面の告白』の著者は、それを提出するだけで、「整理」をしていない。理由は簡単である。『仮面の告白』を書いた時、この著者は既に「芸術家」だったからである。「自分は芸術家である」という前提の下にこの作品を書き、「芸術家として生きて行く」という権利を獲得してしまった者なら、その先に「自分はどう生きて行くか」なんてことを考える必要がない。そこで考えられるべきことは、「芸術家としてどう生きて行くか」だけだ。この点で「芸術家」は、「生きない」と言う権利を獲得した暴君と同じものである。だからこそ私＝橋本は、その欲望の形が整理されていないことの重要性を問う。それは、問われてしかるべきことなのだ。なぜならば、『仮面の告白』は「私小説にあらざる私小説」という特殊な設定を作者から与えられた作品だからである。

《多くの作家が、それぞれ彼自身の「若き日の藝術家の自畫像」を書いた。私がこの小説を書かうとしたのは、その反對の欲求からである。この小説では、「書く人」としての私が完全に捨象される。作家は作中に登場しない。》——それはつまり、これが「私小説にあらざる私小説」として設定されているということで、この作品の作者は、「芸術家としての特権を拒絶している」ということである。「芸術家」なら、「同性愛に対していかなる位置付けをも与えない現実社会」の中で「敗北」を喫したとしても、一向に平気でいるだろう。しかし、この作品を書く三島由紀夫は、『仮面の告白』から「芸術家である作家」を放逐してしまっているのである。であればこそ、本来なら「三島由紀夫＝芸術家」になっていればいい作者は、「三島由紀夫＝虚」を選択せざるえなくなったのである。その後の三島由紀夫の「死」は、この選択の延長線上にある。であるならば、「私小説にあらざる私小説」として設定された作品は、ここに改めて「欲望の形」を整理され、「本来だったらこの〝私〟はどう生きて行くべきだったのか」を検討される必要を持つのである。

『仮面の告白』における「私の欲望」を語るキイ・ワードは四つ——これが「男」「下層民」「死」「王子」、あるいは「男」「下層民」「王子」「死」の順に並んでいることとこそが重要なのである。

七　彼はなぜ恋を殺すのか

『仮面の告白』で「私」の欲望を語るキイ・ワードは、「男」「下層民」「死」「王子」、あるいは「男」「下層民」「王子」「死」の順に登場する。「死」と「王子」の順が曖昧《あいまい》なのは、男装のジャンヌ・ダルクの中にこの二つが同時に登場してしまうからだが、この順序の本来は、やはり「男」「下層民」「死」「王子」だろう。「汗の匂《にお》い」を語られる兵士も、この順序で説明される――《兵士らの運命・彼らの職業の悲劇性・彼らの死・彼らの見るべき遠い國々》。《兵士らの運命》は、《彼らの職業の悲劇性》とイコールであり、《悲劇性》は《死》を連想させ、そして兵士というものは、「殺される王子」や「聖《サン》セバスチャン」のいる《遠い國々》を「見るべきもの」として位置付けられる。もしもジャンヌ・ダルクが「女」ではなく男だったら、この順序は「男」「下層民」「王子」「死」となったかもしれないが、とりあえず欲望の順序は「男」「下層民」「死」「王子」である。しかしもちろん、「死」と「王子」の順はどうでもいい。重要なのは、まず「男」で、それが「下層民」であるということである。これは、「最初の出会い」となる汚穢屋《おわいや》の青年において、既に明らかになっている。一体この有名な「汚穢屋の青年との出会い」は、何を意味するものなのだろう？

《坂を下りて來たのは一人の若者だつた。肥桶《こえをけ》を前後に荷《にな》ひ、汚れた手拭《てぬぐひ》で鉢巻をし、血色のよい美しい頰と輝やく目をもち、足で重みを踏みわけながら坂を下りて來た。それは汚穢屋――糞尿汲取人《ふんねうくみとりにん》――であつた。（中略）それが汚穢屋の姿に最初に顯現《けんげん》したことは寓喩的《アレゴリカル》である。何故《なぜ》なら糞尿は大地の象徴であるから。私に呼びかけたものは根の母の惡意ある愛であつたに相違ないから。

私はこの世にひりつくやうな或《あ》る種の欲望があるのを豫感《よかん》した。汚れた若者の姿を見上げながら、『私が彼になりたい』といふ欲求、『私が彼でありたい』といふ欲求が私をしめつけた。その欲求には二つの重點《ぢゆうてん》があつたことが、あきらかに思ひ出される。一つの重點は彼の紺の股引であり、一つの重點は彼の職業であつた。紺の股引《ももひき》は彼の下半身を明瞭《めいれう》に輪廓《りんくわく》づけてゐた。それはしなやかに動き、私に向つて歩いてくるやうに思はれた。いはん方ない傾倒が、その股引に對《たい》して私に起つた。何故だか私にはわからなかつた。

彼の職業――。このとき、物心つくと同時に他の子供たちが陸軍大将になりたいと思ふのと同じ機構で、「汚穢屋になりたい」といふ憧《あこが》れが私に泛《うか》んだのであつた。憧れの原因は紺の股引にあつたとも謂《い》はれようが、そればかりでは決してなかつた。この主題

は、それ自身私の中で強められ發展し特異な展開を見せた。》

《特異な展開》とは、やがてそれが「花電車の運転手」や「地下鉄の切符切り」「兵士たち」へまで及んで行く、「職業にまつわる悲劇性」である――《きはめて感覺的な意味での「悲劇的なもの」を、私は彼の職業から感じた。》

五歳の「私」は、汚穢屋の青年に恋をした。その恋を成り立たせた中心には、その青年の穿《は》く《紺の股引》があり、そこには二つの側面があった。汚穢屋の穿く《紺の股引》――《彼の下半身を明瞭に輪廓づけてゐた》とするものは、現代で言うならば、「股《こ》間《かん》の膨らみ共々下半身の形を明瞭にするピチピチのジーパン」である。ここには、その下半身を持つ男に対する性的な恋着がある。ところが、「私」が五歳だった昭和初年頃の当時、《紺の股引》にはまた別の意味があった。「車夫馬丁」が侮蔑《ぶべつ》語の意味を持っていたその頃、《紺の股引》を穿く職業の男は、中流以上の人間達から「下層民」と解されるような肉体労働者だったからである。

この当時、男の《下半身を明瞭に輪廓づけ》るものは、《紺の股引》以外にない。そして《紺の股引》は、「車夫馬丁」という侮蔑の意味を持たされた言葉に代表される、「下層の肉体労働者の制服」だった。《下半身を明瞭に輪廓づけ》ている《紺の股引》に性的な魅惑を発見した五歳の「私」は、それと同時に、「貧しい労働者への恋」にも溺《おぼ》れ込んでいる。「私」が《特異な展開》と言う「悲劇的なもの」は、この「紺の股引＝

下層の肉体労働者」という前提からしか生まれない。

なぜそれは「悲劇的」なのか？　五歳の当時を振り返り、書き手である「私」は「分からない」と言う――《汚穢屋といふ職業を私は誤解してゐたのかもしれぬ。何か別の職業を人から聞いてゐて、彼の服装でそれと誤認し、彼の職業にむりやりにはめ込んでゐたのかもしれぬ。さうでなければ説明がつかない。》「私」は、汚穢屋から「悲劇的なもの」を感じた理由を「説明出来ない」と言うが、これはそう難しいことはない。なぜならば、そう思う「私」は、汚穢屋に《なりたい》と思うからである。

五歳の「私」が「汚穢屋になりたい」と思うのは簡単である。しかし、外出に際して母や看護婦や女中や叔母に手を引かれるような環境に育った「私」が汚穢屋になったら、そこには「悲劇」が生まれる。「汚穢屋の生活」に適応出来ないからである。五歳だから出来ないのではない。《紺の股引》の階層を「下層」と思う所に生まれ育った人間だから、その「貧しい生活」に適応出来ないのである。彼が自身の階層に止まってそれを眺めやる限り、労働者の階層である「汚穢屋」や「花電車の運転手」や「地下鉄の切符切り」の生活は、「悲劇的なもの」にならざるをえない。「悲劇性」は、彼がそこから拒まれていることによるのではなく、彼の馴染《なじ》んだ生活がその階層を拒んでいることから生まれる。だからこそ、「汚穢屋の青年への恋」は《寓喩的《アレゴリカル》》と言われなければならない。

彼の「最初の恋の記憶」で最も重要なことは《寓喩的《アレゴリカル》》で、であればこそここには、なんらかのトリックが隠されているのだ。

この「汚穢屋」には、肛門《こうもん》的あるいは糞尿譚《スカトロジー》的な性質がない。三島由紀夫はその《寓喩的《アレゴリカル》》を、《糞尿は大地の象徴であるから。》と言っているが、ここには、「同性愛→肛門性交→糞尿」という連想がない。三島由紀夫がそれを知って排除したのか、知らずに排除したのかは知らないが、彼が最初の恋の対象として「汚穢屋」を選択したのは、肛門性愛的な連想からではなく、それが人に最も好まれない職業の一つだったからである。その証拠に、《糞尿は大地の象徴であるから。》と言った後、三島由紀夫はこう続ける――《私に呼びかけたものは根の母の悪意ある愛であつたに相違ないから。》と。《寓喩的《アレゴリカル》》は《悪意》に掛かる。重要なのは、《悪意》なのだ。

五歳の「私」は、暴君的な祖母に溺愛《できあい》されている。その彼が、彼の欲求に従って「汚穢屋になりたい」と言ったら、祖母はどう思うだろう？《紺の股引》を穿く階層の男は、《古い家柄の出》の祖母を嫌厭《けんえん》させるだろう。家庭の大小便を汲《く》み取って歩く汚穢屋という職業が必須《ひっす》とする異臭は、必ずや祖母に拒絶の表情を与えるだろう。それが《悪意》であるのは当然だ。「汚穢屋になりたい」は、「祖母を嫌悪《けんお》させたい、祖母を拒絶したい、祖母に拒絶されて自由になりたい」という願望のあらわれなのである。大地なる根の母がそれを贈ったかどうかは別として、五歳の「私」は《悪意》を必要としていた。汚穢屋の青年に連れ去られることによって、五歳の「私」は、祖母と、彼女が宰領する社会から自由になれる——自由になりたいと思ったのである。

なぜそこに《悪意》がなければならなかったのか？　それは「私」が、《大人の心を傷つけることが怖くてならなかつた》子供だからである。

『仮面の告白』は、《永いあひだ、私は自分が生れたときの光景を見たことがあると言ひ張つてゐた。》で始まる。これが事実かどうかは知らない。しかし、これとてもまた《寓喩的《アレゴリカル》》である。祖母を頂点とする「女達の世界」に住まう「私」は、「女という肉体を持つ者の股《また》の間から生まれ出た」という記憶から人生を始めるからである。男と女の間に性行為があって、その後、胎児は女の腹に宿る。そして、女の「性器」とされるものの中から生まれ出る。「私」は、肉体を持つ人間の中心にある性の営みから生まれ出たことを、その初めから「知っている」——そう言い張って、大人達の嫌悪を買う。「私」の住まう祖母の宰領する世界は、「肉体」の隠蔽《いんぺい》を当然として、それを口にすることは禁忌なのである。

しかし、幼い「私」は、その禁忌を理解しない。それを何度も口にして、さりげなくそして遠回しに、禁忌の存在を教えられる。それがさりげなく遠回しであるのは、そこでは、「肉体であること」をほのめかすことさえもが禁忌となっているからだ。幼い

「私」は、しかしこのルールを知らない。《自分が生れたときの光景を見たことがある》と言い出して、大人から、「なんといやな子供だろう」という視線を浴びることになる。《子供だと思ってゐると油斷ができない、こいつ俺を罠《わな》にかけて「あのこと」をきき出さうとしてゐるにちがひない、それなら何だつてもつと子供らしく無邪氣に訊《き》けないものだらう、「僕どこから生れたの？　僕どうして生れたの？」と。――彼らは、あらためて、默《だま》つたまま、何のせゐかしらずひどく心を傷つけられたしるしの薄ら笑ひをじつとりとうかべたまま、私を見やるのが落ちだつた。》

禁忌は、禁忌であることを隠されて、幼い「私」はそれを理解しない。禁忌であることを理解するより先、幼い「私」は、自分と向かい合った大人達の表情から、自分が「悪意を隠し持ついやな子供」と思われていることを知る。しかし「私」には、その悪意がない。だからこう言う――。

《しかし、それは思ひすごしといふものである。私は「あのこと」などについて何を訊きたいわけでもなかつた。それでなくても大人の心を傷つけることが怖くてならなかつた私に、罠をかけたりする策略のうかんでくる筈《はず》がなかつた。》

「私」はただ、人間が肉体を持ち、肉体を持つ人間から生まれて来るものであることを、知っているだけなのである。それを知ることは、禁忌でもなんでもない――しかし、それを口にすることは、禁忌なのだ。それが、幼い「私」の住まう世界のルールである。

そのルールを知っていたら、《大人の心を傷つけることが怖くてならなかつた私》は、それを口にしなかっただろう。しかし「私」は、そのルールを知らされずにいた。だからそれを公然と口にして、大人達から「悪意を隠し持ついやな子供」と思われる。「私」は、自分が「いやな子供」になってしまっているという事実だけを知らされて、しかし、その理由を理解出来ない。なぜかと言えば、この「私」が、まだ《惡意》というものを知らないからだ。かくして、幼い「私」の許《もと》に《惡意》が贈られねばならない理由は生まれる。《惡意》は、矛盾に満ちたその世界で自分を守るために必要な防具なのである。だからこそ、《ひどく心を傷つけられたしるしの薄ら笑ひ》とは違う質のポジティヴな《惡意》は、その矛盾の中心から生まれ出なければならない。恋と共に出現する《惡意》が、「肉体」であることをあらわにする《紺の股引》に凝縮されるのは、そのためである。

　それは、「肉体を持つ人間」であることを隠蔽する「女」ではない。「肉体」を歴然とさせる「男」である。「男」であることは、《下半身を明瞭に輪廓づけ》る《紺の股引》によって明瞭となる。「男の肉体」を持つことを明瞭にして、彼にそれをさせる《紺の股引》は、幼い「私」の所属する階層から離れたところにある者の徴《しるし》であり、その職業はまた、人に嫌厭を与えるようなものでもあった。かくして、「憧れ」と共にもたらされた《惡意》は、この主人公に「自由」へのキイ・モチーフを教える。であればこそ

「私」は、彼に「なりたい」と思うのだ。「なりたい」と思って、しかしその結末が「悲劇的」でしかないことを、「私」は鋭く察知する。結末の「悲劇的」を思って、「私」はあきらめるのか？　あきらめない。その、「恋」という名の自由への衝動は、ただ「悲劇的」という保留状態の中に安置される。なぜか？　それは、彼に恋をもたらした汚穢屋の青年が、美しかったからである。

　その青年は、「私」の所属する社会から嫌悪されるようなポジションにいる。しかし彼は美しい――彼は、《血色のよい美しい頬と輝やく目》を持っている。『仮面の告白』の「私」は、「汚穢屋そのものを美しいと思って見た」のではない。たまたまその汚穢屋の青年が、美しかったのだ。汚穢屋そのものを「美しい」と思えばスカトロジーになる。しかしそうではない。その青年が、美しかった。だからこそ「私」の欲望は、その後に「花電車の運転手」や「地下鉄の切符切り」へ移されることが可能になる。花で飾られ、光を放ちながら夜の路面を進む花電車――その運転手は、汚穢屋とは別の局面にあるものである。幼い「私」にとって、それは「美の世界を宰領する王子」にも近いだろう。《紺の股引》は、「私」に「肉体を持つ男」を教え、そのことを把握した「私」は、「醜」とされるものから美へと進むのだ。醜から美へ進んで、しかし彼等が「悲劇的」を連想させる「下層の労働者」であることに変わりはない。彼等は、「私」とは違う階層に属して、そしてその中での「美しい青年」でなければならない。彼等は「遠いがゆえに美しい男」で、「美しいがゆえに遠い男」ではない。

もちろん、その美の質はいろいろで、「私」はその必要に応じて、様々な「美」を彼等に探す。それは、「健康」を象徴するような《血色のよい美しい頬》であったり、花と光を宰領するような「美」であったりもする。「美」であればこそ、彼等の中に「王子」の幻像はたやすく現れ、しかしまた彼等は、「王子」ではない、「牡《おす》」なのだ。「汗の匂い」を漂わせる兵士達、あるいは、「牡」であることを明瞭にする「兵士達の汗の匂い」が、「私」をたやすく魅惑する。「私」の恋着する若者達の範囲は徐々に広がって、しかしそうなった時、「私」の中から「彼になりたい、彼でありたい」という願望は薄らいで行く。「私」は「私」なりに成長への歩みを続け、いつか「私」がその自己を投影するものは、お伽噺《とぎばなし》や絵本の「王子」になっている。「王子」は「私」自身であり、またそれは、「〝私〟ではない遠くで輝く下層の若者」でもあるのだが、この二つはやがて、「死」というもので一つになる。

それはなぜ「死」なのか？『仮面の告白』の「私」が、「死」と至って近しいところにいるからである。数え年で五歳になる元日の朝、「私」は一度危篤《きとく》状態になる――《カンフルや葡萄糖《ぶだうたう》が針差のやうに打たれた。手首も上膊《じやうはく》も脈が触《ふ》れなくなつて二時間がすぎた。人々は私の死體《したい》を見た。》

それ以来「自家中毒」が彼の持病となり、彼は死と隣り合わせたような日々を送る。

そして、《私に向って近づいてくる病氣の跫音《あしおと》で、それが死と近しい病氣であるか、それとも死と疎遠な病氣であるかを、私の意識は聽きわけるやうになつた。》という状態になる。「私」の中で「死」が欲望と結びついてしまうのは、あるいはこのためかもしれない。

「私」には、二つの「死」がある。一つは、恐怖へ結びつく死、もう一つは、恐怖へと結びつかぬ死。「死」という終末へ向かって、病気という恐怖はやって来る。生命の的をぎりぎりのところでかすめて通り過ぎる病気は、あるいは、「官能」に近いものかもしれない。それを知る立場にいる「私」は、「生命の的をかすめない病気」も知る。それは「擬装の死」ともなりうるもので、官能の中から「死＝欲望」という矛盾が生まれるのは、こうした間隙《かんげき》があればこそではないかと思う。「私」は、死と至って近い所にいて、であればこそ、彼においては「死」が普通とは違った形で作用する。「私」が「死んだ王子の絵」を見て感じる一体感は、それゆえのものだろう。

「死」によって、「私」と「絵本の中の王子」は一つになる。そしてそうなった時、「死」にはまったく新しい意味が生まれる。「絵本の中の王子」は死んでいるが、「それを見ている〝私〟」は、死んでいないからだ。

「私」がなぜ王子を見るのかと言えば、「私」がそれを愛するからである。愛するからこそ王子を見る。「殺されるところが見たいから」ではなく、その王子を愛すればこそ

「見たい」と思い、やがて、その王子が「殺されて死んでいるところ」が、「私」を興奮させるようになる。その因果関係は明らかだろう。殺された王子は、「私」の心を奪い、動揺させたそのことによって、「死」を命じられたのである。「恋を喚起する男は殺されねばならない」という、三島由紀夫の中枢《ちゅうすう》なる欲望は、このようにして確立される。「聖《サン》セバスチャンの殉教図」で射精に至る前、「殺される王子たち」が、その欲望を確定している。そして、それが確定された時、その欲望の対象は、もう「下層の男」を超えているのだ。

その初め、「私」は、「下層民の若者によって束縛から連れ出されて自由になりたい」という願望を持った。それであればこその「恋」であり、それは、「彼になりたい」という形を取った。しかし彼は、下層民になれない。仮に彼がそうなって自由を得たとしても、その時、彼は暴君的な庇護者《ひごしゃ》である祖母の力によって可能にされていた、「彼自身の特権」を失うことになる。自由を得ることとは、彼にとっては危機に直面することでもあった。だからこその「悲劇的」だが、その彼は、「恋を呼びかける者」と自分との間を「悲劇的」という保留で停止させたまま、彼自身の成長を続けた。彼は「自分自身の生活」を続け、その環境に慣れて、遂《つい》には「もうここから出たくない」と思うようになる。既に彼は、「お伽噺」の中にいるのである。そのことが許されているのである。

「お伽噺の王子」が「殺される聖セバスチャン」へと変わるように、彼のいる「お伽噺の世界」は、やがて「文学」という「芸術の世界」へ変わる。彼はそこから出たくない。そこから出る理由はない——そのように思う。しかしにもかかわらず、その彼を刺激するものはある。刺激すればこその「恋」である。その「恋」は、彼に「閉ざされた世界から出ろ」と言う。その声に惹《ひ》きつけられて、しかし彼は、そこから出たくはないのだ。

塔の中に閉じ込められたお姫さまならぬ王子さまは、その塔の中から出たい。その塔の外には、幽閉の王子さまを救いに来た別の王子さまがいる。王子さまとは一つになりたい。そのためには、塔の外へ出なければならない。しかし、閉じ込められた王子さまは、その塔の中の生活しか知らない。救出されて、しかしその後に待つものが「悲劇的な生活」だけだと知った時、幽閉の王子さまは、救出に来た王子さまを殺す。それが「正しい」ということを反芻《はんすう》して、安堵《あんど》の興奮がやって来る。彼は、「自分の正しさ」で射精をする。「救われたいが、救われるのはいや」という矛盾した感情が、彼の欲望を「暴君の欲望」へと変え、彼はそれを「正しい」と信じて、性的な快感を得る。「殺される若者を妄想《もうそう》する」とは、そうした種類の欲望である。

「私」の中に矛盾があればこそ、「私」を自由へと連れ出しに来た若者は、「私」によって殺される。「塔の中の生活」を確保したい王子さまは、自分からは手を下さず、誰かがに「外にいる王子さま」を殺させてしまう。彼を救いに来た王子さまは「塔の外」にいて、幽閉の王子さまは「塔の中」にしかいないのだから、「塔の外の王子さま」を自分で殺すことは出来ない。自分で殺せば「犯罪者」だが、人に殺させれば「権力者」である。「私」が「出たくない」と思う、その馴染《なじ》んだ生活は、「権力者の生活」と同じだった。

まだ子供である「私」の家へ、夏祭の一団がやって来る。それが「攻撃的な襲来」に変わった時、《私は手を引かれて前庭を駈《か》けて逃げた。》《私は誰やらと二階へ駈上つた。》になるのだが、しかしその夏祭の到来もまた、「王者」のためにしつらえられたものだった——《祖母は仕事師を手なづけてゐて、足のわるい自分のために、また孫の私のために、町内の祭の行列が門前の道をとほるやうに計つてもらつた。》

幼い「私」は、なにもしなくてよい。すべての段取りは整えられている。そして、その「私」が成長した時、「私」は、そこから出る必要があるはずのない、「芸術」の中にいる。『「仮面の告白」ノート』が、《ここに書かれたやうな生活は、藝術《げいじゅつ》の支柱がなかつたら、またたくひまに崩壊する性質のものである。》と言うのは、ある意味で真実なのだ。「芸術家」に属してしまった「私」は、そこから動く必要がない。その必然を感じない。芸術家であればこそ、《ここに書かれたやうな生活》は必要になる。だがしかし、その「私」に働きかけ、欲望を刺激するものはある。「私」は、欲望に従うのか？

それともその欲望を排除するのか？　もちろん「私」は、その欲望を排除する。排除される欲望は、「〝私〟に働きかける男への恋着」で、それは本来、「あってはならないもの」なのである――「私」はそのように信じるようになっている。だからこそ殺すのだ。「自分のために他人が殺してくれた」という前提に従って、「私」を刺激した若者は殺される――そのことによって、「私」は真実欲情するのだ。

　この「私」の欲望は、二段構えになっている。「男への恋着」がまずあって、その次に、「その排除を完了させたい」という欲望が来る。哀れな「私」は、「死を命じえた者」の正しさに従って、その欲望の構図を完成させる。「私」の妄想の中で殺される若者は、「自由になりたいと思ってなれなかった彼自身」であってもいいはずである。しかしその彼は、若者の死《し》骸《がい》に取りすがって泣かない。ただ恍惚《こうこつ》とする。泣くのなら、それは、「自由になりたいと思って」である。しかし、自分を助けに来たはずの若者の死を見て恍惚とする彼は、「自由になりたいとは思わない彼」なのである。自由になりたくない彼は、彼を助けに来た若者の死を見て、「ほーら、やっぱりだめだったろう」と、自分の正しさに陶酔する。三島由紀夫の書く『仮面の告白』――そして『仮面の告白』を書く三島由紀夫のややこしさは、すべてこのことに由来する。

『仮面の告白』に登場する主人公の欲望は、「男を愛したい」という欲望や「男に愛されたい」という欲望ではない。それは「暴君の欲望」――「男の上に君臨したい」という欲望であり、「自分を愛そうとする者に死を命じたい」という欲望なのだ。

「自分を愛そうとする者に死を命じる」とは、いかなる種類の欲望なのか？　それはすなわち、「自分の恋の不可能」に対する欲望である。なんということだろう、彼は、「自分の恋の不可能」に欲情する男なのだ。「自分の恋の不可能」を確信し、その確信が「正しさ」として顕現した時、彼は、自身の「正しさ」にのみ導かれて、彼自身の快感を達成することが出来る。

妄想の中で愛する若者の死を願うのは、そこに「禁忌」があるからである。そして我々は、その禁忌の質を、「同性である男に恋着してはならない」というものだろうと思う。しかし、三島由紀夫にとって、その禁忌は遠いのである。彼の外側には、「同性である男に恋着してはならない」という禁忌があるのかもしれない。しかしその禁忌は、三島由紀夫にとってあまり重大なものとして響かない。だからこそ彼は、『禁色《きんじき》』という小説を平然と書ける。三島由紀夫にとっての重大な禁忌は、「男への恋」ではないのである。彼にとって最も重大な禁忌は、もっと身近な彼の内側にある。それゆえに〝排除〟が起こり、その排除によって快感さえもがもたらされる最大の禁忌は、「安全な場所にいる私を脅《おびや》かしに来る者があってはならない」という、彼自身の内にある禁忌なのである。恋の相手は、男でも女でもいい。タブーとは、「恋によって自分の絶対が脅かされること」――つまり、「恋そのもの」なのである。

なんという近代的なタブーだろう。自分の絶対を信じる近代的な知性は、その絶対を脅かす者を許さない。「許すべきか、許さざるべきか」を考えて苦悶《くもん》する。それは、恋に落ちた者に必須《ひっす》の苦悶である。恋に落ちた多くの人は、この苦悶に従う。従わざるをえない。恋に苦悶する人は、その恋を必要とする人だからである。恋に落ちた者は、苦悶こそすれ、自分が必要とする恋を、「自分の安全を脅かすタブー」と考えて排除したりはしない。排除し続けたりもしない。しかし、「自己達成」を最大の目標とする近代自我は違うのだ。これをタブーとして斥《しりぞ》ける。文学者としての三島由紀夫が獲得した一般性は、このタブーによるものだろう。三島由紀夫とこれを必要とする読者達は、「他者」を、「排除しなければならないもの」として位置付けてしまったのである。そのことによって、生きて行こうとする自分の優位を守ろうとしたのである。男にとっての「他者」とは、別に「女」だけではない。それ以前、「自分以外の男」はすべて「他者」である。「他者」によって自分が脅かされる――それは最大の危機である。その「他者」を求めざるをえない必然があったとしても、その「他者」に脅かされるのは〝危機〟なのだ。「同性である男に恋着するのはタブーだ」という目くらましによって見えなくなってはいるが、事実はもっとシンプルだった。三島由紀夫とその読者達は、「恋の力によって自分を揺るがそうとする他者の存在」を、タブーとしてしまったのである。

その最大の危機、その最大の攻撃から身を守るためには、どのような手段でも求められる。「自分はそれを求める。しかし、それを求める自分は何者でもない」というパラドックスは、そのような条件下でこそ成り立つ。「自分＝虚」という設定――それこそが、「恋」という最大の危機から身を守るために求められた、近代自我が必須とする要件だった。

三島由紀夫は、「三島由紀夫」という仮面の下に、いかなる実体をも持たなかった。持つ必要がなかった。「それでいい」とされたのは、彼が「恋」を放逐してしまったからである。仮面の下から「実体」を排除して、彼は「肉体を持たない認識者」になった。考えてみれば分かる。「正しさによる快感の達成」とは、肉体を持たない認識者の欲望構造でしかないからである。であればこそ、遺作となった『豊饒の海』で、認識者・本多繁邦は激しく痙攣《けいれん》する。『暁の寺』「二十五」における本多繁邦のモノローグを思い出してほしい。彼はこう言っているのだ。

≪もつと自分に愕《おどろ》かなければならない。それはほとんど生活の必要になつた。理智を輕《けい》蔑《べつ》して蹂躙《じゆうりん》する特權《とくけん》があるとすれば、彼自身にだけ許されてゐるといふ理性の自負があつた。さうしてもう一度、この堅固な世界を不定形の裡《うち》へ巻き込まねばならない。彼に

とってはもっとも馴染《なじみ》の薄い何ものかへ！》

　これは、不治の病に苦しむ人間が、苦痛にのたうちながら、体をあちこちにぶつけて叫ぶ悲鳴である。足掻《あが》きである。この病人は、自分の病だけを自覚して、その病巣《びょうそう》がどこにあるかを理解しない。だからこそ、のたうち回って叫ぶ。《理性の自負》こそが、彼の病巣なのだ。しかし、病に苦しむ彼は、そのことを理解しない。理解しないまま、苦痛からの脱出を図る。自棄になった彼は、その病巣ぐるみ、苦痛の巣となった自分の体を、どこかへ投げ捨てようとしている。第一章の私は、《この堅固な世界を不定形の裡へ巻き込まねばならない。彼にとってはもっとも馴染の薄い何ものかへ！》という部分を「意味の取りにくい表現」と言ったが、既に明らかだろう、「塔に幽閉された王子のパラドックス」を使えば、この部分は簡単に理解出来る。塔に閉じ込められ、しかしその塔から「出たくない」と言い張っていた王子は、その最後、幽閉の苦しみに堪えかねて、自分を閉じ込める「塔」そのものを、投げ出そうとしている。「塔から出る」という簡単な答を持てない王子は、その苦しみの根源となった「塔」そのものを投げつけようとするのである。

　なぜそのように愚かな、矛盾して不可能な選択をするのか？　それは、「塔から出る」という簡単な選択肢の存在に、彼が気がつかないからである。「塔から出る」とは、他者のいる「恋」に向かって歩み出ることである。「私の人生を生きる」である。なぜそれが出来ないのか？　なぜその選択肢の存在に、彼は気がつけないのか？　それは、認識者である彼が、自分の「正しさ」に欲情してしまっているからである。自分の「正しさ」に欲情してしまえば、そこから、「自分の恋の不可能」はたやすく確信出来る。「恋」とは、認識者である自分のあり方を揺るがす「危機」だからである。彼は「恋の不可能」を確信し、その確信に従って、自分の認識の「正しさ」を過剰に求め、そして、彼の欲望構造は完結する。彼を閉じ込める「塔」とは、彼に快感をもたらす、彼自身の欲望構造＝認識そのものなのだ。

　肥大した認識は、彼の中から認識以外の一切を駆逐する。彼の中には、認識以外の歓《よろこ》びがない。「認識」を「病」として自覚することは、「認識以外の歓びがほしい」と言うことである。しかし彼は、それを手に入れることが出来ない。苦痛に堪えかねて「認識者」であることを捨てる――その時はまた、彼が一切を捨てる時なのだ。
「自分の恋の不可能」と「正しさ」に欲情してしまった時、人はそこから一歩も出なくなる。「そこ」とは、「自分の内部」である。「出る・出ない」という意志さえも無意味になる。そこから出たら、もう欲望は欲望として機能しないからだ。彼が「人としての欲望」を自覚し、その欲望と共にあることを望んでも、もう彼には、その欲望を機能させることが出来ない。彼の欲望は、そのように完結してしまっている。彼は、「認識＝欲望」で出来上がった壁に閉ざされたまま――「自分の内部」から一歩も出られないまま、その「正しさ」に従って、破滅への道を辿《たど》る。孤独なる「天動説」の悲劇、そして矛盾は、十三歳の「私」が「他を拒絶する欲望」を完結させたその時から、もう始まっていた。

八 たとえば、『春の雪』の飯沼茂之

かつての私＝橋本は、三島由紀夫の作品に「意地悪」と「美しさ」だけを見ていた。それだけでいいと思っていた私は、三島由紀夫が生きていた時代の人達が、なぜ「三島由紀夫」を読んでいたのかが分からなかった。私にとって、三島由紀夫が延々と書き連ねる理屈は、ほとんどが「どうでもいいもの」だった。だから私は、多くの人が論じたがる『金閣寺』や『仮面の告白』に、さしたる関心を持たなかった。「そこからめんどう臭い理屈を取ったらなんにもなくなる」くらいに考えていた。しかし今となっては、多くの人達が三島由紀夫を読んでいた理由が分かるようにも思う。「〃自分の恋の不可能〃を信じ、その〃正しさ〃に欲情する」ということには、別の役割もあるからである。

それはつまり、近代自我が望んだ自己達成の道の「補強」である。「自分は他人に惹《ひ》かれる、自分は欲望に足を取られる」は、その昔から精進の妨げだった。それをしていると、「自己達成」という精進の道への妨げになる。しかし、三島由紀夫は、その〃妨げ〃となるようなものを、完璧《かんぺき》に否定してくれるのである。「〃自分は他人に惹かれる、

自分は欲望に足を取られる〟というのは、別に大した過ちではない。その上には、〝他者を排除した自分に対する恍惚〟という、もっと大きな欲望がある」——三島由紀夫はそのように「欲望」を肯定してくれているとも解せるからである。「他者を排除した自分に対する恍惚」は、「自己達成のゴールへ行き着いた恍惚」でもあろう。それは、「自己達成への道を否定しない形で存在する欲望の肯定」にもなる。なんであれ、三島由紀夫は「欲望」を肯定しているのである。

三島由紀夫の「欲望」は、なんとも不思議な「欲望」なのだが、三島由紀夫と共に生きていた人達は、「欲望という不可解」と付き合うことに慣れていた。「欲望の不可解」が存在するということは、繁雑なる議論の対象が健在であるということで、議論の健在はまた、「自己達成を模索する道の健在」をも示す。三島由紀夫の「欲望」が、「人の中にある矛盾と不可解」としてだけ捉《とら》えられた時、彼の中にあった「他者への不能」は見えなくなる。浮かび上がるのは、神秘の光さえ帯びた「自己達成への道」である。昭和四十五年の十一月、「天動説の王者」が死んだ時——あるいは「自身の死」を演じて実践し終わった時、日本に不思議な動揺が生まれたのはそのためだろう。三島由紀夫が死んだ時、それまで明確に信じられていた「自己達成の道」は、消え行く光を放つ不思議な幻想となり変わったのだ。

こういうことを書く私＝橋本は、とても意地が悪い。だからこそ、こういうことだって言える——「三島由紀夫が多くの人に読まれたのは、多くの人の中に、三島由紀夫と同じ〝他者への不能〟が隠されていたからだ」と。多くの男達の中にその要素はあって、三島由紀夫は、その方向を補強し強調してくれた。だから、三島由紀夫と共に錯覚の道を辿って、多くの男達は取り残され、その後には女達の声が生まれる——「どうして他者と向き合えない？　どうして他人を愛せない？」と。

近代人の好んだ「自己達成の道」は、存外倹しいものでもあった。それを「天動説」と言ってしまえば大きなものにも見えるが、これは意外と、小市民的なものでもある。たとえば、孤独なる「天動説」の悲劇は、不思議な形でやって来る。彼に「他人を愛せない」という不幸が訪れるのは、ある意味で当然だが、しかしその彼はまた、「他人に自分を愛させる」も出来ないからだ。

「自分は人を愛さず、他人にばかり自分を愛させる」は、傲慢《ごうまん》なる暴君の欲望である。しかし、この「他人を拒絶することによって究極の快感を得る」という天動説の持ち主は、「自分を他人に愛させる」もしないし、他に対して「我を愛せよ」という命令もしないのだ。欲望のあり方としては、至って倹しいのである。「他人を拒絶する」には、そういう側面もある。「自分の精進のためには、余分な他人に足を取られていてはいけない」と信じて、ひたすらに真面目《まじめ》な思索の道を歩んで、真面目な人間は、他に対して吝嗇《りんしょく》になっている自身に気づかない。「他人に命じて他人を殺させる」は、もちろん剣呑《けんのん》な欲望だが、しかし、他人に対して、「死んでしまえ」とか「近づくな」という命令を下すばかりのその人物は、一方でまた、「文句を言わずに俺を愛せ」とも言わない。それは、「他人に愛されることを望まない」という禁欲ではない。「他人に自分を愛させる」を望まない、小市民的な小心なのである。真面目になろうとして、自己達成の道を歩む近代の男達は、その真面目さの持つ陥穽《かんせい》——予期されぬ小心に気がつかなかった。かえって、「俺は他人に愛情を強制してはいない。俺は暴君ではない、それなのに、なぜ非難されなければならないのか」と、己れへの不当を嘆く。しかし、彼はただ吝嗇なのである。「他人に自分を愛させることが出来ない」は、暴君になることが出来なくなった近代人に宿る、「他人を愛せない」の別の側面なのである。

それは、三島由紀夫においてどのように現れるか？　たとえば、『春の雪』に登場する書生の飯沼茂之——松枝清顕に仕え、その後においては、松枝清顕の「転生」と信じられる飯沼勲《いさお》の父となる男——三島由紀夫は、この男に松枝清顕を愛させないのである。

『春の雪』「九」は、その飯沼茂之を語る——。

《松枝《まつがえ》家の書生の飯沼は、六年あまり勤めてゐるうちに、少年の日の志も萎《な》え、怒りも衰へてゆくのを、その昔の怒りとはちがつた、冷え冷えとした別種の憤《いきどほ》りで、なすこともなく眺めてゐる自分に氣づいた。松枝家の新らしい家風そのものが、彼をさう變《か》へたのはむろんのことだが、本當《ほんたう》の源は、まだ十八歳の清顯《きよあき》にあつた。

その清顯も近づく新年には、十九歳にならうとしてゐた。彼をよい成績で學習院《がくしふゐん》を卒業させ、やがて二十一歳の秋には、東京帝國大學の法學部へ進ませれば、飯沼の勤めは終るべき筈《はず》であるが、ふしぎなのは侯爵《こうしやく》も、清顯の成績をやかましく言はないことであつた。（中略）

その清顯が、學校では首席にちかい本多と近しく、本多が又、それほど親しい友でありながら、何ら有益な影響を及ぼさず、むしろ清顯に對《たい》する讃美《さんび》者の側に廻つて、おもねるやうな交際をつづけてゐるのが、飯沼には腹立たしかつた。

もちろんかういふ感情には嫉妬《しつと》がまじつてゐた。本多はともあれ學友として、ありのままの清顯を認めることのできる立場にゐるが、飯沼にとつては、清顯の存在そのものが、二六時中鼻先へつきつけられてゐる美しい失敗の證跡《しようせき》だつた。

清顯のその美貌《びばう》、その優雅、その性格の優柔不斷、その素朴さの缺如《けつじよ》、その努力の放棄、その夢みがちな心性、その姿のよさ、そのしなやかな若さ、その傷つきやすい皮膚、その夢みるやうな長い睫《まつげ》は、たえず飯沼のかつての企圖《きと》を、これ以上はないほど美しく裏切つてゐた。彼は若い主人の存在そのものが、絶えずひびかせてゐる嘲笑《てうせう》を感じた。

かうした挫折《ざせつ》の齒嚙《はが》み、失敗の痛みは、あんまり永く續《つづ》くうちに、一種の崇拜に似た感情へ人をみちびくものだ。彼は人から清顕について非難がましいことを言はれるとひどく怒つた。そして自分でもわからない理不盡《りふじん》な直感によつて、若い主人の救ひがたい孤獨《こどく》を理會《りくわい》してゐた。》

この長ったらしい引用の語るものは、「松枝清顕に対する飯沼の恋」だろう。「恋だ」と断定してしまってもいいのだが、私にその断定を可能にしてくれるような手っ取り早い引用を、三島由紀夫はさせてくれない。三島由紀夫がここに書くものは、「飯沼の恋」ではなく、「若主人を導こうとして失敗した教育係・飯沼の挫折」でしかないのだ。

飯沼は、清顕の「期待されない教育係」である。《東京帝國大學の法學部へ進ませれば、飯沼の勤めは終るべき筈であるが、》清顕はろくに勉強をしないし、父の侯爵もそれに文句を言わない。放っておいても、松枝侯爵家の嫡男《ちゃくなん》は、貴族院議員になれるからである。侯爵家の嫡男の教育係として存在するはずの書生・飯沼には、存在理由がない。彼はそのことを嘆いて、しかし、その嘆きはいつの間にかあらぬところへ行ってしまう。『春の雪』「九」における長々しい引用は、結局のところ、「若主人に対する飯沼のかなわぬ恋」でしかないはずだからである。私＝橋本はそのように思う。しかし、三島由紀夫はそう書かない。彼が書くのは、「なんだか分からないもどかしさ」なのである。《その美貌》から始まって延々と続く松枝清顕に対する賛美の言葉の列は、どうあっても、「飯沼はそれほど清顕を恋している」である。教育係・飯沼のあり方を《嘲笑》するほどの《若い主人の存在》を語って、なんで《その傷つきやすい皮膚》などという表現が登場しなければならないのか？　こんな表現は、松枝清顕のごく近くにいる飯沼がうっかり「その肌に触れたい」という欲望を感じでもしない限り、登場する必要のないものである。であればこそこれは、「飯沼の恋」を嘲笑しても、「飯沼のあり方」を嘲笑するものではない。ところが、『春の雪』の「九」は、「松枝家における飯沼の不遇と不幸＝教育係としての挫折」だけを語って、「清顕に対する飯沼の恋の不毛」を語らない。《その美貌》から始まって延々と続く松枝清顕に対する賛美は、「飯沼はそれほど清顕を慕っている」ではなく、「飯沼の感情はこれだけのことを書き連ねるほどのことと関係している」であって、それを書く作者は、「愚かな飯沼は、清顕への恋に気がつかない」とは言わないのだ。

飯沼の恋が「恋」として書かれない理由は、一つしかないはずである。作者の揶揄《やゆ》である。武骨な従僕が美しい若主人に対してかなわぬ想《おも》いを抱いている——そのことを、作者はからかっている。そうであれば、その恋は「恋」として扱われず、その表現は引用にあるようなものになるだろう——私はそのように思うのだが、しかし、もしかしたらそれは違うのかもしれない。なぜかと言えば、三島由紀夫が「恋を拒絶する人」だからである。その作者が「恋を拒絶する人」であれば、作者が飯沼の「恋」に気づかない可能性もある。この長たらしい引用の焦点の合わなさ加減は、もしかしたら、そのように理解されるものなのかもしれないのだ。

たとえば、作中の飯沼は「自分の恋に気がつかない男」だろうか？　もしも飯沼が三島由紀夫とイコールであるような人物ではなかったら、飯沼は、「自分の恋に気がつかない男」ではない。「自分の恋が禁忌に触れることに気がついてうろたえ回る男」である。しかし、もしも飯沼が三島由紀夫とイコールであるような人物だったら？　単純な行動者でしかない書生の飯沼茂之は、「自分の恋に気がつかず、無意味に自分のあり方を描写し分析するだけの男」になるだろう。『春の雪』「九」における飯沼は、明らかに後者である。彼は、「自分の恋に気がつかず、無意味に自分のあり方を描写し分析するだけの男」なのだ。三島由紀夫はそのように書く。しかし、それを言うことになんの意味があるのか？　意外というのは、この飯沼が、三島由紀夫にそっくりな人物だということである。

胸に鬱屈《うつくつ》を抱えた飯沼は、毎朝一人で、広大なる松枝邸の奥にある「お宮様」――死んだ松枝家の先代を祀《まつ》る社を訪れて祈る。

《「御先代様」と飯沼はいつものやうに、合掌しながら、心の中で語りかけた。「何故《なぜ》時代は下《くだ》つて今のやうになつたのでせう。何故力と若さと野心と素朴が衰へ、このやうな情ない世になつたのでせう。あなたは人を斬《き》り、人に斬られかけ、あらゆる危険をのりこえて、新らしい日本を創《つく》り上げ、創世の英雄にふさはしい位にのぼり、あらゆる權力を握つた末に、大往生を遂げられました。あなたの生きられたやうな時代は、どうしたら蘇《よみが》へるのでせう。この軟弱な、情ない時代はいつまで續くのでせう。いや、今はじまつたばかりなのでせうか？　人々は金錢と女のことしか考へません。男は男の道を忘れてしまひました。淸らかな偉大な英雄と神の時代は、明治天皇の崩御と共に滅びました。あれほど青年の精力が殘る隈《くま》なく役立てられた時代は、もう二度と來ないのでありませうか？（中略）」》

まるで三島由紀夫晩年の文化論を思わせるような飯沼の祈りは、この倍の長さで続くのだが、同じことが、作者の三島由紀夫ではなく、朴訥《ぼくとつ》にして武骨なる作中人物・飯沼の口から出ると、まるで飯沼自身を揶揄するもののようにも響く。飯沼茂之は、後の『奔馬』において、純なる主人公・勲の「俗物の父」となる。私には、三島由紀夫が飯沼茂之を愛しているとは思えないのだが、しかしこの男が口にする祈りは、三島由紀夫の口から出てもいいようなものなのだ。しかもこの男には、三島由紀夫とそっくりの外見さえもが与えられている──。

《しかし、寒さも忘れてこの心の對話に熱してきた飯沼の胸もとには、紺絣《こんがすり》の襟から胸毛の生えた男くさい胸がのぞき、自分には淸らかな心に照應《せうおう》する肉體《にくたい》が與《あた》へられてゐないことを彼は悲しんだ。》

この描写は、ボディビルによって鍛え上げられた胸毛の生えた胸を持つ、晩年の三島由紀夫自身を語るようなものでもある。晩年の三島由紀夫が、《自分には清らかな心に照應する肉體が與へられていないことを》悲しんでいたかどうかは知らないが。『春の雪』の飯沼は、「称賛に価する直情の人物」ではない。「哀れむべき武骨漢」である。そこには作者からの揶揄がある。だからこそ彼は、その後において「飯沼勲の俗物の父」となる。それでは、作者はなぜこの人物を揶揄するのか？「哀れむべき武骨漢」だからか？　違う。この「自分の恋を理解しない男」が、松枝清顕に恋をしているからである。

飯沼は、毎朝の日課である「お宮様」参詣《さんけい》に彼の若主人を連れて来たいと思っているのだが、《清らかな心に照應する肉體が與へられていないことを彼は悲しんだ。》の後には、こういう文章が続く。

《そして一方、あのやうな清麗な白い清い肉體の持主の清顕には、男らしいすがすがしい素朴な心が缺《か》けてゐた。

飯沼はさういふ眞劍な祈りの最中に、體が熱してくるにつれて、凜《りん》とした朝風をはらむ袴《はかま》のなかで、急に股間《こかん》が勃然《ぼつぜん》とするのを感じることがあつた。彼は社の床下から箒《はうき》をとり出し、狂氣のやうにそこらを掃いて廻つた。》

私が、「作者には飯沼茂之への揶揄がある」と言うのは、この文章のせいである。《狂氣のやうにそこらを掃いて廻》る飯沼は、「自分の恋が禁忌に触れることに気がついてうろたえ回る男」である。この部分ゆえに、私は、「飯沼は松枝清顕に恋をしている」と言う。《紺絣の襟から胸毛の生えた男くさい胸》をのぞかせる飯沼は、《清らかな心に照應する肉體》がないことを嘆き、《清らかな心に照應する肉體》であること歴然たる若主人の肉体描写――《あのやうな清麗な白い清い肉體》は、それと対になるような形で続く。二人の肉体が並べられて、「飯沼の勃起」はその後に続くのである。「飯沼の勃起」に松枝清顕が介在していることは明白であろう。つまり飯沼とは、「松枝清顕への恋を頭では理解せず、肉体で実現している男」なのだ。「箒で掃き回る」の揶揄は、それでこそ意味を持つ。もちろん、その「恋」はあってもいいのである。なぜならば作者は、飯沼の恋慕の対象である松枝清顕を、既にこのように描写しているからである――。

《清顕は煖房《だんばう》のせゐばかりでなく、體《からだ》が火のやうに熱く、熱さに耳も鳴る思ひがしてきて、毛布をはだけ、寝間着の胸をひらいた。それでも身内に燃えてくる火は、肌のそこかしこに穂先を走らすやうで、月の冷たい光りに浴さなければ納まらない氣がしてきて、たうとう寝間着を半ば脱いで半裸になり、物思ひに倦《う》み果てた背を月へ向けて、枕《まくら》に顔を伏せた。なほ顳顬《こめかみ》は熱く脈打つた。

　清顕はさうして、たとへやうもなく白い、なだらかな裸の背を月光にさらしてゐる。月かげがその優柔な肉にも多少のこまかい起伏をゑがき、それが女の肌ではなくて、熱

し切らぬ若者の肌のごくほのかな嚴しさを湛《たた》へてゐることを示してゐる。》（『春の雪』五）

　これは、後に輪廻《りんね》転生の証《あかし》となる「脇腹《わきばら》の黒子《ほくろ》」が読者に対してひそかに提示されるシーンであるが、作者からこんなにもなまめかしい描写を捧《ささ》げられた主人公は稀《まれ》だろう。こんな主人公に仕えて、飯沼が恋愛感情を持たなかったら、作者がこんな描写をする意味がなくなってしまう。飯沼が松枝清顕に恋をするのは当然のことなのでもあるが、しかし――。

《わけても、月が丁度深くさし入ってゐるその左の脇腹のあたりは、胸の鼓動をつたへる肉の隠微な動きが、そこのまばゆいほどの肌の白さを際立《きはだ》たせてゐる。そこに目立たぬ小さな黒子《ほくろ》がある。しかもきはめて小さな三つの黒子が、あたかも唐鋤星《からすきぼし》のやうに、月を浴びて、影を失つてゐるのである。》

　これが、問題の「黒子」である。こんな風に表現されてしまったら、その黒子を持つ主人公は、それだけで「時を超越し、輪廻転生を繰り返すことが可能な人物」のようにもなってしまう。そして、ある意味でそうなのである。月光の中で眠る美少年エンデュミオンのように描写される主人公の黒子を、本多繁邦は、松枝家の別荘のある鎌倉の海岸で目にする。その描写も、もちろんすごい。官能的で悩ましく、しかも延々と続く。

海で泳いだ後、本多と清顕は浜辺で横になっている。水着は、当時の式例に従った「赤褌《あかふんどし》」である。清顕はどうやら寝入っていて、その寝姿を本多は見る。

《その白い美しいしなやかな體軀《たいく》は、ただ一つ身に着けた赤褌と鮮明な對比《たいひ》をなして、かすかに息づく白い腹が褌の上邊《うわべ》と相渉《あひわた》るあたりを、すでに乾いた砂と貝殼の微細な碎《さい》片《へん》のきらめきが隈取つてゐた。たまたま清顯は左腕を上げて後頭部にあてがつてゐたので、左の脇腹の、ほのかな櫻《さくら》の蕾《つぼみ》のやうな左の乳首よりも外側の、ふだんは上膊《じやうはく》に隱されてゐる部分に、本多は、きはめて小さな三つの黒子《ほくろ》が、集まつてゐるのに目をとめた。》（『春の雪』三十二）

美にして神秘なる黒子に関する描写は、この先まだ三倍の量で続くことになる——。

《肉體的な徵《しるし》とはふしぎなもので、永い附合にはじめて發見したそんな黒子は、彼には友が不用意に打明けてしまつた祕密のやうに思はれて、直視することが憚《はばか》られた。目を閉ぢると、瞼《まぶた》の裏では却《かへ》つて強い白光を放つ夕べの空に、その三つの黒子が、遠い鳥影のやうに鮮明に泛《うか》んでゐる。やがてそれらの羽博《はばた》きが近づいて、三羽の鳥の形を描いて、頭上に迫つてくるやうな氣がする。》

これが更にもまた延々と続くのは、本多がそれを「黒子」ではなく、「脇腹についた黒い砂粒」と思い直すからで、そのために三島由紀夫は、「砂浜の描写」を延々と続ける。なんだって、一度は「空を飛ぶ三羽の鳥」のようにも思われたものが「砂粒」にならなければいけないのかと言うと、本多がそれを「取ってやろう」と思うからである――《これがいかにもいたいたしく思はれたので、本多は何とか清顕の目をさまさずに、それを除いてやる工夫はないものかと考へてゐたが(後略)》。

要は、「ふと本多は、その脇腹の黒子に触《ふ》れてみたくなつた」なのである。そう書けばすむところを、三島由紀夫という作家は、そのような発想をしない。それを「取り除かるべき黒い砂粒」と設定し、その目標に向かって迂遠《うえん》にして延々たる「砂浜の描写」を続け、《これがいかにもいたいたしく思はれたので》となるのである。「恋を拒絶する」が当然になってしまっている人がそれをするのは仕方のないことかもしれないが、その描写の長さは、当然その「美」の量と比例する。そして、長々と描写されるにふさわしい「とっても美しいもの」をじっと見ていることが出来る特権は、三島由紀夫の中で、恋に優《まさ》るものなのである。わけの分からないことを言っているようだが、要は、本多にはそれを見ることが許されたが、飯沼にはそれが許されなかったということである。

『春の雪』の最後――《今、夢を見てゐた。又、會《あ》ふぜ。きつと會ふ。瀧《たき》の下で》の遺言を遺《のこ》して、松枝清顕は死んでしまう。そして『奔馬』に至り、本多繁邦は三輪山の麓《ふもと》の滝で、左の脇腹に三つの黒子がある少年を見る。それが飯沼茂之の息子の勲であることを知った本多は、旧知の飯沼にそれを尋ねる。

《「しかし實に立派な息子さんだ。出來から言つて、松枝清顯など問題にならない」

「本多さんがお世辞《せじ》を言はれるとはなあ」

「第一、勳君は體を鍛へぬいてゐるからちがふ。松枝は、つひぞ體を鍛へるといふことのない奴《やつ》だつた」——本多はさう言ひながら、謎《なぞ》の要所へ自然に相手を導いてゆく目論《もくろ》見《み》に胸がふるへた。「あいつがああして肺炎で若死したのも、見た目は美しくても、芯《しん》のない體のせゐだつた。子供のときからついてゐたあなたは、あいつの體についてはは隅々まで御承知だつたらうが……」

「とんでもありません」と飯沼はあわてて手を振つた。「私は若様の背中一つ流して差上げたことはありません」

「何故《なぜ》」

このときこの武骨な塾頭の顔には、いひしれぬ含羞《がんしう》が泛んで、浅黒い頬に血が昇つた。

「若様の躰《からだ》といふものを、……私は、まぶしくて、ただの一度も直視したことがなかつたのです」》

飯沼茂之が松枝清顕に恋をしていたことは、このことで明らかである。月光の中で眠るエンデュミオンのように描写されるのが松枝清顕で、彼に最も身近く仕える者が飯沼である。飯沼が清顕に恋していなかったら、作者だとて、その寝姿の美を延々と描写する甲斐《かい》がないだろう。飯沼が清顕に恋するのは当然で、その飯沼が自分の恋の意識に戸惑ったまま、《若様の躰といふものを、……私は、まぶしくて、ただの一度も直視したことがなかつたのです》と言っても不思議ではない。それが自然でもある。だったら、同じ飯沼の《私は若様の背中一つ流して差上げたことはありません》は不自然ではないかと言うのである。その体を《まぶしくて、ただの一度も直視したことがなかつた》は、「お風呂でお背中をお流ししていても」と連動する言葉であってしかるべきなのだ。飯沼は、「それを見ても、直視することは出来ない男」であって、「直視出来ないから、それを見ることが出来るシチュエーションに立ち合わなかった男」ではないはずなのである。この男に、《私は若様の背中一つ流して差上げたことはありません》と言わせるのは不自然なのだ。

飯沼は、松枝清顕の裸体を見ていてもおかしくない立場にいる人物なのである。風呂場で年若い主人の背中を流す――彼がそれをしなかったら誰がするのか？　侯爵家《こうしゃくけ》の嫡《ちゃく》男《なん》が一人で風呂に入り、自分で自分の背中を洗うというのは、当時の風習からしてあまりにも不自然であり、侯爵家の書生がその任に当たるのは当然でもある。侯爵家の書生に、その任務を拒絶する権利なんかはないのだ。彼の『奔馬』における証言を聞いていたら、「私は一度若様の裸体を見て、直視が出来ないと思い、それ以来お風呂でお背中をお流しすることも出来なくなってしまいました」であると思うだろう。それが本当だと思う。そしてしかし、飯沼茂之には、嘘《うそ》をつく必然もないのである。だとしたら、この虚偽はなにによって起こるのか？　なにが、《私は若様の背中一つ流して差上げたことはありません》などという嘘を登場させるのか？　私には、その理由が一つしか考えられない。飯沼に松枝清顕を愛させまいとして、作者である三島由紀夫が、飯沼に風呂場へ入ることを禁じたためである。つまり、作者は飯沼に松枝清顕への恋を禁じて、これを見ることを許さなかった――三島由紀夫は飯沼茂之に松枝清顕を愛させなかったのである。『春の雪』「九」における飯沼の描写がなんだかよく分からないものになっているのも、そのためのはずだ。

三島由紀夫は、なぜそんなわけの分からないことをするのか？　この私＝橋本も、なぜそんなわけの分からないことを言うのか？　それは、三島由紀夫が「恋の不可能」に欲情する男で、松枝清顕が三島由紀夫の分身だからである。

この作者は、自分の分身である作中人物に、特別な感情を持っている。松枝清顕が半裸になってその黒子を見せるのも、彼一人しかいない寝室の中で、その他の人物はその場から締め出されている。それを間近で見ることが許されるのは、もう一人の作者の分身・本多繁邦だけなのである。「特別に美しいものをじっと見ることが出来る特権は、恋に優ってある」とは、このことである。

松枝清顕は、「物語の主人公として存在する三島由紀夫」であり、本多繁邦は、「その物語を書く三島由紀夫」である。恋は、あるのなら、この二人の中にだけ起こる。「自分の恋の不可能と、それを〝正しい〟とする認識に欲情する」という複雑は、このような構造の中でしか起こらない。この二人以外の人物は、その恍惚《こうこつ》の中に立ち入ることが許されないのだ。であればこそ飯沼は、松枝清顕の裸体を見ることを禁じられ、恋にならぬよう、その恋を持続させねばならなかった。

九　近江《おうみ》はなぜ消えたか

『春の雪』の中で「期待されない教育係」という立場を与えられている飯沼茂之は、言ってみれば、「恋におあずけを食らわされた飼い犬」である。飯沼はそのように設定されている。だがしかし、作者からそのように設定される飯沼には、もう一つの役割がある。つまりは、「松枝清顕の孤独の理解者」である――《そして自分でもわからない理《り》不盡《ふじん》な直感によつて、若い主人の救ひがたい孤獨《こどく》を理會《りくわい》してゐた。》

それは本来なら、「恋する者の直感によって」であってもいいはずのものだが、飯沼茂之の恋を許さない作者は、《理不盡な直感》と言う。しかし、それは《理不盡》であってもいい。飯沼は、「松枝清顕の孤独の理解者」なのである。もちろんこのことは、『春の雪』『奔馬』と続く作品の流れの上ではなんの意味も持たない。彼が「松枝清顕の孤独の理解者」であったとしても、物語は、その彼にいかなる役回りも与えないのだから。彼の「松枝清顕の孤独の理解者」というポジションは、まったく別のところで意味を持つ。飯沼茂之が「三島由紀夫にそっくりの人物」として造形されていることが重要なのである。行動者・松枝清顕には、「物語の主人公として存在する三島由紀夫」という対応がある。認識者・本多繁邦には、「その物語を書く三島由紀夫」という対応がある。であるならば、介入を禁じられた理解者・飯沼茂之にも、それ相応のポジションはあるということである。

それはいかなるポジションなのか？　それは、「三島由紀夫というペンネームを持つ人物」というポジションである。その人物は、ある独特な文化論を持っている。男性的な顔立ちと、逞《たくま》しい肉体と、胸毛の生えた胸も持っている。「その人物」が誰かは言わない。しかしその人物は、自分の作中人物と一体化する恍惚の中にいる三島由紀夫から、「恋の中に立ち入ってはならぬ」と命じられている。「立ち入ってはならぬ」と言われ、しかし、《理不盡な直感によつて》、《若い主人の救ひがたい孤獨》を《理會》する立場にある。《救ひがたい孤獨》を持つ《若い主人》とは、「本多繁邦＝三島由紀夫＝松枝清顕」という構造を持つ人物で、他人はこの愛の構造に立ち入れない。それは、《若い主人》の胸の内を覗《のぞ》くことで、それはまた、《若い主人の救ひがたい孤獨》を覗き見ることでもある。他人にそれは出来ない。しかし、「物語」という虚構を介在させることによって成り立つこの「恋」の中に立ち入れない人物達の中にも、たった一人、この《救ひがたい孤獨》を知りうる人物がいる。それは、「三島由紀夫」という仮面によって「物語の外」へ押しやられてしまった、〝その仮面を作り出した人物〟である。本来ならば、その仮面をつけることが可能な立場にありながら、仮面の下を「虚」とすることによって、仮面に触れることを禁じられてしまった人物――『春の雪』の飯沼茂之のポジションは、そこに該当する。

「三島由紀夫」という仮面の下にはなにもない。『仮面の告白』以来、そのように設定されている。それが虚であっても、しかし、三島由紀夫は困らない。三島由紀夫は、自身に等しいような作中人物を創《つく》り、それを物語の中で動かしている人物なのである。それをしている限り、それが可能である限り、三島由紀夫は困らない。しかしそれでは、「三島由紀夫」という仮面を生み出してしまった人物は？　三島由紀夫と〝その人物〟は、いかなる形でも関係がない。「三島由紀夫」という仮面に「虚」を与えた人物は、その代わりに「真実」と「現実」を選んだ。そして、「虚という名の豊饒《ほうじょう》」に住まった三島由紀夫は、好き放題のことをしている。そこには、「恋に優るような特権」もある。三島由紀夫は、作者と作中人物に分かれて、自身の陶酔を演じ、享受《きょうじゅ》している。三島由紀夫にその特権を与えた人物は、「自分の恋の不可能」とその「正しさ」に欲情することを、三島由紀夫に教えた人物でもある。にもかかわらず、この人物は、その陶酔から排除されている。虚の中で豊饒を享受する三島由紀夫を生み出した人物は、三島由紀夫から「欲望」の中に立ち入ることを禁じられ、「現実」を分担させられている。「現実」

の中にいる彼が、虚となった仮面の下にある《救ひがたい孤獨》を理解する方法は、《自分でもわからない理不盡な直感によって》だけだろう。それは、「物語」というルールを無視して存在する、作者自身にまつわる理解以外にないからである。

私＝橋本は、一九七〇年の十一月二十五日に市ケ谷という場所で「死」を実践した人物が、果たして「三島由紀夫」だったのかどうかを訝《いぶか》しんでいる。三島由紀夫は、文学と関わるだけの「虚」なのである。虚が現実の中で「死」を実践出来るわけはない。それをして訝しがられない人物はただ一人――三島由紀夫に「虚」という属性を与えた人物だけのはずである。三島由紀夫は文学の中で死に、三島由紀夫に死なれた〝仮面の作り手〟は、現実の中で死ぬ。それをするだけの孤独が、〝その人物〟にはあったはずである。なぜならば、三島由紀夫はその彼に、「恋に立ち入ってはならぬ」と命じていたからである。飯沼茂之に対応する人物は、三島由紀夫に恋を禁じられた「片想《かたおも》いの情人」なのである。恋を禁じられた彼が、独断で空しい後追い心中を演じるのは、別に不思議なことでもない。

ただ「仮面」でしかない虚となった三島由紀夫は、「仮面」のままに完結していた。本多繁邦と松枝清顕の交流はその「仮面」の中にあり、飯沼茂之と〝それに対応する人物〟は、その関係から拒まれていた。しかし、そんな不思議な〝布置〟がありうるのだろうか？　それはもちろんありうる。その「不思議」は、既に『仮面の告白』において明らかになっていたのだから。

『仮面の告白』に、園子以外で唯一《ゆいいつ》「名」を持って登場する人物は、「私」の年上の同級生・近江である。彼は、『仮面の告白』に登場する、「私」の唯一の「尋常なる恋の相手」である。『仮面の告白』に「名」を持って登場する他者は、女の園子と男の近江――この二人しかいない。女の園子が「望まれぬ他者」を担当し、男の近江が「望まれる他者」を担当するというのなら話は簡単だが、しかし、そうはならない。「私」が同性愛者であるのなら、女の園子と男の近江の差は大きいはずだが、この二つの差はそんなに大きくはならない。なぜかと言えば、女の園子が「望んで、しかし望みたくはない他者」であるのと同じように、男の近江もまた、「望んで、しかし望みたくはない他者」だからである。三島由紀夫にとって、他者とは、「望んで、しかし望みたくはないもの」であるという点において、同じだったのである。

もちろん、そこにはわずかにして大きな違いがある。女の園子は、「望んで、しかしそれを望む能力の持てなかった他者」であり、男の近江は、「望んで、しかし望むことを自ら禁じた他者」である――そういう違いがある。しかし、こんな言い方をしても分かりにくいだけだろう。女の園子と男の近江の差は、「社会生活の必要から望んで、しかしそれを望む能力の持てなかった」と、「欲望生活の必要から望んで、しかし望むことを自ら禁じた」というものである。これが「わずかにして大きな違い」であるというのは、「私」の中で「社会生活の必要」と「欲望生活の必要」がほぼ等価になっているからである。

《悪意》を獲得することが出来ても、「私」は依然として、《大人の心を傷つけることが怖くてならなかつた》子供であることを克服出来ていない。その必要を感じなかった。だからこそ、「私」のジレンマは生まれて、だからこそ、話は簡単にならない。

普通に考えれば、「私」が近江を望むことを禁じた理由は簡単である。「同性である男に恋着してはならないというタブーゆえ」であり、それはまた、「その欲望が、社会生活と適合しないことを惧《おそ》れて」でもある。しかし、「私」の中では、「社会生活の必要」と「欲望生活の必要」がほぼ等価なのだ。彼の欲望は、周囲の環境によって成り立っている。であればこそ彼は、《大人の心を傷つけることが怖くてならなかつた》と言う。彼の欲望は彼の環境を撥《は》ねつけず、彼の環境は、（たとえ知らぬままとはいえ）彼の欲望を容認する。だからこそ、「社会生活の必要」と「欲望生活の必要」はほぼ等価になる。そうである以上、「社会生活の必要」が彼の「欲望」を抑え込む理由はない。だから話はややこしくなる。

十四歳、あるいは十五歳になったばかりの冬、「私」は年上の同級生・近江に恋をする。これが「尋常な恋」だと言うのは、「私」が近江と二人きりで言葉を交わし、あまつさえ、身体的な接触もしているからである。

《彼は雪に濡《ぬ》れた革手袋をいきなり私のほてつてゐる頬に押しあてた。私は身をよけた。頬になまなましい肉感がもえ上り、烙印《らくいん》のやうに残つた。私は自分が非常に澄んだ目をして彼を見つめてゐると感じた。

――この時から、私は近江に戀《こひ》した。》

『仮面の告白』に登場する「恋に価《あたい》する恋」は、これだけである。後はすべて「私」の妄想《もうそう》で、この近江との〝接触〟――《彼は雪に濡れた革手袋をいきなり私のほてつてゐる頬に押しあてた。》によって、「私」は初めて、妄想の外側へ出る。たとえ片想いであっても、「私」は近江との〝接触〟によって、現実に足を踏み出したのである。普通の人間なら、これを契機として、「革手袋への偏愛」が一時期的に生まれるはずである。なぜかと言えば、それが「尋常なる恋の片想いのあり方」だからである。

それが大切な瞬間なら、その大切さをいつまでも保持していたい――そう思うのが「恋」で、それを成り立たせるものは、この場合、近江が不意に押しつけた《濡れた革手袋》以外にありえない。《自分が非常に澄んだ目をして彼を見つめてゐる》と感じるくらいだったら、その後、「革手袋を見るたびに頬があつくなつた」くらいのことはあってもいいのである。そういうことをしないから、私＝橋本は、この主人公を、「可愛《かわい》げのないやつ」と思うのだが、もちろん、この主人公は「可愛げのないやつ」である。だからこそ、唯一の「尋常なる恋」が、一向に尋常への道を進まない。なぜそうなるのか？

普通なら、そういう形で「妄想の外へ出る」をした人間は、妄想の外へ出るのである。出ざるをえないからこそ、「恋」なのである。だからこそ、恋に困難はつきものなのである。しかし、この「私」は違う。「妄想の外」へ出た「私」は、自分の出たその「妄想の破れ」から、自分の妄想までをも、外側へ引っ張り出してしまうのである。彼は、困難に出合わない。

「私」の欲望は、妄想と共にある。妄想がなければ、欲望は機能しない。これは別に『仮面の告白』の「私」に限ったことではない。だから、妄想の外に出てしまった人間は、一時的に戸惑うのである。妄想と共にあることに馴《な》れてしまった欲望は、妄想という動機付けがないと、欲望として機能しない。だから、一時的な機能停止に陥って、その欲望を現実の基準に合わせた形で再構成する。「相手かまわずやり放題だった人間が、本当に好きな相手と巡り逢《あ》って、やり放題が不可能になる」というのが、その卑近な一例である。「革手袋を押しつけられたら〝澄んだ目〟をせざるをえなくなって、一時的に革手袋への偏愛が生まれる」というのもそれである。それをさせるのが恋である。ところがこの「私」は違うのだ。「欲望は妄想と共にあり、妄想がなければ欲望は成り立たない」ということを知って、現実の上に妄想を覆《おお》いかぶせようとするのである。

《氣まぐれに、彼が私の讀《よ》んでゐる・年に似合はぬ賢しげな書物をのぞきに來ることがあつた。私はたいていあいまいな微笑でその本を隠した。羞恥《しうち》からではなかつた。彼が書物なんかに興味を持つこと、そこで彼が不手際《ふてぎは》を見せること、彼が自分の無意識な完全さを厭《いと》ふやうになること、かうしたあらゆる豫測《よそく》が私には辛《つら》いからだつた。この漁夫がイオニヤの郷國を忘れることが辛いからだつた。》

　近江における《自分の無意識な完全さ》とは、「私」が近江を「知性ゼロ」と規定してしまった結果に生まれた独り合点で、「知性とは無縁の野蛮人であること」である。「私」は近江に知性を認めない。彼を、自分の妄想の好みから割り出した、「古代ギリシアの知識世界から距離を置いた、肉体だけが取柄の小アジアの漁夫」と位置づけて、勝手な妄想に耽《ふけ》っている。もちろんこの妄想は、「近江の死を見たい」ではない。その妄想世界から抜け出した「私」は、抜け出した破れ穴から別の妄想体系を引き出して、それを近江の上に敷衍《ふえん》したのである。「私」にとっての近江は、「肉体だけを持つ生きた物語」になった。近江に「人格」はいらない。「知性において自分は近江より遥《はる》かに上だ」と規定してしまった「私」は、近江を「好みの物語を連想させる、肉体だけの人間」として見る。近江は、「私」の欲望を成り立たせる「物《フェティッシュ》」にされたのである。より現代的な表現を使うなら、「妄想の中にいた〝私〟は、妄想から抜け出し、ストーカーになった」である。「現実に妄想の網を覆いかぶせて我が物にする」は、いかにも作家の欲望であろう。その妄想の網目の見事さと周到さが、「三島一流の修辞《レトリック》」となり「論理《ロジック》」となる。

近江は「私」の「欲望媒介物《フエテイッシユ》」になっている。そして、その妄想的調和が、ある時に破られる――《それは嫉妬《しつと》だつた。私がそのために近江への愛を自ら諦《あきら》めたほどに強烈な嫉妬だつた。》

「私」が十五歳の《初夏の一日》、体操の授業がある。「私」は風邪でその授業を見学し、「私」と三十人ほどの級友達の前で、近江が懸垂のお手本を示す。

《「ほう」

級友たちの嘆聲《たんせい》が鈍く漂つた。彼の力わざへの嘆聲ではないことが、誰の胸にもたづねられた。それは若さへの、生への、優越への嘆聲だつた。彼のむき出された腋窩《えきくわ》に見られる豐饒な毛が、かれらをおどろかしたのである。それほど夥《おびただ》しい・ほとんど不必要かと思はれるくらゐの・いはば煩《はん》多《た》な夏草のしげりのやうな毛がそこにあるのを、おそらく少年たちははじめて見たのである。》

《彼はもう二三回落第してゐる筈《はず》で》と書かれる近江は、まだ子供の領域に片足を突っ込んだままの少年達からすれば、成年の牡《おす》である。ランニング・シャツの腕の下には旺《おう》盛《せい》な牡の腋毛《わきげ》があって、少年達はそれを驚きと羨望《せんぼう》で見る。「私」ももちろんそれを見る。

《私も同様ながらまた多少ちがつてゐた。私にあつては、（このことは私を赤面させるのに十分だつたが）、彼の夥しいそれを見た瞬間から *erectio* が起つてゐた。（中略）私の見たがつてゐたものこそこれであつたらうに、それを見た衝撃が、却《かへ》つて思ひがけない別種の感情を發掘してみせたのである。》

それがつまりは《嫉妬》で、「私」はこのことによって、近江を自分の中で拒絶する。ある意味で、『仮面の告白』の中で最も分かりにくいのはこの部分である――少なくとも、私＝橋本にとってはそうである。

「恋」が、より強烈な「欲望を伴った恋」になるのなら、この瞬間からである。「私」もそれを言っている――《私の見たがつてゐたものこそこれであつたらう》。実際にそうなっている――《彼の夥しいそれを見た瞬間から *erectio* が起つてゐた》。しかし、「私」はこれを拒絶する。その理由はもちろん、「その欲望が、社会生活と適合しないことを惧れて」ではない。「私」は、自分自身の必然に沿って、この「恋」を禁圧する。意図的に、ではない。そこに恋を拒絶する感情――嫉妬が生まれてしまっていたからである。私＝橋本が「分からない」と思うのはそこで、なぜそんな〝必然〟は生まれなければならないのか？　そのような必然を持つ「私」という人物は、「恋を選択出来ないように自分を保持している人物」ということになってしまうからだ。「そんなへんな人物があるのだろうか？」と、私＝橋本は思う。

なぜそこに「嫉妬」が生まれるのか？　近江と「私」が同じ「男」で、そこに至るまでの間、「私」が近江に対して優位を保っていたからである。

「私」にとって、所詮《しょせん》近江は、欲望を成り立たせるための媒介物《フェティッシュ》である。「私」の中で、近江は「人」ではない。妄想世界の主役であるような、「生きた登場人物」である。近江の知性を否定して、「私」は知性によって、近江を自身の宰領する妄想世界へ閉じ込めた。ところが、その「物《フェティッシュ》」でしかない近江が、妄想世界の境界を突き破り、突如として「生身の人間」になってしまったのである。「生身の人間」になった時、近江は「私」の優位に立っていた――その証拠となるのが、《腋窩に見られる豊饒な毛》である。近江は「成年の牡」で、「私」はそれに届かない「未熟な牡」だった。それを知って、「私」には競争意識――あるいは敵対心が生まれる。

「私」は、「勝たねばならない」と思う。であればこその、敵対心であり、嫉妬である。もしもここで、「私」が「負けてもいい」と思ったら、その時は恋になる。自分を打ち負かせた〝証拠〟こそが、恋を加速させる基本要因となる。「負けた」と思わなくてもいい、「彼のようになりたい」と思えば、勝ち負けを抜きにして、これもまた恋になる。

かつてこの「私」は、「汚穢屋《おわいや》になりたい」と思ったのである。しかし、十五歳になった「私」は、もう「近江になりたい」とは思わない。そこに登場した嫉妬は、目標としての近江を排除する。そこに嫉妬を登場させた「私」は、「近江を排除して、近江に成り代わりたい」と思ったのである。

それは、妄想の中のクーデター劇――束《つか》の間の革命と、それを覆《くつがえ》す反革命だった。妄想の中で近江を支配していた「私」は、近江の腋毛によって、瞬間「牡になる道筋を歩む少年」という現実に引き戻される。そこでは近江が、民衆の上に君臨する王者である。嘆声を上げる級友達はすべて近江の側についた。「私」は支配者の座を逐《お》われ、王座を逐われた暴君は、王権復活の反革命を志す。その反革命は簡単に起こる。民衆から選ばれた新しい王者を、放逐してしまえばいいからである。嫉妬という軍隊が、簡単に再度のクーデターを可能にした。妄想の暴君は再び王位に即《つ》き、そうなった時、最大の寵臣《ちようしん》は失われていた。しかしそれでもかまわない。「私」にとって重要なのは、「恋」でも「愛」でも「性欲」でもなく、暴君としてある「支配権」なのだ。それはまた、一般には「自己達成」と呼ばれるものでもあるが。

なぜ嫉妬が起こったのかを、「私」はこう説明している――。

≪おそらくこの事情には、そのころから私に芽生えだした・自我のスパルタ式訓練法の要求も與《あづか》つてゐた。(この本を書いてゐることが既にその要求の一つのあらはれである。」幼年時代の病弱と溺愛《できあい》のおかげで人の顔をまともに見上げることも憚《はばか》られる子供になつてゐた私は、そのころから、「強くならねばならぬ」といふ一つの格率に憑《つ》かれだしてゐた。》

　この「私」にとっての「強くならねばならぬための訓練」は、《ゆきかへりの電車のなかで、誰彼の見境《みさかひ》なく乗客の顔をじつと睨《にら》みつけること》である。なぜそれが必要なのかと言えば、《人の顔をまともに見上げることも憚られる子供》から脱却するためである。そのストレートにして極端な方法は、それゆえに《スパルタ式訓練法》と呼ばれるのだが、その方法にはまた《この本を書いてゐること》も含まれる。『仮面の告白』が「私小説にあらざる」という体裁を取っていながらも「私小説」であるのはそのためで、《自我のスパルタ式訓練法》とは、「自己達成への道」なのである。《格率》とは「至上命題ともなるような標語」——つまり格言で、「私」はそれに従って生きていた。であればこそ、負けるわけにはいかない。「極端」をモットーとするこの「自己達成への道」は、いともたやすく近江を放り出した。

　それは、意志的な選択かもしれない。しかしそれは、矛盾に満ちた目茶苦茶な道への選択でもある。

　妄想の中から近江を放逐した「私」はどうするのか？　この「私」の中には、《腋窩に見られる豊饒な毛》に勃起《ぼっき》する性欲もある。それを「私」はどう処理するのか？

れをこそ、「自己達成」であると、強引に解釈する。

その夏休み、「私」は人影まばらな海の、波に洗われる岩の上にいる。

《腋窩に見られる豊饒な毛》に欲情する「私」は、それを自分の中に宿そうとする。そ

《――私の腋窩には夏の訪れと共に、もとより近江のそれには及ばぬながら、黒い草叢《くさむら》の芽生えがあつた。これが近江との共通點《てん》だつた。この情欲には明らかに近江が介在した。それでもなほ、私の情欲が私自身のそれへ向つたことは否《いな》めなかつた。》

「私」はそうして、人影のないのをよいことに、そこで自慰に至る。彼を欲情に導いた物《フェティッシュ》は、「自分の腋の下」だった。

《……ふしぎな悲しさに私は身を慄《ふる》はせた。孤獨《こどく》は太陽のやうに私を灼《や》いた。》

これほど悲しい自慰もないだろう。それが終わった時、彼は永遠に「自分の愛する者」を失っているのだ。「自分の情欲が自分へ向かう」は、ないわけでもない。この「私」の場合には、その傾向が特にある。しかし、それはやっぱり嘘《うそ》だろう。この岩の上の孤独な行為は、自分の中から「愛する者」を追い払う儀式だったのだ。

「私」は近江に欲情する。しかしその近江は、現実の中で、「私」を優位の座から引きずり下ろす。「私」にそれは堪えられない。であればこそ、「私」は近江を、欲望を成り立たせる妄想世界から放逐する。近江を欠いて、「私」の妄想世界では欲望が成り立たない。妄想世界の王者である「私」は、その欲望を成り立たせるためにも、近江の消え

た欠落を埋めなければならない。だからこそそこには、「近江のようになる私」が充《あ》てられる。「私」は、近江になろうとしたのか？

さすがに強引な「私」も、それは無理だと知る――《風呂《ふろ》に入るとき、私は永いあひだ鏡の前に立つやうになつた。鏡は私の裸身を無愛想に映した。》

「私」は、《私の肩がいつか近江の肩に似、私の胸がいつか近江の胸に似るであらうといふ期待》を抱こうとして、その不可能を知る――《それは不安といふよりは一種自虐《じぎやく》的な確信、「私は決して近江に似ることはできない」と神託めいた確信だつた。》

それでは「私」は、近江をあきらめたのか？「私」には近江への「愛」があり、「欲望」もある。しかし、現実の近江は、「俺のようにはなれないだろう」と言って「私」の前に立ちはだかるような存在である。だからこそ現実の「私」は、これを倒そうとする。嫉妬という伏兵を動員して。しかし、もしも「私」が近江のような肉体を持つことができたなら、この嫉妬という敵意は不要になるのである。だからこそ「私」は、「近江に似たい」と思う。しかし「私」は、どうしたってそれが可能ではないことも知る。「私」はその矛盾を解くため、「愛に関する不思議な論理」を創出する。《元禄《げんろく》期の浮世繪《ゑ》には、しばしば相愛の男女の容貌《ようばう》が、おどろくべき相似でゑがかれてゐる。希臘《ギリシヤ》彫刻の美の普遍的な理想も男女の相似へ近づく。》――こう考えて、近江とは決して相似形になれないだろうと思う「私」は、《愛の一つの祕義》なるものを捏造《ねつぞう》するのである。

それはもちろん、至って手前勝手で特異な論理である。「愛はその究極において、《寸分たがはず相手に似たいといふ不可能な熱望》を持つ」と言うのである。重要なのは、「似るのだつたら寸分たがはず」というところである。そういう無茶な条件付けをして、「それは不可能だから、《寸分たがはず相手に似たい》と思う恋人同士は、悲劇的な結末に至る」と続ける。そんなことは分からない。それが「悲劇的な結末」に至るのなら、それは、その前にある《寸分たがはず》という無茶な前提条件によってである。しかし「私」は、そのように信じたいのだ――「愛する者同士は、《寸分たがはず相手に似たい》と思う不条理な欲望によって、必ず悲劇的な結末に至る」ということを。

なぜそんなことを信じたいのかと言えば、「《寸分たがはず相手に似たい》というのが不可能なことである以上、恋人同士の中には《お互ひに些《いささ》かも似まいと力《つと》め、かうした離反をそのまま媚態《びたい》に役立てるやうな心の組織《システム》があるではないか？》」という結論、あるいは仮説へ導きたいからである。つまり「私」は、「〝似ていない〟ということを根拠として、自分と近江が一対の相愛カップルたりうる可能性があるのではないか」と、信じたいのである。それはつまり、嫉妬という現実的な感情によって近江を逐おうとしても、やっぱりまだ近江に執着があるということである。

近江を逐おうとしても逐えない。しかし、「私」には近江を逐わなければならない必然がある。それがどのような「必然」かは知らない。しかし「私」は、それを「必然」

と思っている。だからこそ、苦しい論理で「近江への愛の必然」を成り立たせようとする。「感情のない人は厄介である」と言った方がいいようなものだが、この「私」は、そのように考えるのである。

「近江を愛してもいい」と自分に許して、しかし、もう近江は妄想《もうそう》の中にいない。「私」と近江との間に、現実には、いかなる親近も関係もない。「似ていなくても愛していい、似ていないからこそ愛してもいい」という結論まで出して、しかし、愛すべき近江はどこにもいないのである。だから「私」は、《近江と相似のもの》を愛するしかなくなる。《私は自分の腋窩に、おもむろに・遠慮がちに・すこしづつ芽生え・成長し・黒ずみつゝある・「近江と相似のもの」を愛するにいたつた。……》そして、夏休みの海辺での孤独な行為へ至る。

海辺の「私」は、《この情慾には明らかに近江が介在した。それでもなほ、私の情慾が私自身のそれへ向つたことは否《いな》めなかつた。》と言うが、この発言は嘘であろう。《私自身のそれ》＝腋毛は、《近江と相似のもの》なのである。だからこそ「私」は、それに欲情しなければならない――これこそが真実である。《近江と相似のもの》の重点は「近江」にあって、そこから「近江」が排除され、代わりに「私」が代入されてしまったら、その時から「私」には、永遠に他者が存在しなくなる。

その岩の上で、近江に欲情しようとして、しかし近江が「自分とは遠いもの」であることを知った時、「私」はその間隙《かんげき》に「自分自身」を代入した。「私自身」に欲情してしまえば、もう欲情すべき、求めるべき他者はいなくなる。しかし「私」は、それをしてしまった。それをすることによって、「私」は、恋を成り立たせる他者を永遠に失った。孤独が太陽のように身を灼くのも当然である。

そしてしかし、真実の悲劇はその後に訪れる。「近江に似る」を不可能とした「私＝三島由紀夫」は、その後どんどん「近江」に近づいて行くからである。

おそらくはそれも、《自我のスパルタ式訓練法》の一つだったのだろう。虚弱児の影を引きずる若者は、「男らしい男」への道を歩き出し、ボディビルを始め、かつての近江以上の肉体を持つ——誇示する。裸の自分を被写体とする『薔薇《ばら》刑』という写真集まで出版される。それは果たして、幸福なことだったのか？『仮面の告白』を書いて、「この仮面の下には虚しかない」という宣言をした三島由紀夫は、その作品の中でもう「近江」を拒絶し、放逐していたのである。その拒絶されたものになって、「近江を拒絶した私」は、「近江になった私」を受け入れるのだろうか？その答は、「三島由紀夫そっくりの飯沼茂之」のポジションが明らかにする。

『仮面の告白』における近江の放逐のされ方は、完璧《かんぺき》だった。「私」は、近江が復活する可能性を残す間隙を消すために、そこへ「自分自身」を代入してしまった。もう近江が復活する余地はない。「自分自身への情欲」が、近江の存在してもいい「胸の隙間《すきま》」へ至る経路を封じてしまったのである。

《「近江と相似のもの」を愛するにいたつた》「私」は、やがて《この情慾には明らかに近江が介在した。それでもなほ、私の情慾が私自身のそれへ向つたことは否《いな》めなかつた。》と宣言して、近江を排除する。そしてその夏が終わった時、近江は《放校處分《しよぶん》》にされているのである。「私」が妄想の中から放逐した近江は、「私」の現実からも放逐されている。そうなって「私」は、近江をまだ求めようとする。近江の放校理由を尋ねても、教師は《たゞ「惡いこと」とにやにやしながら言ふばかりだつた》から、「私」は「悪」をキイ・モチーフにして、近江に関する妄想を作り上げる。近江は、「知らざる神を崇拝する秘密結社の一員」で、それゆえにこそ、《祕密裡《り》に殺されたのだつた》と。

《彼はとある薄暮に、裸體《らたい》にされて丘の雑木林へ伴はれた。そこで彼は雙手《もろて》を高く樹《き》に縛《いまし》められ、最初の矢が彼の脇腹《わきばら》を、第二の矢が彼の腋窩《えきくわ》を貫ぬいたのだつた。

私は考へ進んだ。さう思つてみれば、彼が懸垂をするために鐵棒《てつぼう》につかまつた姿形《すがたかたち》は、他の何ものよりも聖《サン》セバスチャンを思ひ出させるのにふさはしかつたのである。》

そうして「私」は、「近江の死」に欲情したのだろうか？　私＝橋本はそうは思わない。その初めに「聖セバスチャン殉教図による初の射精」を置く『仮面の告白』第二章の中心は、「近江との物語」あるいは「近江にまつわる物語」である。その近江の退場に際して「聖セバスチャン殉教図」が再び登場するのは、小説の構成としては正しい。ただそれだけの話である。意外なことに「私」は、近江が学校を去ったその後になって、「鉄棒につかまって腋窩をあらわにした近江」を、「聖セバスチャンの殉教図」と重ねるのである。それ以前、《聖セバスチャンの繪に憑かれだしてから、何氣なく私は裸になるたびに自分の両手を頭の上で交叉《かうさ》させてみる癖がついてゐた。》とは言っても、「私」は近江と「聖セバスチャンの殉教図」を重ね合わせてはいない。つまり、「私」は近江に「死」を思って欲情してはいなかったということである。

「私」は、近江の死を望んでいなかった。幽閉の「私」を救出に来る近江が失敗することを、「正しい」とは思っていなかった。「私」は真実、近江を求めていたのである。求めて、ただその求め方を知らないだけだった。

　その近江が去った。去ったことを結論付けるためだけに――それはただ小説としての形を整えるためだけに、「聖セバスチャンのイメージ」は持ち出される。ただそればかりのことである。

「近江の死」を思って、「私」は欲情出来なかったはずである。《聖セバスチャンを思ひ出させるのにふさはしかつたのである。》と結んで、この部分はそこまでである。「私」の十五歳はそうして終わる。そしてその後に第二章は、「人肉食の宴会」という妄想シーンを、フィナーレのように登場させる。そういう錯覚をしている人は多いかもしれないが、第二章の終わり近くの妄想シーンで食卓に載せられるのは、近江ではない。それは、《やはり私の同級生で、水泳の巧みな・際立《きはだ》つて體格のよい少年》なのである。「私」は、そのような凌辱《りょうじょく》を近江に対して出来るような人間ではない。その妄想を撥《は》ねつけて、近江は「私」にとって、唯一《ゆいいつ》の「尋常なる恋」をもたらしていた。

近江が消えて、「私」は悲しい暴君となる。妄想の「宴会」を繰り広げるその欲望の旺盛《おうせい》は、近江を失った怒りと悲しみゆえの代償行為だろう。「私」は十六歳になり、《私は人生から出發の催促をうけてゐるのであつた。》とつぶやくようになる。《私の人生から？　たとひ萬一《まんいち》私のそれでなからうとも、私は出發し、重い足を前へ運ばなければならない時期が來てゐた。》と。

もう「近江」はいない。それに代わって、「私」の欲望だけを刺激する「肉体ばかりの若者=性的媒介物《フェティッシュ》という幻想」がいる。「私」は、彼等に助けられることを望まない。幻想に、そんなことが出来るはずがない。彼=幻想がその「無謀な企て」に失敗して殺されることばかりを妄想し、その直感の「正しさ」を思って恍惚《こうこつ》とする。

もう「近江」はどこにもいない。「私」も「近江」を求めない。「近江」は「殺されるだけのもの」となり、そうなった時、「成年の牡《おす》」の年頃になった〝ある人物〟は、「近江への道」を歩み出す。それが、「もう一人の三島由紀夫」である。「近江」となって、その「もう一人の三島由紀夫」は、「虚となった三島由紀夫」から求められたのだろうか？「虚となった三島由紀夫」は、「作中人物となった自分」と「それを書き綴《つづ》る自分」との睦《むつ》み合いに熱中していて、「もう一人の三島由紀夫」を振り向かない。それをする三島由紀夫とは無関係のままに放置される「もう一人の三島由紀夫」は、《自分でもわからない理不盡《りふじん》な直感》によって、「虚」となった三島由紀夫の《救ひがたい孤獨《こどく》を理會《りくわい》》するしかない。自然に、そして意図的に「近江への道」を歩んで、「もう一人の三島由紀夫」は、結局のところ、「もう一人の現実から隔てられた認識者」になるだけだった。彼が住まうべき場所は、「三島由紀夫」の中にないのだから。

それを書くことによって自分自身を「虚」としなければならなかった欲望――『仮面の告白』の「私」が禁じた欲望とはなんだったのか？　それはつまり、他者を求める「恋の欲望」である。

その恋を殺して欲情することを、「私＝作者」は公言して憚《はばか》らない。その拒絶を「正しい」と思うことを公言して憚らない。「悔しいのはただ、その欲望の対象を手に入れることが出来ないことだ」と公言して憚らない。彼は〝なに〟を憚るのか？　近江を拒絶して、しかもまだ求めざるをえないことだけを憚る。だからこそ、「相愛の男女は相似形になる」からスタートする無茶苦茶な理論を、言い訳として提出する——提出せざるをえない。

《私がそのために愛を諦《あきら》めたと自分に言ひきかせたほどに烈《はげ》しかつた嫉妬《しつと》は、右のやうな祕義にてらして、なほ愛なのであつた。私は自分の腋窩に、おもむろに・遠慮がちに・すこしづつ芽生え・成長し・黒ずみつゝある・「近江と相似のもの」を愛するにいたつた。……》

近江への嫉妬＝拒絶は、「近江と同等かそれ以上のものになる」という道へ「私」を歩ませる。そのためには、《「近江と相似のもの」を愛するにいたる》という方向の選択が必要になる。しかし、「拒絶」と「歩み出すその道のスタート地点」との間には、悲しいつぶやきが隠されていた——《なほ愛なのであつた》と。

「諦めざるをえない」と理解して、なおそれに執着せざるをえない弱さが、禁圧されるべき「欲望」なのである——「私」はそのように理解する。「私」の理解は否定されない。かくして、「人を人として求める」という欲望は深く禁圧される——「恋に立ち入ってはならぬ」と。その後には「達成への道」がある。その道を辿《たど》って、その人物はただ宙ぶらりんになる。

三島由紀夫の悲劇は、「真実必要なものを求めて、その求め方を知らなかった」というところにあるはずである。しかし、彼はそのような選択をしなかった。彼は、「真実必要なものを求めることは、してはならないことである」という選択をした。その選択を「正しい」とするのが、彼の生きた時代だった。それを「正しくない」とは言わないが、「正しい道」は、それとは別のところにあった。それを「正しい」とはしない時代に殉じて、「もう一人の三島由紀夫」は死ぬ。その「もう一人の三島由紀夫」の死を、三島由紀夫は止めなかった。止めるはずがない。「もう一人の三島由紀夫」は、その初めにおいて、三島由紀夫から拒絶されていた人物なのである。それが、「不思議」とも「悲劇」とも思われない――それが、三島由紀夫の生きた時代だったのである。

第三章　「女」という方法

一　三島由紀夫の「戦後」

三島由紀夫が肯定し、そして他からも肯定された欲望は「暴君の欲望」――「暴君として君臨したい」という欲望だった。だからこそ彼は、「反戦後の作家」となる。作家としての彼が生きた「戦後」という時代、それを含む二十世紀という時代は、暴君の生き延びる道を消滅させる時代だったからである。

日本の「戦後」とは、不思議な時代である。そこでは、「戦前」と「戦後」が入り混じっている。「戦後」の初めには「人生の混乱」があって、そこから「新しい生き方」は生まれなかった。人はただ「戦前並」の復興を目指し、それが達成された後には、「より以上の豊かさ」だけを目指した。戦後の日本社会にあるものは、豊かさを目指す無知性の一本調子だけで、であればこそ人は、そのありように対して、どのような悪口でも言えた。悪口を言うことこそが知性でもあった。そして悪口を言いながら、人はこっそり、暴君のような特権をも求めた。戦後社会のあり方に対して悪口を言うことは、「真に戦後的なもの」を求めることでもあったし、一方、暴君のような特権を求めることは、戦前的な階層社会を夢見ることでもあった。「戦後」と「戦前」はそのような形で入り混じり、三島由紀夫はそのことを体現するような作家だった。

しかし、三島由紀夫の中には、戦後への意地悪があり、戦前と変わらぬままの華麗さがあった。三島由紀夫は戦後的な人ではない。三島由紀夫の戦後への悪口は、「真に戦後的なもの」を求めることではない。三島由紀夫は、「大衆を嫌う王」でしかなかった。

たとえば、『討論　三島由紀夫VS.東大全共闘』という対話集である。あの三島由紀夫は、ほとんど、「我と共に立って戦おう」と民衆に呼びかける王である。王がそんなことを呼びかけるのは、王の基盤が崩れかかっているからである。そんな王に呼びかけられて、民衆は王に従わない。民衆はただ、王を嘲笑《あざわら》うだけである。『討論　三島由紀夫VS.東大全共闘』における三島由紀夫の哀《かな》しさは、それに尽きる。一九六九年五月のその日、四十四歳の三島由紀夫は、彼を「王」として存在させた戦後を突き崩そうとしていた東大全共闘の学生達を、まだ「王に連なるエリート達」と思っていたのかもしれない。三島由紀夫が市ケ谷で死ぬのは、その一年半後である。

一九六〇年代末の一時期、「戦後」というものは揺らいで、そして再び堅固になる。後には豊かさを目指すだけの一本調子な無知性がそのままに続いて、そして、バブルがはじける。ただそればかりのことである。一九九七年、神戸で「酒鬼薔薇《さかきばら》聖斗」と名乗る中学生の少年が、猫を殺し、人を殺した。世間は驚いたが、私はそんなに驚かなかった。嬉々《きき》として猫を殺し人を殺す少年の話なら、既に三島由紀夫が『午後の曳航《えいこう》』で書いている。その主人公は十三歳だった。そのような「暴君」は既に存在していて、そんな「暴君」が存在する限り、「戦後」という中途半端《はんぱ》な日本の時代は続く――ただそれだけのことである。

三島由紀夫という「大きな王」を存在させる時代は一九六〇年代が終わると共に去って、その後には、大衆という「小さな王」が生まれた。この「王」なるものがなにも作り出さず生み出さないことは、既に三島由紀夫が証明している。三島由紀夫とは、意識されぬままに放置された、「戦後」という時代の矛盾を表す、「華麗なる作家」なのである。

しかし、三島由紀夫にとって「戦後」という時代がどういう時代だったのかは、よく分からない。戦争が終わる昭和二十年、三島由紀夫は十九歳から二十歳になり、東京帝国大学の学生だった。その前年には最初の単行本である『花ざかりの森』を刊行していて、昭和三十年に書かれた『八月十五日前後』という短文によれば、《私は戰爭末期には、ほとんど假病《けびやう》を使つて通した。》であり、同じ時期に書かれた『終末感からの出発――昭和二十年の自画像』という短文によれば、《しかし私の私生活は、殆《ほと》んどあの季節の中を泳がなかつた。私は要するに、小説ばかり書いて暮してゐた。》である。三島由紀夫にとっての「戦後の変化」は、《私が愛してきたラディゲも、ワイルドも、イエーツも、日本古典も、すべて時代の好尚にそむいたものになつてしまつた》(『私の遍歴時代』)である。

結局三島由紀夫は、戦後という時期を「自分の文学」や「自分の性癖」と称されるものでしか語らないから、彼の周囲にあったはずの〝変化〟が見えてこない。当然三島由紀夫にとって、重要なことは、「戦争が終わった」ではなく、「日常はまだ続いている」なのだろうが、しかしそんな三島由紀夫でさえ、「戦後」という特殊な局面を経験していたはずである。そこで、彼は時代とどのように関わったのか? 彼の身辺に落ちていたはずの「戦後」という時代の位相は、どんなものだったのか? それを知りたいと思い「なにか手掛かりはないか?」と思って探すと、へんなものが現れる――それはたとえば、「財産税」という言葉である。

戦後のＧＨＱと日本政府は、戦前の特権階級に打撃を与えるため、彼等の所有する財産に高い税金をかけた。没落した華族が家屋敷や家財道具を売るというのは、その財産税の結果である。三島由紀夫の生家は華族ではないが、どうやら財産税の対象になるような階層ではあったらしい――というのは、『禁色《きんじき》』の中にそれらしい一家が登場するからである。それとはつまり、主人公・南悠一《みなみゆういち》の家である。

彼の父は、《技術者出のお傭《やと》ひ重役として菊井財閥の子會社の社長をつとめて死んだのである。》という設定になっている。父を亡《な》くした彼の家は、《慢性腎炎《じんえん》の母親と女中と三人ぐらしの、健全な没落家庭》だが、《没落》とは書かれていても、この家の母は、まだ銀行に預金が「七十万円」あると信じている。それは母親の錯覚で、実は残高はその半分なのだが、昭和二十六年当時で「三十五万円」は大金でもあろう。そこに、《證券《しようけん》収入は月々二萬《まん》ほどあつた》である。サラリーマンの初任給が五千円程度の時代なのである。《没落》とは、特権階級の側から見ての没落であって、そんなものが存在しない今の我々の目から見れば、この家は「そこそこに財産のあるいい家」である。

三島由紀夫の家とこの家とは、直接に関係がない。しかし、主人公の悠一と作者の三島由紀夫は、この家の財政状態を「危ない」と思う点で一致して、まだ学生である悠一は、この家の財産管理に手を出すのである。《この俗悪な仕事を、學校での經濟學《けいざいがく》の勉强の實際《じつさい》的な活用だと强辯《きやうべん》しながら、家計簿にまで好んで首をつっこむ息子を見ると、彼の母は悲しんだ。》というのは、一種の笑劇《ファルス》でもあるが、しかしこれは、満更冗談ではない。絶世の美青年・南悠一は、金勘定が性に合っている人らしいのである。第二章にそういう一節があって、そこからずっと先の第十一章になっても、まだ彼は金勘定を続けている。しかも作者は、それをさせることを訝《いぶか》しがらない。

《南家の財産管理はあひかはらず悠一の手に委《ゆだ》ねられてゐた。(中略)ふしぎと悠一には理財の才があつた。高等學校の先輩に銀行員がゐて、その男の浮貸資金のために悠一が預けた俊輔の二十萬圓《ゑん》は、月々一萬二千圓の利息をもたらした。現在この種の投資は

危険な投資の内に入らない。》

なんだか、異様に生々しいほどのリアルさである。『禁色』という小説に、こういう種類のリアリティー――《月々一萬二千圓の利息をもたらした》とか《現在この種の投資は危険な投資の内に入らない》は、果たして必要なものなのかとも思われる。「浮貸」というのは、金融機関の人間が、自分が金融機関にいることを利用して、不正な個人貸付をすることである。悠一はそのための資金を先輩の銀行員に融通していた。それは「不正」なのだから、問題にされるのは「いい・悪い」であるべきだが、この文章は「その善悪が問題にされるような時代ではなかった」ということを語るものではない。《現在この種の投資は危険な投資の内に入らない》は、主人公が属するのと同じ階層の人間達へ送る「融資の奨《すす》め」、あるいは「融資の才の誇示」に近い。ここに漂う「主人公＝作者＝読者」の一体感は、作者・三島由紀夫が当然としていた生活環境を、悠一の家が自然に反映した結果ではないかと思えるのである。

また『禁色』には、財産税のため自分の邸宅をホテルに売ってしまった鏑木《かぶらぎ》元伯爵《はくしゃく》という男色家も登場する。この小説の最後では、南悠一が一千万円の遺産を檜俊輔《ひのきしゅんすけ》から受け取ることになる。昭和二十六年から二十八年に書かれたこの小説にある「戦後」は、「財産税と同性愛と転がり込む大金」なのである。とんでもなくへんなことを言っているようだが、しかし、後に登場する『豊饒《ほうじょう》の海』においてさえも、このことは繰り返される。

第三巻『暁の寺』の第二部は、本多繁邦が五十八歳になった昭和二十七年である。敗戦と共に司法制度の変更が起こり、その結果弁護士だった本多繁邦は、彼の抱えていた訴訟の成功報酬として「三億六千万円」を受け取る。昭和二十七年頃の「戦後」とは、三島由紀夫の分身であるような作中人物に大金が転がり込むような時期であるらしいのだ。『豊饒の海』に初めて「同性愛者」が登場するのも、この時期である。それは男の同性愛者ではなく、旧華族の出身と思《おぼ》しい謎《なぞ》の女・久松慶子であり、松枝清顕《まつがえきよあき》の転生した月光姫ジン・ジャンである。更に言えば、その時期の本多繁邦は「覗《のぞ》き」を常習とする変態性欲者なのだから、「三島由紀夫にとっての戦後とは、変態性欲の時代である」と言っても、そう間違いではないだろう。『暁の寺』以降の『豊饒の海』戦後篇の主役は、莫大《ばくだい》なる財産を得た本多繁邦と、旧華族の女・久松慶子である。当然彼等の周りには、財産税のおかげで没落した宮様も登場する。三島由紀夫にとって、昭和二十年の終戦はたいした変化ではなかったらしいのだが、それからしばらくして訪れる昭和二十年代の後半は、「財産税・転がり込む大金・同性愛」というへんてこりんなもので語られるようになっているのである（あるいはここに、〃らしい〃の一言を付け加えるべきかもしれないが）。

昭和二十四年に刊行された『仮面の告白』によって、三島由紀夫は作家としての地歩を固める。「人気作家になった」ということと、「大金が転がり込む」とは、あるいは重なりうることなのかもしれない。「それが三島由紀夫の戦後である」と言ったら怒られるだろうか？　そんなことが、三島由紀夫のあり方となにか関係があるのだろうか？

彼が「階級意識」とか「特権意識」というものに捕らわれていた人間であるならば、このことは重要なことにもなるはずである。

二　囚《とら》われの人

そしてもちろん、三島由紀夫は「囚われの人」である。「塔の中の王子さま」の状態をその後も持続させていた三島由紀夫が「囚われの人」であるのは当然で、彼は様々な形での「囚われの人」だった。

彼はまず、文学の中での「囚われの人」である。『「仮面の告白」ノート』で、作家である自身の「虚」を宣言する。園子の前で自分自身の欲望に刺し殺された主人公の「私」は、《私といふ存在が何か一種のおそろしい「不在」に入れかはる刹那《せつな》を見たやうな氣がした。》と感じるが、その後の三島由紀夫のあり方は、「入れかはられてしまった不在」のままである。昭和三十四年に書かれた『十八歳と三十四歳の肖像画』という文章の中で、彼は主な作品に即して「自分自身の歩み」を述べているのだが、彼が『禁色』という作品をどのように位置付けているのかを見れば、そのあり方がよく分かる。《私の人生がはじまつた。私は自分の氣質を徹底的に物語化して、人生を物語の中に埋めてしまはうといふ不逞《ふてい》な試みを抱いた。》

この文章で使われる《氣質》という言葉にはもう少し複雑な意味があるのだが、この箇所における《氣質》は、「同性愛への嗜好《しこう》」とほぼ同義と思って間違いないだろう。三島由紀夫は、「物語の中」へ行ってしまったのである。三島由紀夫は、自分の試みが「失敗した」と思った時には、正直に「失敗した」と言う人である。ここでそう言っていないのだから、彼の《不逞な試み》は成功したのである。昭和二十四年の『仮面の告白』で「虚」を宣言した作家は、それが刊行された一年半後には、『禁色』を通して「物語の中」へ行ってしまった。そしてそのまま、そこにい続けた。だからこそ、『豊饒の海』という作品で《記憶もなければ何もないところへ、自分は來てしまつた》という〝無〟に突き当たった時、彼は死ぬしかなくなる。本多繁邦は「松枝清顕の輪廻《りんね》転生」という物語の中に生きようとした人間で、彼には生活もなければなにもない。なにもなくていいのは、彼が「物語の中」にいるからである。その彼を支えるのは、「自分は確かに物語の中にいて、物語の中にいた」という記憶だけだから、その記憶がなくなってしまえば、もうなにもない——「物語の中に生きていた」という、根本の前提は消滅してしまう。彼の前に《庭は夏の日ざかりの日を浴びてしんとしてゐる》という情景があったとしても、彼にはなんの意味もない。ただ、「一切の消滅」の前に呆気《あっけ》にとられるだけである。

三島由紀夫は、彼の文学作品の中に住み続けた「囚われの人」だった。「囚われの人」

となって、そしてそこから「出たい」と思わなかったことは、彼のその欲望の形と同様である。彼はその根本において、「助けられたいが、助けられるのはいや」なのである。

そしてもう一つ、彼はまたエスタブリッシュメントという階級の中の「囚われの人」でもあった。

「戦後」という時代、三島由紀夫の属するエスタブリッシュメントという階級は、一時的に没落する。彼等が仕えた特権階級が消滅させられてしまうのだから、それも仕方がないだろうが、しかしその没落は、一時的なもの――《健全な没落》でしかないようなものでもあった。戦後に特権階級は消滅しても、日本の社会は、そのあり方を根本的なところで改めてはいない。根本のところで変わらない日本社会を率いるものは、結局のところ「エスタブリッシュメント」と言われるような階層の人間達だった。その階級に参加することを願う人間達が増大して、「受験競争」と言われるものが熾烈《しれつ》になり、その階層の人員は増大して、強固にもなったのだろう。もちろん、戦後の日本に〝階級〟などはない。しかし、そこに「囚われの人」がいる以上、エスタブリッシュメントは、「階級として把握されるようなもの」なのである。そして、それが「階級として把握されるようなもの」であればこそ、「階級として把握したい」という幻想が崩れた時、「囚われの人」は解放されてしまう。戦後の日本人は、自分達の上に目標となる「豊かな階層」を設置して、その幻想に向かって上昇して行った。しかしその階層はない。ないからこそ、豊かさへ向かった日本人は、「一億総中流」という状態になる。そうなった時、「階級」という幻想は破壊されるのである。そこに「囚われ」となるような人間は存在しなくなる。しかし、三島由紀夫という「囚われの人」は、「囚われのままでありたかった人」なのであって、決して解放なぞを望んではいない。彼が解放された時、彼は、昭和四十年に書かれた戯曲『サド侯爵《こうしやく》夫人』の最後において言葉の上でだけ登場する、サド侯爵と同じものになってしまうだろう。

《あまりお變《かは》りになつていらつしやるので、お見それするところでございました。黒い羅紗《ラシャ》の上着をお召しですが、肱《ひぢ》のあたりに繼ぎが當《あた》つて、シャツの衿元《えりもと》もひどく汚れておいでなので、失禮《しつれい》ですがはじめは物乞《ものご》ひの老人かと思ひました。》

もちろん、彼の貞淑なる妻である侯爵夫人ルネは、この解放された「囚われの人」を受け容《い》れない――《お歸《かへ》ししておくれ、さうして、から申し上げて。「侯爵夫人はもう決してお目にかかることはありますまい」と。》

三島由紀夫はそれを知っていて、その後に『天人五衰』を書く。そこで、月修寺の門跡となっている聡子《さとこ》は、サド侯爵夫人以上の拒絶をする――《そんなお方は、もともとあらしやらなかつたのと違ひますか？》。「物語の中の三島由紀夫＝松枝清顕」は、もともと存在しえないものだったのである。三島由紀夫は、「変わり果てたサド侯爵」になることを恐れて、その死を急いだのかもしれない。

祖母の溺愛《できあい》によって「囚われの人」となり、そこで「暴君」と同質の欲望を明確にしてしまった三島由紀夫は、戦後再び、エスタブリッシュメントという〝階級〟の中で、「囚われの人」となる。戦後という時代は、エスタブリッシュメントの宮廷を作り、三島由紀夫は、その宮廷に君臨する王侯の一人だった。なにしろ彼は、文学というステイタスがまだ堅固だった時代の、「輝けるスター作家」だったのだから。

彼は、彼自身の属する「文学」という王国からも、「エスタブリッシュメント」という階級からも、出たくはなかった。「出るわけにいかない、出ようがない」と言ったにしても、結局のところ、「出る」という選択をしなかった彼は、出たくはなかったのだ。「物語」という虚構の中に「彼自身」は埋め込まれているのだし、「文学」という王国と、それを受け入れるエスタブリッシュメントの宮廷は、彼を王者に等しいものと思っている。更に彼はまた、「エスタブリッシュメント」という階級の中で、「人生の形をした不在」を生きてもいる。そこから出られるわけはないし、出る必要もない。「出たい」と思う理由もない。彼をそこから「出そう」として手を伸ばす者がいれば、死を命令されてしまうのかもしれない。彼は、「その不可能」に恍惚《こうこつ》とする人でもあるのだ。であればこそ三島由紀夫は、「純文学の強固な番人」ともなったし、「最も辛辣《しんらつ》な大衆社会の批判者」にもなった。そして、そこに困難が一つだけ隠されていた。それは、「あなたはそこにいたいのかどうか？」という、〝欲望〟に関する問いかけである。

その問いかけは、人の世にある。あって当然である。しかし、三島由紀夫は、それを考えない。そこに「いたい」のかどうかという〝欲望〟を考えないで、彼は「出ること」を拒絶する。彼が考えることは、「いることが出来る」という〝能力〟であり、彼にとって重要なものは、〝欲望〟ではない。「い続ける！」と断言することが出来る〝意志〟なのだ。それを、「いかにも〝反戦後〟の姿勢を保って来た第一級の作家による男らしい発言だ」と受け取られて、三島由紀夫は再び「囚われの人」となる。世俗に対してある姿勢を取り、その姿勢が再び彼を「囚われの人」とする――「そうなってもいい！」と決断する彼は、とんでもなく哀《かな》しい彼である。

三島由紀夫の中で、意志と欲望は、とても不思議な睦《むつ》まじさを保っている。それは、男二人による立派なブロンズ製の裸像のようなもので、その「意志と欲望」と題される彫刻は、ともすれば欲望に流されてしまいがちな、惰弱なる意志を持つ男を戒めるようにして、王国の中央に立っている。しかし、その「意志」は、果たして、放縦に狂いがちな「欲望」というパートナーを、よく律するものなのだろうか？　三島由紀夫の「意志」と「欲望」の関係はいたって不思議なもので、『サド侯爵夫人』に登場する偉大なる俗物――侯爵夫人ルネの母親であるモントルイユ夫人の言葉をもじれば、こんなものになる。

「ああ、お前が意志といふと妙にみだらにきこえる。どうしてだらう。私は前からそんな氣がしてゐた」

この原文は、「意志」ではなく「貞淑」である。サド侯爵に捧《ささ》げられる侯爵夫人ルネの貞淑を疑うモントルイユ夫人は、母親の直感によってそれを言うが、三島由紀夫の「意志」は、サド侯爵夫人の「貞淑」とよく似ているのである。

母親に「貞淑」の質を疑われたルネは、こう尋ね返す——。

《ルネ　では、それなら私の愛情は……

モントルイユ　その言葉のはうは、又妙にみだらでなさすぎるのだよ。》

三島由紀夫の「欲望」は「鍛えられた意志」のようで、妙にみだらでなさすぎる。三島由紀夫の「意志」と「欲望」は、サド侯爵夫人の「貞淑」と「愛情」のように、妙にすれ違っているのである。

彼の「欲望」は、「意志」として存在する。「意志」の方は、「欲望」として存在する。三島由紀夫の「欲望」とは、「断固として望まぬことをやり遂げたい」と思うことであり、三島由紀夫の「意志」とは、「その欲望をなんとしてでも持続させる」という決意の快楽なのである。この錯綜《さくそう》は、困難な苦痛を呼び寄せるのか？　そんなことはないだろう。なにしろ、三島由紀夫の欲望は、「自分を助けに来た者の死を見て、〝ほーら、やっぱりだめだっただろう〟と思い、助けを望まない自分自身の正しさに陶酔する」という、いたって厄介かつへんてこりんなものだからだ。

エスタブリッシュメントという〝階級〟の中に「囚われていたい」と思う彼がしなければならないこととはなんなのか？　それは、結婚して「よき夫」となり、よいのか悪いのかが判然としない「わがままな父」となることである。そして、そうなることが欲望の結果ではなく、意志の結果であるのだということを、『禁色』の「もう一人の私」檜俊輔は断言している。

《冗談ぢやない。人間は丸太ン棒とだつて、冷藏庫とだつて結婚できますよ。結婚といふやつは人間の發明ですからね、人間にできることの領分にある仕事だから、欲望なんぞ要りません。少くともこ一世紀、人間は欲望によつて行動することを忘れてをります。相手を薪《まき》ざつぽうだと思ひなさい、座蒲團《ざぶとん》だと思ひなさい、肉屋の軒に下つた牛肉の塊りだと思ひなさい、必ず君にはいつはりの欲望が奮起して相手を喜ばすことができますよ。》（『禁色』第二章）

これを、「結婚という俗なものに対する崇高な文学者の投げた批判」と見るのも自由ではあるが、これは三島由紀夫にとって、「ただその通りのこと」である。つまりは、「嘘《うそ》をついて生きろ」ということなのだ。

三　女は拒絶する

三島由紀夫にとって重要なのは、「欲望」ではなく、「意志」である。それがありさえすれば、男は冷蔵庫とでも結婚出来るのである。「冷蔵庫と結婚しておもしろいか？」という問いは、もちろん三島由紀夫には存在しない。おもしろいかどうかは、結局のところ、彼にとっては「意志」の問題で、「〝おもしろい〟と思え」という命令が下れば、彼の意志は「おもしろい」と思う。それだけのことである。

三島由紀夫の「意志」は、『禁色』においてようやく明瞭《めいりよう》になる。この方法論は、まだ『仮面の告白』の時点にはない。だからこそ、『仮面の告白』における「園子との接《せつ》吻《ぷん》」は、失敗に終わる。三島由紀夫にとって、これは死ぬほど悔しいミスだったろう。だから、その十六年後の『春の雪』において、三島由紀夫は「松枝清顕の接吻の成功」に全力を傾ける。檜俊輔は、「結婚は意志によるものだ」と言ったが、であるならば、結婚の以前、あるいは結婚とは無関係に存在する「女との恋愛」も、また同様になる。「それが出来なければ男ではない」と思った時、三島由紀夫は命賭《が》けで、「意志による恋愛」の実現を図るだろう。「意志による実現」こそが、彼にとっての最大の欲望なのだから。

しかし、「意志による恋愛」とはいかなるものか？　そんなものは、三島由紀夫以外の誰もしない。「そのはずである」と、私＝橋本の世界観は告げる。なぜかと言えば、そんなものは成り立たないからである。成り立たないからしないのだが、しかし三島由紀夫は、それを「不可能な恋」とでも思ったらしい。「それが不可能なのは、おそらく、それが禁断の恋だからだ」――とでも思ったのかもしれない。だからこそ、『春の雪』の「二十五」は、こういうものになる――。

《『優雅といふものは禁を犯すものだ、それも至高の禁を』と彼は考へた。この觀念《くわんねん》がはじめて彼に、久しい間堰《せ》き止められてゐた眞の肉感を教へた。思へば彼の、ただたゆたふばかりの肉感は、こんな強い觀念の支柱をひそかに求めつづけてゐたのにちがひない。彼が本當《ほんたう》に自分にふさはしい役割を見つけ出すには、何と手間がかかつたことだらう。》（傍点筆者）

おそらく三島由紀夫は、これを見つけ出し、実現するため（だけ）に、十六年の時間をかけた。〝これ〟とは、「意志による最上の恋愛」である。

しかし、それを見つけてどうするのだろう？　その結果は、『豊饒の海』の最後が告げる通りのものである。そして、こんな男と向き合わされた女はどうなるのだろう？

そこに、「意志」はあっても、「欲望」はない。「女という肉」に対する欲望も、「女と関わりたい」という生活に対する欲望も。「するものだからする」という男の思い決めだけがあって、その一方を担《にな》う女に対する「思いやり」などはかけらもない。それを「担え」という命令もない。女はただ放置され、知らぬまま無意味な役割を果たし続けるだけになる。男にとっての「冷蔵庫との結婚」は、女にとって、「自分が殺されたことを知らぬままに実践する、死者との結婚」に等しい。であればこそ、その無意味の片棒をかつがされた女——「恋の相手」となった女は、『豊饒の海』の最後に至って、三島由紀夫のもう一人の分身・本多繁邦を打ちのめす——≪そんなお方は、もともとあらしゃらなかつたのと違ひますか？≫と。

『豊饒の海』を完結＝終焉《しゅうえん》へ導くのは、女達の拒絶である。それが、「作者」という男の意志で完結したのかどうかは疑問である。女達の拒絶によって、この長大なる物語世界は崩壊し、崩壊後の空虚に本多繁邦は取り残される。三島由紀夫がそのように書いた以上、三島由紀夫は、「そうなる必然」を知っていたことになる。『豊饒の海』は、「男の意志によって終わった物語」ではない。「そうなる必然を知ってしまった男の、認識によって終わる物語」なのである。

女達は、そのための拒絶をする。月修寺の門跡となった綾倉聡子は、松枝清顕の「実在」を否定してしまうが、もう一人、本多繁邦の友人となった旧華族の女・久松慶子も別の種類の拒絶をする。本多の養子となった「松枝清顕の転生」と思われる少年・透は、八十歳になった養父を虐待《ぎやくたい》し、本多の友人・久松慶子は、その惨状を救うため、独断で「透が本多の養子になった経緯」を話し、彼を「贋物《にせもの》」と断定してしまうのである。「贋物」と断じられ、「松枝清顕の転生」は終わらざるをえなくなるのだが、それをする時の久松慶子の啖呵《たんか》は、ある意味で聡子の拒絶よりもずっと強烈である。

《あなたはなるほど世界を見通してゐるつもりでゐた。さういふ子供を誘ひ出しに來るのは、死にかけた『見通し屋』だけなんですよ。己惚《うぬぼ》れた認識屋を引張り出しに來るのは、もつとすれつからしの同業者だけなんです。ほかの者が決してあなたの戸を叩《たた》きに來ることなどありません。ですからあなたは一生戸を叩かれないですぎることもできたし、もしさうであつても、つまりは同じことだつた。あなたには運命なんかなかつたのですから。美しい死なんかある筈《はず》もなかつたのですから。あなたがなれるのは陰氣な相續人《さうぞくにん》にだけ。……今日來ていただいたのは、あなたにそのことを、骨の髄まで身に沁《し》みてわかつていただくためだつたの》（『天人五衰』二十七）

決意された死を間近にしていた三島由紀夫は、どのような思いでこの文章を書いたのだろう。《骨の髄まで身に沁みてわかっていただくため》として女の口から語られるものは、「三島由紀夫自身への否定」なのだ。

「お前の書いた登場人物は生きていても、それを書いたお前はなんでもない」——そのように響く言葉を、三島由紀夫は明確に書いていた。《あなたには運命なんかなかつたのですから。》とは、「意志ですべてを律し、すべてを意志によって実現させようとしても、それを可能にするだけの〝運命〟がお前にはない——お前の意志は、ただ空回りするだけのものだ」である。「お前は物語を書き、物語を生きた気になっているが、お前の生きたのは、豊饒《ほうじょう》の物語とは縁遠い、索漠として味気ない、ただの人生だ」である。《さういふ子供を誘ひ出しに來るのは、死にかけた『見通し屋』だけなんですよ。》とは、彼がそれを志し、「王者」ともなった「文学」への拒絶とも重なるものである。久松慶子に化身した四十五歳の三島由紀夫からそう告げられる透は、「若き日の三島由紀夫」かもしれないが、しかしそんなことはどうでもいい。私は、この文章を書く三島由紀夫を、真の意味で「美しい」と思う。つらかろうとなんであろうと、「本当のこと」は「本当のこと」なのだ。自分の人生の無意味を無意味として明確に摘出するその行為が美しくなかったら、人は「美しい」という言葉を捨てなければならない。三島由紀夫はその最後、《ほかの者が決してあなたの戸を叩きに來ることなどありません。》という、自身に関わる〝事実〟を認めてしまったのである。これ以上のつらさはないだろう。物語の終結が「一切の無」へ至る前、三島由紀夫は、「自身の無意味」を明確に認めてしまった。三島由紀夫にとって、これを口にしてくれる――《骨の髄まで身に沁みてわかっていただく》をしてくれる久松慶子は、ある意味で「理想の女性」でもあろう。

しかし、久松慶子とはまた、「存在しない人物」でもある。「存在しない人物」の口から事実を告げられて、三島由紀夫はそれだけで自分の人生を終わらせはしない。四十五歳になった三島由紀夫の人生は、もう「物語の中で生きる十九歳の少年」ではないのだ。三島由紀夫は、「その物語を書く自分＝認識者」として、その物語を終わらせなければならない。であればこそ、「他人の物語を見る本多繁邦＝三島由紀夫」は、「存在しない理想の人物」の庇護《ひご》を撥《は》ねつけ、自分自身でその不毛に突撃する。

十九歳の透は、《あなたがあと半年うちに死ななければ、贋物だつたことが最終的にわかるわけですけれど》と久松慶子に言われ、自殺を図る。それは未遂に終わって、透は失明し、本多はその自殺の原因を慶子に尋ねる。慶子は、「転生の秘密」を透に話してしまったことを本多に告げ、本多は彼女に絶交を申し渡す。老耄《ろうもう》の境にあっても、本多は「自分自身での決着」を望み、月修寺の門跡になっている聡子と会って、最終の宣告を受けることになる。であればこそ、《そんなお方は、もともとあらしやらなかつたのと違ひますか？》という聡子の拒絶は、久松慶子による「三島由紀夫の否定」よりも重いということになる。久松慶子は、「三島由紀夫の虚偽」に対して宣告を下してくれる架空の人物＝理想の女性ではあったが、綾倉《あやくら》聡子は、それ以上の存在なのである。一体、綾倉聡子とは〝何者〟なのか？

聡子の拒絶は、いともあっさりしていて、しかもその拒絶には、本多の一切を失わせるだけの力がある。それは、彼女が松枝清顕との恋の当事者であったことにもよるし、また、彼女がその恋の当事者ではなかったということとも絡《から》んでいる。

聡子は、「意志による最上の恋愛」の対象だが、しかしそれは、松枝清顕＝三島由紀夫が「そうだ」と設定しただけのものである。物語の最終局面における聡子の拒絶——《そんなお方は、もともとあらしやらなかつたのと違ひますか？》が可能だということは、彼女がこの恋愛に対して元々「部外者」としてしか存在していなかったことの表れでもある。「意志による最上の恋愛」は、松枝清顕＝三島由紀夫にだけ意味があって、女の聡子には、なんの意味もないことだった。もちろん、それはそういう仕組みのものなのだから、初めから分かりきっていたことでもある。言うまでもない、「女との意志による最上の恋愛」を望んだのは三島由紀夫だけで、いかなる女もこれに関わってはいない。彼は、女がそれに関わることを拒んだのだ。拒んだからこそ、『春の雪』において、改めてそれを書こうとした。

それでは、三島由紀夫における「女との恋愛の拒絶」あるいは「挫折《ざせつ》」はどこから始まるのか？　言うまでもない。『仮面の告白』の園子である。三島由紀夫の「女との恋愛」に関わりうる立場にある女は、園子しかいないのである。『春の雪』の聡子は、もちろん、『仮面の告白』の園子なのだ。だからこそ、十六年後に「聡子」となった「園子の拒絶」は、久松慶子の宣言よりも遥《はる》かに重い衝撃を伝えるものとなる。それが「園子」であればこそ、『天人五衰』の聡子は、いともあっさりと、「松枝清顕の不在」を宣言してしまうことも出来る。なぜか？　いくら三島由紀夫が「その女の重み」を胸の中で反芻《はんすう》し、その挫折あるいは敗北を嚙《か》み締めていたとしても、それは彼だけの事情で、女の事情はまた違うからだ。

「かつて園子であった女」は、「自分とある男との間にあった過去」などというものを簡単に忘れてしまうだろう。当然である。それは遠い過去のことで、園子は、『仮面の告白』の最終章で、もう彼女なりの結論を出してしまっているのだから。

四　復讐《ふくしゅう》

園子は「私」に問う――《をかしなことをうかがふけれど、あなたはもう、もう勿論《もちろん》あのことは御存知の方《はう》でせう》
問われて「私」は、《うん、……知つてますね。残念ながら》と答える。
第四章で「私」と再会した『仮面の告白』の園子は、既に別の男と結婚している。その点で、「私」がどう思おうと、園子の中では、「私」との恋愛に対して一応のピリオドが打たれている。打たれて、しかしそれがまだ完全に終わりえない理由も一つだけある。「なぜ自分は彼から拒まれたのか？」――この答を知らなければ、園子の経験した恋愛は、過去の中に消えて行かない。だからこそ園子は、《あなたはもう、もうでせう》と尋ねるのだ。この問いは、彼女の必要とする答の前段にある問いである。園子が恋の敗者となったのなら、「私」には別の女がいるはずで、「私」に選択されなかった園子は、自分がいったい誰に負けたのかを知りたいのだ。
しかし「私」は答えない。「私」が答えないのは、《うん、……知つてますね。残念ながら》と答えたその答が、嘘《うそ》だからである。「それですむ」と思っていた「私」は、《どなたと?》と畳み掛ける園子の追撃にたじろいでしまう。《名前は云《い》へない》とかわして、そこにもう一度《どなた?》の追求が入った時、「私」は抵抗することが出来なくなっている。《露骨な哀訴の調子》になって、《きかないで》と懇願するしかない。嘘をついた「私」は、その嘘がばれてしまうことがこわいのだ。しかし園子は、「私」の証言を「嘘だ」として、具体的な裏付けを求めたのではない。園子はただ、「自分は誰に負けたのか」を知りたいだけなのだ。

園子は、自分の求める答を得られない。自分は「誰かに負けた」ということだけを知って、その勝者が「誰」かということを知らされずに終わる。それを知らずにいることは、彼女にとって不本意なことである。「自分に勝った女」が誰であるかを知れば、今後の対処のしようもある――女はそのように考える。「私」が「女との恋」における敗者となったのなら、園子もまた、「誰とも知れぬ女」に対しての敗者となったのである。敗北を覆《くつがえ》したいと思うのは男だけではない。園子もまた、自身の敗北を覆したい。そして、そう思った時、園子の関心は、もう「私」という男から離れている。彼女の関心は、自分から男を奪って行った「女」の方に移っている――「私を負かした女はどの程度の女か?」を最大の関心事とした時、「私」は園子の記憶から排除される道筋に立たされる。園子は既に、「別の男との結婚」という形でピリオドを打ってしまっている女なのだ。

「その女」が誰か分かれば、また対処のしようはある。しかし、「その女」が誰か分からなかったら、もう対処のしようはない。既に結婚して「自分自身の現実」を始めている園子にとって、「誰だか分からない敵」をいつまでも記憶の内に抱えている必要はない。そんな不快を抱える必要はない——そう思った時から、園子は、「私」との恋愛の記憶を、「意味のなかったもの＝存在していたと思う理由のないもの」に変えてしまうだろう。たとえ後になって「私」の友人が彼女の前に現れ、「あの時の彼のことなんですけど」などと尋ねても、彼女は、「誰のこと？」としか言わないだろう。「そんなことあったかしら？　私そんなこと覚えていないわ」で終わりである。それは、現実にいくらでもあることなのだ。

しかし、三島由紀夫は現実の中にいない。「物語の中」に入り込んでしまった三島由紀夫の胸の中から、その「敗北の記憶」「挫折の記憶」は、いつまでたっても消え去らない。その「屈辱の記憶」を晴らすため、復讐さえも考える。『仮面の告白』の園子が『春の雪』の聡子となる以前、三島由紀夫は「園子への復讐」を考えていた。それは明らかにあったのだと、私＝橋本は思う。『仮面の告白』の園子は、再び「穂高恭子」とその名を変え、『禁色』の中に姿を現すのである——「私」からの復讐を受けるためだけに。

最早《もはや》言うまでもないだろう。私は、三島由紀夫の作品のいくつかを、「幻想小説と化した三島由紀夫の私小説」だと思っている。その物語の主人公は、「その物語の主人公」とならざるをえない必然を抱えた、三島由紀夫自身なのだ。三島由紀夫にとって、その主人公が抱え込む「物語の中の現実」は、認識によってクリアしなければならない、「三島由紀夫自身の現実」なのだ。「物語の中」に入り込んでしまった三島由紀夫の人生は、それゆえにこそ始まらない。始まらない人生に対処するため、三島由紀夫は彼の作品の中で、その対処法をあれこれと考えている。三島由紀夫が物語の中に設定したディテールは、自分の現実をクリアするために設定した「認識の材料」で、現実を持たない彼の「私小説」は、「現実に対するシミュレーション」であることによって、「彼自身の実生活を写すもの」となりえるのである。

「自分の想定した人生を認識すること」――これこそが、三島由紀夫にとっての「生きる」だった。それこそが、「始まらない自分自身の現実」を生きるために必要なことで、それがまた、三島由紀夫にとっての「始まらない人生」でもあった。だからこそ、『暁の寺』第二部では、「難解なる輪廻《りんね》転生の議論」が主役となる。「議論が主役となりうる私小説」――「生きることとの模索が生きることとの模索で終わる」という人生を生きていれば、それはまさしく私小説で、「難解なる輪廻転生の議論」は、彼の「人生」となる。

「そんな私小説があるか」と言っても、ここに「そういう私小説」はあるのである。

彼の現実に「人間」はいない。「人間であることの断片」だけがあって、それが彼自身の物語の中に放たれた時、初めて「生きた人間」となる。小説を書く三島由紀夫は、傀儡《かいらい》となった登場人物を、自分の「かくもあらん」と思われる人生の道筋に沿って自在に操る魔術師で、三島由紀夫は、そのように設定された架空の人生を生きる主人公なのだ。彼は、その作品の中で、何度でも生きる。「生きよう」という試みを何度でも繰り返す。彼自身がそうなのだから、彼にとって「重要」と思われる「人間の断片」が、何度「人間」として再構築されても不思議はない。であればこそ、『仮面の告白』の園子も、もう一度『禁色』の中に蘇《よみがえ》るのである。

『禁色』において、女を愛さない絶世の美青年・南悠一は、醜い老作家・檜俊輔との間で、ある契約を交わす。それは、「俊輔から精神的かつ経済的な庇護《ひご》を受ける代わり、悠一は、俊輔を傷つけた女達への復讐を実践しなければならない」というものである。その対象となる女は、鏑木《かぶらぎ》元伯爵《はくしやく》夫人と穂高恭子。その一人である鏑木元伯爵夫人の罪状は明白である。美にして驕慢《きようまん》なる彼女は、夫の鏑木元伯爵と共に、俊輔へ美人局《つつもたせ》を仕掛けた。その復讐として、檜俊輔は、鏑木元伯爵夫人を「女を愛さない絶世の美青年への恋の苦悶《くもん》」に突き落とそうとする。それはそれでいいのだが、しかしこのエピソードは、作中でまったく別の展開を遂げる。夫人の夫である鏑木元伯爵は男色家で、夫人より先、夫の方が悠一に接近して、これを手に入れてしまうからだ。悠一と伯爵は関係を持ち、夫の「隠された性向」を知らないままでいた夫人は、二人の情事を垣間見《かいまみ》て衝撃を受ける。一度は「死」を決意して、しかしその衝撃を克服した夫人は、悠一に対して「庇護者」の立場を取るようになる。この鏑木元伯爵夫人が、後の「久松慶子」であることは明白だろう。鏑木夫人は「庇護者」となり、三島由紀夫は、そういう女性を必要としていた。ただしかし、ここで余分なことを言ってしまえば、『禁色』の鏑木夫人は、夫の「隠された性向」をあらかじめ知っているべきだった。そうであってこそ、悠一の「庇護者」となってしまう彼女の虚無も生きるし、「夫婦共謀でする美人局」という奇っ怪な上流家庭の日常も意味を持つだろう。それをしない点において、作者はまだ若かったと思われるのだが、しかしそうではあっても、『禁色』の鏑木夫人にそれなりの存在感と存在理由があるのは明らかである。分からないのは、もう一人の女——穂高恭子である。

檜俊輔が彼女に復讐を仕掛けようと思う理由は、彼女が俊輔を振ったからである。『禁色』の第六章には、《十數年前、康子と同じやうな成行で、俊輔を斥《しりぞ》けて結婚した穂高恭子を探したのである。》とある。

「康子」というのは、悠一の結婚相手の女である。年は十九。執筆で俊輔が泊まっていた箱根の旅館にたまたま同宿していて、持っていた俊輔の著作にサインをしてくれるように頼み、それ以来、俊輔の家に遊びに来るようになった。彼女もまた、その旅行に《附添の老婢《ろうひ》》を伴うようなエスタブリッシュメントの娘である。彼女と俊輔は知り合い、そして六十五歳の大作家は、ただのセクハラおやじになる。《身を起して、康子の肩をうしろから抱いた。女の顎《あご》に手をかけて、顔を仰向かせて、唇に接吻《せっぷん》した。義務のやうにこれだけのことを大いそぎで片附けると、急激な痛みを右膝《ひざ》に感じた彼は、またもとのごとく横たはつた。顔をあげてあたりを見廻すことのできたときには、すでに康子の姿はない。》——大作家である以外になんの取柄もない老人にいきなり唇を奪われて、そのままでいるような娘もないだろう。二人の関係はそれっきりであってしかるべきところを、彼女に執着する俊輔は、一週間後に彼女の家を訪れる。そして、「友人達と旅行中」と聞かされた老大家は、執筆の仕事を口実にして、彼女の旅行先へ押しかけて行く。康子はその時、悠一との恋にいた。彼と結婚するつもりで、親には内緒の旅行を二人きりでしていた。康子を求めたはずの俊輔は悠一と出会い、悠一は自身の〝悩み〟を大作家に打ち明ける。俊輔は悠一に関心を持ち、前述の「契約」を持ち掛けて、康子と悠一は結婚をすることになる——あるいは、結婚をさせられることになる。それが「康子」で、問題の「穂高恭子」も、それと似たような《成行》を持つ女だというのである。

康子にとって、檜俊輔なる人物は、「サインをしてもらう有名作家」以外の何物でもない。セクハラおやじに手を出され、それを拒んだだけで「復讐」をされていたらたまったものではないが、その康子が「女を愛さない男」と結婚させられるのは、「復讐」とは別の次元のことでもある。それは、檜俊輔が、悠一の美貌《びぼう》と「性癖」に関心を持ったゆえのことで、結果として康子は「復讐された」になるのだが、悠一の結婚相手は、別に康子である必要もない。康子にとって、それは「復讐」であるよりも、単なる「とばっちり」で、しかも、「意志による結婚」を実践させられた悠一は、康子に対して「すまない」という自責の念を感じているから、「愛と欲望のない結婚」の中においても、極力康子を愛そうとする。ここでは、復讐が復讐としての意味を持たない。俊輔における康子の比重も、またその程度のものではある。

『禁色』執筆の段階で、三島由紀夫はまだ結婚をしていない。であれば、康子は「架空の存在」であり、「未来におけるシミュレーション」ということにもなるだろう。三島由紀夫は、「まだ存在しない女」を、単純なる拒絶で斥けようとはしていなかった。

ところがしかし、穂高恭子になると違う。彼女への復讐は、かなり念入りで手が込んでいて、しかもひどい。夜の東京のデートスポットをあちこちした挙句、恭子は悠一によって待合へ誘導される。部屋の灯りは消され、暗闇《くらやみ》の中で悠一と俊輔は入れ替わり、恭子は俊輔に犯される――それだけに留まらず、自分を抱いた男が「かつて拒絶した老醜の男」だということまで直視させられ、その口から、自分に下された理不尽な復讐の「意味」までも告げられる。告げられて、彼女にはそれが理解出来ない。そんなことをされる「必然」があるとも思えない。それはまた読者にとっても同様のことで、彼女がそれほどのひどい仕打ちを受けなければならない理由は、《十數年前、康子と同じやうな成行で、俊輔を斥けて結婚した》の一行だけなのである。

一体恭子は、なぜこれほどひどい復讐を受けなければならないのか？　彼女には、鏑木夫人のような「役割」もなく、康子のような「いたわり」も与えられてはいない。彼女は《輕快で派手な貞女》で、《ちかごろ御主人とうまく行つてゐない》だけなのである。しかも彼女は、作者からいいように言われている――《彼女にはこの世で重要なものが何一つなかつたのである。誰しも恭子を見ると、輕《かる》さの宿命とも謂《い》ふべきものを感じた。》とか、《恭子は今日改めて、その輕さが邪魔をして、戀《こひ》のできない女のやうに見えた。》とか、《恭子は戀心といふものを知らないので、それを退屈とまちがへてゐた。》とか、《恭子にとつて輕躁《けいさう》さは熱病のやうなものであり、その譫言《うはごと》の中にだけ眞實《しんじつ》がきかれるのであつた。》とか。浮気相手と一緒の様子を悠一に見られ、《『恭子はちつとも愛されてゐない』と悠一は考へた。》などとも書かれてしまう。はっきり言って恭子は、上滑りのしたただのエスタブリッシュメントの女である。それを強調して書かれただけで、もう彼女への復讐は十分にし遂げられたようにも思うのだが、作者は彼女を容赦しない。

「復讐」を書かれるのなら、その対象である恭子は、十分に魅力的な女性であってほしいのである。その〝必然〟も、ちゃんとあってほしいのである。しかし恭子の場合は違う。「こんな女相手に〝復讐〟を言っていたら、単なる女性憎悪《ぞうお》にしかならないぞ」と思って、ふっと浮かぶのが『仮面の告白』の園子である。園子は「〝私〟の学友の妹」なのだが、恭子の設定もそれに近いものがある。檜俊輔との関わりだけがあって、悠一とはまったく関係のないはずの恭子は、悠一の死んだ従姉《いとこ》の《級友》にして《無二の親友》で、その従姉が悠一に恋い焦《こ》がれていたことまで知っていたのである。恭子は、檜俊輔の介在がなくても悠一と出会う可能性を持っている女――悠一の身近に出現しうる女だった。おまけにこの恭子は、悠一としばらく会わない内に、その関心を他の男へ移してしまうのである。

《「最近恭子がどうしてゐるか知つてるかい」

「いいえ」

「怠けもの。君はまつたく世話を燒かせるよ。恭子はさつさと新らしい戀人を作つちまつたよ。誰に會つても、悠ちやんなんかすつかり忘れたと言つてゐるさうだ。その男と一緒になるために、今の亭主と別れ話が持上つてゐるといふ噂《うはさ》があるくらゐだ」》（『禁

色』第十七章）

恭子は、悠一に対する執着が薄い。そして悠一は、彼女と会うことを義務付けられているくせに、それをさぼっている。この二人の関係は、『仮面の告白』の「私」と園子の相似形でもある。だからこそ、俊輔からその近況を聞かされた途端、悠一は《よし！僕はきつとこの女を不幸にしてみせるぞ》などと奮起する。恭子は、別の男と結婚して「私」との接点をなくしてしまった『仮面の告白』の園子に対する、「悪意に満ちたカリカチュア」なのだ。そう思った時、恭子が仕掛けられた「復讐」は、別の様相を呈してしまう。それは、「悠一を使って行った俊輔の復讐」であるよりも、「俊輔を使った悠一からの復讐」に近いからだ。おそらくはそうだろう。自分を求めて来た女を拒んで、闇の中で老人とすり代わる――それは、「お前が求めて、お前と性交が可能になる〝男〟というものは、所詮《しょせん》、樹皮のような肌をして骨と静脈が浮き上がった老人でしかないのだぞ」と言わんがための復讐でもある。そうだと断定してもいいだろう。『禁色』に登場する穂高恭子は、「私」に屈辱を味わわせて去って行った――それゆえにこそ忘れがたい、『仮面の告白』の園子なのである。『仮面の告白』の「私」とは違って、『禁色』の悠一は恭子に敗れない。「女を愛する必要はない」と保証された悠一は、愛する必要のない女――穂高恭子に対して優位に立てる。忘れがたい園子は、「私」からの復讐を受けるために、『禁色』という「幻想の私小説」に連れて来られ、「穂高恭子」の名を与えられたのである。

既に言ったように、『禁色』は「同性愛者としての三島由紀夫が勝利を実現する小説」である。『仮面の告白』における「同性愛者ゆえに敗北した女との恋」が、ここで繰り返される必要はない。かえって逆に、「勝利」として引っ繰り返すことも出来る。「私」に屈辱と敗北を喫せさせた園子は、それゆえにこそ「手ひどい罰」を受ける。恭子に対する作者の言いたい放題も、もちろんそれであろう。「最も妥当な強迫観念」として存在していた「私」の学友の妹・園子は、「上滑りのしたエスタブリッシュメントの女」でもありうるからである。

しかし、悪意の中でカリカチュアライズされ、観念の復讐を施されて、「園子でありうる女」は、痛くも痒《かゆ》くもないだろう。にもかかわらず、三島由紀夫は、それをせざるをえなかった。だからこそ、その贖罪《しょくざい》も果たされる。『春の雪』における「完璧《かんぺき》なる恋の実現」には、理不尽な復讐を仕掛けてしまった「園子＝恭子」に対する、贖罪の意味もあったのだ。

三島由紀夫には、それをする必要があった。しかし、「園子＝恭子＝聡子」として三島由紀夫の中で生かされた「女」は、それをされて喜ぶだろうか？　一方的な復讐と、一方的な贖罪。喜ぶ以前に、そんなことをされる必然を感じるだろうか？　よく考えれば分かるはずである。だから、三島由紀夫はよく考えた。そして、それをしたことに対する「園子」の答も考えられた――「私の記憶にあなたはいない」である。それをして、それはもう無意味だった――かくして三島由紀夫は、女の復讐によって死ぬのである。それが「考えられる唯一《ゆいいつ》の答」だと悟って、三島由紀夫の一切は崩壊する。

女に敗れ、復讐を誓い、それを悔い、再び「恋の実現」を図った。彼としては、それが達成されたはずだった。しかし、女というものは、彼の物語の「外」に住んでいる。彼が物語の中でなにを考えようと、物語の外に住む女には関係がない。関係のないことの答が、「私の記憶にあなたはいない」である。

女からの復讐は、彼の住む物語世界そのものを破綻《はたん》に追い込むようなものだった。女によって、三島由紀夫は「究極の無」を自覚させられ、その生を終わらせる――ということになれば、三島由紀夫が最後まで追い求めていたのは、「女からの愛」あるいは「女からの赦《ゆる》し」だったということになる。意外かもしれないが、三島由紀夫は、彼自身のあり方を、女から肯定されたかったのである。久松慶子や綾倉聡子の拒絶によって、『豊饒の海』の一切と、そして三島由紀夫自身までもが崩壊してしまうのなら、どうしたってそういうことにしかならないだろう。

それは、「偶然」と言ってもよいことかもしれない。三島由紀夫が死ぬのは一九七〇年の十一月二十五日だが、その一月前の十月二十一日、東京では初のウーマン・リブの集会が開かれていた。男が敗北を明確にする前、女達はもう「自身の声」を上げていた。あるいは、時代とは、そのように人を刺し貫くものなのかもしれない。

果たして三島由紀夫にとって、「女」とはいかなるものだったのか？　あまり問われずにいるのは、このことである。

五　行方不明の女性像

三島由紀夫には『私の永遠の女性』と題する短いエッセイがある。昭和三十一年の『婦人公論』誌に書かれたものである。三島由紀夫にしては珍しい、「心もとなさ」が溢《あふ》れた文章ではあるが、三島由紀夫にとって「女」がどういうものであったかを考える材料にはなるだろう。

三島由紀夫はここで、《私は明治時代の女の全身像の寫眞《しやしん》が好きだ。》と、まず言う。それから、《裾《すそ》を引いた着物を着て、片袖《かたそで》を胸のところまでもたげてゐる。手は袖に包まれてゐて見えない。背景には、暗い廢園をゑがいた幕がかかり、女は大抵、古びた椅《い》子《す》の背にもたれてゐる。》と続ける。なんだか儚《はかな》げな女性像が想像されるのだが、しかし、それは思う方の誤りである。この文章は、かなりとんでもない方向へ進む。

《……明治の女の顏にあるものも、このいかつさである。犯しがたいものである。凜《りん》とした名妓《めいぎ》の顏にも、かういふ犯しがたさがある。》

三島由紀夫が心に思う「永遠の女性」は、「儚げな明治の女」ではない。「いかつい明治の女」なのである。「明治の女はいかつい」と言っておいて、三島由紀夫は《ごく最近》に見たその具体例を挙げる。彼の「近代能楽集」の一つ『卒塔婆《そとば》小町』がオペラ化されて上演され、あえて古風な化粧を施された《鹿鳴館《ろくめいくわん》の洋装姿の若い小町》を、その舞台上に見るのである。

《眉《まゆ》は三日月のやうに淡く、目と離れた額の空にかかり、唇も、紅を内側に塗り込んで、昭和初年まで宮廷にだけ残つてゐた口紅の塗り方を踏襲した。そしてあざやかな富士額の形に夜會卷《やくわいまき》の髷《まげ》が冠せられ、服は昔風のデコルテで、黒と銀とレエスに飾られ、薄桃いろのレエスのひろいリボンを腰に巻き、手には長手袋をはめ、指には扇をもち、手首には黒い房の下つたオペラ・バッグを下げた。（中略）ありし日の小町が、閉ぢた黒い扇をかざし、そのいかにも明治風な鼻の線と受け口との横顔をあらはしたとき、あまりの美しさに息を呑《の》んだ。そればかりか、戰慄《せんりつ》したのである。》

この延々と描写される《鹿鳴館の洋装姿の若い小町》が、果たして「いかつい明治の女」であるのかどうか、実際の舞台を見ていない私には判断しがたい。ただ分かるのは、三島由紀夫が《あまりの美しさに息を呑んだ》と書く《鹿鳴館の洋装姿の若い小町》が、かなりにへんてこりんなものだったろうということだけである。

おそらく三島由紀夫の中には、「独特に美しい明治の女」と「いかつい明治の女」との二種類が混在して、「独特に美しい明治の女＝いかつい明治の女」であったり、「独特に美しい明治の女〟いかつい明治の女」だったりするのだ。舞台の上で見た《鹿鳴館の洋装姿の若い小町》と、エッセイの冒頭で述べられる《明治時代の女の全身像の寫眞》とは、正確に一致しない。そこには若干のズレがあって、「若い小町の美」は、「明治の女の写真」を「原型」として派生したものだと、三島由紀夫は書く。そこまではいいのだが、謎《なぞ》というのはそこから先に生まれる。若い小町の奇態な美に感動した三島由紀夫は、こう書くのである——。

《この小町の私にとつての「原型」は何なのだらう。それが明治の女の寫眞とかかはりのあることは明白だが、その寫眞の「原型」は何なのだらう。》

「これが自分の永遠の女性である」と明言して、しかし三島由紀夫は、「それがなにに由来するものかは分からない」と言うのである。なんだか奇妙な話である。三島由紀夫は「分からない」と言うが、私にはその「原型」の見当が容易につく。私以外にも、その見当がつく人は多いだろう。「いかつい明治の女」とはつまり、幼い頃の三島由紀夫を溺愛《できあい》した「祖母」であるのだと。

『仮面の告白』によれば、この「私」は、十三歳の年に両親と祖父母が別居し、彼が両親の家に同居するようになるまで、祖母の許《もと》で過ごす。

《父母は二階に住んでゐた。二階で赤ん坊を育てるのは危険だといふ口實の下に、生れて四十九日目に祖母は母の手からわたしを奪ひとつた。しじゆう閉て切《た》つた・病氣と老いの匂《にほ》ひにむせかへる祖母の病室で、その病床に床を並べて私は育てられた。》暗い部屋がたくさんある洋館の中で、この「私」は祖父母と両親、そして六人の女中によって育てられる。一家がこの洋館を離れても、両親の一家が祖父母の一家と別居をしても、主人公の私だけは、まだしばらくの間、祖父母の家にいる。つまりは、《十三歳の私には六十歳の深情《ふかなさけ》の戀人がゐたのであった。》である。祖母は「私」より四十七歳年上で、三島由紀夫は昭和の年号と満年齢がイコールになる人物なのだから、この祖母は明治十年頃の生まれと想定される。鹿鳴館が出来たのは明治十六年で、鹿鳴館とは、まだ幼い少女だった祖母の目の前にある「現存する夢の世界」でもあった。『仮面の告白』によれば、三島由紀夫の祖母とは、こんな人物だった――。

《祖父の事業慾と祖母の病氣と浪費癖とが一家の惱みの種だつた。いかがはしい取巻き連のもつてくる繪圖面《ゑづめん》に誘はれて、祖父は黄金夢を夢みながら遠い地方をしばしば旅した。古い家柄の出の祖母は、祖父を憎み蔑《さげす》んでゐた。彼女は狷介《けんかい》不屈な、或《あ》る狂ほしい詩的な魂だつた。痼疾《こしつ》の腦神經痛が、遠まはしに、着實に、彼女の神經を蝕《むしば》んでゐた。同時に無益な明晰《めいせき》さをそれが彼女の理智に增した。死にいたるまでつづいたこの狂燥の發作が、祖父の壯年時代の罪の形見であることを誰が知つてゐたか？》

三島由紀夫の祖母が「愼ましい明治の女」でなかったことだけは、どうやら確かである。そして、三島由紀夫が「永遠の女性像」とする《明治時代の女の全身像の寫眞》の出所が、この祖母の手許にあったこともまた、間違いはないだろう。もしかしたら、《裾を引いた着物を着て、片袖を胸のところまでもたげてゐる》云々《うんぬん》の「若い女」は、祖母自身の若い姿であるのかもしれない。幼い頃の三島由紀夫が、祖母の手許にある写真を通して、「若い頃の祖母」や「祖母が若かった時代の女達」に慣れ親しんでいても不思議はない。そう考えるのが自然だろう。しかもこの祖母は、浪費家であり、《狂ほしい詩的な魂》の持ち主であり、病んで騒がしく、無意味に饒舌《じょうぜつ》なくせに明晰な論理家であり、三島由紀夫の実母や六人の女中を腰元のように従える家内の権力者なのだから、ここに「いかつさ」や「犯しがたさ」や「凜としたもの」があっても不思議ではない。私はそのように思って、三島由紀夫の言う「永遠の女性像の原型」は祖母なのだろうと思うのだが、しかし当の三島由紀夫本人は、《「原型」は何なのだらう。》と投げ出すばかりなのである。

『私の永遠の女性』というエッセイの中で、三島由紀夫は《「原型」は何なのだらう》と投げ出してしまうが、しかし、それが「祖母」に由来するものではないかということは、後の流れから容易に推測出来る。

《その「原型」は何だらう、と私は考へる。さうして思ひ浮ぶのは、中學の初學年のこ

ろであつたと思ふが、鏡花に一時傾倒して、鏡花ばりの「紫陽花《あぢさゐ》」といふ小品を書いたことがある。》

この後に続くのは、「『紫陽花』という短編小説の中に自分の母を書いた」という話である。三島由紀夫の母もまた明治の生まれなのだから、三島由紀夫が「永遠の明治の女」に「若き日の母」を重ねるのも不自然ではない。そして、「その原型は母かもしれない」という方向性があるのなら、その「原型」が「祖母」に辿《たど》り着いても不思議ではない。少なくとも三島由紀夫の中には、「永遠の女の原型は自分にいたって近いところにあるのだろう」という、確信めいたものだけはあったのである。

しかし、原稿用紙にして七枚足らずのこの短いエッセイの中に、「祖母」という単語は登場しない。三島由紀夫は、「明治の女」に「いかつさ」という特性を奉《たてまつ》って、彼の祖母はそれにふさわしい女だろうが、同じ「明治の女」である三島由紀夫の母は、「紫陽花」に象徴される「いかつさ」とは縁遠い女性なのである。「永遠の女性の原型」を求める方向は、なぜ「祖母」ではなく「母」へと向かうのか？　それは、三島由紀夫が「祖母」という原型を故意に隠した結果ではないだろう。三島由紀夫には、おそらく、そういう発想がないのだ。「永遠の女性なら母親だ」という、いたって常識的な認識があって、「しかし自分の場合はそれが祖母だ」という発想がない——私にはそのように思える。だから、『私の永遠の女性』というエッセイの中身は二転三転して、なんだかよく分からないものになる。

『紫陽花』という作品と、三島由紀夫の母親に関しての記述は、この十一年後の昭和四十二年に書かれた『紫陽花の母』という別のエッセイがあるので、そちらから引く――。

《子供の頃の母の記憶は斷片的にいろいろとあるが、母は昔は日本髪を結つてゐた。私はその幼年期の記憶を、中學時代に「紫陽花」といふ泉鏡花ばりの作文に書いて、先生に叱《しか》られたことがある。それは庭の紫陽花の蔭《かげ》から日本髪の綺麗《きれい》な女が現はれて、初めは誰とも分らなかつたが、それが母であつたといふ話である。息子の私の口から言ふのもをかしいが、母は若い時から非常に美人で、學校でも自分の母親が若くて綺麗だとなんとなく誇らしい氣持がするもので、友達の母親などと比較して見て、〝ざまあ見ろ〟といふ氣になつたりした。》

幼い三島由紀夫が見た自分の母親は、十分に「美人」であった。だから、彼女が「永遠の女性像の原型」になってもいい。しかし、《「紫陽花」といふ小品を書いたことがある》として「母」を導き出す『私の永遠の女性』というエッセイは、「自分の母親＝永遠の女性」という公式を、微妙な形で否定するのだ。このように――。

《その小品は明らかに文學的修飾を凝らしたもので、鏡花から借りた眼鏡で、幼時の記憶を覗《のぞ》き込んだものであつた。だからあの「原型」が私の現實《げんじつ》の母だとばかりは云《い》へず、さらに「原型」の一斑《いっぱん》は鏡花の文學にも求められなければならない。》

「私の母は美人だった」と言って、しかし三島由紀夫は、「泉鏡花のヒロインに母を感じた」とも、「母に泉鏡花のヒロインを感じた」とも言わない。三島由紀夫の言うところは、「私の母は美人だったので、泉鏡花風のヒロインにしてもいいかなと思って、ちょっとイメージを借りた」なのである。《非常に美人》である母親を登場させたくせに、三島由紀夫は、これを「永遠の女性像の原型」とはしない。《あの「原型」が私の現實の母だとばかりは云へず（傍点筆者）》という微妙さで、あっさりとかわしてしまうのである。だからこの文章は、「私の母」を素通りして、「泉鏡花のヒロイン」へと続く。
《實際、永遠女性らしいものを近代文學に探して失望しないのは、鏡花の小説ぐらゐなものであらう。そのヒロインたちは、美しく、凛としてをり、男性に對《たい》して永遠の精神的庇護者《ひごしゃ》である。》
泉鏡花のヒロインが、三島由紀夫の言う通りのものかどうかは別にして、三島由紀夫が女性に対して《精神的庇護者》であることを求めたのは確かである。三島由紀夫の「永遠の女性」は、《男性に對して永遠の精神的庇護者》であるような女性なのである。しかし、三島由紀夫の母はそのような存在ではない――だから、「母かもしれない」と一度は想定されたものが、それを素通りして「泉鏡花のヒロイン」へと続くのである。そしてだがしかし、彼の「永遠の女性」は、「泉鏡花のヒロイン」でもない。だからこのエッセイは、最後こんなところへ落ち着く――。

《私はのちに「禁色」で鏑木夫人といふ女性に、さういふ屬性を與《あた》へてみたが、つひにその面影には、幼時の私が見たやうな永遠女性の靉靆《あいたい》たる影は映つて來なかつた。》

三島由紀夫による「永遠の女性像探し」は、「写真で見た明治の女↓舞台上の鹿鳴館の女↓泉鏡花的に粉飾された若い頃の母↓泉鏡花の小説のヒロイン↓『禁色』の鏑木夫人」と続いて来て、結局は中絶されたままに終わる。「心もとない」とは、このことである。

その根本にあるのが「いかつい明治の女」であることだけは動かず、三島由紀夫の「永遠の女性」は、なにに由来するのか不明のままなのだ。「『禁色』の鏑木夫人にその《屬性》を与えてみようとして果たせなかった」とは、「永遠の女性像が自分の中にはあるが、自分にはその把握が不十分である」ということである。だからこそ彼女は、後の『豊饒の海』において久松慶子と成り変わるのだと思えるのだが、堂々として、しかも《男性（＝三島由紀夫）に対して永遠の精神的庇護者》であるような久松慶子に《靉靆たる影》はない。だからどうだというわけではない。「いかつい明治の女」が、最後になって「靉靆たる影を持つ女」に変わってしまうのは、「幼い時に刻まれた〝いかつい明治の女〟のイメージが、その後の時の経過と共に記憶の中で霞《かす》み、靉靆たる美しさを備えるようになった」ということでもあろう。重要なのは、そのルーツが不明のままだということである。

ついでと言ってはなんだが、このエッセイの中には「永遠の女性」と対になるような女性像も登場するので、そちらも紹介しておこう。

《ふしぎなことに、現實に私が好きな女性は、現代風な丸顔で、輪郭のあまりはつきりしない、ふつうの愛らしい顔であつて、その點《てん》では私も完全に時代の好尚に従つてゐる。》

「鹿鳴館の女」を語る時の饒舌と情熱に比べれば、《現實に私が好きな女性》に対する三島由紀夫のそっけなさは歴然だろう。三島由紀夫は、「現実の女なんかどうでもいい」と思っている形跡濃厚なのである。だからこそ、その《輪郭》は《あまりはつきりしない》で、にもかかわらず《ふつうの愛らしい顔》と断言されてしまう。「執着がない」とはこういうことで、それはつまり、「さしたる関心がない」ということでもある。

自分が関わりを持つ立場にあるような「現実の女」に対する執着の薄さは、逆に「永遠の女性」に対する執着の強さを語る。だからこそ三島由紀夫は、その「原型」を探し、自分自身で再構築してみようとも思う。しかし、そのルーツ探しは失敗に終わり、「永遠の女性像の再構築」も失敗に終わる。『豊饒の海』の最後で、月修寺の門跡となった聡子に本多が拒絶されてしまうのも、あるいはそのためかもしれない。それを求めて、彼には明確なイメージがないのである。

六　母の位相

『私の永遠の女性』というエッセイは、なにを語るのか？　まず第一に、「祖母の不在」である。なぜ三島由紀夫の中には、「永遠の女性像の原型＝祖母」という発想がないのか――そのことはまた、母親に対する些《いささ》かながらのぎこちなさとも重なっているように思われる。「原型なら母か？」という発想はあって、「自分の中にも、母に対する思慕に似たようなものはある」と語って、しかし、その母は素通りにされてしまう。三島由紀夫の中には、「母に対する素通り」と「祖母の不在」があって、そしてなおかつ《永遠の精神的庇護者》であるような「永遠の女性」は存在する。三島由紀夫は明らかに「女」を必要としていて、その「必要」は、「祖母の不在」と「母への素通り」によって複雑なものへと変えられる――私にはそのように思われるのである。

三島由紀夫の中で、なぜ祖母は「不在」となるのか？　その理由としては、まずこんなことが考えられる――。

三島由紀夫が祖母によって育てられるようになったということとは、祖母が「嫁」である三島由紀夫の母から孫を奪い取ったということである。祖母は加害者で、母は被害者である。であればこそ、母のためを思う三島由紀夫は、その記憶の中から「祖母への愛」を抹消《まっしょう》する——「いかつい明治の女」に対する執着は残りながら、それが根を断たれたように、不思議な漂い方をするのは、そのためではないか。三島由紀夫が祖母を「不在」にしてしまうのは、そんな理由からではないかと思われる。

ということになると、三島由紀夫が祖母を「不在」にさせる理由の多くは、「母への愛」によるものだということになる。しかし三島由紀夫は、果たして母を愛していたのか？

『私の永遠の女性』の中で「泉鏡花的に粉飾された若い頃の母」を提出しながら、三島由紀夫は「母への愛」を語らない。「母への愛」を素通りさせて、「泉鏡花の小説のヒロイン賛美」へと進む——そのヒロイン達は、《美しく、凜としてをり、男性に對して永遠の精神的庇護者である》と。泉鏡花のヒロインは、そのような《男性に對して永遠の精神的庇護者》なのだが、三島由紀夫の母はどうなのか？　その答は『紫陽花の母』という文章の方にある。

《母は昔から體《からだ》のあまり丈夫な方ではない。私は子供の頃、いつも母の健康を氣づかつ

てゐた記憶がある。》

三島由紀夫の母は、「儚《はかな》い明治の女」である。「庇護者」になっていたのは、その初め、三島由紀夫の方だったのである。祖母の庇護下にあって、それゆえに一家の中では特別な地位を保つことの出来た三島由紀夫は、祖母に対して「腰元のように仕える嫁」でしかなかった母を、気遣う立場——気遣える立場にある。だから、三島由紀夫の連想は、「泉鏡花風の美しい母→永遠の精神的庇護者」とは進まず、「泉鏡花風の美しい母→泉鏡花の美しく凜としたヒロイン→永遠の精神的庇護者である『禁色』の鏑木夫人」という進み方をしてしまうのだろう。三島由紀夫の母は、彼にとって、《永遠の精神的庇護者》ではなかった。だから、三島由紀夫の「母への愛」はなんとなく希薄なのだろうとも思われるのだが、しかしその一方で、同じ『紫陽花の母』には、こんな一節もある——。

《私が次第に文學に熱中するやうになると、父は、私の書きかけの原稿を怒つて破り棄《す》て、學校から歸《かへ》つて破られた原稿を發見し、私が悲しい思ひをしてゐると、母は心から慰めてくれたのだつた。

そもそも文學といふものは、女性の部屋から生れたものだと、チボーデも言つてゐるが、文學といふのは結局は自己獨立《どくりつ》の仕事であるとは言つても、母親的な庇護が必要なのだと思ふ。さうしてゐる間に、母は父に内緒で私の原稿を偉い先生に見てもらふやうに計らつてくれたりした。その結果、

「あなたの息子は小説家になるより童話作家になつた方がいいだらう」
といふ返事をもらつてガッカリしたらしい。》

男の子が自分の母親のことを語る時、いささかならぬ照れが入るのは珍しいことではない。ここにも、ある種の照れはあるだろう。《文學といふのは結局は自己獨立の仕事ではあると言つても、母親的な庇護が必要なのだと思ふ。》はそれで、この文章を書く三島由紀夫は、「母親の庇護を必要とした自分」を、小声で認めているのだ。十一年前のエッセイでは、《男性に對して永遠の精神的庇護者》の必要を明白に語った。しかし昭和四十二年になると、それが小声になる。四十二歳になる三島由紀夫は、自分が「母親の庇護を必要とした少年」であったことを恥ずかしがっているのだが、しかしその三島由紀夫も、「母親に対する感謝の念」ならいとも率直に表明する。《學校から歸つて破られた原稿を發見し、私が悲しい思ひをしてゐると、母は心から慰めてくれたのだつた。》はそれで、ここには照れがない。母親に対する明確な感謝の念がある。母親への感謝の念をこうも明確に表現する人間が、なぜ「母親の庇護を必要とした少年」であったことを認めるのに恥ずかしさを感じるのか？　ここにはなにか、「微妙な落差」があるのである。

その微妙さは、「母親に感謝の念をあらわしても、母親が庇護者として存在するのは恥ずかしい」というようなものである。《偉い先生》に息子の原稿を見せて、《あなたの息子は小説家になるより童話作家になつた方がいいだらう》という返事をもらった母に対して、《ガッカリしたらしい》と記してしまうところに、その微妙さは窺《うかが》われる。《小説家になるより童話作家になつた方がいいだらう》と言われて、おそらく三島由紀夫自身は、そんなにガッカリしなかった。三島由紀夫には、そういう種類の免疫があると思う。それを平然と受け止めるシニシズムが、三島由紀夫の中には十分あるはずである。であるならばここは、「母はガッカリしても、息子はガッカリせず、ガッカリした心を隠そうとする母を、息子はひそかに気遣った」なのではないか？　私はそんな気がする。

なんだか私は、とてもつまらない詮索《せんさく》をしているようだが、私は、三島由紀夫の母親に対する「微妙な感情」を掘り当てようとしているのである。その微妙さとはつまり、《男性に對して永遠の精神的庇護者》であるような女性を求め、母親が三島由紀夫の庇護者であることも認めながら、しかし三島由紀夫自身は、自分の母親が《男性に對して永遠の精神的庇護者》であるような女性であることを、望んではいないということである。あるいはまた、自分の母親が、実は《男性に對して永遠の精神的庇護者》ではなかったということだってあるかもしれない。

私がへんなことを言うのは、《そもそも文學といふものは、女性の部屋から生れたものだ》と三島由紀夫は言っているけれど、三島由紀夫の文学を生んだ《女性の部屋》は、三島由紀夫の母親のものではなかったはずだからである。《子供に手のとどくかぎりのお伽噺《とぎばなし》を渉獵《せふれふ》しながら、私は王女たちを愛さなかつた。王子だけを愛した。殺される王子たち、死の運命にある王子たちは一層愛した。》のは《女性の部屋》においてのことだが、それは、母ではなく、祖母の宰領するものだったのである。

三島由紀夫とその母との間には、「母子」というよりも「姉弟」というような匂《にお》いがある――私はそのように思う。

《私は長い間、祖母に育てられてゐたおばあちゃん子だつたので、母と一緒に暮すやうになつてからは、すつかり母に甘えたい氣持になつてゐた。小學校の時、母が學校へ迎へに來て、歸りに齒醫者《はいしゃ》へむりやり連れて行かれた。母でない時には治療の痛さに抵抗するのだが、母に連れて行かれると、私はおとなしく從《つ》いて行つた。その歸りに、アイスクリームを食べさせてくれと頼んで食べたアイスクリームが、非常においしかつた記憶がある。》

この『紫陽花の母』の一節には、さしたる奇異がない。しかし、この文中の「母」は、「姉」であっても差し支えのないようなものである。そして、この文章の中には微妙な誤差あるいは、意図的な齟齬《そご》があるようにも思われる。『仮面の告白』に従えば、「私」が祖母の管轄《かんかつ》を離れて両親の一家と暮らすようになるのは、中学になってからだからである。《母が學校へ迎へに來》たとする小学校時代、「私」はまだ《祖母に育てられてゐた》のである。《學校へ迎へに來て》《アイスクリームを食べさせてくれ》た母は、まだ「母」の位置を確立していない。その以前に彼女は、孫を溺愛《できあい》する姑《しゅうとめ》に仕える「嫁」なのである。祖母の配下であって、しかし祖母の配下ではない。だからこそ、「私」でもある三島由紀夫は、《母でない時には治療の痛さに抵抗するのだが、母に連れて行かれると、私はおとなしく従いて行つた》になるのだろう。三島由紀夫にとって「母」なる人は、「母」である以前、「母とは違う身近な存在」――「やさしい姉」のような存在だったということである。

「母」ではあるが「母」ではない。やさしくしてくれるのは嬉《うれ》しいが、「やさしくしてくれる」が可能になるのは、彼女との間に「距離」があるからである。「距離」がある祖からいやだというのではない。「距離」があることが心地よい。少年三島由紀夫は、祖母の膝下《しっか》に存在させられて、その直撃する愛情に苦しんでもいたはずだから、それがない「距離のある愛情」は、清々《すがすが》しくもやさしいものだったろう。三島由紀夫にとっての母は、そのような存在ではなかったのかと、私＝橋本は思う。「母の病弱を気遣う」とか、「母の美しさを借りて小説を書く」とか、「落胆した母の心をひそかに案じる」とか、それらはすべて、「距離があってこその美しい感情」のように思われるのだが、どうだろう？

息子はそのように母を思っている。息子の方はそれでいいとして、しかし、息子からそのように思われた母親は、それで収まるだろうか？――三島由紀夫とその母との微妙さは、ここからしか生まれないと思う。

息子との間に「距離」を発見して、それで納得していられる母親は、どれくらいいるだろう？　ましてや三島由紀夫の母は、「姑に息子を奪われた女」である。その姑から息子を取り返して仲睦《むつ》まじくなった時、果たしてその彼女が、おとなしく「息子との間の距離」を保っていられるだろうか？

『紫陽花の母』の中で、三島由紀夫はさりげなくこんなことを言う――。

《母は官吏の妻で、その父といふのも儒者だつたから、母の生活環境は堅い一方であつたが、同時に母の兄妹たちは遊び好きだつたので、夏には湘南地方へ避暑に出かけたりして、友達なんかとワイワイ騒いだりしてゐたので、その間にあつて母は文學、藝術《げいじゅつ》、芝居などに憧《あこが》れをもつやうになつたらしい。そしてその頃に心にいだいた夢を、物堅く地味な自分の生活のなかで、息子に托《たく》したやうな點があると思へる。》

文学を生む《女性の部屋》は、こうして母親のものとして再出現するのだが、こうして語られる母親像は、果たして《文學といふのは結局は自己獨立の仕事であるとは言つても、母親的な庇護が必要なのだと思ふ》と語られる時の母親と同じものだろうか？

父親に作家への道を反対されて、三島由紀夫が「母親の庇護」を必要としたのは確かだとしても、その三島由紀夫は果たして、「物堅く地味な生活を続けなければならない母親の、夢を托される息子」であることを喜んだろうか？「庇護されるのは嬉しいが、しかし過剰なものを押し付けられるのはいやだ」——保護と過保護の間に揺れる子供一般の悩みが、ここには隠されているように思うのだが、どうだろう？

七　やさしい子供

「三島由紀夫はマザコンだった」という説がある。「三島由紀夫をよく知る人がそう言っていた」という話を聞いた時、私は少しばかり混乱した。「暴君的な祖母の支配を逃れた少年あるいは青年が、なんでまた母親の支配を求めなければならないのか？」と思ったからである。

三島由紀夫が「マザコン」であるのなら、その構造は二段構えでなければならない。まず最初に、「暴君のような祖母」がいる。これは彼にとって、「第一の母」である。つぎに、「やさしく理解ある母」がいる。これは「第二の母」である。その「マザコン」が、「やさしい母に甘えてばかりいる」というものであれば、「暴君のような祖母」は、彼の「マザコン」を形成しないのかもしれない。しかし、この「暴君のような祖母」は、「孫に対して暴君的だった」というわけではない。『仮面の告白』の「私」は、祖母の暴君性を、直接自分に関わらないものとして、遠くから見ている。もちろんだろう。この祖母は、孫を「溺愛する」という点において、「先回りしてやさしい母」であったはずなのだから。「マザコン」という土着化した日本語はかなり複雑な意味を持っているはずだが、この言葉は多く、「母親に依存しなければならない息子」を悪く言うためだけに使われる。「やさしいから依存しやすい」が、その息子におけるマザコン性を成り立たせる母の属性なら、「〃暴君〃として描写されてしまった祖母」もまた、「孫をマザコンにするやさしい母」なのである。

『仮面の告白』には、重要なことがいくらでも、さりげない形で書かれている。その重要なことの第一は、第一章にある《それでなくても大人の心を傷つけることが怖くてならなかった私に、罠《わな》をかけたりする策略のうかんでくる筈《はず》がなかった。》である。「私」は、《大人の心を傷つけることが怖くてならなかった》子供なのである。これは、いつか克服されたのか？　しかしこのことは、書き手にとってあまり重要なことではなかったらしい。「あまり表沙汰《おもてざた》に出来ない欲望を抱えてしまった〃私〃のその後」はあっても、《大人の心を傷つけることが怖くてならなかった》子供のその後は、明確にならない。しかし、その傍証ばかりはあちこちに散見する。たとえば、第二章のこの部分である——。

《私の成長感はいつも異様な鋭い不安を伴った。ぐんぐん伸びて一年毎《ごと》にズボンの丈《たけ》を長くしなければならないので仕立の時に長い折込を縫ひ込んでおくあの時代、どこの家でもあるやうに、私は家の柱に自分の身丈《みたけ》を鉛筆でしるしをつけた。茶の間の家族の前でそれが行はれ、伸びるたびに家族は私をからかつたり單純に喜んだりした。私は强ひて笑顔をつくつた。しかし私が大人の身丈になるといふ想像は、何かおそろしい危機を豫感《よかん》させずにはなされなかつた。》

「大人になることへの不安」は、誰にでもいろいろな形であるだろう。しかし、この「私」の感じるそれは、存外明瞭《めいりよう》な理由を持つものである。この「私」が《大人の心を傷つけることが怖くてならなかつた》子供であることを前提におけば、それは簡単に理解されるだろう。「大人になる」ということは、「私」の場合、「大人に愛を可能にする存在ではなくなる」なのである。それは、「愛される子供＝子供としての既得権を失う不安」ではない。「愛すべき子供」がいなくなったら、これを可愛《かわい》がる大人達は悲しむだろう。それは十分に《大人の心を傷つけること》で、「私」はそれが不安なのだ。「私」の不安は、「自分が大人になることによって、自分を〝子供〟として愛する大人達を悲しませる──傷つけるかもしれないことへの不安」なのだ。

この「私」は、大人になることをいやがってはいない。小学校入学間近の時期、従妹《いとこ》の家へ遊びに行って、そこで鰤《ぶり》を食べる。自家中毒を持病としていた「私」は、祖母から食物に関する制限を受けている。魚は白身の魚ばかりで、「青い肌の魚」は禁じられている。従妹の家へ行った「私」は、そこで初めて「青い肌の魚＝鰤」を食べる。「私」はそれで中毒を起こさない。《私は非常に滿悅して喰べた。その美味は私に大人の資格がまづ一つ與《あた》へられたことを意味してゐたが、いつもそれを感じるたびに居心地のわるさをおぼえる一つの不安──「大人になることの不安」──の重みをも、やゝ苦《にが》く私の舌先に味はせずには措《お》かなかつた。》

実は「私」は、大人になりたいのである。しかし、「青い肌の魚」を喜ぶことは、その魚を斥《しりぞ》ける祖母をも拒絶することになる。その《居心地のわるさ》は、祖母がこわいからではなく、祖母を傷つけることがこわいことによる。

家庭内の「私」は、いたって調和的な子供である。中学生になった「私」が《ゆきかへりの電車のなかで、誰彼の見堺《みさかひ》なく乗客の顔をじつと睨《にら》みつける》という《自我のスパルタ式訓練法》を実施していたことは前章でも触れたが、それをする「私」が、家の中で家族を睨みつけていたという事実はない。事態は逆である。中学生になった「私」は、《家ではあひかはらず女言葉を使つてゐるくせに、私は學校へゆくといつぱしの粗雜な物言ひをした。》なのである。

《家ではあひかはらず女言葉を使つてゐる》と書かれるのは、中学二年の冬の時期である。この時期、「私」の一家は祖母一家との同居を解消している。しかし「私」は、「週に一度祖母の家へ泊まりに行く」という習慣を保たされて、《十三歳の私には六十歳の深情《ふかなさけ》の戀人《こひびと》がゐたのであつた。》という状態にあるのだが、しかしその祖母は、三島由紀夫が十四歳の正月に死んでしまう。どういうわけか、その重大な事件でもある「祖母の死」は『仮面の告白』で一言も記述されないのだが、《家ではあひかはらず女言葉を使つてゐる》とされる時期は、この祖母の死の前後のはずである。だからこの《家》は、祖母の家でもあると同時に、祖母の一家から独立した「両親の家」でもある。「祖母の宰領する世界」に同化してしまった「私」が女言葉を使っているのは、別に不思議でもない。それは、「男」である「私」が「男としての自我」を主張して祖母を傷つけないために、必要なことなのである。「調和的」とはそのようなことである。しかし、祖母と別居独立した「両親の家」で、この「私」が女言葉を使う必要はあるのか？　この「私」に、祖母の世界で獲得してしまった「調和＝女への同化」を捨てる気はなかったのか？　そうではないだろう。《學校へゆくといつぱしの粗雑な物言ひをした。》のである。学校という「男だけの世界」への同化の必要を感じていた「私」である、《自我のスパルタ式訓練法》もそのためにある。だったら、いつまでも家で女言葉を使わない方がいい。それを切り捨てた方が、外界への適応は早いはずだ──にもかかわらず、《家ではあひかはらず女言葉を使つてゐる》。だとしたら、そこにはなんらかの〝理由〟や〝必然〟があるのである。それをする必然とはなんなのか？　考えられるのは、母親の存在である。

母親と「私」は、祖母の宰領する世界で、「姉と弟」のような関係を保っていた。それを拒絶する必要はない。そうすることによって、「私」は母を《氣づかつてゐた》。その関係が、祖母の世界を離れた後で持続していても不思議はない。「祖母の世界にいる〝私〟」は「女言葉を使う〝私〟」で、「愛される子供の〝私〟」とは、「女言葉を使う〝私〟」なのである。姑から離れ、改めて「自分の子供」になった「私」を母親が愛そうとする時、「私」が「子供のまま」を持続させようとしていたことは、不思議でもなんでもない。母と調和的な関係を維持したい「私」は、そのために女言葉を使う――その一体感によって、母を安らがせる。「私」という少年は、母を気づかう少年なのだ。だから、最前引用した『紫陽花の母』の一節――《私は長い間、祖母に育てられてゐたおばあちやん子だつたので、母と一緒に暮すやうになつてからは、すつかり母に甘えたい氣持になつてゐた。》という表現も生まれるのである。

　この文章はなんだか分かりにくい。ここに使われる《ので》という順接の接続詞が、隠された〝矛盾〟を圧《お》し潰《つぶ》しているからである。《祖母に育てられてゐたおばあちやん子》と、《すつかり母に甘えたい氣持になつてゐた》とは、どうしてすんなり続くのか？　それが可能になるためには、「祖母によって母との仲が隔てられていた」という条件が必要になる。そこからは、「祖母なる人は、孫に愛情をほどこさない厳しい祖母だった」という前提さえもが浮かび上がる。しかし、そうではないだろう。三島由紀夫の祖母は、孫を溺愛《できあい》する祖母だった。その事実を頭に置けば、この引用文は、「私は長い間、祖母に育てられてゐたおばあちやん子だつたので、母と一緒に暮すやうになつてからも、やはり母に甘えたい氣持になつてゐた。」にならなければならない。しかしそうなってはいない。《私は長い間、祖母に育てられてゐたおばあちやん子だつたので、母と一緒に暮すやうになつてからは、すつかり母に甘えたい氣持になつてゐた。》である。《ので》が宙に浮いて、「横暴な祖母は、嫁と孫との仲を阻《はば》んだ」と受け取られるようにもなっている。なぜそんなことをするのか？

「祖母が母と息子の仲を阻んだ」という事実はあったにしても、別に三島由紀夫自身は、そのことに不満を感じてはいない。母がたまさか小学校へ迎えに来て、アイスクリームを食べさせてくれたことで、十分に満足している。「祖母に阻まれた」で不満を感じるのは、三島由紀夫ではなく、その母親なのである。つまり、そのような形で、三島由紀夫は母を《氣づかつてゐた》のである。三島由紀夫は、それをせずにいられない子供だった——『紫陽花の母』を書いた四十二歳の時点においても。

なぜそれをするのか？　三島由紀夫が《大人の心を傷つけることが怖くてならなかつた》子供だからである。

三島由紀夫の母親は、姑《しゅうとめ》に息子を奪われた「被害者」である。息子はそのことをよく知っている。それをいつから知っているのかは分からないが、祖母が健在の時分にそれを知ったら、「母の前で祖母に愛される」ということの居心地の悪さを知るだろう。それは、祖母が不在の場所で鰤を食べた時に感じた《居心地のわるさ》と同質のものだ。

鰤の美味が感じさせる《居心地のわるさ》は「祖母に対する遠慮」だが、「母の前で祖母に愛される」時の《居心地のわるさ》は、「母に対する遠慮」となる。『紫陽花の母』における「微妙な誤差あるいは、意図的な齟齬《そご》」や、『私の永遠の女性』における祖母の不在は、すべて「姑の被害者だった母」に対する遠慮だろう。『仮面の告白』で祖母が「暴君」になってしまっているのも、そのためだろう。

　その作品が書かれた二十四歳の時、三島由紀夫の祖母はこの世にいない。そして、作家たらんとする息子への理解者であった母は、息子の書いたこの小説を読むのである。ここには、「祖母に溺愛されて嬉《うれ》しい」と思う「私」はいない。「祖母の溺愛があった」という〝事実〟だけがあり、記述の上で、祖母は「暴君」なのだ。自分の幼年期に対して距離を置けるようになった息子が、その過去を些《いささ》かシニカルに描写し、「暴君」の記述を奉《たてまつ》っても、「姑の暴挙」を知る母親は、それを揶揄《やゆ》とは思わないだろう。息子は意図的に、あるいは無意識的に母を気づかって、その「私小説にあらざる私小説」の中で、祖母たる女の「暴君ぶり」だけが強調される。《明治時代の女の全身像の寫眞《しやしん》が好きだ》で始まる『私の永遠の女性』が祖母を排除するのも、「母への愛」からではないだろう。それは、「母への遠慮」であり「憚《はばか》り」であるはずなのだ。

　三島由紀夫は、それを無意識の裡《うち》にする。だから、その永遠の女性の「原型」を探して、「分からない」にしか行き当たらない。なぜそんなことになるのか？　それはつまり、彼が《大人の心を傷つけることが怖くてならなかった》子供だからである。《大人の心を傷つけることが怖くてならなかった》子供は四十二歳になって、「大人（＝母）の心を傷つけることが怖くてならない大人（の息子）」になっていた——それが、「三島はマザコンだ」という風説の正体だろう。

「母親に依存しなければならない息子」を悪く言う「マザコン」の言葉には、「息子に依存してしまった母親を憐《あわ》れめばこそ、その母親を邪慳《じゃけん》に払い退《の》けることが出来ないままでいる悲劇的な息子」という側面も隠されている。彼が「母親に依存しなければならない息子」であったとしても、関係というものは相互的なものなのだから、「マザコン」を非難される息子の陰には、「息子の依存に安心する母」がいるのである。「日本の男はマザコンだらけ」であるのなら、「日本の男は母親を気づかいすぎる」でもある。三島由紀夫が「マザコン」であるのなら、そこには、「哀れな母親に何事かを托《たく》されてしまった息子の悲劇、母親を気づかわざるをえない息子の悲劇」もあるのである。

その母は、息子に対して「やさしい庇護者《ひごしゃ》」として登場する。息子には、その母を拒む理由がない。しかし、息子がその母を受け入れてしまったらどうなるのか？　自身の「被害者性」を根拠として、母親は息子への侵入を開始する。その可能性は否定出来ない。「庇護」であると同時に「介入」でもあるような友好を迫って来た時、息子は、これを拒絶することが出来ないだろう。それを拒絶してしまったら、息子は、「嫁を迫害した姑」と同じ立場に立たされてしまう。

息子の人格は一つだが、もしもその母が自分の息子を愛そうとしたら、息子は、自分自身の人格の中に、「母に愛させるための人格」と「自分自身のための人格」という二つを用意しなければならない。前者は「家の中の女言葉」であり、後者は「電車の中での睨みつけ」に代表されるものである。息子は二つに分裂し、姑から息子を取り戻して「息子の庇護者」となる権利を獲得した母は、息子の中にどんどん介入して来る。息子がそんな母のあり方を気づかって許したら、その時から息子は、「自分自身のための人格」を犠牲にして、「母に愛させるための人格」をより多く用意しなければならなくなる。息子が「母に愛させるための人格」を少しでも惜しんだら、その時、息子を愛そうとする母は、「拒まれた」と思う。なにしろその母は、姑によって「息子への愛」を拒まれ続けていた女なのである。「母を気づかう」をその以前から持続させて来た息子には、その哀れな母親の愛を拒めない。それを拒んだら、その時に息子は、「嫁を斥けた姑」とおなじものになってしまうからである。

なんという奇妙な関係だろう。祖母に愛された息子は、そのかつての愛ゆえに、母との「距離」を保つことが出来なくなる。それをしたら息子は、「嫁を斥けた祖母」と同じものになる。そしてそうなって、息子は、自分自身を愛することが出来なくなる。母の干渉から離れて、自主独立を目指そうとすることが出来なくなる。息子が自分自身を愛することは、息子を愛したいと思う哀れな母親から、その「当然の権利」を奪い取ることにつながるからだ。『仮面の告白』第二章の最後で、《私は人生から出發の催促をうけてゐるのであつた。私の人生から？》という奇妙な自問が登場するのも、この事情によるものだろう。周囲の愛を拒むことになりかねない「大人」になることへの不安を感じていた「私」は、「自分の人生」という発想を欠落させていた――だからこそ《私の人生から？》という自問は唐突に登場し、登場された「私」はただ呆然《ぼうぜん》とする。

この息子は、「母に何事かを託されるのはいやだ」と思う息子ではない。「自分に何事かを託そうとする母を憐れむ息子」なのである。三島由紀夫は、その母の愛を拒めない。その祖母は「暴君」――たとえば《彼女は狷介《けんかい》不屈な、或る狂ほしい詩的な魂だつた》と描写され、その母は「暴君の犠牲者」と位置付けられる。そう書かれてしまったら、「犠牲者」の母は、永遠に「暴君」であることを免れる。母はやさしく、理解者であり、必要以上に息子へ介入して、しかも「暴君」という非難を受けない。三島由紀夫に「マザコン」が宿るのだとしたら、そのような構造の中でだろう。

三島由紀夫は、「母を求めずにはいられないマザコン」ではないはずである。三島由紀夫は、「母に付きまとわれた結果〝マザコン〟のレッテルを貼《は》られてしまう」という種類の「マザコン」なのである。「そんな根拠はどこにある？」と言われるかもしれないが、私はその根拠を、三島由紀夫が『サド侯爵《こうしやく》夫人』という戯曲を書いたそのことに置く。

八 誰がサド侯爵夫人か？

三島由紀夫の『サド侯爵夫人』は、小説と戯曲の両面にまたがる三島作品の中で、最も高い評価を得たものの一つである。私もこれを傑作と思う。それでは、三島由紀夫の『サド侯爵夫人』はなぜそんなにも高い評価を受けるのか？ 完成度が高いからである。それでは、『サド侯爵夫人』は、なぜ完成度が高いのか？ 三島由紀夫に、これを書く必然性があったからである。

華麗にして装飾的である三島由紀夫の文体は、その戯曲において最も顕著となる。だから、三島由紀夫の戯曲の中には、装飾過剰があらわになり過ぎた失敗作もある。そんな中で、『サド侯爵夫人』は、過剰なる装飾性を歴然とさせて、しかも完成度の高さを実現させた傑作である。

文体が装飾的であるということは、その作者が、「美しいものは美しく語りたい」と思ってしまった結果である。三島由紀夫は、美しいものを歴然と美しく語る。と同時に、人があまり「美しい」と思わないものを美しく語って、「ここにもちゃんと美は存在する」ということを明らかにする。「美」とは直接に結びつかないだろうと思われるものを、「美」を語るための比喩《ひゆ》に使い、見事な成果を上げる――これは、三島由紀夫の得意技である。文体の装飾性とはそういうものだが、『サド侯爵夫人』の文体における装飾性とは、どのような質のものか？

『サド侯爵夫人』は、絢爛《けんらん》たるロココ様式の十八世紀末フランスを舞台にしたものである。女ばかり六人の登場人物は、ただ一人の家政婦役を除いて、すべて絢爛たるロココ様式のドレスを着て現れる。この作品における装飾性は、もちろん「美しいものを美しく語るため」である。と同時に、この作品はサディズムの元祖であるサド侯爵の妻の物語でもある。だからここには、「美」とは直接に結びつかないものが色々と登場する。血みどろの性欲を語るために「美」という比喩が使われ、同時に、血みどろの性欲を示《し》唆《さ》するものが、「美」を語るための比喩にも使われる。そこまでは三島由紀夫の尋常であるが、しかし、文体における装飾性には、もう一つの役割がある。それは、論理を迂《う》回《かい》させる機能である。

過剰なる修辞――「そうまでもって回らなくてもいいことを、延々と装飾的な文体で綴《つづ》る」という特徴が、時として三島由紀夫の戯曲に「悪癖」となって現れる。三島由紀夫の好む演劇が「科白《せりふ》を歌い上げる」という種類のものであれば、役者の口から溢《あふ》れるリズムとメロディを作るために、三島由紀夫の科白は、容易に「説明」の役割から遊離する。結果として、論理《ロジック》は修辞《レトリック》の下に立たされる――三島由紀夫の文体の装飾性には、こうした意味合いも歴然とあるのだが、しかしこの『サド侯爵夫人』は、そこを突き抜けてしまう。たとえば、第二幕の終局に近いこの一節である――。

《ルネ　御存知ないのよ。貞淑であらうと心に決めた一人の女が、この世の掟《おきて》も體面《たいめん》ものこらず踏みにじつてゆくその道行が。

モントルイユ　ならずものに打込んだ女はみんなさう言ふのね。

ルネ　アルフォンスはならずものではございません。あの人は私と不可能との間の閾《しきゐ》のやうなもの、ともすれば私と神との間の閾なのですわ。泥足と棘《いばら》で血みどろの足の裏に汚れた閾。

モントルイユ　又お前の迂遠な譬《たと》へ話がはじまつた。アンヌでさへそれをからかつておいでだつた。

ルネ　だつてアルフォンスは譬へでしか語れない人なのですもの。あの人は鳩《はと》です。獅《し》子《し》ではありません。あの人は金髪の白い小さな花です。毒草ではありません。》

装飾的な文体を使う三島由紀夫の修辞法のテクニックが、ここにはすべて揃《そろ》っている。揃ってしまうのも道理だろう。なにしろこの劇のメイン・テーマは、《譬へでしか語れない人》――「アルフォンス」と妻のルネから呼ばれるサド侯爵なのだ。だから、《あの人は鳩です。獅子ではありません。》と続けられた時、この装飾的な比喩は、そのまま論旨となる。修辞《レトリック》と論理《ロジック》は一体となって、論理《ロジック》が複雑になればなるほど、装飾《レトリック》もまた過剰に盛り上がる。そして、その過剰に装飾的となった文体の中から、我々は明確なる作者の論旨を聞き取ることが出来る。そういう完成度を示した戯曲は、三島由紀夫の中で、『サド侯爵夫人』が随一である。

装飾《レトリック》は骨格《ロジック》を容易に見失わせる。しかし、『サド侯爵夫人』にそれはない。なぜそれがないのか？　つまりは、骨格がはっきりしているからである。そして、だからと言って、『サド侯爵夫人』という戯曲の構造は、「装飾を全部剝《は》ぎ取っても、明確な骨格は健在である」という質のものではない。なにしろこれは、《譬へでしか語れない人》を語る劇なのだ。かくも骨格が明確であるにもかかわらず、『サド侯爵夫人』からその装飾を剝ぎ取ることは出来ない。それをしたら、その骨格もまた同時に消え失《う》せてしまう――『サド侯爵夫人』は、そのように不思議な構造を持つ戯曲なのである。それはどういうことなのか？　つまりは、この戯曲の中で、装飾における「論理を迂回させる機能」が完璧《かんぺき》に作動しているということである。

「論理を迂回させる機能」とはなにか？　つまりは、「隠す」である。「言いたいことを隠しながら、言いたいことを存分に語る」という矛盾が可能になってしまっているのが、この『サド侯爵夫人』である。

三島由紀夫は、この作品でなにを隠しているのか？

『サド侯爵夫人』の主題は、サディズムの元祖サド侯爵である。サド侯爵は舞台上に姿を現さず、彼がこの舞台に姿を現そうとした時、『サド侯爵夫人』は終焉《しゅうえん》に至る。だから、普通一般にこれは、「女の口から語られるサド侯爵の姿を描いたドラマ」と解釈され、信じられている。しかし、それこそはトリックである――私はそう信じる。『サド侯爵夫人』は、「舞台に登場しないサド侯爵を語る戯曲」ではない。これはあくまでも、「サド侯爵という異様なものと関わりを持たされてしまったサド侯爵夫人ルネの物語」なのである。

誰がなんと言おうと、この戯曲最大のクライマックスが、第二幕におけるルネとその母モントルイユ夫人の対決にあることだけは間違いがない。サド侯爵アルフォンスを夫に持ってしまった侯爵夫人ルネは、その夫を持つこと――その夫との間に性生活を持つことの意味を、独りで模索している。一方、その母親であるモントルイユ夫人は、娘の夫となってしまったいかがわしく不名誉な男――サド侯爵を排除することだけを考えている。社会的な体面のために「異様なもの」を排除したがる母親と、自身に直接知ってしまった「異様なもの」の位置付けを考える娘との対立――それが『サド侯爵夫人』という戯曲の中心にあるものである。ルネの中に存在する「異様なもの」――アルフォンスを「男に対する肉欲」と置き換えてしまったら、それはそのまま三島由紀夫自身のことにもなる。中心にサド侯爵＝サディズムを存在させると見せて、実はこの戯曲の中心に、サド侯爵は存在しないのだ。

サド侯爵もサディズムも存在しない『サド侯爵夫人』――サド侯爵とサディズムは、この戯曲の中心主題を浮き上がらせるための背景に過ぎず、奇異を承知で言ってしまえば、これは、「三島由紀夫におけるサディズムとの訣別《けつべつ》」を語る戯曲でさえあるのだ。

この戯曲の中心主題は、「社会の中で人の性行為はどのように位置付けられるべきなのか？」という模索である。女ばかりを使って、三島由紀夫は、この問いかけを舞台に載せた。サディズムという、下手をすれば人の嫌厭《けんえん》を招きかねないものを材料としながら、この戯曲が圧倒的な好評によって迎えられたのはそのためである。サディズムに関心を持たない人間でも、「社会の中で自分の性行為はどのように位置付けられるのか？」という主題には、耳を傾けざるをえない。この主題と、その真摯《しんし》なる問いかけを拒否するのは、ルネの母親――見事なまでに表現された俗物、モントルイユ夫人だけである。

私は、《迂遠な譬へ話》とは逆に、迂遠な論理を使う人間である。だから、まだ肝腎《かんじん》なことを言ってはいない。私が言いたい肝腎なこととは、これ――「『サド侯爵夫人』とは、三島由紀夫とその母のひそやかなる対立を描いたドラマだ」ということである。

この論理と修辞が完璧に組み合わされた戯曲の中で三島由紀夫が隠そうとしたものは、「母に対して〝娘〟でもありうる自分自身」である。侯爵夫人ルネが第二幕の最後で口にする有名な科白――《アルフォンスは、私だったのです。》をもじって言えば、第二幕を書き終えた三島由紀夫は、「侯爵夫人は私だったのです」とひそかに叫んでいただろう。サド侯爵夫人ルネは、「庇護者」としてつきまとう母親との関係に悩む、三島由紀夫自身だったのである。

『紫陽花《あじさい》の母』というエッセイは、『母を語る』というアンソロジーのために書かれた文章である。その本の中で、三島由紀夫以外の人物も「母」を語る。他人と雑居する本の中で、三島由紀夫は自分の母のために、『紫陽花の母』というタイトルを掲げた。このタイトルを掲げる三島由紀夫は、「我が母は美しき人である」と言う三島由紀夫である。だがしかし、このエッセイの中には、次のような一節もある――。

《私は三十歳で結婚したのだが、その後も母とは同じ屋敷内に住んでゐる。現在は孫が生れたので、昔の息子に對《たい》する愛情を全部孫にそそいでゐて、私などを顧みようともしなくなつた。

「お前よりは、孫の方がずうつと可愛《かはい》い」

と、二言目には言つてゐる。

しかし、自然に昔の習慣も殘つてゐて、私は自分の新しい作品を讀《よ》んでもらふこともあり、また、母のお供をして歌舞伎《かぶき》を見に行つたりする。

新しい作品を讀むのに、母は絶對的な自信をもつてゐて、

「私の良いと言つたものはきつと當《あた》るよ」

と言つてゐるが、さうでない場合もある。

最近では私の「サド侯爵夫人」といふ戲曲を讀んで、母は、

「なんてつまらない」

と評したのだが、上演されると大變《たいへん》な好評を受けたので、

「私の批評もたまには當らないこともあるのね」

などと、負けおしみを言つてゐた。》

ここで私が付け加えるべきことは、「なんという皮肉だろう」の一言だけである。三島由紀夫の母が「モントルイユ夫人」である以上、三島由紀夫は「サド侯爵夫人ルネ」なのである。

九　禁じられない欲望

三島由紀夫の中にサディズムの嗜好《しこう》が歴然と存在することは、『仮面の告白』において明らかである。サディズムに言及した彼の評論もある。しかもその最期《さいご》は、「切腹」という自死である。しかし、「三島由紀夫におけるサディズムの存在」を言う人はいくらでもいるだろう。しかし、「三島由紀夫におけるサディズムとの訣別」を言う人は少ない――寡聞《かぶん》にして、私はその存在を知らない。しかし私は、『サド侯爵《こうしゃく》夫人』は三島由紀夫におけるサディズムとの訣別を告げる作品だと思う。

もう一つ、三島由紀夫の中には『仮面の告白』で《扮装《ふんさう》慾》と記される、「女装への嗜好」もある。《かうして私は二種類の前提を語り終へた。それは復習を要する。第一の前提は、糞尿汲取人《ふんねうくみとりにん》とオルレアンの少女と兵士の汗の匂《にほ》ひとである。第二の前提は、松旭齋天勝《しようきよくさいてんかつ》とクレオパトラだ。》である。

幼い「私」を魅了し、そこに《扮装慾》を開花させたのは、女奇術師・松旭斎天勝だが、彼女の印象はこのように書かれる――《彼女は豐かな肢體《したい》を、默示錄の大淫婦《だいいんぷ》めいた衣裳《いしやう》に包んで、舞臺《ぶたい》の上をのびやかに散歩した。》三島由紀夫ははっきり「そうだ」と書かないが、この時に「私」が見た松旭斎天勝は、あるいはサロメに扮していたのではないかとも思われる。松旭斎天勝は、オスカー・ワイルドの『サロメ』を「奇術劇」のようにして上演したこともあるからだ。私＝橋本は、子供の時に『松旭斎天勝』という新派の芝居を見て、松旭斎天勝に扮した水谷八重子（初代）が、劇中劇でサロメを演じるのを見たことがある。そんな記憶があるから、『仮面の告白』の「私」が見た松旭斎天勝がどんなものか、私＝橋本にはなんとなく分かるのである。

『仮面の告白』の「私」が見た松旭斎天勝がサロメに扮していたのなら、サロメは「王女」である。だから、「私」の言う《私は王女たちを愛さなかつた。》は、間違いではないかということにもなる。扮装とは、「なりたい」という欲望の形なのだ。その初め、『仮面の告白』の主人公は、《汚穢屋《をわいや》になりたい》と思った。《汚穢屋になりたい》が「男への偏愛」を示すものならば、《天勝になりたい》は「女への愛情」を示すものだろう。だから、《私は王女たちを愛さなかつた。》は間違いにもなりかねない。しかし、『仮面の告白』の幼い「私」は、この二つの欲望の間に明確な線引きをしている――《「天勝になりたい」といふねがひが、「花電車の運轉手《うんてんしゆ》になりたい」といふねがひと本質を異《こと》にするものであることが、おぼろげながら私にはわかつてゐた。そのもつとも顯著な相違は、前者には、あの「悲劇的なもの」への渇望が全くと云《い》つてよいほど缺《か》けて

ゐたことだ。天勝になりたいといふ希《のぞ》みに對しては、私はあの憧《あこが》れと疾《や》ましさとの苛立《いらだ》たしい混淆《こんかう》を味はずにすんだ。》
《天勝になりたい》と《花電車の運轉手になりたい》との差は、そこに《悲劇的なもの》を感じるか否《いな》かである。花電車の運転手や汚穢屋に「なりたい」と思うことと、その「悲劇性」については既に語った。「私」は、その下層の青年達に「なりたい」と思い、彼等の上に「悲劇的なもの」を見る。彼等の生活に「悲劇的なもの」を感じ、そして《私がそこから永遠に拒まれてゐるといふ悲哀》を感じて、その悲哀をもう一度彼等の上に転化する——《そこから私が永遠に拒まれてゐるといふ悲哀が、いつも彼ら及び彼らの生活の上に轉化《てんくわ》され夢みられて、辛《から》うじて私は私自身の悲哀を通して、そこに與《あづか》らうとしてゐるものらしかつた。》
三島由紀夫の欲望はいつでもややこしいが、つまりは、「なりたいけどなりたくない」である。「なりたくないのは自分のせいだが、それはまた彼等のせいでもある」というややこしい考え方をするから、「もう一度彼等の上に転化する」などという段取りが入る。しかし結局は、「なりたいけどなりたくない」なのである。
「なりたい」のは、彼等が「肉体を持つ男」で、「私」の生活する階層とは異質な階層に属するからである。「なりたくない」と思うのは、その階層の人間になれば、既に「私」が得ている生活上の特権を捨てることになるからである。もちろん、ここにはもう一つの要因も隠されている。「私」が「なりたい」と思って「なりたくない」と結論付けるのは、「それになる能力がないから」である。これを認めたくないから、「彼等のせい」という転化も生まれる。つまるところ彼は、「なれない」のである。「なることを禁じられている」と思えばこそ、「私」はそれに「なれない」と思う。「なれない」と思う〝それ〟とは「男」で、祖母の管轄《かんかつ》下にある「私」の周りには、男の姿がない。たまさかの来客を除けば、祖母の世界に「男」が現れることはない。母が姿を現しても、父や祖父は現れない。「男」というものの影響力から遮断《しゃだん》されてある「私」が、「男になりたいと思ってはいけない」と思い込むのは、ある意味で自然の成り行きでもある。なにしろ彼は、《大人の心を傷つけることが怖くてならなかった》子供なのだ。

「男になりたい」は、女だけの世界の調和をぶち壊す破壊的な行為で、「女である」は、その世界に順応する調和的なあり方なのだ。《天勝になりたい》と思って、「私」にはそこに《悲劇的なもの》を感じる必要がない。天勝の演じたサロメ、あるいは活動写真のクレオパトラは、男達の上に君臨する女なのである。「下層への憧れ」は憚《はばか》られても、祖母と同種の「君臨する女」への志向が禁じられるわけがない。だから、「汚穢屋になりたい」と思ってそれを口にすることが出来なかった「私」は、「天勝になりたい」を口にする以前、さっさと天勝になってしまっているのである——。

《「天勝よ。僕、天勝よ」
と云ひながらそこら中を駈《か》けまはつた。
そこには病床の祖母と、母と、誰か來客と、病室づきの女中とがゐた。私の目には誰も見えなかつた。私の熱狂は、自分が扮した天勝が多くの目にさらされてゐるといふ意識に集中され、いはばただ私自身をしか見てゐなかつた。しかしふとした加減で、私は母の顔を見た。母はこころもち青ざめて、放心したやうに坐《すわ》つてゐた。そして私と目が合ふと、その目がすつと伏せられた。
私は了解した。涙が滲《にじ》んで來た。》
天勝という女奇術師の扮装をした「私」の姿を見て、彼の母親は嘆いたらしい――《母はこころもち青ざめて、放心したやうに坐つてゐた。そして私と目が合ふと、その目がすつと伏せられた》。「私」はなにかを《了解》して、《涙が滲んで來た》になるのだが、この時「私」がなにを了解したのかというと、分からない。
《何をこのとき私は理解し、あるひは理解を迫られたのか？「罪に先立つ悔恨」といふ後年の主題が、ここでその端緒を暗示してみせたのか？　それとも愛の目のなかに置かれたときにいかほど孤獨《こどく》がぶざまに見えるかといふ教訓を、私はそこから受けとり、同時にまた、私自身の愛の拒み方を、その裏側から學びとつたのか？》
問うだけで答はない。そして、この問いもまた些《いささ》か不思議なものではある。「私」はここで、「女装という禁じられた欲望」を顕在させたことを、恥じてはいないのである。それを「禁じられた欲望」とも言ってはいないのである。後の「私」が推測する、この時の「私」の涙の意味は、《罪に先立つ悔恨》——「なにかをしでかす前に挫《くじ》けてしまう」という自分の性分ゆえであり、「〝天勝に扮したのは自分が孤独だったからだ〟ということを母に見抜かれたような気がしていたたまれなくなった」ということであり、「その母を青ざめさせてもなお天勝であろうとする自分が、他人の愛を拒もうとする自分に等しい」ということを学んだのかもしれない、ということである。ここで「女装」は禁じられていない。この後に、《——女中が私を取押へた。私は別の部屋へつれて行かれ、羽毛をむしられる雛《にはとり》のやうに、またたくひまにこの不埒《ふらち》な假装《かさう》を剝《は》がされた。》という部分が続けられるから、なんとなく読者は、「〝私〟にとって、女装は禁じられた願望だったのだな」と思うだけである。これは、観客の注意を別のところに惹《ひ》きつけた奇術師が、その隙《すき》になにか別のトリックをしでかしてしまうのと似ている。

一体、ここではどのような「憚られること」が起こったのか？

《天勝よ。僕、天勝よ》と登場する「私」に対して、肝腎《かんじん》の祖母がどのような反応を示したのかは書かれない。《女中が私を取押へた》にはある理由があったのだろうが、それがなにによるものかも書かれない。《こころもち青ざめて、放心したやうに坐つてゐた》母親の《目がすつと伏せられた》のが、「女装した息子への嘆きゆえ」だったのかどうかは分からない。「私」の言に従えば、この時の母親の嘆きは、「息子が禁じられた女装の欲望を実現させていることへの苦痛」ではないのだ。母親は、「人前で奇異な恰《かっ》好《こう》をしてしまう息子の孤独を痛ましく思った」のである。そのように書いて、「私」は「女装＝禁断」と言わないのである。

それならば、そこにいかなるタブーがあったのか？　そこで「私」のしでかした不始末は、「来客中の女主人＝祖母のそばで、場違いな恰好をして騒いだ」ということだけである。つまりは「お行儀が悪い」で、この家で「私」が咎《とが》められる理由は、それしかないはずである。だからこそその「技術」は、こっそりと磨かれる――《私は、今度は祖母や父母《ちちはは》の目をぬすんで、（すでに十分な罪の歓《よろこ》びを以《もっ》て、）妹や弟を相手に、クレオパトラの扮装に憂身《うきみ》をやつした。》

この「罪の意識」は、所詮《しょせん》、幼い息子ただ一人の判断による軽いもので、それが「罪」であるのだとしたら、それはおそらく、「ちゃんとした家の子が浅ましい芸人の真《ま》似《ね》をする」だろう。「私＝三島由紀夫」の中で、「女になる」はタブーになっていない。だからこそ、『仮面の告白』の「私」は、中学二年の冬になっても家で女言葉を使っている。「私」の育った生育環境の中で、この欲望は「罪」として存在しないのである。だからこそそれは、《「花電車の運轉手になりたい」といふねがひと本質を異《こと》にする》のである。これを「罪」とするのは、「私」の所属する世界の基準ではない。それは、別の世界の基準――『仮面の告白』を読む読者が存在する「男の世界」の基準なのである。

それは、「私」に《粗雑な物言ひ》を演じさせる世界である。そこに順応した「私」は、「男らしい男は、決して女の恰好をしたいとは思わない」ということを学習したのだろう。しかし、所詮はそれだけである。《家ではあひかはらず女言葉を使つてゐる》「私」に、そんなタブーが身にしみるはずはない。であればこそ、三島由紀夫は「女であることに巧みな作家」になれたのである――〝だとしたら〟で、ここに一つの疑問が生まれる。「三島由紀夫は、なぜそんな身にしみない〝罪〟を強調しなければならなかったのか？」である。「私」が《大人の心を傷つけることが怖くてならなかつた》子供であったにしろ、それをすることは、彼の周りの女達を傷つけないのである。

「私」が列挙する「欲望」のほとんどは、彼の所属する世界の女達を傷つける――少なくとも、拒絶反応を起こさせる質のものであるはずである。しかし、この「女装への嗜好」は、女達を傷つけない。その時においても、その後においても。たとえば、三島由紀夫が、女を主人公とする小説や戯曲を書いて、その母は悲しむだろうか？　そんなことはない。自分が感情移入出来るような「女」を主人公にする作品を、自分の息子が書く――その時母親は、安心して「よき読者」や「観客」になれる。そうなることを、《文學、藝術《げいじゅつ》、芝居などに憧れをもつやうになつたらしい》（『紫陽花の母』）と評される母が、悲しむはずはない。《新しい作品を讀むのに、母は絶對的な自信をもつてゐて》

（同前）と書かれる母は、息子の提出する「女」を喜ぶはずである。

その息子は、なぜ「女」が書けるのか？　息子は、作品の中で「女」に扮しているのである。それが巧みなのである。「女に扮する」は、三島由紀夫や彼を包む環境の中で、弾圧される種類の欲望ではなかった。だからこそそれは、後の時間の中で磨きをかけられて、「すぐれた技術」になる。作家になった息子は、その技術によって「女」を書き、息子からその作品を提出された母は、賛嘆の声を上げたり、同じ「女」の立場から、余裕をもって批評をしたりもする。であるなら、なぜその息子である「私」は、「女になること」に「罪」の色彩をかぶせたのか？　答は一つしかないだろう。「世間ではそれを禁忌と思うから」である。

それを「罪」として持ち出す時、「私」は、もう女の宰領する世界の住人ではないのだ。ということは、どういうことか？　そこに「罪」という概念を持ち出した『仮面の告白』の著者は、そのことによって、「女の世界から抜け出したい」という欲望を、こっそりと表明していたのである。

十　母との訣別《けつべつ》

女達の多くは、男によって「女」が肯定されること――男が「女」に扮することを忌避しない。だからこそ、「女方」という役者の職掌が、女達からの支持を集める。三島由紀夫は多くの女主人公を書き、幾度でも「女」になっている。そのことを、彼の母親は一向に拒絶しなかった。この二人は、「喧嘩《けんか》をしないですんでいる侯爵《こうしやく》夫人ルネと、その母のモントルイユ夫人」でもあったのである。

「女」になれる息子は、何人もの女主人公を提出する。悲しい女、強い女、殺される女、殺す女――どの女を見ても、観客にして批評家である母は忌避しない。息子の提出する女には、すべてなんらかの必然性があるからである。観客にして批評家である母は、そのように読む。彼女の読みが誤解であろうと理解であろうと、彼女には関係がない。息子は立派な文学者で、その息子の提出する作品は立派な文学作品なのである。母は、それを否定する前に受け入れる。その前提は「肯定」で、彼女が息子の作品すべてを受け入れられるのは、彼女が「最高の批評家」という立場を確保した、特権的な享受者《きようじゆ》だからである。

母は、息子の提出する「女」を、ついぞいやがらなかった――「男」に関してはどうだったか知らないが、それが「女」であれば、息子の母は、文学者の息子より一段高い優位を保てる。いやがる必要はない。彼女は、「女」を演じようとする息子に「女のあり方」を教えられる、正真の女なのである。ところがその母が、「女ばかりが登場する華麗なるロココの芝居」を拒絶した。理由は一つしかない。そこで自分が、「嫌悪《けんお》すべき俗物」であることを、ひそかに指摘され暴露されてしまったからである。

すべてを許して、しかし女はたった一つ、「嫌悪すべき俗物」と指摘されることだけを許さない。「自分はどうあっても〝嫌悪すべき俗物〟ではない」と信じている。『サド侯爵夫人』を読んだ作者の母は、その中に「モントルイユ夫人」として登場する自分自身を見た。だから拒否した。そしてまた、それを拒否するこの母は、いたって自然なこととして、「侯爵夫人ルネ」とイコールになる息子の姿も作中に見ていた。であればこそ、その拒否である。「私はこんな母親ではない、お前もこんな娘ではない」と思えばこそ、その母は、「なんてつまらない」と言うのである。

それでは、なぜ息子・三島由紀夫は、そのような作品を書き、そのような指摘をしたのか？　母を拒絶し、母から自由になろうと思ったからである。

『サド侯爵夫人』が発表され、丹阿弥谷津子のルネ、南美江のモントルイユ夫人という配役で初演されたのは、昭和四十年の十一月である。これは『紫陽花の母』が書かれる二年前だが、十一月の上演を目指して『サド侯爵夫人』の執筆が開始されたのは、昭和四十年の六月である。この時期はどういう時期だったか？　昭和四十年六月は、彼の遺作となる『豊饒の海』の第一部『春の雪』の執筆が開始される時期である。『春の雪』を書き始めた三島由紀夫は、それと併行する形で『サド侯爵夫人』を完成させる。『春の雪』から三島由紀夫の新しい〝なにか〟が始まり、『サド侯爵夫人』によって三島由紀夫の古い〝なにか〟が終わった――そんなことも言えるのである。

その作品以前、女を主人公とする多くの作品を書いて来た三島由紀夫は、『サド侯爵夫人』を最後として、そういうものを書かなくなる。『サド侯爵夫人』と同時進行する『春の雪』には、恋愛の対象となる美しい女性主人公がいた。しかし、その後の『奔馬』から、そういうものは存在しなくなる。『豊饒の海』と併行して書かれる小説は、『英霊の声』であり、『蘭陵王《らんりょうおう》』であり、戯曲は『わが友ヒットラー』であり、『癩王《らいおう》のテラス』であり、『椿説弓張月《ちんせつゆみはりづき》』である。三島由紀夫の中に、もう「華麗なる女主人公」は登場しなくなる。三島由紀夫は、これ以降そういうものを書かなくなるのだ。その意味で『サド侯爵夫人』は、三島由紀夫の中で重要な位置を占める、エポック・メイキングな作品なのである。

三島由紀夫は、なぜそれを書いたのか？ 母親と別れるためである。

三島由紀夫の中には、「母親に理解されがたい異様な欲望」がある。それが、サド侯爵夫人ルネにおけるサド侯爵——母親のモントルイユ夫人から《別れておしまひ》と言われる存在と等しいと知った時、この戯曲の執筆は開始される。私には、それ以外のことが考えられない。

三島由紀夫が「女」であることは、その母から十分に肯定されている。しかし、三島由紀夫は「女」ではなく、「男」なのだ。しかもその初めにおいて、《汚穢屋《をわいや》》や《花電車の運轉手》という男達から、《永遠に拒まれてゐる》と感じてしまった男なのである。彼はなぜ「拒まれている」と感じなければならなかったのか？ 「女の世界」に引き止められ、「女と同質のもの」と思われていたからである。初めに祖母がいて、次にはその地位を受け継いだ母がいて、この二人の女は、孫であり息子である男を、「女の世界にいて当然のもの」と考えていた。そして、その世界を宰領する女主人達は、それを「自分の世界」とばかり思って、「女の世界」とは思わなかった。そう思う必要を感じなかった。なぜか？ 自分の宰領する世界は、「自分の宰領する世界」でしかないからである。

その世界の他にどんな世界があろうとも、それが「自分の世界」とは関わりを持たないものである限り、それはたいしたものではないのである。最も重要なのは「自分の宰領する世界」で、息子あるいは孫は、その世界の中で「最も優遇され愛される立場」を保っている。そうでありさえすれば、息子あるいは孫である男は、その世界の外へ出て行く必要がない――そう思うのが「母なる女」の愛で、そう断じられた時、息子なる男の人生はなくなってしまう。

　そこは、「女の世界」であって「女の世界」ではない。「そこは女の世界である」というレッテルを外の世界の人間が貼《は》った時、それは「女の世界への差別」となる。「女の世界」というレッテルは、女自身の手から貼られた時のみにおいて、それをする女の「権利」となる。そのような仕組になっているから、そこは、「女の世界」であって「女の世界」ではないのである。だから、そこに息子という男がいても、一向に不都合はない。誰にとって不都合がないのかと言えば、それは、その世界を宰領する女にとってではなく、そこに寄寓《きぐう》する息子にとってである。「あなたは安心してここにいればいい」と、「母なる女」は言う。しかしそこは、息子が男であることを制限するような、れっきとした「女の世界」なのだ。

　その世界では、既に「男であること自体」が、一つの奇態な欲望になっている。なぜかと言えば、それが「その世界を宰領する女達の知る欲望とは違う種類のもの」だからだ。『仮面の告白』において、自身の欲望がいかなるものであるのかを確定しようとして延々と述べ立てる三島由紀夫の労苦は、その所属する世界の矛盾に多くを由来させていると思われる。「女」という衣装を着せられた息子は、その「衣装」と「自分の肉体」との間に線引きをして、自分に必要なものを引き出そうとしているのである。そこで、とんでもない苦労を強いられていたのである。

息子はそこから出て行きたい。しかし、その世界の主はそれを許さない。それをしなければいけない理由を、その世界の主は理解しない。「僕は男だ」と言ったとしても、そこに返って来る答は、「そうですよ。それがなぜいけないの？　あなたはここで、ちゃんと男として生活しているでしょう？」だけなのである。そこから出て行きたいと思う息子は、「男」であることを表立てて、その世界の主と争うことの無意味を知る。そこで争うのなら、その世界を宰領する主が理解しうるような争いを提出しなければならないのだ。

だから息子は「女」になる。その世界は女の世界で、そこにある戦いの土俵も「女」なのだ。そこから「出たい」と思った息子は、十分すぎる以上に「女」となり、「女」という土俵の上で、その世界を宰領する主と「欺瞞《ぎまん》」を争わなければならない。だからこそ三島由紀夫は、それをしたのだ。男である自分に初めから肯定されていた、「女」という土俵の上で、三島由紀夫とその母は、初めて本質的な戦いを演じた――それが『サド侯爵夫人』で、それはまた、「あなたは私に〝悲劇的〟であることを強いる」という、「娘」と化した息子による、母への告発状だったのである。

『紫陽花の母』の中で、『サド侯爵夫人』を読んだ母は、《「なんてつまらない」と評した》として告発される。そして、《「私の批評もたまには當《あた》らないこともあるのね」などと、負けおしみを言つてゐた。》と書かれて、その敗北を宣言される。三島由紀夫は、その戦いに勝ったのである。

戦いに勝った三島由紀夫は、「女」という衣装を脱ぎ捨てて、その世界を去って行く。その後の彼は、「男の世界」へと向かう。それが幸福であったかどうかは分からない。しかし三島由紀夫は、「女の世界」を去ったのである。

自分の内に「男」を取り戻すために、三島由紀夫はそれだけの段取りを必要とし、それを実践した。だから、『サド侯爵夫人』を書いた後の三島由紀夫は、もう「女を主人公とした作品」を書かなくなる。『サド侯爵夫人』はそのような、〝明白なる一つの転機〟だったのである。

十一　サディズムとの訣別

『サド侯爵夫人』が書かれた目的として存在するものの一つは、「母との訣別」である。

そしてこれは、「サディズムとの訣別」を書くドラマでもある。なぜこのドラマは「サディズムとの訣別」になるのか？　それは、侯爵夫人ルネがサディズムの元祖サド侯爵と訣別したからではない。侯爵夫人ルネが、「侯爵夫人」という自分の立場を成り立たせた夫を殺さなかったからである。殺さず、ただ拒絶した――であればこそ『サド侯爵夫人』は、「サディズムとの訣別」を告げる作品となりえたのである。

三島由紀夫のサディズムがどのようなものであったかを考えてみればいいだろう。それは、「愛するものの死を見て恍惚《こうこつ》とする」なのである。「殺す＝死を命ずる」ことから離れられなかった作者が、この作品では、侯爵夫人ルネに、夫を殺させなかった。ただ訣別するだけですませた。この作品以前の三島作品の主人公達は、「殺す」という形でしか、その恋――あるいはその「関係」にピリオドを打てなかった。それがこの作品では、殺さずに、ただ訣別だけで終わった。そのこと自体が、三島由紀夫における「サデイズムとの訣別」を証明するのである。

『サド侯爵夫人』が書かれ上演される前年の昭和三十九年、三島由紀夫は一つの戯曲を書いていた。十月、水谷八重子（初代）主演によって日生劇場で上演された『恋の帆影』である。この作品は、「忘れられた戯曲」であり、その出来もあまりよくない。「そうまでもって回らなくてもいいことを、延々と装飾的な文体で綴《つづ》る」という三島由紀夫の悪癖が歴然としている。つまりは、言いたいことがあって、それがまだ作者の中で明確に凝縮されてはいないということである。この作品には、そのような欠陥がある。しかし、でありながらも、『恋の帆影』は三島由紀夫にとって重要な意味と内容を持つ作品だった。この一作があったればこそ、三島由紀夫は『サド侯爵夫人』へと進みえた──私はそのように思うのである。

作者・三島由紀夫の内面は、水谷八重子演じる「みゆき」というヒロインによって、剰《あま》さずに提出される。三島由紀夫は、「女」という方法を使って「それ以前の自分の内面」をすべて提出し、改めて整理して『サド侯爵夫人』に結実させる──そして、「女」という方法を永遠に封印してしまうのである。

『恋の帆影』の舞台は、東京近郊に「ある」とされる架空の水郷地帯。時代設定は、昭和三十九年十月の東京オリンピック開催を目前にした、その年の五月という「現在」である。三十四歳になる女主人公みゆきは、そこに豪華な邸宅を構えて住んでいる。邸宅は、「水に浮かぶ小島の上に辺りと隔絶した形で建てられた」という設定である。一面の水に浮かぶ邸《やしき》が大きな舞台の上に組まれ、そこに橋が架けられ、水面を小舟が行き来する――いかにも三島好みの豪華な設定である。

みゆきの夫・舞鳥は半年前に死んでいて、みゆきは亡夫の遺《のこ》した邸宅に、弟の正、亡夫の伯母ますみ（設定では〝大伯母〟）、亡夫の弟夫婦と共に暮らしている。水谷八重子の扮《ふん》するみゆきは、そこに着物姿で登場する「純日本風の美女」なのだが、ここにはある仕掛けがある。みゆきは、自分の邸を外国人旅行者用の豪華ホテルに改造しようとしているのだ。改造の方向は、日本風の邸を西洋風のモダンなコンクリート建築にしようというのではない。その反対で、電気やガス、エアコンディショナーといった近代設備を内含しながら、それを素振りにも見せない、「昔ながらの純日本風の邸」である。東京オリンピックで日本へやって来る外国人観光客に、「古きよき日本の姿」をそのまま提供するため、「より日本的」を強調する方向で改造が進められている。住人は全員が和服を強制され、二人の女中は御殿女中風の扮装をし、亡夫の伯母ますみは喪服姿のまま謡《うた》いを続けているという具合である。

幕が開くと、舞台の上には水に浮かぶ日本建築があり、そこには狩野《かのう》派の大きな掛幅があり、書院造りの二階は瓦灯窓《がとうまど》——滝が流れ、岸には菖蒲《しょうぶ》が咲き乱れ、朱塗りの橋が架かっている。金閣寺と水郷がゴッチャになったような設定の中で英語の声がテープから流れ、御殿女中の装《な》りをした女中達が外国人観光客相手の接待の練習をしているところに、謡いの声が流れて来る。「反・戦後」を標榜《ひょうぼう》する三島由紀夫の皮肉な美意識をそのままにする設定——すなわち、「嘘《うそ》の日本」を見せるのがこの舞台である。

女主人のみゆきは、「嘘」をこの邸の根本に据えている。ホテルの料金設定も、「一泊一万ドル」というとんでもないものにしようとする。生活に困らないみゆきは、それでかまわない。「一年に一人の客があるかないか」という前提のホテルを開業しようとする彼女は、「公然たる嘘の中で生きたい」という願望を明白にしているだけなのである。既にその「嘘」はスタートしていて、みゆきより十歳年下の「弟」である正は、実は「弟」ではなく、彼女と肉体関係のある「愛人」なのだ。正の父は、実業家であったみゆきの亡夫・舞鳥によって滅ぼされた同業者で、父の自殺の後、正は「みゆきの弟」として舞鳥に引き取られた——つまり、舞鳥の生存中からみゆきと正は愛人関係にあり、その仲は夫からも公認されていたということである。

みゆきは、愛人を「弟」にして平然としている。その上に「日本美」という更なる嘘の覆《おお》いを被《かぶ》せようとしているのだが、正にはそれが不満である。正は、自分と同年代の女船頭・梅子と恋仲になっていて、ひそかにこの邸を抜け出そうとしている。正と梅子が忍び逢《あ》う夜、この水郷地帯を嵐《あらし》が襲って、今まで隠されていたみゆきの「真実」が明らかにされるというのが、『恋の帆影』である。

その以前、みゆきは「現実」を恐れていた――《私は見たところ潑溂《はつらつ》とした娘でした。夏は高原で馬に乗つたり、湖でヨットを走らせたり、戦争がすんで間《ま》もなく、贅澤《ぜいたく》の乏しい時に、父がさういふ贅澤をさせてくれる力があつたのですわ。まだ二十《はたち》前の私には男友だちも一杯ゐて、誰も私の心の中を知らず、元氣な明るいよく笑ふ娘だと思はれてゐました。ただ一人私を見抜いてゐた人があるとすれば、それは舞鳥だつたんです。》なんだか分かりにくい話だが、若い頃のみゆきは、《私は愛といふ言葉が怖《おそ》ろしく、舞鳥が言つたやうに、それで男友だちを澤山作つて、人生を茶化して遊んでゐたんです。誰にも接吻《せっぷん》一つ許さず、手を握らせもしませんでした。》というような女だったのである。

「現実がこわい」とは、「愛がこわい」ということで、この「愛がこわい」は「性的接触がこわい」ということではない――そこが三島由紀夫である。この人は一貫して「愛」に憧《あこが》れながら、「愛がこわくて現実がこわい」のである。だからこそ、三島劇のヒロインみゆきも、舞鳥の死後に「結婚」を持ち出す正との間を、「姉弟」のままに留めておこうとする。

《**みゆき**　結婚？　まあ、いやだ、そんな下品なこと。

正　だつてあなたは十何年も結婚生活をして來たぢやないか。

みゆき　愛してゐなかつたからできたのよ。愛してゐない結婚なら別に下品ぢやないわ。》

亡夫の舞鳥は、みゆきの父親と同年配の男で、彼とみゆきとの間に「愛」はなかったことになっている。その二人がなぜ結婚したのかというと、みゆきが舞鳥に「秘密」を握られたからである。

ある夏、みゆきは舞鳥に招かれて、父と共にこの水郷の邸――かつては舞鳥の別荘だったところへやって来る。その後をみゆきのボーイフレンド達も慕ってついて来て、その内の一人である田原に「愛」を打ち明けられる。ヨットの腕前にすぐれている田原と共に、みゆきはヨットに乗り、そこで《愛してゐるよ》と告白される。

《……その言葉をきいたとき、私がどんな氣持がしたか、とてもわかつていただけないわ。私は純潔だつたんです。削りたての鉛筆の芯《しん》みたいに、尖《とが》つて、いらいらして、黒く光つて、折れやすくて、そんな風に純潔だつたんです。私のそんな恐怖に充《み》ちた純潔を、誰にわかつてもらへるでせう。そのとき、私は突然言はれたんです、人生で一等おそれてゐた言葉を。「愛」といふ言葉を。誰の口からも言はせないやうに警戒してゐたその言葉を。》

三流のメロドラマのようないらいらする科白《せりふ》だが、重要なのは、もう少し先である。

《……私は息が止りさうで、返事をしたらそのまま息が絶えさうで、何も答へることができませんでした。そこであの人はあせつて、言ふべきでない言葉を言つたんです。あの運命の言葉を言つたんです。「知つてるよ。君も俺を愛してるんだ」……（間《ま》）あの人はたうとう私の中に、私の眞實《しんじつ》を、私の愛を認めたんです。そんなことが許せると思つて？　純潔な私に。許せると思つて？　一等醜いものと係はり合ひ、しかも一等美しいものへの抜け道のある、そんな奇怪な眞實といふもの、愛といふものが私の中に！　思つても怖ろしい。それは私の世界の外にあるもの、汚れた人間の世界にある筈《はず》のものだつたんです。それをあの人は、……それをあの人は……、他でもないこの私の中に認めた。そしてもつと惡いことに、それが私の中にあることを、私自身も知つてゐたんですわ。》

「出たいけど出たくない」をあからさまにする「塔の中の王子さま」——三島由紀夫ならではの論理《ロジック》だが、それでどうなるのか？　もちろんその後は、「三島由紀夫の法則」に従った展開となる。田原はみゆきに接吻をしようとして、みゆきは田原を水に突き落とすのである。それをみゆきはこう語る——。

《ええ、殺したわ。この世で一等甘い殺人、一等幸福な殺人、一杯の上等の葡萄酒《ぶだうしゅ》みたいに、呑《の》む前から酔《よ》ひ心地の思ひ出がすでにその中にきらめいてゐる香《かぐ》はしい殺人だつ

たわ。》

『恋の帆影』の主人公みゆきは、恋を望んで、しかしその恋を「殺す」という形で拒絶せずにはいられない——拒絶することの「正しさ」に恍惚を感じる、『仮面の告白』の主人公と同一人物なのである。その違いは一つ。『仮面の告白』の「私」が、二十歳を過ぎてもなお「愛する相手を自分の手で殺せない男」であるのに対して、みゆきが「自分の手で男を殺せるだけの力を持つ女」という点だけである。

ところでしかし、『恋の帆影』にはその原型となるような作品がある。『仮面の告白』の翌年に書かれた小説『愛の渇き』である。その主人公の名は悦子。夫の浮気に苦しめられた彼女は、夫の死後、舅《しゅうと》・弥吉《やきち》の愛人になっている。場所は関西の農村地帯。商船会社の社長を引退した弥吉はここに農園を営んでいる。弥吉には三人の息子がいて、悦子の亡夫はその次男。弥吉の農園の住人は、悦子の他に、なにもしないインテリの長男夫婦と、シベリアに抑留された夫の帰りを待ちながら二人の子供を育てている三男の妻、それから若い園丁の三郎と女中の美代がいる。舅の弥吉が伯母ますみに変わり、三男の妻がいなくなれば、この設定はそのまま『恋の帆影』である。悦子は「みゆき」、三郎は「正」、美代は女船頭・梅子、舞鳥は弥吉である。

『愛の渇き』の悦子は、舅になんの感情も抱いていない。「なるようになれ」で身を任せたまま、若い園丁の三郎を愛している。もちろんその「愛」が尋常なものであるはずはない。それは、『仮面の告白』の「私」が近江《おうみ》に寄せるような、独りよがりのものである。三郎は、知性とは無縁な「年若い牡《おす》」で、悦子の感情など知らず、関心も持たない。三郎は女中の美代を妊娠させ、それに嫉妬《しっと》を感じた悦子は、三郎を殺してしまう。悦子が三郎を殺した理由は、三郎が悦子の感情を刺激したからであり、三郎と美代の関係に対する悦子の嫉妬は、「関係から疎外《そがい》された」である。それだけの理由で、傍観者の悦子は三郎を殺してしまう。

　自分が「三郎を愛している」と思う悦子は、「三郎も自分を愛していなければならない」と決めつけて、三郎に愛の告白を迫る。三郎は、「愛」などという言葉とは無縁な若者――少年で、女主人の悦子がなにを自分に迫っているのかが理解出来ず、「一番手っ取り早い解決法」を選んでしまう。つまり、彼女の肉体を求めるのである。愛に憧れ、しかしその愛を恐れる悦子は、「愛に至る行為」が歴然とした時、恐怖を媒介にした憎《ぞう》悪《お》によって、三郎を殺してしまう。その殺人へ至る経緯は、『恋の帆影』でみゆきが田原を殺すのと同じである。

　時は夜中、農園にある見捨てられた温室に、悦子と三郎はいる。三郎に迫られた悦子は悲鳴を上げ、うぶな三郎は、その悲鳴を恐れて逃げようとする――そうなった時、悦子のおそらくは「情熱」と呼ばれるものが鎌首《かまくび》をもたげ、「待って、待って」と叫びながら、三郎にしがみつく。そこへ、急を知った弥吉が鍬《くわ》を提げて現れる。悦子は弥吉が三郎を殺すことを期待するのだが、弥吉がそれをしないと見るや、自分から鍬を奪い取って三郎を惨殺《ざんさつ》する。二人は死体を処理し、寝室へ戻って床に入るのだが、どうしたことか悦子は、すぐに眠ってしまうのである。

《……床に就いた悦子を、突然恩寵《おんちやう》のやうに襲つた眠りを何に譬《たと》へよう。彌吉《やきち》は愕《おどろ》き呆《あき》れて傍らの悦子の寝息を聴いた。（中略）……ともするとはじめて悦子に許されたこの短い安らぎのあとに、彼女は目をさました。彼女のまはりには深い闇《やみ》がある。柱時計が陰鬱《いんうつ》な重たい一秒一秒を刻んでゐる。》

悦子は闇の中で目を開き、夜明けまでの長い時間をじっとしたまま過ごしている。隣の布団《ふとん》の中で弥吉が震えているのを知っているのかいないのか、彼女は身動きもせず声も出さない。そして、最後の一行――《……しかし、何事もない。》である。

三郎にはなんの罪もない。悦子が三郎を殺す理由は、ただ「彼の存在で自分の感情が波立ったから」だけである。彼女に必要なのは、その騒ぎ出した感情が鎮《しず》められることだけで、対処法は、三郎を殺すことだけである。だから彼女は殺し、その後に安らぎは訪れて、しかしその安らぎはすぐに去る。虚無ばかりが訪れて、《……しかし、何事もない》。何事もないのは、その彼女が初めから虚無の中にいるからである。『愛の渇き』とは、よく言ったものだが、一体この小説はなんなのか？

『愛の渇き』がいかなる小説であるかを言うのは、簡単である。これは、「女」に置き換えられた『仮面の告白』の「私」が、「快楽としての殺人」を実践するまでの小説なのである。だからこそこの三郎は、悦子の心などなにも知らない。知らないまま、いい迷惑で殺されてしまう。「愛する者――愛への憧れを刺激する者」へ死を命ずる以外に術《すべ》のなかった『仮面の告白』の「私」は、ここでようやく「自力で殺す」という成長を遂げる。だから悦子は、初め弥吉が三郎を殺すことを期待して、しかし「舅がそれをしない」ということを理由に、自身の手を下す。この「悦子」が前身としてあればこそ、『恋の帆影』のみゆきも、自身の手で田原を殺せる。『愛の渇き』は、ただ「それをしてみたい、その衝動を具体化したい」というだけの作品なのである。三島由紀夫も、「そういう作品だ」と自分で言っている。

昭和三十四年に書かれた『十八歳と三十四歳の肖像画』という文章の一部を再び引用する――。

《私は自分の氣質に苦しめられてきた。はじめ少年時代に、私はこんな苦しみを少しも知らず、氣質とぴつたり一つになつて、氣質のなかにぼんやり浮身をして幸福であつた。私はにせものの詩人であり、物語の書き手であつた。（「詩を書く少年」1954－「花ざかりの森」1941－「彩繪《だみゑ》硝子《ガラス》」1940）（中略）

たうとう私は自分の氣質を敵とみとめて、それと直面せざるをえなくなつた。その氣質から抒情的《じよじやう》な利得や、うそつきの利得や、小説技術上の利得だけを引出してゐたのに耐へられなくなつて、すべてを決算して、貸借對照《たいせう》表を作らうとしたのである。(「假面の告白」*1949*)

これを書いてしまふと、私の氣持はよほど樂になつた。私は氣質と折れ合はうと試み、氣質と小説技術とを、十分意識的に結合しようと試みた。(「愛の渇き」*1950*)》

以前に引用した『禁色』に関する説明――《私の人生がはじまつた。私は自分の氣質を徹底的に物語化して、人生を物語の中に埋めてしまはうといふ不逞《ふてい》な試みを抱いた。》は、この後に続けられるものである。

『禁色』における《氣質》は、「同性愛への嗜好《しこう》」とほぼ同義だった。しかしその《氣質》なるものは、『愛の渇き』や『仮面の告白』にも存在する。女の悦子が主人公である『愛の渇き』に男同士の同性愛があるわけもない。『禁色』で「同性愛への嗜好」として捉《とら》えられた《氣質》は、『仮面の告白』と『愛の渇き』の両作品では、「愛する男を殺したい――愛する男に愛を表現出来ないなら殺したい」という欲望と解されるものになる。『仮面の告白』で、拒みながらもその《氣質》を表沙汰《おもてざた》にした――《私は自分の氣質を敵とみとめて、それと直面せざるをえなくなつた》――三島由紀夫は、『愛の渇き』で、《氣質と折れ合はうと試み、氣質と小説技術とを、十分意識的に結合しようと試みた》のである。『愛の渇き』は、「小説上に実践された『仮面の告白』の妄想《もうそう》」で、『愛の渇き』の悦子は、三島由紀夫自身なのだ。このことも含めて、私は、三島由紀夫の作品のいくつかを、「幻想小説と化した三島由紀夫の私小説」だと言うのである。『愛の渇き』は、「愛する男に愛を表現出来ないなら殺したい」という三島由紀夫の欲望を、そのままに提出した作品である。それを提出したいと思うから提出した――その後を承《う》ける昭和三十九年の『恋の帆影』は、「三郎を殺してしまった後の悦子＝みゆき」の物語なのである。

　悦子が三島由紀夫なら、みゆきもまた三島由紀夫であり、サド侯爵夫人ルネもまた三島由紀夫である。三島由紀夫の中で、「女」という方法は、そのように使われていた。三島由紀夫は、「女」という方法を使って、自分自身の「幻想の私小説」を書いていたのである。

『愛の渇き』の悦子は、自身の妄想を実践する三島由紀夫である。『サド侯爵夫人』のルネは、母と対決する三島由紀夫である。それでは、侯爵夫人ルネと悦子の中間にある『恋の帆影』のみゆきは、いかなることを表明する三島由紀夫なのか？

《知ってるよ。君も俺を愛してるんだ》と言った田原を、『恋の帆影』のみゆきは殺す。田原は、理屈を言う知性を持った、『愛の渇き』の三郎でもある。三郎は悦子に手を伸ばし、田原はみゆきに言葉で迫る。《あの人はたうとう私の中に、私の眞實を、私の愛を認めたんです。そんなことが許せると思って？　純潔な私に。許せると思って？》云《うん》云《ぬん》は、自分の力で「殺人」を実践出来るようになった三島由紀夫の駆使する、ただ繁雑な修辞《レトリック》である。

みゆきは田原を殺し、その秘密を、父と父の友人である舞鳥と、舞鳥の伯母のますみに知られる。秘密保持を前提として、舞鳥はみゆきと結婚し、その掌《てのひら》の中で、みゆきは「弟」として引き取られた正と密通を開始する。かつて『愛の渇き』に書かれたプロットが、ここに再び始まるのである。

夫となった舞鳥は死んで、真実を恐れるみゆきは、「嘘《うそ》」で固めた世界を構築し、そこに住み続けようとする。しかし、女船頭の梅子をも愛する正は、みゆきの作った結界を破って、外へ出ようとする。『愛の渇き』の悦子だったら、これを決して許さないだろう。しかし、『恋の帆影』のみゆきは、これを許す。もうみゆきの中に、「恋を突きつける男を殺さずにはいられない」という欲望あるいは衝動はない。正ももう、『愛の渇き』の三郎ではない。三郎は、「悦子の感情を騒がせるだけの物《フエテイツシユ》」だったが、『恋の帆影』の正は、人格を持った「人間」なのだ。この変化はなにを表すのか？　三島由紀夫の中から、「愛を感じながらも、その愛を表現出来ないという理由によって、愛する男を殺してしまう」という危険な衝動が消えているということを表す。「男」に対して

「殺す」以外の接点を持てなかったかつての三島由紀夫は、もうここにはいない。三島由紀夫の関心は、なにか別のことへと移っているのである。

　正は梅子と一緒に、みゆきのいる家を出て行く。みゆきは、亡夫・舞鳥の伯母ますみと二人で、従前通りの生活を続けようと決心する。そして、『恋の帆影』の最も重要な部分は、ここから始められる。

《**ますみ**　行つてしまつた。……みゆき……。(みゆきは答へぬ)……みゆき。私たち二人きりになつたね。(小鳥の囀《さへづ》り。みゆき泣いてゐる)……二人きりになつたね。それがいいんだ。お前の考へてゐることはみんなわかつてゐるよ。私にはわかつてゐる。……ここでまた、美しい嘘の暮しをはじめよう。女同士だもの、それも容易《たやす》い。女は嘘の中で生きるのは何でもないんだ。男さへゐなければ。……ね、それを壊すのはいつも男だ。》

　このますみを演じるのは、偉大なる新劇女優――「永遠の祖母」が似つかわしい東山千栄子である。この科白《せりふ》は、女の観客を涙ながらにうなずかせる、「女はみんな犠牲者」だという大通俗劇の科白でもあるが、しかし、『恋の帆影』という芝居がこれだけで終わるはずはない。

　続けてますみは、《……ああ、目を閉ぢてゐるのはいいね。もうぢき永久に目をつぶることになるときは、どんなに何もかも美しく見えるだらう。》と言う。そして、みゆきの構想する幻のホテルの客さえも《見える》と言う。
《ますみ　ずつと待ちこがれてゐた二人とないお客が、立派な、太つ腹の、贅澤《ぜいたく》なそのお客が、夏の橋の下をくぐつて、今來るよ。みゆき、今こちらへやつて來る。
みゆき　たしかに來ましてて？　伯母さま。
ますみ　ああ、來たよ。
みゆき　ぢやあ、私……
ますみ　（只《ただ》ならぬ氣配に目をひらき、おどろいてふりむく）え？
みゆき　（矢を奥へ丁《ちやう》と放つ）そのお客を殺したわ。》
　これが『恋の帆影』の終わり方である。みゆきが「殺した」と言うのは、「恋＝殺人という衝動を刺激する男」ではない。人を殺したみゆきを庇護《ひご》し続けていた亡夫・舞鳥の幻なのである。同じ「殺す」でも、この殺人は、『愛の渇き』における悦子の殺人と同質のものではない。『仮面の告白』の「殺される王子」につながるようなものでもない。この殺人で三島由紀夫が殺したものは、「殺さずにはいられない」という危険な衝動を抱えていた三島由紀夫の、「庇護者」なのである。
　恋を拒絶したままのみゆきは、愛してはいない舞鳥と結婚していた。つまり、舞鳥の庇護の中で、現実を直視せぬままにいたということである。その生活は、夫の死後も続いていて、「祖母」にも等しいますみは、この先もまだ《美しい嘘の暮し》を続けようと言う。しかし、みゆきはそれに答えない。答えないまま、自分と現実との間を遮断《しゃだん》していた亡夫の幻を殺す。《美しい嘘の暮し》を続けるにしろ、この先のみゆきは、もう現実を拒絶しない。その表明が、やって来る幻想の排除――《そのお客を殺したわ。》である。

「現実は拒絶しないが、しかし現実は受け入れない」――このラストは、『サド侯爵夫人』のラストと同じものである。違うところはただ一つ、『恋の帆影』のみゆきが、最後に登場する「亡夫・舞鳥の幻」を殺すのに対して、『サド侯爵夫人』のルネが、ただ《お帰《かへ》ししておくれ》と拒絶する点だけである。

革命が起こって、それまで牢獄《ろうごく》の中にいたサド侯爵《こうしゃく》は釈放される。そうなった時、ルネは「修道院に入る」と言う。幕切れ間近、女達のいる居室の外にサド侯爵がやって来る。家政婦のシャルロットが《お通しいたしませうか。》と尋ね、ルネは、《侯爵はどんなご様子だつた？》と尋ね返す。シャルロットの言うところは、こうである――。

《あまりお變《かは》りになつていらつしやるので、お見それするところでございました。黒い羅紗《ラシャ》の上着をお召しですが、肱《ひぢ》のあたりに繼ぎが當《あた》つて、シャツの衿元《えりもと》もひどく汚れておいでなので、失禮《しつれい》ですがはじめは物乞《ものご》ひの老人かと思ひました。そしてあのお肥《ふと》りになつたこと。蒼白《あをじろ》いふくれたお顔に、お召物も身幅が合はず、うちの戸口をお通りになれるかと危ぶまれるほど、醜く肥《こ》えておしまひになりました。》

釈放されたサド侯爵が肥えてみすぼらしくなっていたことは史実らしい。しかし、このサド侯爵の外見は、三島由紀夫的な文脈からすれば、違った意味を持つだろう。このサド侯爵は、『恋の帆影』で殺されてしまったみゆきの庇護者、亡夫・舞鳥の幻の「その後」なのである。

『恋の帆影』を書く三島由紀夫にとって、その「庇護者」は、まだ《立派な、太つ腹の、贅澤な》と評されるようなものだった。だからこそみゆきには、それを射殺するためある種の覚悟が必要だった。しかし、『サド侯爵夫人』のルネには、もうそれだけのためらいがない。時の流れと時代の変化が、不思議な形で、彼女の「庇護者」となっていたものを、醜く変質させてしまっていた。それを殺す必要はない。ただ拒絶してしまえばいい。《お帰ししておくれ。さうして、から申し上げて。「侯爵夫人はもう決してお目にかかることはありますまい」と。》――こうして『サド侯爵夫人』を結ぶ三島由紀夫に、もう「殺す」という手段は不必要になっていた。

十二　出発

ところで、『恋の帆影』の最後でみゆきに殺される「庇護者」とは、一体何者だろうか？　言うまでもない、それは「物語を書く三島由紀夫」である。三島由紀夫が、「物語を書く自分」と「物語に書かれる自分」との間に愛情関係を成り立たせる作家だということを思い出せばいい。「物語の中に主人公として存在する三島由紀夫」は、女との間で「意志による最上の恋愛」を実現する松枝清顕《まつがえきよあき》となり、女を愛さない絶世の美青年・南悠一となり、焦燥の中で年若い園丁を殺す悦子となり、母と思うさま対決する侯爵夫人ルネになる。その主人公を書く三島由紀夫は、愛されぬまま嫁の悦子の理不尽を黙認する舅《しゅうと》・弥吉となり、南悠一に憧《あこが》れて敗北する同性愛の才能のない老作家・檜俊輔《ひのきしゅんすけ》になり、美しい友の転生を見守り続ける認識者・本多繁邦《しげくに》になり、侯爵夫人に母との対立を可能にさせる異様なる夫・サド侯爵となる。「物語に書かれる三島由紀夫」は、男だったり女だったりするが、「物語を書く三島由紀夫」は、一貫して男のままである。

彼は、「愛」なるものから拒絶されたままの女にしたい放題をさせて、その「舅」ともなる。「愛」や「現実」をこわいと思う女の成長を待ち、彼女が愛や現実と向き合えるようになるまで見守る「庇護者の夫」、あるいはその「幻」ともなる。ところが『恋の帆影』では、「物語に書かれる三島由紀夫＝みゆき」が「物語を書く三島由紀夫＝舞鳥の幻」を殺してしまうのである。なんでそんなことが起こるのか？「物語を書く三島由紀夫」はその後も健在で、これが『恋の帆影』限りで存在しなくなったら、『豊饒の海』の本多繁邦に出番はなくなる。それを考えれば、『恋の帆影』の「庇護者」が殺されてしまうのは些《いささ》か不思議でもある。

この不思議さはなにによるのか？『恋の帆影』を書く三島由紀夫の中になにかの変化が起こっていた——なにかの変化が起こっている時期に『恋の帆影』が書かれたということである。みゆきに好き勝手をやらせた「庇護者」舞鳥は、舞台にその姿を現さない。その幻は、登場したと思われる途端、みゆきによって射殺されてしまう。それは、『サド侯爵夫人』が全体の枠組を作るサド侯爵を登場させないのと同じである。それはなんなのか？この時期の三島由紀夫は、「物語の中の自分」である作中人物を思う存分に動かし、その作中人物達は、「物語を書く三島由紀夫」の庇護なしでも自由に動けていたということである。「物語を書く三島由紀夫」という庇護者は、ただ「設定」として存在していればよかった。もう問題はないのである。三島由紀夫は、「自身の物語の中で自分自身の欲望を実現させたかった人物」であったはずなのだ。それが出来にくかったからこそ、それを可能にさせるような「庇護者としての自分」が作中に必要とされた。野放しにされるべき「自分の欲望」が自由に動き回れるのなら、もう「庇護者」はいらない。この時期の三島由紀夫は、「自分のドラマにはもう〝庇護者としての自分〟がいらない」と思ったのである。それはつまり、「理論的なバックボーンなしに、自分は自由に生きられる」ということでもある。だからなんなのか？　ここで思い出されるのは、昭和三十一年に書かれた『金閣寺』の最後である。

　孤独な自分を成り立たせる「大いなる庇護者＝美なる金閣」に火を放って、溝口は自由になった。だから『金閣寺』の「私＝溝口」は、《生きようと私は思つた。》というラストに至る。ところでしかし、『金閣寺』の溝口は、自由になりたかったのか？「自由になりたい」と思っていたのか？　そうではない。彼は、「自由にならなければいけない」と思っていただけである。それは「自立への要請」で、「自分は孤独なのだから、孤独のままに生きなければいけない」と思っていたということでもある。それが彼の「自由」で、だからこそ、自分の「自由」を獲得した彼は、十分に気怠《けだる》い。《別のポケットの煙草《たばこ》が手に触《ふ》れた。私は煙草を喫《の》んだ。一ト仕事を終へて一服してゐる人がよくさう思ふやうに、生きようと私は思つた。》と続けられた時、この《生きようと私は思つた。》に皮肉が宿るのはそのためである。

《生きよう》と思った「私＝溝口」のその先に、「生きるに価《あたい》する人生」があるのかと言ったら、それは疑問である。溝口＝私の「その先」を、『金閣寺』の作者は口を噤《つぐ》んで書かない。『金閣寺』の溝口の最後は心許《こころもと》ないが、『恋の帆影』の最後で、《(矢を奥へ丁と放つ)そのお客を殺したわ。》と書かれるみゆきは、決然としている。しかし、その後のみゆきの生きるところは、「祖母」にも等しい大伯母ますみの言う《美しい嘘の暮し》である。『金閣寺』の溝口と、そのあり方はさして変わらない。夫を拒絶したサド侯爵夫人ルネの赴く先が「修道院」であるのと、それは同じである。「物語の中の三島由紀夫」は自由になって、しかし、その自由の及ぶ世界は、「閉ざされた世界」でしかない。だからこそ三島由紀夫は、『サド侯爵夫人』以後を必要とする。修道院に入ったサド侯爵夫人は、そこで「女」という衣装を脱ぎ捨て、その本来の形である「男」に戻る――あるいは、「男」という衣装に着替える。それが『サド侯爵夫人』以後である。

『サド侯爵夫人』を書く三島由紀夫には、ある明白なる目的があった。それは、「母との訣別《けつべつ》」である。そして、三島由紀夫にとっての「母との訣別」は、また「サディズムとの訣別」でもあった。母と共にあることによってサディズムは起こり、「母なる女」が存在することが、三島由紀夫にサディズムを必須《ひっす》とさせる。庇護者・舞鳥を《殺したわ》と言うみゆきの背後には、「母」にも「祖母」にも等しい大伯母のますみがいる。このますみは、みゆきの過去の殺人――田原を殺した時も、知って黙認している。主人公に殺人を許すのは、「物語を書く三島由紀夫」ではあるが、その三島由紀夫の背後には、「恋を殺す」という大矛盾を演じさせるより大きな庇護者――「母」がいるのである。

《殺される王子》への偏愛は、溺愛《できあい》する祖母の下で起こった。女となった三島由紀夫＝悦子がその「一方的な恋」を殺す『愛の渇き』は、《新しい作品を讀《よ》むのに》《絶對《ぜったい》的な自信》を持っている《母》という批評家の下で成った。三島由紀夫の母は、三島由紀夫のすべての作品に目を通していたのだと言われる。「出たいけど出たくない」――だから、自分を助けに来る王子さまを望んで、その王子さまに死を命ずる自分に恍惚《こうこつ》を感じるような「塔の中の王子さま」状態は、母なる女によって完成され、持続されていたのである。「恋を殺すこと――その正しさに恍惚を感じる」というサディズムは、「母と共にある」という状態がもたらすものなのだから、三島由紀夫におけるサディズムとの訣別は、母との訣別と等しくなければならない。

「自分は自由に生きられる」として、決然と矢を放った『恋の帆影』のみゆきは、大伯母ますみと共にあることによって「矢を放つ」が可能になったのだ。そしてその彼女は、大伯母ますみと共に、《美しい嘘《うそ》の暮し》を生き続けなければならない。「彼女」でもある三島由紀夫が現実の中で自由に生きるために必要なことは、その《美しい嘘の暮し》から外へ出ることである。『サド侯爵夫人』における「母への拒絶」は、そのために必要となった。

「美しい暮らし」は、ロココのドレスを身に纏《まと》う暮らしであり、それはまた、その母モントルイユ夫人の指揮下に置かれる「嘘の暮らし」である。侯爵夫人ルネは、そこから出なければならない。「出たい」と思う彼女は、もうサディズムとは訣別しているのである。そこに「悪徳」を代表するサン・フォン伯爵夫人が登場して、サディズムの一々を具体的に述べたとしても、ルネとサディズムとはもう関係がない。《たつた一度、强ひられてした》と、夫とのサディズム行為を告白して、しかし侯爵夫人ルネは、《あなたにおわかりになる世界の出來事ではありません。》という断言によって、母を自身から遠ざける。それがあろうとなかろうと、それはもう表沙汰《おもてざた》にされる必要はない。「母」という庇護者から離れ、「自分自身の現実」に生きようとする——つまり、「自分は自分だ」と思ってしまった時、三島由紀夫には、「物語の中の三島由紀夫を庇護する物語を書く三島由紀夫」も不要になっていたのである。「物語を書く三島由紀夫」とは、自身の欲望を肯定し釈明するために、延々と理屈を並べる作者でもあったのだから。

「修道院に入るルネ」は、《生きようと私は思つた。》で結ばれる『金閣寺』の溝口と同じである。彼は果たして「現実」で生きられるのか？　それは『サド侯爵夫人』以後の三島由紀夫が語るものである。

『サド侯爵夫人』と同時進行で『豊饒の海』を書き進め、三島由紀夫はその末に、二人の女の拒絶に遭う——拒絶されざるをえない自分自身を知る。その「二人の女」に三島由紀夫の「母なる幻像」が隠されているのは、別に不思議ではないだろう。男にとって、母とは「原初的な女」なのだ。三島由紀夫は、その「原初的な女」に立ち塞《ふさ》がれ、「原初的な女」を撥《は》ね除《の》け、そして最後に、女からの拒絶に遭う。だがしかし、それは「母からの復讐《ふくしゅう》」ではないだろう。久松慶子も綾倉聡子も、「母に等しい女」ではないのだ。

久松慶子は、三島由紀夫が創造した《永遠の精神的庇護者》=《永遠の女性》である。その一部が彼の母親と重なることは確かだが、しかし三島由紀夫にとって、《永遠の女性》とは、「その原型がどこにあるのか分からないもの」なのである。であればこそ彼は、その「理想の母」を作品中に創《つく》らねばならなかった——虚偽を粉砕してもらうために。

三島由紀夫の母親は、息子が「虚偽」と感じるものを粉砕するような人間ではないだろう。息子が感じる虚偽を「虚偽でない」と否定し、息子に生き続けることを要請するような存在である。だからこそ息子は、その母を拒絶しなければならなかった。息子が求めたのは、虚偽を「虚偽」として断罪し、その上で初めて「生きろ」と命ずるような存在だったのだ。

そしてもちろん、彼を最後に拒絶し否定する月修寺門跡・綾倉聡子は、「母」ではない。彼女は、三島由紀夫が恋しなければならなかった「母以外の女」であり、『仮面の告白』の園子のその後である。彼女との出会い、そして挫折《ざせつ》は、『仮面の告白』第二章の末尾にある問い――《私は人生から出發の催促をうけてゐるのであつた。私の人生から？》を直接的に受ける。つまり彼女は、「私」が選ばねばならなかった、現実に存在しうる《私の人生》を象徴するものなのである。

『仮面の告白』の「私」は、「不在」としてしか存在しない人生を選んだ。「私は〝不在〟を選ぶべきではなかったのか？」――その問いに答えうる者は、「私」にとって、園子しかないはずである。

しかし、それを問われた時の園子の答は、「それは私の関知するべき問いではない」だった。であればこそ聡子は、《そんなお方は、もともとあらしやらなかつたのと違ひますか？》と言う。

もちろんそれは、園子の関知する問いではない。「不在」という選択は、園子の前で、園子の知りえない形でなされたものなのだから。

聡子の拒絶は、本多繁邦に恐ろしい崩壊の連鎖を起こさせる。

《しかしもし、清顯君がはじめからゐなかつたとすれば》と思い、《それなら、勳もゐなかつたことになる。ジン・ジャンもゐなかつたことになる。……その上、ひよつとしたら、この私ですらも……》

もちろん、それはそうなるしかない。三島由紀夫は「不在」を選択し、本多繁邦はその「不在」の上にしか存在しない人間なのだ。その最後に「自分のした選択は正しかったのか？」を問いたかったのなら、三島由紀夫は、問うべき相手を問違えた。

その問うべき相手は、「園子のその後」ではない。それは、消えて行った、消されて行った、「近江のその後」でしかないはずである。『仮面の告白』第二章末尾の問いは、「近江の消滅」から直接的に続き、そこから生まれたものである。であればこそ、その尋ねるべき問いも、「あなたは、作中人物となった私を覚えているか？」ではないはずである。それは、「あなたは、かつてあなたの前にいて、あなたを憧れの目で見ていた、この私を覚えているか？」でなければならなかったはずなのである。

しかし、三島由紀夫はそれをしなかった。綾倉聡子は奈良の月修寺にいても、『仮面の告白』の近江は、どこへ行ったか知れないままだ。

「母なる人」との訣別を果たした『サド侯爵夫人』以後、三島由紀夫の行くべき方は、遠い昔に近江の消え去った方であってしかるべきだった。しかし三島由紀夫は、そこへと向かわなかった。その後においても彼は、「不在」となった彼自身の人生の中にい続けたのである。

『恋の帆影』のみゆきは、彼女の人生を「現実」からシャットアウトしていた「庇護者《ひご》の幻」を殺した。『サド侯爵夫人』のルネは、《美しい嘘の暮し》を続けさせていた母を拒絶した。《物乞ひの老人》のようになった、醜く肥え太ったサド侯爵も拒絶した。「物語の中の三島由紀夫」は、もう「物語を書く三島由紀夫」の庇護なしで、自由に動き回れるはずだった。しかし、その彼が自由に動き回れるのは、三島由紀夫の書く物語の中だけなのである。それをすることに意味はない。それは所詮《しょせん》、新たに始まる現実逃避でしかないのである。それが現実からの逃避なら、その彼のそばにはまた、「新しい母」が現れるだろう。現実から逃避する彼は、結局のところ、他人からの庇護を必要とする彼なのだ。だから、『サド侯爵夫人』以後の三島由紀夫は、「物語の中の自分」を分裂させる。それまでは脇役《わきやく》でしかなかった「庇護者」を、もう一人の主役にする。つまりはそれが、物語を生きる作中人物を見守り庇護する認識者、本多繁邦なのである。彼は当然、《もしかすると清顕と本多は、同じ根から出た植物の、まつたく別のあらはれとしての花と葉であつたかもしれない。》と書かれるような存在であらねばならなかったのである。

それ以前の三島由紀夫作品で、「物語の中の三島由紀夫」は、「物語を書く三島由紀夫」に守られていた。しかし、『豊饒の海』においては、その関係が逆転する。ここで、「物語を書く三島由紀夫」は、「物語の中の三島由紀夫」に守られるのである。松枝清顕がいればこそ、彼の残した「夢日記」があればこそ、彼の転生と信じられる飯沼勲や月光姫ジン・ジャンがあればこそ、生き続ける本多には、その存在の理由がある。幾つもの物語を腹蔵した『豊饒の海』は、かくして、「幾つもの物語を書き、幾つもの物語の中に生きた作家・三島由紀夫の、長大なる私小説」となりえたのである。『春の雪』の巻末に、そのタイトルとなる「豊饒の海」の由来を「月の海である」と記して、三島由紀夫は、彼の生きて来た人生が「なにもない虚無」となるのか、あるいは「遠くにあって美しく光り輝くもの」となるのか――それを知ろうとする賭《か》けに出たのである。

彼は、その下になにも持たない、仮面だけの「三島由紀夫」にこだわって、そこから出ようとはしなかった。彼がその「虚」から解き放たれる時は、彼の生きて来た虚なる人生が「遠くにあって美しく光り輝くもの」となりえたその時なのであると、信じていたのだろう。その作品が完成した時どうなるのか――自分の賭けには勝算があったのか？『サド侯爵夫人』と同じ時期に『豊饒の海』の第一部『春の雪』を書き出して、三島由紀夫はまだその先を理解していなかった。であればこそ、自分の生きて来た人生が「遠くにあって美しく光り輝くもの」となりうるなどという可能性を、妄想《もうそう》したのだ。それを、「いかにも作家の発想だ」と言うのは、あまりにも酷なことだと私は思う。

彼はまたしても、出口のない「塔の中の人生」を歩み始めた。「現実」へと向かって、結局彼は、「現実」へと向かわなかった。果たしてその決断は、「作家以外に途《みち》はないと思う文学者・三島由紀夫」の決断だったのか？　私はそれを、「作家になることを光栄と思う、作家になる以外に選択の途を持たなかった、孤独な少年のした決断」だと思う。

終章　「男」という彷徨《ほうこう》

一　不在の後

昭和四十年の正月、三島由紀夫は四十歳になる。そしてその年の六月に、『春の雪』と『サド侯爵《こうしゃく》夫人』の執筆を開始する。それは、三島由紀夫が三十代と訣別《けつべつ》せざるをえない年に書かれた作品なのである。では、その三十代の間、三島由紀夫はなにをしていたのか？　私は、遊んでいたのだと思う。そうでなければ、三十九歳で『恋の帆影』を書く三島由紀夫に、「〃物語を書く三島由紀夫〃という庇護者《ひごしゃ》ぬきで、作中人物という自分の分身を思う存分動かす」などということは起こらない。つまり、三島由紀夫は円熟していたのである。円熟していたから、遊んでいるだけでよかった。つまり、三十代の三島由紀夫は、もう自分のことを「ああだこうだ」と考えなくてもよかったということである。そして、三十代の終わりと共に、改めて「現実へ進み出る」という方向性が浮かび出る。それはつまりどういうことなのか？　三十代の三島由紀夫には、「壁にぶつかって遊ぶしかなかった」という一面もあったということである。

『禁色《きんじき》』で「廿代《にじゅうだい》の総決算」をしてしまった三島由紀夫の三十代は、なにによって始められるのか？　昭和三十一年の初めから連載を開始される、『金閣寺』によってである。『金閣寺』の「私＝溝口」に《生きようと私は思った。》と言わせて、三島由紀夫の三十代は始まる。それでは彼にとって、三十代とは、どのような時期だったのか？　三十代を決定づける『金閣寺』は、彼にとってどのような意味を持つ作品だったのか？　前章で引用した『十八歳と三十四歳の肖像画』――『金閣寺』が完結した三年後の春に発表された文章を、もう一度引用してみよう。

自作に即して「自分自身の歩み」を述べる『十八歳と三十四歳の肖像画』は、初出の雑誌掲載時には《文学自伝》のサブタイトルがついていた。つまりこれは、三十四歳＝昭和三十四年の春までの、彼の短い文学的な自叙伝なのである。

この文章では、まず「思想」と「気質」があれこれと論じられる。そして、《そろそろ私は自分のことを語らなければならない。》として、各作品に関する記述が続く。その、《私は自分の氣質に苦しめられてきた。》から始まる『愛の渇き』までの部分は、既に紹介した。その後の『禁色』に関しても引用した。しかし、『十八歳と三十四歳の肖像画』の本文では、『愛の渇き』と『禁色』の間にもう一つの作品『青の時代』があって、そこにはこう書いてある――。

《そのあとでは、氣質からできるだけ離脱して、今までの持ち前の技術からも離脱して、

抽象的なデッサンを描かうとして失敗した。(「青の時代」1950)》

《そのあと》とは、《氣質と小説技術とを、十分意識的に結合しようと試みた。》とされる『愛の渇き』の後である。『愛の渇き』は、三島由紀夫自身が「女」に置き換えられた作品である。しかし、その後に続く『青の時代』は、どうやら「三島由紀夫自身」とは離れた「他人」を書こうとした作品らしいのである。三島由紀夫は、その試みを《失敗した》と言う。私＝橋本は、『愛の渇き』なんかよりも『青の時代』の方がずっと面白いとは思うのだが、三島由紀夫によれば、これは《失敗》なのである。それだからかどうかは知らないが、三島由紀夫は次に、《私は自分の氣質を徹底的に物語化して、人生を物語の中に埋めてしまはうといふ不逞《ふてい》な試みを抱いた。》と言う『禁色』へと向かう。『禁色』に関して、三島由紀夫は「失敗した」とは言わない。彼の《不逞な試み》は成功して、その後が続けられる――。

《こんな試みのあとでは、何から何まで自分の反對物《はんたい》を作らうといふ氣を起し、全く私の責任に歸《き》せられない思想と人物とを、ただ言語だけで組み立てようといふ考への擒《とりこ》になつた。(「潮騷」1954) このころから、人生上でも、私は「自分の反對物」に自らを化してしまはうといふさかんな欲望を抱くやうになる。それは果して自分の反對物であるのか、あるひはそれまで沒却されてゐた自分の本來的な反面であるにすぎないのか、よくわからない。》

『青の時代』で「他人」を書くことに失敗したと思う二十九歳の三島由紀夫は、『潮騒《しおさい》』で改めてこれに挑んだ。それを「失敗した」と言っていないのだから、三島由紀夫は成功したのである。しかし、にもかかわらず、三島由紀夫はなんとなく不満そうである。なにが不満なのか？《自分の反對物》になるのが不満ではないらしい。ここに「不満」のようなものが透けて見えるのは、文章の最後がポンと投げ出されているからである。つまり、三島由紀夫は、自分がなろうとした《自分の反對物》が、《自分の反對物》であるのか、それとも《それまで沒却されてゐた自分の本來的な反面》であるのかが分からない——そのことが不満なのだ。だから投げ出した。

《「自分の反對物」に自らを化してしまはうといふさかんな欲望》とはなんなのか？そこにたとえば、「ボディビル」という言葉を代入すれば簡単になる。自分とは全然関係ない人物を主人公とする『潮騒』を書いた三島由紀夫は、それ以前の「虚弱児三島」とは正反対のものになろうとしたのである。虚弱児は逞《たくま》しい肉体を持たない——だから、逞しい肉体を獲得しようとするのは《「自分の反對物」に自らを化してしまはう》である。しかし、三島由紀夫には胸毛がある。虚弱児に胸毛は似合わないが、胸毛は「生やそうと思って生やした人工の構築物」ではないだろう。だから、「胸毛の生えた逞しい胸板」を持つ三島由紀夫は、その自分の肉体を見て思う——《それは果して自分の反對物であるのか、あるひはそれまで沒却されてゐた自分の本來的な反面であるにすぎないのか、よくわからない。》と。つまり、「これは本来の自分なのか？　それとも、本来の自分ではないのか？」という疑念である。

三島由紀夫のややこしさは、そこのところを、「今までの自分とは違う逞しい自分になろうとして、そうなることに自分が憧《あこが》れていたのかどうかは分からない」とは書かないことである。三島由紀夫の論は、「したい」という主観を「である」の客観に置き換えてしまう。だから、ややこしいことだらけになるのだが、もしかしたら、この《それまで没却されてゐた自分の本來的な反面》という客観記述は、その通りのことなのかもしれない。なぜかと言えば、三島由紀夫には「その欲望」だけがないからである。「その欲望」――つまり、「私は彼になりたい」である。

汚穢屋《おわいや》の青年に感じたその欲望を、『仮面の告白』の「私」は、あるところで捨て去った。近江の腋毛《わきげ》を見た時、「私」が思ったのは、「彼になりたい」ではなく、「彼を抹《まっ》消《しょう》したい」だった。だからこそそれは、「嫉妬《しっと》」になる。嫉妬して排除して、夏の海岸で「私」は、自分の腋の下に芽生えていた《近江と相似のもの》に欲情した。その行為によって、近江は完全に排除された。それ以来、《近江と相似のもの》に欲情することが、「近江になりたい」と思うことなのか、「近江になりたくない」と思うことなのか、「私」には分からなくなっている。だから三島由紀夫は、《わからない》と言うのである。

三島由紀夫の中には、《「自分の反對物」に自らを化してしまはうといふさかんな欲望》があるのだから、彼は「なにか」になりたいのである。しかしその「なにか」が、《自分の反對物》であるのか、《それまで沒却されてゐた自分の本來的な反面》であるのかが分からない。分からないのは、彼の中でそれが「近江になりたかった結果」なのか、「近江になりたくなかった結果」なのかが分からなくなっているからである。

それは、《自分の反對物》なのか、それとも《それまで沒却されてゐた自分の本來的な反面》なのか？　この疑問が生まれた時、三島由紀夫は、「これは〝自分〟なのか？　それとも〝自分〟ではないのか？」という疑問を抱え込むことになる。「これ」とは、「逞しい肉体を持つ自分」である。その後に至って『春の雪』の飯沼茂之が「愛情」から排除されてしまうのは、この疑問ゆえだろう。

三島由紀夫には、「物語の中に生きる自分」と「物語を書く自分」の二人がいて、しかし二十代の終わりの時からもう一人、「自分なのか自分ではないのかよく分からない、牡《おす》の肉体を持ってしまった自分」が生まれてしまう。「自分とは関係ないものになるのは面白い」と思っていて、三島由紀夫はいつか、その「自分とは関係ないもの」が、自分自身に食い込んで来るのを感じざるをえなくなるのだ。

「三島由紀夫」という仮面は、「その下になにもない仮面」である。《肉にまで喰ひ入つた假面、肉づきの假面だけが告白をすることができる。》と『「仮面の告白」ノート』で規定してしまった三島由紀夫は、「自分の告白」と「自分自身」とを重ならないように、そのような設定をした。それをして以後、三島由紀夫は周到に、作家・三島由紀夫を「虚なるもの」と規定し続けた。彼の頭は、そのように設定した。しかし、彼の肉体はそれを裏切った。「自分とは関係ないもの」であるはずの肉体が、いつか、「肉づきの肉体」へと変わって行ったからである。

しかし、三十四歳の三島由紀夫は、まだその深刻を自覚しない。ただ不満げに、《よくわからない》と投げ出すだけなのである。

『潮騒』を書いて、二十九歳の三島由紀夫は、「自分は〝自分とは正反対のもの〟にもなりうる」と実感した。それは、「遊びのための衣装」を獲得したようなものだろう。しかし、三島由紀夫はまだ遊ばない。『潮騒』とその頃を語る三島由紀夫が不満げなのは、実は、彼が「自分とは正反対のものになる」ということに本質的な意味や喜びを見《み》出《い》だせない人だからである。彼は、「自分とは正反対のもの」なんかより、「自分自身」の方にずっと関心のある人なのだ。読者が「こっちの方が面白い」と言っても、三島由紀夫は、「自分のいない作品」を褒める読者を喜ばないだろう。彼の関心は、一貫して「自分自身のあり方」なのだ。「自分のいない作品」を書くことに成功しても、それをあんまり喜ばない。どこかに不満が残る。だから、その「不満」を埋めるために、また新しい作品を書かなければならない。それだから、《「潮騒」の観念《くわんねん》が自分に回帰《くわいき》し、自分に再び投影するにいたる、不透明な過渡期の作品を、その翌年に書かなければならなくなる。『沈める滝』である。
『沈める滝』で彼がなにをやろうとしたのかは、よく分からない。それは所詮《しょせん》《不透明な過渡期の作品》で、確かなことは、三島由紀夫がもう一度「自分自身に関する作品」を書きたかったということだけである。彼は〝あること〟を望み、その成果は三十一歳の年の『金閣寺』に現れる。
《ついで、やつと私は、自分の氣質を完全に利用して、それを思想に晶化させようとする試みに安心して立戻り、それは曲りなりにも成功して、私の思想は作品の完成と同時に完成して、さうして死んでしまふ。（「金閣寺」1956）》
『金閣寺』がなにかの〝達成〟であることだけは確かである。しかし、この引用部分だけでは、なにが〝達成〟されたのかは分からない。更には、その〝達成〟を三島由紀夫が喜んでいるのか悲しんでいるのかさえもが分からない。『金閣寺』という作品がなにかの〝達成〟であることは確かで、三島由紀夫がその〝達成〟になんらかの感慨を抱いたことだけは、この引用部分からして確かなことなのだが、しかし、それがなんなのかは分からない。「なんでこの人は、自分を語るに際して、〝分からせまい、分からせまい〟という方向でだけ語るのだろう」と思う私＝橋本は、「やれやれ」と言いながら、このややこしいパズルを解く作業にかかる。

この引用部分が分かりにくいのは、この文中に躍っている《思想》と《氣質》という二つの言葉が、彼独特の使われ方をしているからである。『十八歳と三十四歳の肖像画』という文章が、「自分自身の歩み」を語る前に、まず《思想》と《氣質》のあれこれを論じる文章だったということを思い出していただければいい。一体そこで、この二つの言葉は、どのような使われ方をしていたのか？
《思想》と《氣質》という言葉は、このように使われる——。

《そもそも作家にとつて思想とは何ものであるかといふ問題は、そんなに簡單ぢやない。作家の思想は哲學者の思想とちがつて、皮膚の下、肉の裡《うち》、血液の流れの中に流れなければならない。だが一度肉體《にくたい》の中に埋沒すれば、そこには氣質といふ厄介なものがゐるのである。氣質は永遠に非發展的なもので、思想の本質がもし發展性にあるとすれば、氣質の擒《とりこ》になつた思想はもはや思想ではない。》

ここで《氣質》がなにを指すのかは、まだよく分からない。後の『仮面の告白』や『愛の渇き』や『禁色』を語る際の使われ方によって、「あれか」と察せられるだけである。ここでその説明はない。その代わりここからは、「私は変わらないだろう」と言う三島由紀夫の声だけが聞こえる。「変わらないままでいられるわけにもいかないから、変わろうという努力はするが、私は結局変わらないだろう」というのが、《氣質は永遠に非發展的なもので、思想の本質がもし發展性にあるとすれば、氣質の擒になつた思想はもはや思想ではない。》であろう。この文章における《思想》とは、「変わらなければいけないと思う前向きな意志」であり、《氣質》とは、「変わらなければいけないと思いながらも変わりえない、怠惰な私＝三島由紀夫の本質」である。これを頭に置いて、先の引用を振り返ってみる。するとこうなる――。

「私は、変わろうとしない怠惰な私の本質を、〝変わらなければいけない〟という前向きな意志の上に載せて、自分をなんとかする作業に立ち戻った。そしてそれは成功した。それは、いやがる私を納得させる作品となり、その作品の上には、最後、私の前向きな意志が宿った。宿りはしたが、その瞬間、私の前向きの意志は無意味になった」

《生きようと私は思つた。》――これが『金閣寺』に宿った《思想》で、宿ると同時に死んでしまった《思想》である。『金閣寺』のラストに皮肉があるのはそのためである。金閣に火を放った「私＝溝口」が、「自由になりたい」と思っていたのではなく、「自由にならなければいけない」と思っていたのもそのためである。孤独な「私」を支える、金閣という美はない。「そんなものに守られて生きるのは、生きるに価《あたい》しない」という質の柏木の挑発に追い込まれて、溝口は美なる金閣に火をつけた。金閣が焼失した以上、「私＝溝口」は、《生きよう》と思うしかない。しかし、《生きよう》と思うその彼は、ずっと以前から「死」の中にいたのである――《私は鶴川の喪に、一年近くも服してゐたものと思はれる。（中略）生への焦躁《せうさう》も私から去つた。死んだ毎日は快かつた。》（『金

する遺書だ。》という覚書《ノート》を持つ、『仮面の告白』へ戻ってしまっているのである。その理由が、鶴川という「やさしい愛情」の消滅によっていることは、言うまでもない。《生きよう》とする意志は『金閣寺』に宿って、宿った時、その意志にはもう意味がない。鶴川は、死んでしまっているのである。《生きよう》とする意志の向かう先は、鶴川を欠く《死んだ毎日》でしかない。《思想》は宿って《思想》は死んだ——これが、《自分の氣質を完全に利用して、それを思想に晶化させようとする試み》云々《うんぬん》を言う、閣寺』第六章冒頭）事態は、《この本は私が今までそこに住んでゐた死の領域へ遺《のこ》さうと

先の難解なる引用の正体である。ここになんらかの「感慨」が隠されていて、それがなんだかよく分からないのは、それが、嬉《うれ》しさや悲しさを圧《お》し潰《つぶ》した、「やるだけやったんだからもういいだろう」という、判断保留だからである。三島由紀夫の三十代は、その「達成」から始まる。「やるだけやったんだからいいだろう」に続く言葉は、「後は遊んでよう」だろう。もう結論は出てしまっているのである。自分のことを「ああだこうだ」と考えてもしょうがないではないか。三島由紀夫の〝円熟〟は、そのようにして訪れる。

『十八歳と三十四歳の肖像画』がこの後に続ける自作は、『美徳のよろめき』と、昭和三十四年の「現在」に進行中の『鏡子の家』である。

『美徳のよろめき』に関しては、こう言っている——《勞作のあとの安息。古典的幾何

學めいた心理小説への郷愁が生れるが、その郷愁はもはや昔のとほりの形では戻ってこない。》

『鏡子の家』に関しては、こう言っている――《「金閣寺」で個人の小説を書いたから、次は時代の小説を書かうと思ふ。》

三十四歳の三島由紀夫は、『鏡子の家』で、時代と遊ぼうとしていたのである。「時代と寝ようとしていた」かもしれない。『金閣寺』が、三島由紀夫にとってのある種の〝達成〟であったことは、それを《個人の小説》と言っていることから明らかだろう。

そして三島由紀夫は、こう続ける――。

《これで私の文學的自《じ》叙傳《じょでん》はおしまひ。

その間に、私は芝居を書いたり、エッセイを書いたり、紀行を書いたり、短篇小説をどっさり書いたりしたが、本當《ほんたう》の自叙傳は長篇小説の中にしか書いてゐない。》

三島由紀夫が「自分のこと」を書く私小説作家であったことは、ここに明らかである。三島由紀夫がただの私小説作家と違っていたのは、彼が、「自分とは関係ない他人」を主人公にする小説を書いても失敗しない作家になっていたということだけである。

二　認識が「死ね」と言う

三島由紀夫が『午後の曳航《えいこう》』を書いたのは、『恋の帆影』が上演される前年——三十八歳の年である。もちろん、三島由紀夫は円熟の中にある。この時期の作品は、いずれも完成度が高い。三島由紀夫が自分自身のことをあまり問題にせず、ある意味で気楽に書き流しているからである。その中でも『午後の曳航』は、特に完成度の高い作品である。私がそう思うのは、この登場人物の中に等分に三島由紀夫がいて、それがこの作品をある種の寓話《ぐうわ》にまで高める役割を果たしているからである。『午後の曳航』は、ある意味で分かりやすい作品だった。それはこの作品が、クリス・クリストファーソンとサラ・マイルズというキャスティングで映画化されていることからも知られる。この作品は、英語を喋《しゃべ》る俳優達によって演じられても、そう違和感を感じさせない作品だからである。

龍二という一人の男がいる。彼は、《多くの船員は海が好きだから船員になるのだが、龍二は陸がきらひだから船員になつたと言ふはうが當《あた》つてゐる。》（『午後の曳航』第一部第二章）と書かれる男である。

《二十歳の彼は熱烈に思つたものだ。

『光榮を！　光榮を！　光榮を！　俺はそいつにだけふさはしく生れついてゐる』

どんな種類の光榮がほしいのか、又、どんな種類の光榮が自分にふさはしいのか、彼にはまるでわかつてゐなかつた。ただ世界の闇《やみ》の奥底に一點《いつてん》の光りがあつて、それが彼のためにだけ用意されてをり、彼を照らすためにだけ近寄つてくることを信じてゐた。》（同前）

若い頃の彼は、そう描写されるような男だった。既成の現実とは距離を置き、《考へれば考へるほど、彼が光榮を獲るためには、世界のひつくりかへることが、必要だつた。世界の顚倒《てんたう》か光榮か、二つに一つなのだ。彼は嵐《あらし》をのぞんだ。》（同前）と書かれるような男だった。こういう男は、三島由紀夫の世界にふさわしい。そしてまた彼は、少年の憧《あこが》れを掻《か》き立て、少年の「理想」となるのにふさわしい、「危険」を生きて来た男でもありうる。『午後の曳航』は、少年の日の理想をかなえさせるような存在だった「男＝船乗り」が陸に上がり、彼を「理想」と思うような少年の心を知らずに裏切って、少年達に殺されてしまう物語である。理想は俗に堕《お》ち、そのことによって、まだ理想を信じる——そしてまた、そのことによって危険さえも隠し持つ、少年達に殺される。それを書く『午後の曳航』は、ある種の寓話でもあるのだ。

しかしもちろん、三島由紀夫はそんな単純な長編小説を書かない。三島由紀夫の長編小説は、彼の「自叙伝」を隠し持つものでもある。彼の長編小説には、「三島由紀夫自身を書くもの」と、「三島由紀夫自身を書かないもの」の二種類があって、彼の自叙伝性は、前者において歴然となる。もちろん、『午後の曳航』の属するところは、前者である。

三島由紀夫において、「男を殺す」は、既にありふれたテーマである。殺す側の作中人物は「三島由紀夫」だし、殺される側の作中人物は、思考しない、彼の中で自己完結している、肉体性の権化《ごんげ》でしかないような「牡《おす》」である。その「牡」と「三島由紀夫的な人物」の何かがぶつかり合って、「殺人」というドラマが起こる。それが彼の書く「男殺し」の基本パターンである。《光栄を！　光栄を！　光栄を！　俺はそいつにだけふさはしく生れついてゐる》と二十歳の頃に熱烈に思っていた龍二は、その点において、「殺される役回り」にふさわしい。三島由紀夫の作品の中で、「肉体性の権化であるような牡」は、「人間であること」を志向した途端に拒絶される——つまり殺されるのだ。

二十歳の頃には《嵐をのぞんだ》という表現がふさわしかった男が、三十歳を過ぎ、陸に上がって女と結婚して、「現実に適応した男」になってしまえば、三島由紀夫の中で、彼は十分、「少年の憧れを刺激し、その後に裏切ったという事実において、処刑されても仕方がない」という存在になる。しかも『午後の曳航』の一方を担《にな》う少年は、そういう発想をするのにふさわしい、いかにも三島由紀夫的な少年なのだ。

その十三歳の少年・登は、父を失い、横浜の元町でも名高い老舗《しにせ》の舶来洋品店を経営する母に育てられている。登は船が好きで、その息子にねだられた母の房子は、知人の船会社の重役から得た紹介状を持って、横浜港に停泊中の龍二の乗る船を尋ねる。父を欠く少年が新たに得た父が、龍二である。そこに少年の心を揺さぶるような「幻滅」が起こりうることは、ある意味で予感される。その予感から幻滅までのプロセスを書き切るのが、作者の腕というものである。しかし、この少年・登の設定は、また尋常なものでもない。

二階の部屋に住む彼は、夜になるとその部屋に鍵《かぎ》を掛けられる。掛けるのは、母親の房子である。少年が彼の仲間と会うために夜中に家を抜け出したことがばれて、それ以来彼は、夜になると《この妙にノッポの家の二階は絶望的に高かつた。》(『午後の曳航』第一部第一章)と言われる部屋に閉じ込められることとなる。母親にそれをされて、部屋から抜け出す算段をしない十三歳は、いかにも三島由紀夫的な「少年」だが、登はまさしく、「高い塔に閉じ込められた少年＝三島由紀夫」なのである。それをするのが母親であるという点に、この作品の作者は、まだいかなる因果関係をも見出《みい》だしてはいないが、これは『サド侯爵《こうしゃく》夫人』が書かれる二年前の作品で、この少年の幽閉は、まだある意味で、「甘美な幽閉」なのである。

十三歳の少年・登の閉じ込められた高い塔の部屋には、「窓」がある。その「窓」から、彼は「外界」を見る。もちろん、その「窓」とそこから眺められる「外界」も、尋常なものではない。少年の二階の部屋は、母・房子の寝室と接している。その境の壁は、《造りつけの大抽斗《ひきだし》》になっていて、抽斗を抜き出した後の壁には、小さな隙間《すきま》がある。普段は抽斗で隠されているそこに目を当てれば、少年は母親の寝室を覗《のぞ》くことが出来る。《彼の體は、折り曲げれば大抽斗のあとにゆつくり入る。大人でさへ、伏せれば腹のあたりまで入るだらう。》（同前）と書かれるものの中に入って、十三歳の少年は自分の母親の寝室を覗く。「本多繁邦」となるものは、既に十三歳でここにいる。

ある晩、その部屋に男＝龍二がやって来る。そして登は、母と龍二の性交を覗き見る。もちろん、『午後の曳航』を成り立たせる少年の殺意は、「母を愛しすぎた少年の、闖入《ちんにゅう》者《しゃ》である男に対する嫉妬《しっと》」なんかではない。

三十を過ぎた男は、立ったまま全裸になる。同じ年頃の母は、男より先に脱衣を始めたくせに、すぐ全裸にはならない。少年の目には、男根を勃起《ぼっき》させた男の全裸体ばかりがありありと見えて、そこに海からの汽笛が聞こえて来る。《二等航海士は、きつと肩をめぐらして、海のはうへ目を向けた。……》（同前）。まるで現代物の歌舞伎《かぶき》である。

「ボーッ」と鳴る汽笛が、「チョーン」と鳴る歌舞伎の拍子木のように響いて、これを合図とするように、舞台奥の背景を隠していた黒幕が切って落とされる――《――このとき登は、生れてから心に疊んでゐたものが、完全に展開され、名殘なく成就された、奇《き》蹟《せき》の瞬間に立ち會《あ》つてゐるやうな氣がした。》（同前）

《それまでそこには、月、海の熱風、汗、香水、熟し切つた男と女のあらはな肉體、航海の痕跡《こんせき》、世界の港々の記憶の痕跡、その世界へ向けられた小さな息苦しい覗き穴、少年の硬い心、……これらのものがたしかに揃《そろ》つてゐた。しかしこの散らばつた歌留多の札《ふだ》は、なほ、何の意味もあらはしてゐなかつた。汽笛のおかげで、突然それらの札は宇宙的な聯關《れんくわん》を獲得し、彼と母、母と男、男と海、海と彼をつなぐ、のつぴきならない存在の環を垣間見《かいまみ》せたのだ。》（同前）

当然と言うかなんと言うか、この《宇宙的な聯關》の中に、「彼（＝登）と男」というものはない。ないことが、三島由紀夫における愛のモチーフであり、殺意のモチーフである。もちろん、ここに殺意はない。ある必要がない。この瞬間、少年・登は、彼との間に《聯關》を欠落させるその男を、「一幅の絵」として閉じ込め、獲得することに成功したからである。

《……登は、息苦しさと、汗と、恍惚《くわうこつ》のために、氣を失はんばかりだつた。自分は今、たしかに目の前に、一連の絲《いと》が結ぼほれて、神聖なかたちを描くところを見たと思つた。

それを壊してはならない。もしかするとそれは、十三歳の少年の自分が創《つく》り出したものかもしれないから。

『これを壊しちやいけないぞ。これが壊されるやうなら、世界はもうおしまひだ。さうならないために、僕はどんなひどいことでもするだらう』

と登は夢うつつのあひだに思つた。》（同前）

この少年が「物語に書かれた三島由紀夫自身」であることは紛れもない。彼は、一人の裸の男を、汽笛の音と共に、その完全なる生息環境ぐるみ捕獲した昆虫のように、生きた標本としてしまったのだ。それは、『仮面の告白』に書かれた《兵士たちの汗の匂《にほ》ひ》を、そのまま捕獲してしまったに等しい。ここにあるのは、『仮面の告白』で《兵士らの運命・彼らの職業の悲劇性・彼らの死・彼らの見るべき遠い國々、さういふものへの官能的な欲求》と書かれたものと同じものである。

『午後の曳航』の十三歳の少年は、三島由紀夫自身である。そうなった時、少年の思考に捕獲された船乗りは、当然三島由紀夫ではない――それが通例で、三島由紀夫はそうした男達を今まで何人も、妄想《もうそう》の中で処刑して来た。この龍二も、そうした「男」の一人であるかのように書かれている。《世界の顚倒か光栄か、二つに一つなのだ。彼は嵐をのぞんだ。》と書かれる、いかにも三島由紀夫的な浪漫《ろうまん》世界の住人・龍二は、その一方、俗な歌謡曲が好きなのだ。陸を拒絶して《世界の顚倒か光栄か》というところで生きるはずの龍二は、俗な歌謡曲に歌われる「遠くなつてく港の街に」という一節に感傷をそそられてしまうのである。それは、ギリシア的な明晰《めいせき》とはちぐはぐな日本の土俗――肌色をしたギリシア彫刻の胴体に晒《さらし》を巻き、二の腕に牡丹《ぼたん》の刺青《いれずみ》をするようなものだ。そのちぐはぐさは、「三島由紀夫に殺される男」ではあっても、決して「三島由紀夫自身」ではありえない。だがしかし、『午後の曳航』の龍二は、「三島由紀夫自身」なのである。

これを書く三島由紀夫は、三十八歳だった。彼はもう「十三歳の少年」には見えない。ボディビルで鍛えた逞《たくま》しい肉体を持つ「牡」なのだ。だから、『午後の曳航』の第一部第一章には、こんな描写もある。

《登はいつも自分の背丈と比べてみるフロア・スタンドから、彼の背丈のあらましを読《よ》むことができた。一七〇センチはとてもない筈《はず》だ。一六五センチか、もう一寸上ぐらゐだらう。彼はそんなに大きな男ではなかつた。》

海からやって来た、少年に「理想」を感じさせる水夫は、《そんなに大きな男ではなかつた》。それは、三島由紀夫とほぼ同じ背丈の男で、しかもそこには、こんな描写も付け加えられる――《夥《おびただ》しい毛に包まれた胸はくつきりと迫《せ》り出し》（同前）。彼には、胸毛があるのである。三島由紀夫は、わざわざそのように書くのである。

《あの海の潮《うしほ》の暗い情念、沖から寄せる海嘯《つなみ》の叫び聲《ごゑ》、高まつて高まつて碎《くだ》ける波の挫《ざ》折《せつ》……暗い沖からいつも彼を呼んでゐた未知の榮光は、死と、又、女とまざり合つて、彼の運命を別誂《べつあつら》へのものに仕立ててゐた筈だつた。世界の闇の奥底に一點の光りがあつて、それが彼のためにだけ用意されてをり、彼を照らすためにだけ近づいてくることを、二十歳の彼は頑《かたく》なに信じてゐた。（中略）自分が拒んだものを、龍二は今や、それから拒まれてゐるかのやうに感じた。》――『午後の曳航』の終局近い第二部第七章にこう書かれる龍二は、三十八歳になってしまった三島由紀夫自身ではないのか？『午後の曳航』とは、人生の午後に至ってしまった男の「栄光」のありどころを書くものでもある。

《灼《や》けるやうな憂愁《いうしう》と倦怠《けんたい》とに湧《わ》き立ち、禿鷹《はげたか》と鸚鵡《あうむ》にあふれ、そしてどこにも椰子《やし》！帝王椰子。孔雀《くじやく》椰子。死が海の輝やきの中から、入道雲のやうにひろがり押し寄せて來てゐた。彼はもはや自分にとつて永久に機會《きくわい》の失はれた、莊嚴《さうごん》な、萬人《ばんじん》の目の前の、壯烈無比な死を恍惚として夢みた。世界がそもそも、このやうな光輝にあふれた死のために準備されてゐたものならば、世界は同時に、そのために滅んでもふしぎはない。》（同前）――これは、「人生の午後の時」に至った三島由紀夫の実感でもあろう。この作品では、「殺される男」もまた、三島由紀夫自身なのである。「殺す側の少年」という三島由紀夫と、「殺される側の男」という三島由紀夫の二人がいる。『午後の曳航』とは、そういう作品なのである。

《世界がそもそも、このやうな光輝にあふれた死のために準備されてゐたものならば、世界は同時に、そのために滅んでもふしぎはない。》と思う龍二は、《もう少しのところで後悔しさうになつてゐた。》と書かれるだけで、陸に上がって現実と同化してしまっている自分を、大して悔んではいない。彼には、「世界と同時に滅びたい」などという気はない。龍二は現実と同化して、なにも知らぬまま、少年達によって死へ導かれる。

《龍二はなほ、夢想に涵《ひた》りながら、熱からぬ紅茶を、ぞんざいに一息に飲んだ。飲んでから、ひどく苦《にが》かつたやうな氣がした。誰も知るやうに、榮光の味は苦い。》――これが、『午後の曳航』の末尾である。この作品は、龍二の死を明確に書かない。龍二は睡眠薬を飲まされ、少年達の予定では、その後に龍二の体はメスで切り刻まれることになっている。しかし、それは書かれない。龍二の死は明確に書かれぬままで、その龍二に睡眠薬入りの紅茶カップを手渡した少年・登が、その死に恍惚としたかどうかもまた、書かれてはいない。少年の理想と憧れを幻滅に変えた「陸に上がった水夫」は、彼の生きて来た過去を「苦い栄光」として、ゆっくりと眠る――そのようにして終わる時、この一篇は「残酷な寓話《ぐうわ》」となるだろう。

『午後の曳航』は、「残酷な寓話」としても終わりうる。しかしもちろん、それだけの作品ではない。『午後の曳航』は、『金閣寺』と似通った構造を持つ作品でもある。

『午後の曳航』における「金閣」は、もちろん「龍二」である。「私＝溝口」は、「登」である。この『金閣寺』に、「鶴川」に当たる存在は登場しない。しかし、「私＝溝口」を金閣寺放火に追いやる認識者、「柏木」に該当する者は登場する。「首領」と呼ばれる、登の所属する少年グループのリーダーである。『金閣寺』の柏木は、「私」を罵《ののし》っても、犯罪への指嗾《しそう》はしない。しかし、『午後の曳航』の「首領」は、登と一体であるようなグループのリーダーであり、「登」に対する介入は、柏木のそれよりも遥かに積極的である。その十三歳の少年「首領」は、こんなことを言う――。

《僕たち六人は天才だ。そして世界はみんなも知つてるとほり空つぽだ。何度も言つたけど、このことをよく考へてみたことがあるかい。その結果、僕たちにはあらゆることが許されてゐる、と考へるのはまだ淺いんだ。許してゐるのは、僕たちのはうなんだ。》(『午後の曳航』第二部第六章)

《僕たちにできないことは、大人たちにはもつとできないのだ。この世界には不可能といふ巨《おほ》きな封印が貼《は》られてゐる。それを最終的に剝《は》がすことができるのは僕たちだけだといふことを忘れないでもらひたい》(『午後の曳航』第一部第五章)

この十三歳の少年達のグループは、「欲情するための殺人」などしない。彼らは猫を殺すが、彼らがそれをするのは、《僕はどんなひどいことだつてやれるんだ》という実感を獲得するためである(第一部第五章)。彼らは《「感情のないこと」の訓練》(同前)

をしていて、登は《性的な事柄については何もおどろかない修練を積んでゐた。》(同前)ということになっている――《首領は今までにも一方ならぬ苦心を拂《はら》つてきてゐた。どこで手に入れたのか、彼はあらゆる性的體位《たいゐ》や奇怪な前技の寫眞《しやしん》を持つてきて、みんなに詳しく説明し、そんなことがいかに無意味なつまらないことであるかを、懇《ねん》ごろに教へてくれたのだ。》(同前)

男としての欲望が芽生えて間もない筈の彼等は、欲望を拒絶し、感情を拒絶し、ただ認識だけで生きる訓練をしている――この小説の作者は、注意深くそのような設定をする。陸に上がった水夫・龍二は、彼を思う「少年の欲望」によってではなく、「死なねばならぬ」と認識した少年達の認識によって、死へと追いやられるのである。龍二の死に少年達の欲望はなく、あるならばそれは、《世界がそもそも、このやうな光輝にあふれた死のために準備されてゐたものならば、世界は同時に、そのために滅んでもふしぎはない。》と思う龍二自身の「願望」に、僅《わず》かながらある。それは、今までの三島作品とは違う構図である。「ある男に欲望を感じた者が、その欲望の命ずるまま、自分を刺激した男を一方的に殺す」という、その以前の三島由紀夫的世界は、ここで大きく改変されているのだ。

「殺す者」も三島由紀夫、「殺される者」も三島由紀夫、この二つを繋《つな》いで殺人へと導くものは、「殺したい」という欲望ではなく、「殺されてしかるべき」という冷静なる

「認識」なのである。その認識の主——十三歳の「首領」もまた「三島由紀夫」であることは、言うまでもないだろう。

「男」になってしまった三島由紀夫が、一方にはいる。その「男になってしまった三島由紀夫」を眺め、それだけで満足を感じる少年もまた、「三島由紀夫」である。「少年の三島由紀夫」は、「男になった三島由紀夫」を殺す必要はない。少年は、《これを壊しちやいけないぞ》と言っている。それを言わせる作者もまた、《もしかするとそれは、十三歳の少年の自分が創り出したものかもしれないから。》と言っている。それを言う三島由紀夫は、その以前、《「自分の反對物《はんたい》」に自らを化してしまはうといふさかんな欲望を抱く》ようになっていた人でもあるのである。それは、「かつて十三歳だった三島由紀夫が創り出したもの」かもしれないのだ。

　小柄だが、逞しく迫り出した胸毛の生えた胸板を持ち、女に向かって雄々しく男根をそそり立てる男——そうなった「自分」。「十三歳の三島由紀夫」が、《これを壊しちゃいけないぞ》と言うのも当然だろう。「男になった三島由紀夫」と、「少年のままの三島由紀夫」との間に、「殺す」という必然は生まれない。しかしそこには、「殺されなければならない」と命ずる「認識」がある。二人の三島由紀夫の間に、その「認識」は忍び込むのである。

『午後の曳航』第二部第六章で「首領」は言う——。

《ところでこの塚崎龍二といふ男は、僕たちみんなにとつては大した存在ぢやなかつたが、三號《がう》にとつては、一かどの存在だつた。少くとも彼は三號の目に、僕がつねづね言ふ世界の内的關聯の光輝ある證據《しようこ》を見せた、といふ功績がある。だけど、そのあとで彼は三號を手ひどく裏切つた。地上で一番わるいもの、つまり父親になつた。これはいけない。はじめから何の役にも立たなかつたのよりもずつと惡い。》

「少年である三島由紀夫」は、彼を殺したいとは思わない。その彼――「男となった三島由紀夫」もまた、自分の本来に対して些《いささ》かの忸怩《じくじ》は感じても、「死にたい」とは思わない。しかし、彼の認識は、その彼に「死ね」と言う。なぜそれを言うのか？　その理由は、おそらく一つしかない。三島由紀夫の中に潜んで「認識」となっていた少年が、「男になってしまった自分」を、それが望んだ結果なのか、望まない結果だったのかを判断出来なかったからだ。三島由紀夫は、《それは果して自分の反對物であるのか、あるひはそれまで沒却されてゐた自分の本來的な反面であるにすぎないのか、よくわからない。》と言っていた人なのだ。

三十八歳になった三島由紀夫には、「困惑」あるいは「混濁」が生まれていた。それは他でもない、「男らしい男になってしまった自分自身」なのである。「愛されない飯沼茂之」は、こうして生まれた。

三　二つの選択肢

『午後の曳航』の龍二は、「達成された三島由紀夫」である。それを眺めて、もう一人の三島由紀夫は安心する。納得する。感動する。しかし、そこに「認識」は忍び寄る。「果たしてこの〝達成〟は、自分が望んだ結果なのか、自分が望まない結果なのか？」と。それが望まない結果なら、自身の得た「達成」は間違っているのだ。

彼は考える。考えて分からない。ただ一つ、自分がそれを考えざるをえない理由だけは思い当たる。「達成」へと至った彼には、「他人」がいない。「達成」だけあって、「他者」がない。『午後の曳航』に、覗《のぞ》き見るに価《あたい》する「美しい母」はいても、「やさしい愛」であった『金閣寺』の鶴川はいない。「達成」に対する疑念が生まれる理由は、ただそれだけだろう。「達成」はあって、しかし彼には、彼を愛し認めてくれる「他者」がいないのである。そのことと、彼の得た「達成」が「望んだ結果なのか望まない結果なのか分からない」という混濁とは、どうやら関わりがある――三島由紀夫が理解するのは、そこまでである。その先に進めるはずはない。なぜならば、彼は、唯一《ゆいいつ》の「他者」であった近江を、その遠い昔に排除してしまっていたからだ。排除して、その寂しさを生む隙間《すきま》に、「自分自身」を代入してしまっていた。「達成」にまつわる矛盾と混乱のすべてはそこに由来して、しかしそれは封印されたまま、三島由紀夫の認識に「真実」を気づかせない。彼にはただ、「達成されてしまった自分自身」「封印されてしまった自分自身」にまつわる「違和」が残されているだけなのである。

「少年」でしかない認識に、「違和」の残った理由だけは分からない。《そのあとで彼は三號を手ひどく裏切つた。地上で一番わるいもの、つまり父親になつた。これはいけない。はじめから何の役にも立たなかつたのよりもずつと悪い。》などと、見当はずれのことを言う。思考が空回りして、困惑した認識には、「達成」であるのかもしれない「肉体を持つ彼自身」を、位置付けられない。だからこそそれに「死」を命じ、追い出してしまうのである。

放逐された「肉体の彼」は、彼自身の存在理由を求めて、奇っ怪なる「論理」を構築し、彼を残して去ってしまった「もう一人の三島由紀夫」の後を追って軍服を着、後追い心中を図る。「肉体を持つ彼自身」の位置付けに困ってこれを追い出してしまった認識の方も、空回りをしながら、なにやらわけの分からない「論理」を構築する。排除され、排除しながらも、混乱した肉体と認識は一つになって、不思議な文化論を掲げて「決起」を呼びかける、あの「三島由紀夫」になる。その予期される自滅へと向かい、走りながら、しかし、しぶとい彼の「認識」は、「まだどこかに間違いや見過ごしがあるのではないか？」などとも思っていた――それが、三島由紀夫の四十代である。

それを四十代の三島由紀夫に思わせる手掛かりが、一つだけあった。三十代を終えた三島由紀夫は、もう若くなくなっていたからである。「少年」でしかない認識には、「不快な違和」であるような彼の「疑問」を解き明かすヒントが、そこに隠されているように思えた。「すべての混濁の理由は、老いにある。老いを克服すれば、思考の混濁もなくなるのではないか」と。

だからこそ彼は、「若さの復活」をも求めた。「輪廻《りんね》転生」もその一つだが、彼はもっとストレートに、「若さの復活」を求めてもいた。「老いは単なる表面上の事象で、老いても人は、なお若く復活しうる」――四十歳になった彼の書く『サド侯爵《こうしゃく》夫人』に、既にその願望は芽を出していた。

侯爵夫人ルネは、どのような形で夫のサド侯爵と訣別《けつべつ》をしたのか？　彼が「みすぼらしい老人」になってしまったからではない。そうなったサド侯爵が彼女を訪れて来る以前、既に侯爵夫人は、夫との訣別を宣言していた。つまり、「修道院へ入る」である。それは、母との訣別であると同時に、夫侯爵との訣別でもあった。それでは、なぜルネはそのような決断をしたのか？　それは彼女が、夫の書いた著作を、読んでしまったかいらである。かくして、サディズムとの訣別＝母との訣別を果たす侯爵夫人を書く『サド侯爵夫人』というドラマは、「〃物語に書かれた三島由紀夫〃が、〃物語を書く三島由紀夫〃からの訣別を果たす」というテーマをも浮かび上がらせることになる。
「作中人物となった三島由紀夫は、物語を書く自分によって守られ自由になる」という
それ以前の構図は、このことによって覆《くつがえ》されることになるのだが、願望する彼の「認識」は、その転覆――すなわち訣別に、「未練」を隠してもいた。夫のサド侯爵を否定する侯爵夫人ルネが、不思議な形で「物語を書く夫」を称《たた》えるのがそれである。それは、訣別する相手――「物語を書く三島由紀夫」への賛辞であり、また、「こんな素敵な人なら、この相手とは別れなくてもいいいかな……」という、「幽閉の塔への回帰」につながるものでもあったのである。
侯爵夫人ルネは、夫が獄中で書いた『ジュスティーヌ』を読んで、そこに書かれるヒロインが自分に似ていると思う。サド侯爵が獄中で『ジュスティーヌ』を書いたことの真意は、それを侯爵夫人に読ませ、そこに書かれるヒロインが侯爵夫人と瓜《うり》二つであることを気づかせるためではなかったのかと、彼女は思うのである。それが本当のことかどうかは、どうでもいい。これは、その後の重要な修辞を引き出すための枕詞《まくらことば》でしかないからだ。

『サド侯爵夫人』第三幕で、侯爵夫人はこう言う――。
《牢屋《らうや》の中で考へに考へ、書きに書いて、アルフォンスは私を、一つの物語のなかへ閉ぢ込めてしまつた。牢の外側にゐる私たちのはうが、のこらず牢に入れられてしまつた。（中略）そしてアルフォンスは……、ああ、その物語を讀んだときから、私にははじめてあの人が、牢屋のなかで何をしてゐたかを悟りました。バスティユの牢が外側の力で破られたのに引きかへて、あの人は内側から鑢《やすり》一つ使はずに牢を破つてゐたのです。牢はあの人のふくれ上る力でみぢんになつた。そのあとでは、牢にとどまつてゐたのはあの人が、自由に選んだことだと申せませう。》
これをそのままに受け取れば、「物語を書く三島由紀夫は、物語に書かれた自分（＝侯爵夫人ルネ）を見捨て、作家としての精神の高みへ舞い上がっていた」である。これは、現実に歩み出す三島由紀夫が送る、もう役目を終えてしまった「物語を書く三島由紀夫」に対する「弔辞」でもある。ただの弔辞かもしれない。しかし、三島由紀夫の書く弔辞が、ただの弔辞であるはずもない。「幽閉されて物語を書いていた人の崇高」を語って、その後に弔辞は、微妙なる展開を迎える。それは展開かもしれないし、転回かもしれない。侯爵への「弔辞」は、いよいよ本格的に「弔辞」となるのである。
夫によって物語の中に閉じ込められたと語る侯爵夫人は、その後、華麗なる修辞によって、「本を書くサド侯爵」の崇高をこう称える――《あの人は飛ぶのです。天翔《あまが》けるのです。銀《しろがね》の鎧《よろひ》の胸に、血みどろの殺戮《さつりく》のあと、この世でもっとも静かな百萬《まん》の屍《しかばね》の宴《うたげ》のさまをありありと宿して。》と。

もちろん、称えるものを称えるとなったら、三島由紀夫の修辞がこの程度で収まるわけはない。これは、十倍以上の長さで延々と続く華麗なる弔辞の、ほんの一部でしかない。そして、その後になって、「現実のサド侯爵」が門口へと現れる。それは、《失禮《しつれい》ですがはじめは物乞《ものご》ひの老人かと思ひました。》と形容されるような存在である。この後に続く接続詞は、「だから」ではない、「そして」である——そして、侯爵夫人はサド侯爵を拒絶する。

ここで、三島由紀夫の選択は二つに別れる。『サド侯爵夫人』を書き終えた三島由紀夫は、「サド侯爵となって退場する途《みち》」を選んだのか？　それとも、「修道院に入る侯爵夫人として退場する途」を選んだのか？——この二つである。私の解釈は、既に前章で言った通り、「侯爵夫人としての退場」である。母との対決を実現するため、三島由紀夫は「女」となり、「女」という土俵に上がった。それがこの戯曲の目的なら、三島由紀夫は侯爵夫人のまま退場しなければならない。「男」に着替えるのは、その退場の後である。しかし、ここには「もう一つの選択肢」が隠されている。つまり、「途中で、侯爵夫人からサド侯爵へ乗り換える」である。「よれよれの老人となったサド侯爵」に乗り換えても仕方がない。それは、「作中人物を生かすことばかりを考えてぼろぼろになってしまった、物語を書く三島由紀夫自身」でもある。「勝つこと」しか考えていない三島由紀夫が、そんなものになりたがるはずはない。乗り換えるのならもう一つのもの――「若く美しい騎士」として称えられるサド侯爵である。それは既に、侯爵夫人の口にする「弔辞」によって、舞台に存在しているのだ。《あの人は飛ぶのです。》と称えられるサド侯爵は、まるで三島由紀夫そのものである。

《アルフォンス。私がこの世で逢《あ》つた一番ふしぎな人。悪の中から光りを紡《つむ》ぎ出し、汚濁を集めて神聖さを作り出し、あの人はもう一度、由緒《ゆいしょ》正しい侯爵家の甲冑《かっちゅう》を身につけて、敬虔《けいけん》な騎士になりました。》――これこそが、三島由紀夫の望むものだろう。《アルフォンス。私がこの世で逢《あ》つた一番ふしぎな人。》とは、これを書いた彼自身がどう思うかは知らないが、まさしく三島由紀夫自身にふさわしいものである。彼には、「ぼろぼろの醜く肥え太った老人から美しい騎士へ変身する」という、もう一つの退場の途もあったのである。

しかし、『サド侯爵夫人』を書き終えた三島由紀夫は、まだその選択肢の存在を知らなかった。それに対する願望だけはあった彼が「そういう選択肢」の存在を知るのは、『サド侯爵夫人』を書き終えた後、『豊饒《ほうじょう》の海』の――なかんずくは『暁の寺』のための取材に、東南アジアへ旅行してからである。

《私が戯曲「癩王《らいわう》のテラス」の想を得たのは、一九六五年カンボジアに旅して、アンコール・トムの荒涼たる廢墟《はいきよ》に熱帯の日を浴びて半跏趺坐《はんかふざ》する若い癩王の彫像を見たときのことであつた。（中略）バイヨン大寺院を建立《こんりふ》したジャヤ・ヴァルマン七世が、癩にかかつてゐたといふ傳説《でんせつ》が、私の心に觸《ふ》れた。肉體《にくたい》の崩壊と共に、大伽藍《だいがらん》が完成してゆくといふ、そのおそろしい對照《たいせう》が、あたかも自分の全存在を藝術《げいじゆつ》作品に移譲して滅びてゆく藝術家の人生の比喩《ひゆ》のやうに思はれたのである。》（昭和四十四年『「癩王のテラス」について』）

これは、『サド侯爵夫人』の後――『豊饒の海』第三部の『暁の寺』執筆中である昭和四十四年に上演された、『癩王のテラス』という戯曲を語った文章である。ここに、「癩」という病気に関する、偏見に近い過大な思い込みがあるのは仕方がないとして、しかし、『「癩王のテラス」について』と題された文章のこの部分が語るものは、『癩王のテラス』ではない。《肉體の崩壊と共に、大伽藍が完成してゆくといふ、そのおそろしい對照が、あたかも自分の全存在を藝術作品に移譲して滅びてゆく藝術家の人生の比喩のやうに思はれた》とは、『豊饒の海』を完成させる、その作業に関してのことである。『癩王のテラス』は、《あたかも自分の全存在を藝術作品に移譲して滅びてゆく藝術家の人生の比喩のやう》ではないのである。この戯曲は、「自分の全存在を藝術作品に移譲して滅びてゆかない藝術家の人生の比喩」なのだ。

　主人公のジャヤ・ヴァルマン七世は、その内部にややこしい思考を抱え、その外部にややこしい人間関係と現実を抱えている。彼はバイヨン大寺院の建立を志し、そして、癩に罹《かか》る。《バイヨン建立は政治と経済《けいざい》によつて妨げられ……その間癩は着々と王の肉體を蝕《むしば》んでゆき、つひにバイヨンが完成したとき、失明してゐて臨終の王は、ただ幻のうちにそれを思い描くことしかできない。》（同前）――これだけなら《自分の全存在を藝術作品に移譲して滅びてゆく藝術家の人生の比喩》である。しかし、〝その先〟を望むのが、四十四歳の三島由紀夫だった。

《しかし美は、そのやうな王の精神と無關係《むくわんけい》に存在しはじめ、かがやかしくそれ自體の超人間的な、また非人間的な永生をはじめるのである。》（同前・傍点筆者）

　考えれば分かるだろうが、この《王の精神》は、「王の肉體」の誤りである。その病は肉体を蝕んでも、精神を蝕むものではないからである。しかし、三島由紀夫はそうだと言わない。三島由紀夫にとって、「肉体が蝕まれる」とは、そのまま「精神が蝕まれる」なのだ。それは、三島由紀夫の修辞《レトリック》に近い論理《ロジック》であり、論理《ロジック》に届きたがる修辞《レトリック》である。それをしてしまうのは、彼の持ち味でもあったが、しかし、この「肉体」と「精神」の擦り替えは、強弁を通り越した誤りである。誤りであるにもかかわらず、彼はそう言いたかった――それを信じたかったからである。「それ」とは、「（自分の）肉体は蝕まれない」である。「私は老いたくない」である。「蝕まれるのは〝精神〟であって、〝肉体〟ではない」——そういう前提を置いた時、若さを宿らせるはずもない老いた肉体は、いとも簡単に蘇るからである。だから、《しかし美は、そのやうな王の精神と無關係に存在しはじめ、》云々《うんぬん》の文章は、次のような結論に至る——。

三島由紀夫は、ある「信仰」を、このドラマの中心と終局に置く。それは、《王が、その信仰によつて建てた大伽藍の祭神と一體化するといふ信仰》である。だからこそ、《この一體化された姿が、舞臺《ぶたい》では、若く美しく凜々《りり》しいジャヤ・ヴァルマン七世の、青春の肉體のよみがへりとして形象化される》というわけである。『癩王のテラス』が上演された昭和四十四年の帝劇の舞台の幕切れでは、巨大なるバイヨン寺院のセットが実際に出現し、そこには、北大路欣也《きんや》扮《ふん》する《若く美しく凜々しいジャヤ・ヴァルマン七世の、青春の肉體》もまた登場してしまっていた。それを最後に見せることこそが、このやたらと金がかかった大スペクタクル劇『癩王のテラス』の目的だった。これは、「自分の全存在を藝術作品に移譲して滅びてゆかない藝術家の人生の比喩」なのである。三島由紀夫は、それを見たくて、それを信じたくて、とんでもなく金のかかる舞台を夢想した。そして実現させた。三島由紀夫に、それだけの力はあった。もちろん、そこに登場した《若く美しく凜々しいジャヤ・ヴァルマン七世の、青春の肉體》は、《敬虔な騎士》となったサド侯爵が《銀の鎧》を着けて《天翔ける》姿であり、「物語を書いて老いない、不滅に若い三島由紀夫の姿」でもある。

なんという大掛かりなお道楽だろう。昭和四十四年の帝劇は、それをやってしまったのである。それを見た二十一歳の私は、「この自分には難しい話を理解する能力がないかもしれないが、それにしても、この舞台の金のかけ方は、ずいぶんと無意味なものではないのか？」と思ってしまった。もちろんそれは、「ずいぶんなお道楽」ではあっても、「真実」なんかではない。それだけ金のかかった豪華な舞台を実現させる三島由紀夫の実力を誇示するものではあっても、ただそれだけのことである。仮に、老いたサド侯爵が豪勢な生活を実践出来ていたとしても、その侯爵が「老いたサド侯爵」であることだけは変わらないのだから。

しかし、三島由紀夫は、それを夢見たのである——「もしかしたら、〝自分は老いた、若くはない〟というのは、幻想ではないのか？」と。しかし、それを思うことは妄想《もうそう》である。三島由紀夫の進むべき道は現実の中にしかなく、現実とは、「年老いる」という方向へ進む一本道でしかないのだ。『癩王のテラス』は「豪勢なお道楽」だが、それとは違う『豊饒の海』は、完成したその後に「三島由紀夫の青春の肉體のよみがへり」を顕《あらわ》すものではないのである。たとえ、「もしかしたら……」という、夢への希望があったとしても。遠くに美しく輝いても、月の海は、ただ「空虚」の別名なのだ。

『豊饒の海』において、「物語を書く三島由紀夫」は、「物語の中の三島由紀夫」に守られるようになっていた。「〝物語を書く三島由紀夫〟が〝物語の中の三島由紀夫〟を守る」という、かつての構造は逆転していた。そうまでしなければ、「物語を書く三島由紀夫」は、自分自身を保てなくなっていた。『豊饒の海』に含まれた「幾つもの物語」は、「幾つもの物語を書き、幾つもの物語の中に生きた作家・三島由紀夫の、長大なる私小説」であることを可能にはしたが、その「松枝清顕《まつがえきよあき》の輪廻《りんね》転生」である「幾つもの物語」は、結局のところ、舞台が終われば片付けられる、豪勢な芝居の大道具——舞台装置でしかなかったのである。それを知らない三島由紀夫でもなかったろうに。

四　超法規的なもの——あるいは、祖母という「偉大」

昭和四十年六月、四十歳の三島由紀夫は、「女」を修道院に閉じ込める『サド侯爵《こうしやく》夫人』の執筆を開始し、それと同時に、出来なかった「女との接吻《せっぷん》」を松枝清顕に実現させるべくして、『豊饒の海』第一部『春の雪』の執筆をも開始した。そしてどうなったのか？　『豊饒の海』は「女からの拒絶」によって終わり、三島由紀夫は、「切腹」というサディズムと近接した死に方で、その人生を終える。どこかでなにかが狂っていたのである。

《嘘《うそ》の中で生きるのは何でもないんだ》と言う女（『恋の帆影』第三幕のますみ）を捨てて、《それを壊すのはいつも男だ》（同前）と言われる「男」の世界の住人になった三島由紀夫は、「思想的な色彩」を強くする。それはたとえば、『英霊の声』であったり『葉隠入門』であったり、『反革命宣言』であったり、『文化防衛論』であったりするのだが、私はこれらのものに足を踏み入れようとは思わない。私は、「三島由紀夫の悲劇」にならは関心を持つが、「三島由紀夫の愚」を暴《あば》き立てようとは思わない。愚は、悲劇の中に内含されているのである。

思想家・三島由紀夫の目指すものは、つまるところ、「偉大なる明治の再興」である。「過去にあった明治という時代が偉大ではなかったのなら、その先、真に偉大な明治を目指せばいい。明治は、その模範となる程度の偉大さを持ち合わせていたはずだ」というのが、三島由紀夫の天皇制思慕の根本にあるものだとしか、私には思えない。しかも三島由紀夫は、それが妄想でしかないということも知っていたはずである。

「戦後」という時代の愚かしさを知って、それを否定するために「古きよき日本」を再現する――しかし、その営みも結局は「嘘」にしかならないということを、《美しい嘘の暮し》に疑義を唱える女の芝居――『恋の帆影』を書いた三島由紀夫なら、明確に知っていただろう。「知っていて、しかしそれでもなお憧《あこが》れはある」というのならいいが、その愚を知って、三島由紀夫は、その愚を自覚することを捨てたのである。おそらく、「忘れた」ではないだろう。「忘れた」なら愚かだが、「捨てた」なら、それは悲劇である。なぜ捨てたのか？――私が知りたいのは、ただそれだけである。

『仮面の告白』の二年後である昭和二十六年、三島由紀夫はこんな文章を書いた――。

《淺子がこれらの情景から學んだものは、要するに「偉大さ」の映像であつた。何といふ偉大な時代！　何といふ偉大な兩親！　女は自分の頭に宿つた一個の觀念《くわんねん》を分析するのに適してゐない。この特質が何よりもこの觀念の培養に役立つのである。ヒステリー女に嫉妬《しつと》といふ觀念を抱かせてみるがいい。その觀念は孵化《ふくわ》して忽《たちま》ち數百萬《すうひやくまん》に殖えてしまふ。

やがて「偉大」の觀念は、淺子にとつて、今や失はれたもの凡《すべ》ての總稱《そうしよう》になつた。それは小さい家へ引越した一家がもてあます巨大な家具のやうなものであり、われわれの生活に多少迷惑な微笑を強ひる野《の》放圖《はうづ》な音を立てる柱時計のやうなものであつた。淺子は時の彼方に沈んで行つたさまざまな存在が心ひそかに抱いてゐた不滿の代辯者《だいべんしや》になつたのである。

淺子の魂は、こんなに年老いてゐるのに、諦念《ていねん》には決して共鳴せず、不滿にだけ共鳴した。およそ人間の偉大さの度合は彼がもつてゐる不滿の分量で測られた。左翼の勞働運動について息子から話をきいたことがある。彼女の情感的な帝政禮讚《らいさん》の政治思想は、かういふ運動に反撥《はんぱつ》を覺える筈《はず》なのが、意外にもこんな自己流の結論を與《あた》へて納得した。

「ああさうかい。さうするとその人たちは今の世の中に不服なわけなんだね。偉いもんだね。そんな人たちはきつと今に偉くなつて、大臣や社長になるでせうよ」》

この《淺子》の文字を別のものに變えてしまえば、それは、思想に傾斜した三島由紀夫自身を語るものになる。《情感的な帝政禮讚の政治思想》という言葉を、『文化防衛論』を書く三島由紀夫に聞かせてみたいものだ。東大全共闘に「同志」を幻視して呼びかけた三島由紀夫の中に、《ああさうかい。さうするとその人たちは今の世の中に不服なわけなんだね。偉いもんだね》と言う老婆《ろうば》は棲《す》んでいなかったのか？　この引用は、昭和二十六年に三島由紀夫の書いた、『偉大な姉妹』という短編小説からである。

『偉大な姉妹』とはどういう作品か？　三島由紀夫は、後の昭和二十八年に書かれる自作解説で、こう言っている――。

《私は祖母《おばあ》さん子で、その祖母は大ぜいの兄弟の長女として勢威を張つてゐたから、私は幼時から、祖母の里のN家の一族に多く親しんだ。（中略）「偉大な姉妹」はN一族をカリカチュアライズしたものである。私の祖母は小柄な女性で、女主人公のやうな偉大な體軀《たいく》は持ち合はせてゐなかつたが、この二人の女主人公の古風な言葉遣ひや、古い禮儀作法の中に、私は亡《な》き祖母の思ひ出を書き込んだ。》

『偉大な姉妹』と称されるのは、老いた双子の姉妹で、たとえば、彼女等が母親の十三回忌の法事に参列する姿は、こんな風に書かれる――。

《そのとき彼女等の番になつた。姉が先に立つて膝行《しつかう》する。妹が斜めうしろに膝行する。この喪服姿の偉大な姉妹が二隻《せき》の軍艦のやうに進んでゆくさまは壮觀であつた。三たび香をくべ、合掌しながら姉妹は泣いた。あわてゝとり出された手巾《ハンカチ》がその大きな掌《てのひら》の中でいぢめられてゐる。

姉妹は席にかへつてからも、誰かが慰めてくれるのを待つて泣いてゐた。十三年前の母の死が思ひ出されて泣いたのではない。浅子も槇子も御法事が大好きなのだし、芝居の次に好きなのである。しかし今日の彼女等はどこからか近づいて來る自分たちの死のために泣いたのである。》

《偉大な姉妹が二隻の軍艦のやうに》というのは、とんでもなく素晴らしい比喩《ひゆ》である。並の人間ではこういうことが書けない。なぜかと言えば、《軍艦のやうに》は、憎悪《ぞうお》や嫌悪から来る表現ではないからだ。これは明らかに親愛の情から来るもので、三島由紀夫は、こういう老婆達と、たとえば、「いくらでも好き放題の悪口が言い合えるような親密な関係」を保っていた少年なのである。《今日の彼女等はどこからか近づいて來る自分たちの死のために泣いたのである》と書く三島由紀夫は、この軍艦のような姉妹を、「こんなこと言ったって死ぬはずもないしな」と思って愛していたこと確実である。

三島由紀夫に最も大きな影響を与えたものが彼の祖母であることは、言うまでもないだろう。しかしどういうわけか、その祖母の姿は隠されている。「隠す」と言えば、そこに意図があるようにも響く。しかし前章で言ったように、三島由紀夫には祖母の影響力が見えないのである。だから、「永遠の女性」であるはずの《明治時代の女の全身像の寫眞《しゃしん》》の「原型」が分からない。彼の祖母に対する感情は、当然、この『偉大な姉妹』に見え隠れするようなもの——すなわち「親愛の情」であってしかるべきである。だから、「三島由紀夫が〝永遠の女性〟として語るものはその祖母である」と断定しても、さしたる異論は出ないはずだ。

しかし、三島由紀夫にその認識はない。別に三島由紀夫は、「永遠の女性像は祖母に由来する」ということを拒絶しているわけではないらしい。ただ、「それを祖母に求める」という発想を欠落させているのである。「認めない」「拒絶している」「欠落させている」と続けてしまうと、そこからは、「三島由紀夫は祖母を憎んでいた」ということも連想されてしまうが、おそらくそうではないだろう。『仮面の告白』で、幼い「私」を溺愛《できあい》した祖母は、「暴君」のようにも錯覚されてしまうが、しかし、これを書く三島由紀夫は、この祖母を攻撃もしていないし、憎んでもいないのである。『仮面の告白』中の祖母は、主人公が「ある特殊な偏愛」と思い込んでしまうような欲望を醸成する幼時環境の中心にいて、しかし、ただそれだけなのである。『仮面の告白』中の祖母は、「確固とした舞台装置」のようなもので、それ以上の役割を持たない。三島由紀夫は、「私の異常な性向は祖母の偏愛に由来する」などと言ってはいないのであるし、『仮面の告白』はそれを糾弾する作品でもないのだ。

天勝《てんかつ》になった「私」が登場しても、『仮面の告白』の祖母は、なにも言わない。その祖母の叱責《しっせき》の声が家内に轟《とどろ》いたとしても、それは、主人公を素通りしてしまうようなものなのだろう。そこに主人公の「苦悩」があるから、読者である我々は、『仮面の告白』の祖母を勝手に「最高の敵役」と錯覚してしまうが、主人公自身は、この祖母を憎んではいない。『仮面の告白』の「私」が憎むのは、祖母ではなく、その幼時における「自分自身の脆弱《ぜいじゃく》さ」だけなのである。

三島由紀夫は、祖母を憎んではいない。それを言うなら、祖母を懐《なつ》かしみ、祖母とその世界に連なる女達を揶揄《やゆ》することを楽しんでいる。だからこそ、『仮面の告白』の二年後である昭和二十六年（それは『禁色』の第一部を執筆中の期間でもある）には、『偉大な姉妹』という「笑いを含んだ短編」も登場するのだ。

『偉大な姉妹』の主人公である、浅子と槙子の双子の姉妹は、「偉大を逸した一族の中にいる、偉大さを残した姉妹」である。この姉妹の父は《日露戰爭で或《あ》る程度の偉勳《いくん》を立てた唐澤將軍》だが、この将軍も元は《二人扶持《ぶち》の侍の息子》である。《その息子や甥《をひ》は、官界財界に一應《いちおう》の名を成した。一族は「偉大」の微細畫《ミニアチュア》を描き上げた。それから一せいに顚落《てんらく》した》ということになるのだが、その理由はもちろん、敗戦である。三島由紀夫も「敗戦によって没落を余儀なくされた階級」に属する一人だが、三島由紀夫によれば、敗戦という時代の転換によって「偉大」を失ったのは、男ばかりだった。戦前においても、唐澤一族の男達は、あまり「偉大」ではなかった——《有體《ありてい》にいへば過去においても彼らは偉大だつたとは云《い》はれない。一人一人がもうすこしのところで偉大を

諦《あき》らめたのである。》
ところがしかし、この一族の女達は違う——《この一族で偉大の名にふさはしいのはむしろ女たちであつた。かうした屬性は本來唐澤家のものといふよりは、唐澤秀子の里の福永家から來たものと思はれる。》
《二人扶持の侍の息子》でしかなかった男を「将軍」にまで引き上げたのは、明治維新という時代の転換である。たとえ《二人扶持の侍の息子》でしかない男でも、将軍になるようなポジションに就けば、《偉大の名にふさはしい》一族の女を妻にすることが出来る。「貧しい侍の息子」は、明治維新という時代の転換によって「将軍」にまでなって死ぬ。その息子達は、父に「偉大」を贈った時代の中で、「そこそこの偉大」を獲得し、そして、敗戦という二度目の転換の中で、その優越を失う。しかし、成り上がりの唐澤家に嫁いだ「福永家の女」を母とする娘達は、その「偉大」を失わなかった。三島由紀夫は、その「役立たずの偉大」を、母から双子の姉妹に伝えられた《巨軀》として表現するが、巨体であろうとなかろうと、彼女達は「偉大」を失う必要はない。彼女達の頭の中に、「自分達は偉大な時代の偉大な一族の一員だ」という自覚ばかりは、しっかりと刻み込まれているからである。
「我が父は偉大だった。我が母も偉大だった。我が父と我が母の生きた時代も偉大で、自分達の人格が形成された時代も偉大だった」——彼女達はそのように信じていて、その後に「にもかかわらず」が続く。父も死んだ、母も死んだ、双子の姉妹の夫となった男達も死んだ。彼等が死んだ時、時代はまだ「偉大」の枠組みを崩さなかった。「偉大」を成り立たせる時代の中で、彼女達は未亡人となり、息子に養育される境遇となった。彼女達を育てた時代の「偉大」は、彼女達の頭の中に妄想と化してしっかと残り、彼女達を取り巻く男達は、かつての「偉大」という基準から見れば「没落」としか言いようのない状態の中にいる——それが「戦後」である。三島由紀夫の「戦後」という時代に対する嫌悪がどこで培養され、なにを基盤としたかの答は、明白に出るだろう。「偉大」を我が身に宿す、「祖母」という名の超法規的存在である。

彼女達に「明晰《めいせき》」が保たれていたら、周りの男達と、それに付随する女達には、いい災難である。失われてしまった「偉大」の基準によって、いいように裁かれる。「戦後」という時代もまた、同じように裁かれる。

もしもその「偉大」が真の「偉大」に価《あたい》するものであったらいいが、その「偉大」は、ある時突然現れて、ある時突然消えてしまったものなのである。「偉大」を脳の裡《うち》に宿す女達は、たまたまその特殊な「偉大」が成り立っていた時代に生まれ育っただけの人間なのである。そのことを、三島由紀夫はよく承知している。だからこそ、その超法規的な女達を書く『偉大な姉妹』は「笑い」を含む。笑うだけの余裕が、昭和二十六年の、二十六歳になる三島由紀夫——それはつまり《廿代《にじふだい》の總《そう》決算》をしてしまう時期ではあるが――にはあったのである。

「偉大」という妄想《もうそう》が、『偉大な姉妹』の主人公の頭にだけ宿るものではなく、自身の祖母の中に宿るものであることも、三島由紀夫はよく知っている。三島由紀夫の祖母に付け加えられるものがあるのだとしたら、《祖父は黄金夢を夢みながら遠い地方をしばしば旅した。古い家柄の出の祖母は、祖父を憎み蔑《さげす》んでゐた。》という部分だけだろう。祖母とその親類知己の女達は、祖母を中心として存在していて、少年三島由紀夫は、それとほどよい距離を隔てたところに存在している。この両者は、どうやら互いに侵し合わない。祖母の世界は祖母の世界としてあり、そこに所属する三島由紀夫は、その中で徐々に彼自身を構築し育てて行く――それだけのことである。

　三島由紀夫は、この祖母から、実に大きなものを受け取っている。『偉大な姉妹』に限らない、彼の作品の素材《ソース》は、祖母の宰領する世界に多くを由来している。祖母によって育てられた三島由紀夫は、やがて祖母によって、「生きた明治史」を遺《のこ》す学習院へと入る。そこで三島由紀夫は、祖母の周りにあって伝説めいた色彩を宿していた「明治」を、もう一度自身の手で再検証しうる立場に立つ。少年三島由紀夫の周辺には、明治の元勲の子孫達が、「学友」として存在しているのだ。就学する三島由紀夫は、「伝説」を探って「実録」を得る、古いタイプの考証家でもある。《彼女は狷介《けんかい》不屈な、或る狂ほしい詩的な魂だつた。痼疾《こしつ》の脳神經痛が、遠まはしに、着實《ちやくじつ》に、彼女の神經を蝕《むしば》んでゐた。同時に無益な明晰さをそれが彼女の理智に増した》と語られる祖母は、三島由紀夫の中で、気づかれぬまま、「理知」となって生き残るのである。祖母が三島由紀夫に与えたものは、『偉大な姉妹』の材料だけではない。『春の雪』の材料とてもまた、「祖母の世界」に由来するのだ。

三島由紀夫が「戦後」を嫌悪するのはたやすい。「男」というものを、「卑小なもの」として嫌悪するのもたやすい。しかし三島由紀夫は、その「男」なるものから《永遠に拒まれてゐる》と感じてしまう少年なのである。「永遠の女性像」に関して三島由紀夫の言う、《男性に對《たい》して永遠の精神的庇護者《ひごしゃ》》であるような女性とはまた、「男から永遠に拒まれている」と感じる少年を守るものであり、その守り方は、少年に対して、「あんなものはいいものではない」と、負け惜しみを教えるようなものなのである。『偉大な姉妹』の主人公・浅子は、もちろん「孫」ばかりは愛している。その理由はつまるところ、《ああさうかい。さうするとその人たちは今の世の中に不服なわけなんだね。偉いもんだね》である。この浅子は、愛する孫・興造に書き置きを遺して姿を消すことになるのだが、その文面はこうである――。

《興ちやんや、おばあさんは暫《しば》らく身を隠すけれど興ちやんの行末はきつと守つてあげるから、うんとうんとえらくならなければなりません。お前さんのお父つあんのやうな小人《せうじん》になつてはなりません。ばば》

「反戦後の思想家」となった三島由紀夫の中心にあるのは、この励ましだけだったろうと、私は冗談抜きに思う。それこそが、三島由紀夫にとっての《男性に對して永遠の精神的庇護者》となる女性の声なのだ。

五 忘れられた序章

「男」を選択した三島由紀夫の遠い背後には、≪お前さんのお父つぁんのやうな小人《せうじん》になってはなりません≫という祖母の声がある。そして、その祖母の声が戦後の現実には適用出来ないような妄想的なものであることも、三島由紀夫は知っている。それなのにどうして、三島由紀夫は「祖母と同質のもの」になってしまったのか？

昭和四十年、三島由紀夫は「男」への道を明確に歩き始める。それ以前にも「ボディビルを始める」という形で、「男への道」は選択されている。しかし、男というものは、どのようにして「男」になるのか？　どのようにして「男」なるものを知るのか？　三島由紀夫の中で大きく欠落するのは、この要素である。「欲望」として男を求め、「恋」として男を求める三島由紀夫は、「友」としての男を大きく欠落させているのだ。

自身が男であるのなら、「男」なるものは、まず「友」として求められ、知りうるものである。しかし三島由紀夫には、それが欠落しているのである。

果たして三島由紀夫は、「友」を求めなかったのか？　そんなことはない。その自決の前、三島由紀夫は「共に立て」と決起を自衛隊員に求めている。その以前、東大へ行って、同じように「同志」としての呼びかけをしている。三島由紀夫は、「友」を求めていたのである。

東大は、彼の母校である。自衛隊員は、その以前の軍人である。『仮面の告白』で《兵士たちの汗の匂《にほ》ひ、あの潮風のやうな・黄金《きん》に炒《い》られた海岸の空氣のやうな匂ひ、あの匂ひが私の鼻孔を搏《う》ち、私を酔《よ》はせた。》と書かれる軍人達の末裔《まつえい》に、彼は呼びかけて、そして拒まれて死んだ。三島由紀夫は、明らかに「友」を求めたのである。

昭和四十年の六月、『春の雪』を書き始めた彼は、一体なにを書いていたのか？『春の雪』の冒頭にはなにが書いてあるのか？《セピアいろのインキで印刷されたその寫眞は、ほかの雑多な戰爭寫眞とはまるでちがつてゐる。》と書かれる、「日露戦争の写真」である。一体この写真は、なにを意味するのか？　冒頭に登場して、《數千《すうせん》の兵士がそこに群がり、白木の墓標と白布をひるがへした祭壇を遠巻きにしてうなだれてゐる。》という写真であるはずなのだが、この写真の示すところのものがなんであるのかは、よく分からない。

三島由紀夫は、『春の雪』の冒頭でこの写真を出来るだけ精密に描写しようとしているのだが、その精密さに付き合っていると、どういう写真なのかがよく分からなくなる。

原稿用紙二枚以上の長さに亘《わた》って延々と続き、《古びた、セピアいろの寫眞であるだけに、これのかもし出す悲哀は、限りがないやうに思はれた。》で終わるこの写真の描写から浮かび上がるものは、「燐光を放つ死者の群れ」である。《前景の兵士たちも、後景の兵士たちも、ふしぎな沈んだ微光に犯され、脚絆《きやはん》や長靴《ちやうくわ》の輪郭をしらじらと光らせ、うつむいた項《うなじ》や肩の線を光らせてゐる。》という描写が、そのイメージを強烈にさせる。輪廻《りんね》転生を扱う大長編小説の冒頭に、「微光に犯された死者の茫漠《ぼうばく》たるイメージ」があるのはいかにもふさわしいことのように思われるが、しかしこの写真は、『春の雪』の「十二」で《數千の兵士が》云々《うんぬん》と繰り返される以外、ほとんどなんの意味も持たないのだ。あまりにも象徴的で、あまりにも精密に書かれるこの写真のイメージは、実のところ、なんの意味も持たないまま消えてしまうのだが、三島由紀夫は、なぜこんなものを『豊饒の海』の冒頭に掲げたのか？

誰もそんなことを「謎《なぞ》」とは思わないらしいが、私はこれを「謎」だと思って、この意味を考えた。考えて出てくる答は、「鎮魂」である。私には、そうだとしか思われない。

なぜ「鎮魂」が必要なのか？　三島由紀夫の「友」であるような男達が、戦争で死んでいるからである。私には、この「日露戦争の写真」が、「第二次世界大戦の死者の写真」とイコールのものであるように思えてならない。それではなぜそんなイメージを、遺作となる『豊饒の海』の冒頭に掲げるのか？　私の思う答は、「自分の死をぼんやりと思って、三島由紀夫は、遠い以前に死んで行った友を思った」である。「友への挨拶《あいさつ》」があって、そして遺作となるべき作品は書かれる。三島由紀夫は、そのような形で「友」を求めた人なのである――私はそのように思う。

『仮面の告白』に書かれる「私」の学生時代は、なんだかいやなものである。「友」がいるはずのそこにあるものは、虚弱な「私」の虚勢だけだ。そして、その虚弱な「私」は虚弱なまま、戦争の時代へと進んで行く。

《戰爭の最後の年が來て私は廿一歳になつた。新年匆々《そうそう》われわれの大學はM市近傍のN飛行機工場へ動員された。八割の學生は工員になり、あとの二割、虚弱な學生は事務に携はつた。私は後者であつた。それでゐて去年の檢査で第二乙種合格を申し渡されてゐた私には今日明日にも令狀の來る心配があつた。》（『仮面の告白』第三章）

この《廿一歳》は数え年である。徴兵の召集令状が来るはずの「私」は、二月にそれを受け取るが、あいにく風邪を罹《ひ》いていて「肺浸潤」と誤診される。「私」は徴兵を免れ、そのまま動員学徒としてあり続ける。園子との緊迫した関係が演じられるのはその時期だが、しかし、その時期はまた、別の作品で、別のように描かれてもいる。昭和二十九年に発表され上演された、『若人よ蘇《よみがえ》れ』という戯曲である。多くの人が、この作品の存在を忘れている。

『若人よ蘇れ』は、三島由紀夫にとって例外的な作品かもしれない。終戦直前の昭和二十年八月の三日間――広島に原爆が投下された翌日の七日と、終戦当日の十五日と、その後の二十六日――厚木飛行場近くの海軍航空工廠《こうしょう》にあった動員学生寮の様子を描いたものである。そこに、数えで二十一歳、満で二十歳の三島由紀夫はいた。これが彼にしては例外的な作品であるというのは、ここに描かれるものが、「友情」だからである。

もしかしたら、「友情」という言葉は不適当かもしれないが、しかしそう言ってもさしつかえないものだろう。ここには、三島由紀夫特有の「嫌悪《けんお》」がないのである。兵役を免れた三島由紀夫のいる学生寮には、当然のことながら、彼と同じか彼以下の「虚弱な学生」しかいない。そして、そこに作者の「嫌悪」がない。「虚弱な男」を容認して、彼等は初めて、三島由紀夫の「友」となる。ここには、皮肉もなければ冷笑もない。同性愛もない。あるのは、ただ「あの時はそうだった」という事実ばかりである。「終戦前後の学生達を肯定的に描く」――三島由紀夫にとっての例外的とは、このことである。

八月二十六日の場には、こんな台詞《せりふ》がある――。

《さうですよ。たとへば「人類」といふ言葉、「人類のために」といふ言葉一つだつて、もう決して滑稽《こつけい》にひびかないから、ふしぎぢやありませんか。「平和」「自由」「人類」すべてきのふまではお伽噺《とぎばなし》の言葉だつた。誰でもそんな言葉を口に出すやつは、氣違ひ扱ひにされた。事實《じじつ》、噴飯物の言葉だつた。ごく良心的な人たちは、まるで猥褻《わいせつ》な言葉を使ふやうに、さういふ言葉をこつそり囁《ささや》き合はなきやならなかつた。今はどうです。「平和のために」「自由のために」「人類のために」……すこしも滑稽ぢやない。……歴史は繰り返すものぢやない。古き帝國主義、古き民族主義、古き天皇制、古き獨裁《どくさい》主義、古き全體《ぜんたい》主義、かういふものは二度と復活しやしないでせう。さういふものは死んで二度と生き返りはしないでせう。》

　あるいはまた、こんなやりとり——。

《**戸田**　さつき特攻隊の少尉《せうゐ》が自決しました。死ぬ前に僕らにかう訊《き》いたんです。「これからの日本を引受けたと言つてくれ」

小宮　それで諸君は何と答へました。

戸田　「引受けた」って言ったですよ。

小宮　いいですね。いい返事だ。》

　あるいはまた——。

《うまく行つてる。何もかも、うまく行つてる。（中略）新らしい時代が來るんだ。誰も疑ひやうのない新らしい時代が。はじめて日が照りかがやくんだ。小鳥が鳴き出すんだ。永い闇《やみ》のなかから、永いトンネルを抜けて、明るい海へ出たんだ。》

　これらは全部、肯定的なものである。ここに、皮肉や冷笑は一切ない。三島由紀夫は、

《私はこの戯曲で、できるかぎり客観的に、又リアリスティックに、當時《たうじ》の生活を再現しようと試みた。》（公演プログラム『「若人よ蘇れ」について』）と言っている。この芝居には十人の学生とその他の人物が登場する。もちろん、『仮面の告白』の園子を思わせるような女性も。そして三島由紀夫はこうも言う——《穿《せん》さく好きな人は登場人物のどれが私であるかに興味をもつかもしれないが、私にしてみれば、私はそのどれでもないのと同時に、すべての登場人物が私であるとも言へるのである。》

つまり、私が引用した「戦後」に対する肯定的な言葉は、すべて三島由紀夫自身の「本音」でもあるということである。「反・戦後の思想家三島由紀夫」は、この戯曲の舞台となった昭和二十年八月の時点と、これが書かれた昭和二十九年の時点で、どこにも存在しない。昭和二十九年——それは、『禁色』第二部が完結した翌年で、《こんな試みのあとでは、何から何まで自分の反對物を作らうといふ氣を起し、全く私の責任に歸《き》せられない思想と人物とを、ただ言語だけで組み立てようといふ考への擒《とりこ》になつた。》（『十八歳と三十四歳の肖像画』）と書かれる『潮騒』執筆の年。つまり、三島由紀夫が「他人を書くこと」に初めて「失敗した」と言わずにすむようになった年である。だからこそ、そこには「自分」がいて、また「他人」もいる。三島由紀夫は、自分の「虚弱」を許し、同じ「虚弱」の学生を「友」としても認める。三島由紀夫は、そういう人でもあった。我々は、それを忘れるべきではないだろう。

三島由紀夫が「なにもの」であってもかまわない。三島由紀夫は、多方面に亘って、しかも「あらゆること」と言いたいくらいのことを書いた――書いて訴えた。ここで三島由紀夫の内面を分析して、「三島由紀夫はこう訴えた」と言って、「三島由紀夫」の「なにものか」を語る。しかし、そこでたった一つ抜け落ちるものがある。「三島由紀夫は訴えた――しかし、訴えられた側は、三島由紀夫にどう答えたか」である。三島由紀夫が「なにもの」であったのかということの答は、この抜け落ちたものの「答」がなければ完結しない。三島由紀夫が生きて訴えた時代、そこにいた人達は、三島由紀夫にどう答えたのか？　果たして、その訴えに応《こた》えたのか。三島由紀夫は、「友」を求めて「男」となったのである。

三島由紀夫は、果たして、「女」に拒絶されて死んだのか？　一人の女によって拒絶されることで終わる小説を書き始めた三島由紀夫は、その拒絶を予期していたのか、いなかったのか？　果たして、一人の女の拒絶で、巨大なる世界は虚無に返りうるものなのか？

三島由紀夫はなぜ死んだのか？　三島由紀夫は、なぜ輪廻《りんね》転生を成り立たせる「阿頼耶《アーラヤ》識《しき》」を、「他人への影響力」と考えることが出来なかったのか？　なぜ、その遺作となるべき作品の冒頭に、「燐光を放つ死者の群れ」というイメージを置いたのか？　あるいはまた、「男への道」を歩き始めた後、なぜ三島由紀夫に寂寥《せきりよう》と荒廃と悲惨が宿るのか？

「友」を求めて「友」はない。「友」とは、呼びかけに応えるものである。戦後は、三島由紀夫に応えてくれたのか？　応えることが出来たのなら、その死後三十年たって、「三島由紀夫とはなにものか？」などという問いが生まれる必要はない。昭和二十九年、「戦後」を肯定的に捉《とら》えた三島由紀夫にとって、「戦後」は明確に「友」だったのである。その「友」は死んだ。気がついたら、もう遠い昔に死んでいた――『豊饒の海』の冒頭に置かれる「死者」の写真は、それを物語るのだと思われる。「友はもう死んでいる」と思われた時、三島由紀夫もまた死んでいたのである。

六　松本清張を拒絶する三島由紀夫――あるいは、私有される現実

数年前に、中央公論社の社長だった人から不思議な話を聞いた。その昔、中央公論社で『日本の文学』という全集を出そうとした時、中央公論社側には「松本清張集」という一巻を立てたいという希望があったのだそうだ。ところが、編集委員だった三島由紀夫が「絶対にだめ！」という反対をして、それが出来なかったというのである。「ともかく、三島さんは〝だめ！〟なんですよ」と、中央公論社の社長だった人は言った。そのために中央公論社と松本清張の関係が悪化して、彼の死後、全集を出すに際しても「全集」にはならず、特殊な「選集」にせざるをえなかったというのである。それで私は、自分が十五だった時のことを思い出してしまった。なにしろ私は、「松本清張が入ってるからこっち買おう」という選択をしてしまった人間なのであるから。

意外というのは、「松本清張を拒絶する三島由紀夫」である。その理由が分からない。中央公論社の社長だった人にも、その理由は「分からない」のだそうである。三島由紀夫がなぜ松本清張を拒絶するのかが分からないのは、普通、松本清張と三島

由紀夫を一対のものとして考えないからである。三島由紀夫が、太宰治に対して、「あなたの文学は嫌いです」と言ってしまったというのは有名な話だが、それは分かる。三島由紀夫は、太宰治の「意志のなさ」がいやなのだ。しかし、その太宰治は、三島由紀夫が編集委員になっていた『日本の文学』に、ちゃんと一巻を与えられている。三島由紀夫は、なぜ松本清張を拒絶するのだろう？

ある作家が別の作家を意味不明な理由で嫌う場合、その理由が「嫉妬《しっと》」である確率は非常に高い。それで私は、「三島由紀夫も松本清張を嫉妬したのだろう」と思うのだが、そんなことになったら、ますますその理由が分からない——そうなるのが普通だろう。三島由紀夫の文学と松本清張の文学は、おそらく、ありとあらゆる意味で重ならない。すなわち、「嫉妬」などというものは成り立ちようがない。しかし、三島由紀夫は松本清張を拒絶したのである。三島由紀夫と松本清張の共通点はどこかにあるのか？　私は、一つだけあるのだと思う。

『金閣寺』は、現実の事件に取材したものである。そうした作品が、三島由紀夫の中にはいくつもある。『青の時代』や『宴のあと』や『絹と明察』である。『鏡子の家』は、一時期外国人タレントとして有名だったロイ・ジェームスの家が舞台になっているのだそうである。中央公論社の社長だった人は、その以前ロイ・ジェームスに会った時、「鏡子の亭主です」という自己紹介をされて面食らったそうである。それは、健全タレントの家を「耽美《たんび》の家」として設定してしまうようなものでもあろうか。『複雑な彼』の「背中に彫り物を入れたパイロット」のモデルが、若き日の安部譲二であることは有名である。もう一つ、唐突を承知で言ってしまえば、私は『禁色』の檜俊輔《ひのきしゅんすけ》のモデルは、川端康成だと思った。十五の年にそれを読んだ時、私は前後の脈絡抜きで、「川端康成がモデルなんだろう」と思った。その確信は、今でも変わらない。この確信は、愛弟《まなで》子《し》・三島由紀夫の死後「政治」に目覚めた川端康成が、突然「都知事選の応援演説」などという〝愚行〟を演じ、その後、まるでそのことを恥じるようにガス自殺してしまったことで立証されたようなものである——と、私は一人で勝手に思っている。

川端康成はともかくとして、三島由紀夫は、「現実の事件を題材にする作家」なのである。そして松本清張は、言わずとしれた「現実の事件を題材にする作家」である——その方向は一八〇度違うが。松本清張は、現実の事件を題材にして「真実はこうだ」と展開する作家である。三島由紀夫は、そんなことをしない。現実の事件を逆立ちさせて、完全に「自分の世界」を幻出させてしまう作家である。『金閣寺』は、その典型だろう。

数年前、私は『ひらがな日本美術史』という本の二冊目を出した。日本美術史の本で、鎌倉時代と室町時代をその範囲にする。そこで、室町時代の建築として、金閣寺を取り上げた。元の原稿は、雑誌に連載されていたものである。雑誌掲載の時、その原稿の横にはちゃんと金閣寺の写真があった。単行本になった時、そこに金閣寺の写真はなかった。金閣寺側から掲載を拒否されたのである。理由は、私の書いた原稿の中に、三島由紀夫の『金閣寺』が登場するからである。雑誌掲載の時は、そのことを知らなかったらしい。しかし、単行本掲載の時点で拒否された。「三島由紀夫は金閣寺にとってタブーであるから、三島由紀夫がそこにある以上、写真の掲載は許可出来ない」ということを、いたって遠回しに言われたと、私は担当編集者から聞いた。

ここからは、私の勝手な推測である。

一読すれば分かるが、三島由紀夫の『金閣寺』は、現実の金閣寺とはまったく関係がない。更に言ってしまえば、三島由紀夫の『金閣寺』という小説は、現実に起こった金閣寺の放火炎上事件とさえも関係がない。三島由紀夫にすれば、それは「捨象した」ということにもなるだろうが、三島由紀夫は、現実に起こった事件の枠組みだけを使って、「自分の小説」を創《つく》ったのである。三島由紀夫にしてみれば、「ここまで現実と違う小説を構築した腕は素晴らしいだろう」と言いたいようなものではないのか。それは、「芸術の自立」でもある。がしかし、そうなってしまったら、それはなにも金閣寺である必要がない。犯人の少年にあった「吃音《きつおん》障害」という身的特徴も、別のものに置き換えられていいようなものである。がしかし、三島由紀夫はそれをしない。三島由紀夫の仕事は、「現実と同じ材料を使って、現実とは全然違うものを作る」だからである。

そのようにして、三島由紀夫は、現実から〝芸術〟を浮上させたかったのだろうが、しかしそれは、現実の側からすれば、「あまりにも思いやりのない仕打ち」にもなる。三島由紀夫を「タブー」としてしまう金閣寺側の心理は、そんなものではないのかと、私は勝手に想像してしまうのである。

『宴のあと』は、プライバシー裁判という事態さえ惹《ひ》き起こした。私は『宴のあと』をすぐれた小説だとは思うけれども、これだとて、〝題材〟にされてしまった人物からすれば、「道具立ては完全に同じなのに、書かれている事情や心理がまったく別物になっている」ではなかったのか？　そうも思いたくなるというのは、三島由紀夫の書くような心理や主張を持った人間が、この現実にはそうもいそうはない人間だからである。「いそうな人間を書いてもしょうがない」と言うのは三島由紀夫であるはずだが、しかし、自分の顔と衣装を勝手に使われて、自分とはまったく違うものを提出されてしまったら、その当人はどう思うだろう？

プライバシー裁判で、三島由紀夫は敗訴した。その後、原告と被告の間に〝和解〟が成立したから、三島由紀夫の『宴のあと』は、今でもまだ読むことが出来る。しかし私は、三島由紀夫の敗訴は、三島由紀夫の〝現実〟に対する態度への懲罰なのではなかろうかと、勝手に邪推しているのである。

以前に挙げた「本多繁邦の述懐」（『暁の寺』二十五）をもう一度引用する。そして繰り返す。やはり私は、三島由紀夫が書く《もう一度、この堅固な世界を不定形の裡《うち》へ巻き込まねばならない。》は、逆ではないかと思う。生きるために必要なことは、「堅固な世界を不定形の裡へ巻き込む」ではなく、「堅固なままになっている世界の裡へ、もう一度不定形を導入する」ではないかと思うのである。硬直した世界は、現実の新しい要素を吸収して、再び活性化する。小説家に必要なのはこのことであろうし、法律家に必要なのもこのことであろうし、法律家に嫌気のさした億万長者に必要なのも、このことではないかと思う。おそらく、本多繁邦は「いやだ」と言うだろうけれど――それであれば、三島由紀夫もまたきっと、「NO」とは言うだろうけれども。

三島由紀夫は、現実を自分の中に引き入れて、自分の現実を変えるような人ではない。それは、三島由紀夫と同時代に生きた多くの男達も同じだったろうと思う。だから、その時代に若者だった人間は、「僕達が通り過ぎたのはへんな時代だったんだよ」などとも言う。そして、《この堅固な世界を不定形の裡へ巻き込まねばならない。》が三島由紀夫にとって当たり前の主張であるのだとしたら、三島由紀夫は、現実の事件を決して自分の現実の中に引き入れない。つまり、『金閣寺』を書く三島由紀夫は、金閣寺放火炎上事件を自分に引き寄せ、自分の掌《てのひら》に載せるのではなく、現実の金閣寺に――あたかもそれを爆撃するように、自分を投下してしまうのである。《この堅固な世界を不定形の裡へ巻き込まねばならない。》とは、そういうことである。そして、三島由紀夫に爆撃され降下されてしまった金閣寺は、もう「三島由紀夫のもの」なのである。松本清張と三島由紀夫の違いは分かるだろう。

松本清張は、現実の事件を自分の手許《てもと》に引き寄せる。自分の掌の中で、自分自身の推理によって、もう一度再構築する。松本清張は、三島由紀夫よりずっと事件に近寄って、しかし、事件とは遠いところで再構築をする。一方三島由紀夫は、事件から遥《はる》かに遠いところにいて、そのくせ、事件のど真ん中に乗り込んで、そこで再構築を始めてしまうのである。出来上がったものは、どちらも「よく出来たお話」である。どちらが現実に近いかは、はっきりしている。もちろん、松本清張も三島由紀夫も、「どちらが現実に近いか」などと考えず、「どちらが真実に近いか」という考え方をするだろうが。

松本清張は、三島由紀夫の「地位」に嫉妬をしたとしても、作品なんかに嫉妬はしないだろう。「やることが違う」と、松本清張なら割り切れる。だから、「どうして三島由紀夫は松本清張を否定するんだろう、不思議だな」と思う我々は、三島由紀夫の側にではなく、松本清張の側に立って考えているのである。三島由紀夫の側に立ったら、松本清張の作品は、どのように見えるのか？　おそらく、「大人の小説」のように見えるだろう。そして、自分の小説は、「子供のようなこじつけ小説」に見えてしまうことだろう。私には、三島由紀夫が松本清張を拒絶する理由が、なんとなく分かるような気がする。

三島由紀夫はどこかで、自分の作品、そして自分の人生が、観念だけで作られた細工物のようだと感じていたのである。だからこそ、それを「観念ではないぞ！」と言えるところまで、周到にして綿密な論理で埋めて行ったのである。その行為そのものが、彼の感じた原初の不安を裏書きするものであることも知らずに。

七　その人の名は「三島由紀夫」

三島由紀夫は、現実を私有することが許されていた作家である。そのへんな一例として、「国立劇場の屋上で自分の軍隊（＝楯《たて》の会）の閲兵式をやる」ということもあった。それは特別としても、三島由紀夫は、作家に「現実を私有する」という特権が許されていた時代の作家である。

戦後、日本では華族制度が廃止された。身分制度がなくなって、作家というものはえらくなった。へんな言い方かもしれないが、華族制度があった時代、政治家や実業家は、普通の人間より上の身分の、「華族」でありえたのである。「華族で作家」というのは特殊な例で、作家をやっていても華族にはなれない。華族の家の家督を継ぐ必要のない次男坊以下なら、好きで芸術に遊んでいることも許された。作家は、いるのなら、その周辺にいたのである。その華族制度がなくなって、作家はえらくなった。学習院からまだ帝大であった東大へ行って作家になった三島由紀夫は、その変わり目の意味を最もよく知りうる立場にあった作家だろう。近代知性と、そして読者に浸透するポピュラリティによって、作家の地位は向上した。そして、戦後の日本の出版界は、何度かの全集ブームで、その規模を拡大して行った。

焼け跡の都市の住民は、その蔵書を一から揃《そろ》え直さなければならない。全集ブームは必須《ひっす》でもあった。昭和三十四年の皇太子御成婚から、日本ではテレビの普及が始まる。そして、日本の全集ブームも、その時から本格化するのである。文化を家に引き込む――そのことによって、本とテレビは、同時に日本の家庭へ普及して行った。そして、その全集ブームに完結の時が来る。我が家にあった日本文学全集や世界文学全集の質を疑うことなく読んだ子供達は、成長して大学へ行った――しかも大量に。そして大学は、その子供達の期待に応えられなかった。知性の質の転換、既に完結してしまった知性の〝その先〟が求められて、その答はなかった。大学の建物と機構はそのままで、大学の実質は崩壊、あるいは変質した。三島由紀夫が、閉じた自分自身の世界の中で判断停止に陥り、自殺してしまったのは、その時である。

外界では、三島由紀夫が信じていた古典的様式が、「時代遅れのもの」に転落して行った。『討論 三島由紀夫VS.東大全共闘』における三島由紀夫の叫びは、その悲嘆をあらわす。それは、時代の必然でもあった。消えなければならなかったのは、三島由紀夫一人ではなかったはずなのだが、三島由紀夫は一人、その終末の到来を理解した。

その判断停止は、時代と連動するものであり、時代は、天動説の孤独を浮き上がらせてしまっていた。それが、反乱の時代だった一九六〇年代末の実相である。三島由紀夫は、出口のない孤独に死に、そしてまた、時代と共に死んだのである。三島由紀夫と共に終わった時代の名を、「戦後」と言う。

三島由紀夫は、祖母の励ましだけを胸に抱え、小人の跋扈《ばっこ》する「戦後」という時代、独りで生き、独りで死んで行った人間なのかもしれない。果たしてそれを、彼は望んでいたのか？ 三島文学の中で繰り返されるテーマは、「独りでも生きて行ける！」ではあるけれど、「初めから自分はたった独りだった」と気がついた時、この作家の生命は終わる。《記憶もなければ何もないところへ、自分は來てしまったと本多は思った。》と書く作家は、それを本多繁邦が知る以前に知っていたはずだ。

《興ちゃんや、おばあさんは暫《しば》らく身を隠すけれど興ちゃんの行末はきつと守つてあげるから、うんとうんとえらくならなければなりません。お前さんのお父つあんのやうな小人《せうじん》になつてはなりません。ばば》

三島由紀夫の本名「平岡公威《きみたけ》」の「公」の字は、奇《く》しくも、「興ちゃん」の音に重なるのである。

補遺　三島劇のヒロイン達

一　『喜びの琴』事件

『恋の帆影』が上演される約一年前、三島由紀夫には一つの大きな演劇的事件があった。昭和三十九年の一月、文学座による上演が予定され、既に稽古《けいこ》段階に入っていた『喜びの琴』が、「思想上の理由」によって上演中止となったことである。その事件によって、三島由紀夫は、杉村春子を座長とする文学座と絶縁状態に陥り、文学座からは多くの役者達が退団した。「文学座分裂騒動」と言われるものである。当時は大きく騒がれたのだが、しかし、その原因となった『喜びの琴』上演中止事件を今の目で振り返ると、その説明が難しいほど「どうということもないもの」なのである。私にはそうとしか思えない。

それが「思想上の理由」と言われるのは、『喜びの琴』が公安警察内部を題材にしたものだからである。それが稽古に入っていたのは、昭和三十八年の冬——つまり一九六三年である。世に言う「六〇年安保」の三年後で、進歩的である「新劇」の劇団が、その時点で公安警察の内部を舞台に載せるのに抵抗を感じたということなのかもしれない。

その上演が決定された『喜びの琴』が稽古に入っていた時、文学座の座長である杉村春子は外国にいた。社会主義国ソ連とヨーロッパを回って帰って来た女座長を中心とする劇団首脳部は、突然その上演中止を決定した。しかし、なにが「いけない」のかと言うと、私にはよく分からない。そこに、あからさまな「思想」があるとも思えないのである。

「近未来のこと」として設定される『喜びの琴』は、公安警察にいる男達の中に、「不思議な琴の音が聴こえる」と言い出す者が出て来るという話なのである。たった一人の掃除婦役を除いたら、その出演者は「男ばかり」で、三島由紀夫が『喜びの琴』の舞台で見せたかったものは、「平衡状態の中にいる男達がなにかを感じる」ということだったのではないかと思われるのだ。つまり、「三島由紀夫は男達に〝なにか〟を働きかけたかった」ということだけではないかと。

「三島由紀夫が働きかけた〝なにか〟とはなにか？」と問われても、明確な答に困るほどで、『喜びの琴』で三島由紀夫が聴かせようとするものは、ただ「抽象的ななにか」なのである。結局のところ、「男達はなにかを聴く――聴いてもいいじゃないか」と、作者の三島由紀夫は言っているだけなのだと、私なんかは思うのである。そこから「公安警察」という設定を除いてしまえば、「これのどこが問題なの？」と言いたくなるようなもので、「〝どこかになにかを働きかけたい〟ということのどこがいけないのだろう？」と思って、私はふっと別のことを考える。それは、杉村春子が、三島由紀夫の「演劇界での母」に当たるような存在だったということである。

昭和四十年に『サド侯爵《こうしゃく》夫人』の上演を実現させた劇団NLTは、この時の文学座からの脱退組が作った演劇集団なのだが、もしも『喜びの琴』による退団騒動がなかったら、『サド侯爵夫人』のモントルイユ夫人には、「杉村春子によって演じられる」という可能性もあったかもしれないと思うのである。そしてまた、あるいは、モントルイユ夫人を演じることに対して、杉村春子は嫌悪《けんお》を示したのかもしれないとも思うのである。杉村春子は、三島由紀夫にとって、そのような存在なのである。

だから私は、突飛なことを考える。「もしかしたら、母なる杉村春子は、息子なる三島由紀夫が、座長である彼女を差し置いて、他の劇団員に危険ななにかを囁きかけるのをいやがったのではないか？」と。『サド侯爵夫人』は、三島由紀夫の「母からの独立」を示す作品である。順序で言えば、『喜びの琴』は、『午後の曳航《えいこう》』の後に続く作品である。だから、「三島由紀夫が〝首領〟になって男の劇団員達と〝危険に見える遊び〟をしていたら、母なる杉村春子は、息子の部屋に鍵《かぎ》をかけちまうのかな？」などと、くだらないことも考えるのである。『喜びの琴』上演中止によって起こったのは、「三島由紀夫と文学座の絶縁」と言うよりも、「三島由紀夫と杉村春子の絶縁」である部分の方が大きいのだから、これはそうそう間違った考えだとも思えないのである。

三島由紀夫が論じられる時、多くの場合、それは「小説や評論を書く三島由紀夫」にだけ限定されているが、三島由紀夫には、「演劇の人」という一面がある。「三島由紀夫」はそこにもまた濃厚に存在していると思うので、私は本論からはずれたここで、「三島由紀夫にとって欠かすことの出来ない女優達」の話をすることにする。

二　杉村春子から水谷八重子へ

昭和三十八年末の「文学座分裂騒動」は、三島由紀夫にとって、「演劇界での母」である杉村春子との訣別《けつべつ》でもあった。昭和三十八年の冬に杉村春子と別れた三島由紀夫は、その翌年の十月には、水谷八重子主演の『恋の帆影』を書く――そのような流れもある。そして、あらぬ夢想をしてしまえば、その更に翌年になって上演される『サド侯爵夫人』は、「水谷八重子の侯爵夫人ルネと杉村春子のモントルイユ夫人」という配役によって上演されるべき作品でもあったのである。そんなことを私が勝手に思うのは、杉村春子が「三島由紀夫の演劇界での母」であるのなら、水谷八重子が、「演劇界での三島由紀夫自身」でもあるような女優だからである。私は、水谷八重子を「最も三島由紀夫的な俳優」だったと信じている。三島由紀夫は、水谷八重子と出会うことによって変わりえた一面もあったのだと思うのである。

水谷八重子は、日本の女優の中で、最も変わった、最も特異な女優である。言ってみれば、彼女は「前近代によって進む道を阻《はば》まれた、女の形をした近代」である。それを言うのなら、対する杉村春子は、「前近代に頓着《とんちゃく》することのない、近代の形をした女」である。こういう対比をしてしまえば、当然三島由紀夫は、「前近代によって進む道を阻まれた、男の形をした近代」であり、三島由紀夫の母は、「前近代に頓着することのない、近代の形をした女」ということになる。

水谷八重子が特異な女優だというのは、彼女が、女方の存在する「新派」という演劇の中にいた女優だからである。彼女は初め、女方のいない「新劇」の女優を目指した。しかしゆえあって、新派の女優になった。彼女が「前近代によって進む道を阻まれた、女の形をした近代」であるのは、そのためである。彼女の前には、「女より女を演じることに優れた前近代の男達」がいたのだから。

女方は虚構の存在である。伝統演劇の女方は、現実の女よりも女らしい。もちろんである。男である彼等は、「女」という役回りを、劇的に作り上げるからである。女方は、「女」ではなく「男」なのだから、まず「女」を作り上げなければならない。しかし、女優にはその必要がない。彼女達は元々「女」なのだから、「女」を素通りして、「与えられた役柄」だけを作り上げればいい。だから、役柄以前に「女」を作り上げたその分だけ、女方は女優よりも「女らしい」。つまり、「女らしさ」とは誇張だということである。水谷八重子が入った新派の女方役者達は、その「誇張」によって、現実の女より女らしかった。つまり、「より劇的な整合にマッチした女」だったのである。そして、その新派の女方役者達は、旧派＝歌舞伎《かぶき》の女方より、生々しくも女だった。

「新派」の命名は、それ以前に存在していた歌舞伎を、「旧派」としてのことである。江戸が終わった後の「近代演劇」たらんとした新派には、それだけの自負心があった。それでは、新派が歌舞伎を「旧派」と呼んだ根拠はなんなのか？　新派が自分達の演劇を、より時代に即したリアルで生々しいものと思ったからである。つまり、新派の女達は、歌舞伎の女方の演ずる女よりも、リアルに生々しく「女」だったのである。そうであろうとしたのである。歌舞伎の女方――三島由紀夫が誰よりも愛した中村歌右衛門《うたえもん》(六世)は、新派の舞台にも出演したが、彼は、「新派だとつけマツゲがつけられるから嬉《うれ》しい」と言っていた。新派の生々しさは、そうした種類のものなのである。歌舞伎の女達は、男性優位の原則の中で、ある規矩《きく》の中に収まっていた。しかし、近代製の新派に、その必要はない。つまり、新派の女方演技は、時として媚びるように愛らしかったのである。それをこそ、新派の「派手さ」と言ってもいいのかもしれない。さすがに私は、「新派の名女方」と言われた喜多村緑郎《きたむらろくろう》の舞台は見たことがない。しかし、彼の演じた『婦系図《おんなけいず》』の声をレコードで聞いてびっくりした。あまりにも生々しく、「可憐《かれん》」に役を作っていたからである。喜多村緑郎、そして同じ女方の花柳章太郎《はなやぎしょうたろう》から水谷八重子へ受け継がれた後の『婦系図』のお蔦《つた》は、あまりにも暗い。そのイメージを一蹴《いっしゅう》するかのごとく、喜多村緑郎のお蔦は、派手で可憐で生々しく、明るかったのである。喜多村緑郎の芸風は、もちろん花柳章太郎にも共通している。だから、花柳章太郎の芸風も明るく派手だった――それが新派の女方だったのである。

花柳章太郎は、初めお蔦役者だった。それが、水谷八重子にお蔦を演じさせるようになってから、相手役の早瀬主税《ちから》へと持ち役を移した。『婦系図』は、その時から暗くなったのである。私は子供の時、水谷八重子の舞台を見て、その暗さにびっくりした。なにがいいのか分からないくらい、暗いのである。声も嗄れて、陰々滅々としている。子供にとっては、こわいくらいのものである。ところが、それを見る女性客は、「きれいねー」と言っている。晩年の水谷八重子には、そこに「若いわねー」が加わったが、しかしやっぱり、「きれいねー」なのである。

なんだって子供の私が新派なんかを見ていたのかと言えば、私の母親が新派の芝居を好きだったからである。一緒に付いて劇場へ行ったり、テレビの劇場中継を見たりして、「なんだってこんな暗い女が〝きれいねー〟なんだろう?」と首を傾《かし》げていた。もちろん私の母親も、水谷八重子に「きれいねー」と言う女性観客の一人だった。子供の私は、女方の花柳章太郎の方がずっときれいだと思っていた。もちろんそれは、子供ゆえの特権でもあったけれど。

水谷八重子には、花柳章太郎的あるいは喜多村緑郎的な、新派の女方演技を選択する途《みち》がなかった。なぜかと言えば、彼等が造形した「女」は、男ゆえに可能な「誇張された女」だったからである。それは、女ならぬ「男」がやってこそ意味のあるもので、女の女優がやっても意味のないものなのである。なぜかと言えば、女には「女であること」を誇張する必要がないからだ。女方の美は、ある種見世物的な美で、だからこそ、なんにも知らない子供でも「きれい」と反応しうる。女方は嘘《うそ》をついてもかまわないが、女優が同じことをしても、ただ「身にしみない嘘」にしかならないのである。先輩の女方役者達が構築してしまった「女像」を演じるのに際して、水谷八重子には、明らかに造形的なハンディキャップがあった。だから彼女は、女方的な演技から距離を置いた。女としての挙措動作はすべて女方から習い、水谷八重子は、内面で「女」になるしかなかった。だから、一歩下がって暗いのである。そして、それこそが、リアルな女のあり方なのである。

女はドラマの中で虐《しいた》げられ、それでこそその「新派大悲劇」なのである。それを「リアルなもの」と感じようとする女客は、水谷八重子の中に、「虐げられたリアルな自分」を見る。だから、「きれいねー」と言う。女の観客にとって、「リアルな自分」はきれいであらねばならないのだ。そして、その水谷八重子は、大人の男達にとっても、「現実に存在しうる生身の女」となった。それを「暗い」と思うのは、大人の男と女の間でどんな陰惨なドラマが繰り広げられるかを知らない子供だけなのだから。

そしてしかし、そうなった時の水谷八重子は、世にも不思議な女優になっていた。なぜかと言えば、女方役者によって開拓されて来た役柄を演じる時、「女」である彼女は、その必然として、「既成の女のあり方」を、すべて「嘘」としなければならなくなってしまうからである。

彼女の女優としての前提は、「自分は女方ではない」である。女方ではない女が、女方によって演じられて来た女を演じる――それはつまり、「嘘を嘘と知って引き受ける」である。その「女像」は男が作った。男にとってはリアルかもしれないが、女にとってリアルであるかどうかは分からないものである。新派の女方役者の造形は、その「女」に、「観客受けのする生々しさ」を付け加えてしまうのである。この「観客」とは、もちろん、女の生々しさを好む男の観客であり、「そうでなければやった気がしない」と思う女方役者が前提とする「観客」である。つまり水谷八重子は、「男が勝手に作った、男に都合のいい女像」をそのまま引き受けなければならなかったということである。それは、「嘘」を演じることなのだ。女方は嘘を演じて女になる――これはいい。しかし、それを水谷八重子がやったらどうなるのか？　「嘘を演じて女になる」が女によって担当されたら、その時、彼女の演じる女は、「この世の中に嘘の生き方を当然として強いられてしまった女」にしかならなくなる。そして、水谷八重子はそれをやったのだ。だから、水谷八重子によって演じられる新派の女性像は、すべて、「男によって作られたドラマの中で嘘を強いられている女」と解釈し直されてしまったことになる。しかもそれは、女の観客が納得するような「真実」でもあったのだ。だからこそ昭和の末近くまで、水谷八重子の「新派大悲劇」は、リアルなものとして存在しえたのである。

　新派の世界で、「女」とは「作り上げられるもの」だった。彼女の前にいた女方役者は、みんなそれをやった。だから、わざわざ「女」を作り上げる必要のない、女優である水谷八重子も、「女」を構築しなければならなかった。彼女はそれをやった。そして、女方ならぬ女優の彼女は、「虚無」という「女」を作り上げてしまったのである。それ以外に、女優の構築すべき「女」はなかった。

　水谷八重子の「女」は、「男に強制された嘘を生きる女」になった。そのように一々の役柄を解釈するのではない。水谷八重子が舞台に立つ時、女方が「女」になっているように、彼女はそうなっているのである。それをしなければ、彼女には「女優として舞台に立つ理由」は与えられなかった。水谷八重子は、「舞台の上に虚無として存在する女優」になってしまったのである。三島由紀夫は、水谷八重子の魅力を《無關心《むくわんしん》の色氣》と言った（昭和四十三年『黒蜥蜴《くろとかげ》』再演プログラム）。しかし、水谷八重子はその実、舞台に「虚無」を提出出来る唯一《ゆいいつ》の女優だった。水谷八重子以外に、そんな選択をする必要のある女優はいなかったのである。

女方によって「女であること」を阻まれて、水谷八重子という女優は出来上がった。言うまでもない。だからこそ水谷八重子は、最も三島由紀夫に近い存在なのである。なぜか？　三島由紀夫は、「女達によって〝男〟であることを阻まれた作家」だったからである。

水谷八重子の魅力は「怒り」にある。虚無が虚無のままでいておもしろいわけがない。虚無の中にいることを強いられた女が、最後、そのことに対して「怒り」を表明する。水谷八重子の演じる女の怒りは、すべて、「なぜ私は虚無の中に置かれていなければならなかったのか！」なのである。これほど三島由紀夫にふさわしい役者はない。『愛の渇き』は、つまらない作品である。三島由紀夫がどう書いても、「独りよがりの恋愛感情で若い男を殺す女の虚無」などというものは現れない。しかし、これを水谷八重子が演じてしまったら、悦子は「リアル」になりうるのである。理屈ではなく、水谷八重子が、「男に嘘を強いられている女」を体質として持っているからである。その女が、「まだ嘘がつけない年頃の若い男」を見ていても、一向に不自然ではない。そこに「恋愛感情のようなもの」を感じても、不自然ではない。「この若い牡《おす》は嘘をつくのか、つかないのか」を見定めて、彼が動揺したその瞬間を狙《ねら》って、「あなたは私の信頼を裏切った」としてこれを殺しても、それは、彼女に嘘を強いた「男」そのものへの復讐《ふくしゅう》劇として成り立ってしまう。そこで彼女は、必ずや「虚無の下に隠されていた怒り」を表明してしまうはずなのだ。それは、理屈でも理論でもない、女優となってしまった彼女の「体質」なのだ。これほど、三島由紀夫に似つかわしい女優もいないだろう。

この女優と三島由紀夫は、昭和三十六年に執筆され翌三十七年に上演された『黒蜥蜴』で会った。『黒蜥蜴』の舞台を成立させたのは、インディペンデントの女性プロデューサー吉田史子である。彼女はこの芝居を、従来からある枠組みを取っ払った形でキャスティングした。女賊黒蜥蜴は新派の水谷八重子、探偵・明智《あけち》小五郎は新劇の芥川比《あくたがわひ》呂志《ろし》である。セクショナリズムの支配する日本の演劇界で、吉田史子以前にこんなキャスティングはありえなかった。

芥川龍之介の長男である芥川比呂志は、男の知的ダンディズムとニヒリズムを演じさせたら、日本で随一の俳優だった。やせていて、論理がそのまま肉体化したような外見を持っていて、彼は明智小五郎役を、「青い血が流れている男なんだ」と言って喜んだ。しかも相手役は、生きて虚無の大女優である。江戸川乱歩の原作による三島由紀夫の『黒蜥蜴』は、「近代語による観念の大歌舞伎」というようなものである。それを、「生ける死者」のような男女優が演じる――それは、吐かれた言葉がそのまま肉体化するような、素晴らしい名舞台となった。

第二幕第二場幕切れの、有名な明智小五郎と黒蜥蜴による割り台詞《ぜりふ》――。

《明智　この部屋にひろがる黒い闇《やみ》のやうに
黒蜥蜴　あいつの影が私を包む。あいつが私をとらへようとすれば、
明智　あいつは逃げてゆく、夜の遠くへ。しかし汽車の赤い尾燈のやうに
（中略）
黒蜥蜴　法律が私の戀文《こひぶみ》になり
明智　牢屋《らうや》が私の贈物になる。
黒蜥蜴
明智
｝そして最後に勝つのはこつちさ。》

二人が声を揃《そろ》えて《そして最後に勝つのはこつちさ。》と言った時、その声は怒りに近いような荘厳《そうごん》として響き、枯れた木に金色の生命が通って、咲くはずもない花がその枝に一斉に開くような、とんでもない感動が現れた。それは演劇の醍醐味《だいごみ》である。肉体はないのに肉体がある――それがこの二人の舞台だった。「観念の大歌舞伎」とはそんなものだろう。

なぜこの黒蜥蜴役が水谷八重子になったのか、その経緯を私は知らない。しかし私は想像する。黒蜥蜴に水谷八重子をキャスティングしたのは、三島由紀夫ではなく、吉田史子ではなかったのかと。「三島由紀夫に最もふさわしい女優は水谷八重子である」と

いう直感は、男のものではなく、女のもののような気がする。あるいは三島由紀夫は、水谷八重子が自分に最もふさわしい女優であることに気がつかなかったのかもしれない。

しかし、『黒蜥蜴』上演から七カ月がたって、水谷八重子主演で、杉村春子のために書かれた彼の戯曲『鹿鳴館《ろくめいかん》』が上演された時、三島由紀夫は目を剝《む》いたのではないか？　同じ影山伯爵《はくしゃく》夫人・朝子を演じて、これほど印象の違う二人の女優もないはずだからである。

『鹿鳴館』が杉村春子のために構想されたのは、昭和三十一年の三月である。発表され、文学座によって上演されたのは同じ年の十一月。その昭和三十一年というのは、「原型がどこにあるのか分からない明治の女の写真」を「永遠なもの」として語る、『私の永遠の女性』が書かれた年でもある。そのエッセイの発表は夏のこと。あるいは、『鹿鳴館』上演の前宣伝の意味もあったかもしれない。しかし杉村春子は、三島由紀夫の思う「永遠の明治の女」になれただろうか？　黒いローブ・デコルテを着て「明治の貴婦人」になりうるのは、水谷八重子の方だろう。

杉村春子によって演じられる『鹿鳴館』の朝子は、「死に行く息子を守ろうとする気丈な母」である。なぜならば、三島由紀夫にとって、杉村春子はそういう女優だからだ。同じ昭和三十一年、三島由紀夫は彼女のためにもう一つ、『大障碍《しょうがい》』という戯曲を書いた。上演されたのは『鹿鳴館』が先だが、書かれたのは『大障碍』が先である。『大障碍』は、杉村春子の一人舞台でもあるような短い現代劇で、『鹿鳴館』とはまったく見た目の違う作品だが、そのどちらもが、主役・杉村春子に「死ぬ息子を持つ母」を演じさせて、その点では同じだった。

『鹿鳴館』の影山朝子は、新橋の芸者出身で、夫の影山伯爵の以前に清原という愛人があり、その間の久雄という息子さえ持ったが、今は影山伯爵の夫人になっている。影山伯爵の背後には明治の政争があって、影山伯爵はマキャベリストである。彼の陰謀によって、久雄と清原が危機に陥ると知った時、それまでは着物で通し、決して洋装をしようとも外出しようともしなかった影山伯爵夫人朝子は、息子とかつての愛人を救うため、黒のローブ・デコルテを着て鹿鳴館の大舞踏会へ出掛けて行く。ややこしい駆け引きは色々あるが、杉村春子によって演じられる『鹿鳴館』は、「愛を解さない世俗の権化《ごんげ》」であるような夫・影山伯爵と鋭く対立する、息子を失っても意志的で魅力的で強い母・朝子の物語である。

一方の『大障碍』は、馬術競技の大障碍で死んだ息子を悼《いた》んで巫女《みこ》のようになっている母――心地よい不幸と添い寝をしているような母親が、息子の友人の連れて来たガールフレンドの素っ気ない一言によって、憑《つ》き物が落ちたように「不幸」を手放してしまうという、些《いささ》か皮肉なスケッチ劇である。「杉村春子さんのために」という添え書きのついている『大障碍』を読んでいると、活字の向こうから杉村春子の声が聞こえて来そうな気がする。黙っている時でさえ饒舌《じょうぜつ》な息遣いが聞こえかねない、あの杉村春子の声である。「三島由紀夫にとって、母親とはこういうものでもあったのだな」と、『大障碍』『鹿鳴館』の二作品を読んで思う。「意志的で魅力的で強い母」がいて、息子はその母親を愛していて、「自分が死ぬことを母は許してくれる」と信じていて、その一方で、自分を愛し過ぎる母への皮肉もある。杉村春子は、それを演じてどんぴしゃりの、「三島由紀夫の演劇界での母」だった。

新劇女優のくせに、「芸者上がり」という設定を得意技とした彼女は、「前近代に頓着《とんちゃく》することのない、近代の形をした女」である。新劇女優の中に、新派の女方じみた「芸者の演技」が入り込んでいる。「自分は近代だ」と思い込んでいれば、「前近代であること」に頓着する必要はない。「前近代」は平気で彼女の中にあって、しかし彼女は「近代」でなく、「女」なのだ。矛盾はやすやす回避される。うるさいことを言う必要はない。それはまさしく、「三島由紀夫の母」でもある。『鹿鳴館』は、そもそもそういう女優に奉《たてまつ》られた、彼女の魅力を目一杯引き出すための戯曲だったはずである。それを、新派の水谷八重子が演じたらどう変わるのか？　「お涙頂戴《ちょうだい》」の母物芝居の本家である新派の看板女優がこれを演じた時、影山朝子の中から、「母の顔」は見事になくなっていた。

水谷八重子の演じた影山朝子は、無関心によって夫を拒絶している妻である。その彼女が着物の褄《つま》を取って舞台に現れれば、もうそこに、「鹿鳴館を作って西洋人の真似をしようとしている夫に対する拒絶」がある。なぜあるのかと言えば、水谷八重子がそういう女優だからである。「絶対に洋装をしない」と言われていた影山伯爵夫人が黒いローブ・デコルテで鹿鳴館に姿を現したら、その時もう既に、鹿鳴館は「贋物《にせもの》」として拒絶し尽くされている。なぜそうなるのかと言えば、それは、水谷八重子がそういう女優だからである。同じ扮装《ふんそう》の杉村春子が鹿鳴館に現れれば、それは、「堂々たる大芝居を演じるために登場した大女優の艶姿《あですがた》」である。彼女は、夫の作った鹿鳴館と対決するために現れたのだから、そこに拒絶はない。しかし水谷八重子は、現れたその瞬間から、鹿鳴館の一切を否定している。それが水谷八重子の朝子で、彼女の登場はいたってさりげない。さりげなく、そして彼女の足下で、すべては死屍《しし》累々《るいるい》となるのである。彼女は、もちろん、「母」などという余分な属性を背負っていない。彼女の登場は、それだけでもう「夫の影山伯爵から押し付けられた一切の虚偽を撥《は》ねつける」になっている。彼女は、「母」でもなく「妻」でもなく、更には「男との愛に生きる女でもなく」、ただ、「男の世に生きて矛盾を抱えさせられた一人の女」なのである。後は、それゆえにあってしかるべき、美しい怒りの仕掛け花火を炸裂《さくれつ》させることだけなのだ。なんという「三島由紀夫らしさ」だろう。虚無の彼女は、「母であること」に対してさえ無関心なのだ。もちろん、「母の愛情」を示すことにおいて、彼女の演技に過不足はない。しかし、そうであっても、彼女はそれを超越して「無関心」なのである。なぜならば、彼女は虚無だから。だからこそ、そのクライマックスの科白《せりふ》は、たとしえようもないほどに美しく響く——。

《**朝子**　一寸《ちよつと》の我慢でございますね。いつはりの微笑も、いつはりの夜會《やくわい》も、そんなに永つづきはいたしません。

影山　隠すのだ。たぶらかすのだ。外國人たちを、世界中を。

朝子　世界にもこんないつはりの、恥知らずのワルツはありますまい。

影山　だが私は一生こいつを踊りつづけるつもりだよ。

朝子　それでこそ殿様ですわ。それでこそあなたですわ。》

もちろん、水谷八重子の言う朝子の科白は、「怒りの調子」になっている。さりげなく、ただ怒りのニュアンスを示すだけであって、彼女の演じる朝子の怒りは、すさまじいのである。そして、絶望的に美しいのである。それが、水谷八重子という女優の「本質」だからである。だから、『鹿鳴館』の幕切れで舞台中央に立つ二人の夫婦は、どこまでも遠い。作者がそれを「割り科白」として意識していなくても、その二人の科白は、はるかに距離を隔てた者同士が知らぬ間に交わす「割り科白」になってしまう。

ここには、朝子と影山伯爵の「対立」なんかない。《それでこそ殿様ですわ。それでこそあなたですわ。》という朝子の「怒りの科白」によって、「恥知らずのワルツを一生踊り続ける」と言う影山伯爵は、虚無を生きる男の哀《かな》しさに届いてしまう。それは「対立」ではなく、「拒絶のハーモニー」になる。もうそこには、マキャベリストのまま、《だが私は一生こいつを踊りつづけるつもりだよ。》などとうそぶく傲慢《ごうまん》なる俗物伯爵の姿はない。華麗なる鹿鳴館の夜会を背景にして、虚無に生きる夫婦の姿だけがある——それが水谷八重子による『鹿鳴館』なのである。これ以上三島由紀夫的なものもないだろう。これを見て、三島由紀夫が目を剝かなかったらウソになる。

杉村春子による文学座初演の六年後、杉村春子との訣別《けつべつ》である『喜びの琴』上演中止事件の一年前、水谷八重子主演による『鹿鳴館』は上演された。彼女のために『恋の帆影』が書かれたのは、文学座＝杉村春子との訣別の翌年である。「母」なるものと訣別せざるをえなくなっていた時、三島由紀夫は、「自分自身」でもあるような女優と出会っていたのである。

三　恋すべき処女――六世中村歌右衛門《うたえもん》

　ところでしかし、水谷八重子に関する私の記述は、もしかしたら、すべて無意味なものなのかもしれない。なぜかと言えば、三島由紀夫が水谷八重子を「自分の分身」と思ったような形跡が、あまりないからである。

三島由紀夫は、水谷八重子に「重要なもの」を感じたかもしれない。しかし、ただそれだけで、彼女に感じたものがなんであったのかを、理解しなかったかもしれない。あるいは三島由紀夫にとって、水谷八重子とは、「フランス的な大貴婦人（トレ・グラン・ダーム）を演じられる唯一《ゆいいつ》の日本人女優」程度のものだったのかもしれない。それを感じれば正直に「熱烈なる文章」を書く三島由紀夫が、水谷八重子に関しては、それらしい文章を遺《のこ》していないのである。更にもう一つ、彼女のために書かれた『恋の帆影』が、傑作とは言いがたい散漫な出来だからである。彼女になにか切実なものを感じていたら、三島由紀夫は、もっと身につまされるようなものを書いていただろう。その焦点が曖昧《あいまい》であるということは、作者の水谷八重子に対する焦点も曖昧だったということである。『恋の帆影』は、所詮《しょせん》『サド侯爵夫人』へ至る作者自身のステップ・ボード」でしかない。それを可能にさせたのが水谷八重子の芸質であることは確かだろうが、三島由紀夫がそのことを自覚していたかどうかは、分からないのである。

三島由紀夫は、自分自身の中に他人が入り込むことに関して、至って吝嗇《りんしょく》な人だった。その相手が「自分の愛すべき存在に似ている」と思えば、そこに熱烈な愛情は起こる。しかし、その相手が「自分自身に似ている」と思ったら？　三島由紀夫は、それを受け入れるのではなく、それを拒絶する人なのである。だからこそ、「水谷八重子が自分と本質的に似ている」などということは、拒絶してしまっただろうと、私は思う。役者や演劇に関して素晴らしい直感を働かせるはずの三島由紀夫が、その一方で、意外にも「役者の上っ面《つら》しか見ない人」になってしまうところがあるのは、そのためなのだろうと、私は思う。なぜかは知らず、彼の役者に対する好みは、「恋に溺《おぼ》れた者の無防備」に似ていて、愛も歴然ならまた幻滅も歴然なのである。私はそれを、彼の最愛の女優（女方）である歌舞伎《かぶき》の女方――二〇〇一年の春に世を去ってしまった六世中村歌右衛門に見る。

三島由紀夫の最愛の女優（女方）は、言わずと知れた中村歌右衛門である。彼が書いた「中村歌右衛門論」あるいはその前名時代の「中村芝翫《しかん》論」は、すべて熱烈なるラブレターそのものである。そしてだからと言って、三島由紀夫が、「男」である女方の中村歌右衛門を愛したかどうかは分からない。おそらく三島由紀夫は、中村歌右衛門が真実「女」ではないことを悲しんで、その一点で彼に幻滅していたのだと、私は思っている。三島由紀夫が愛したのは、中村歌右衛門その人ではなく、中村歌右衛門が演じて見せた「舞台上のヒロイン達」であったはずなのだ。

三島由紀夫の歌右衛門への愛情は、杉村春子よりも古い。『仮面の告白』を書いた昭和二十四年、既に『中村芝翫論』を書いている。昭和二十八年には、歌右衛門のための最初の歌舞伎台本『地獄変』を書き、その後も『鰯売恋曳網《いわしうりこいのひきあみ》』『熊野《ゆや》』『芙蓉露大内実記』『朝の躑躅《つつじ》』と来て、昭和三十三年の『むすめごのみ帯取池』まで、演者と作者の愛情関係は長く続いている。ところが三島由紀夫には、歌右衛門をモデルにしたこと歴然たる不思議な短編小説『女方』がある。杉村春子で『鹿鳴館』が初演された二月後の昭和三十二年の一月発表のものである。これが不思議というのは、最愛の役者をモデルにしながら、この作品には「揶揄《やゆ》」があることである。それは「冷静な愛情」ではないのだ。

佐野川万菊と名づけられたこの女方役者は、自己完結していて、現実とはズレている。もちろんそのズレ方は、彼を眺める者——増山という大学出の狂言方の視点からで、佐野川万菊は佐野川万菊として一貫しているのである。増山は、舞台上の「女になった佐野川万菊」に心酔しているのだが、佐野川万菊はそんなことに頓着なく、彼自身として完結している。だからこそ、舞台の前と後とで「衣装を着けていない佐野川万菊」を見ても、増山は「男だ」と思わない。佐野川万菊は佐野川万菊で、その自己完結の仕方を、増山は「美しい」と思うだけなのだが、それが微妙に揺らぐ時が来る。ある興行月に、万菊は新作歌舞伎を出し、その演出を担当する若い新劇の演出家に恋をしてしまうからである。その経緯《ゆくたて》はちぐはぐの極みなのだが、しかし、佐野川万菊は確実に、彼自身のやり方で、その若い演出家を恋の網の中に取り込んでしまう。女方役者に恋されたことなどまったく知らない若い演出家は、万菊に「嫌われた」と思っていて、その公演の間中、不満を持続させている。もちろん万菊はそんなことに無頓着で、《やがて蝶《てふ》になるべきものが繭《まゆ》の中へこもるやうに、万菊は自分の戀《こひ》の中へこもつてゐた。》という状態でいる。その公演が終わり、「青年」と言ってもいい年頃の演出家を、万菊は食事に誘う。なにも知らぬ演出家は、女方の恋に拉致《らち》され、夜の中に消えて行くのである。

佐野川万菊の賛美者である増山は、その恋の仲立ちをして、恋する万菊が平然と「青年」を籠絡《ろうらく》し拉致して行く様子を見ている——見せられている。そこにあるのもまた、「無防備にして自己完結している佐野川万菊」なのだが、「男に恋する、女ではない男の女方」を見て、増山は初めて「幻滅」を感じる。降り出した雪の中、若い演出家と相合い傘で車に乗り込もうとする女方役者は、もう歴然と「女ではないもの」になっているのである。

《見送つてゐる増山は、自分の心の中にも、黒い大きな濡《ぬ》れた洋傘が、音を立ててひらかれるのを感じた。少年時代から万菊の舞臺《ぶたい》にゑがき、幕内の人となつてからも崩れることのなかつた幻影が、この瞬間、落した纖細な玻璃《はり》のやうに、崩れ去つて四散するのが感じられた。『俺はやつとここまで來て幻滅を知つたのだから、もう芝居はやめてもいい』と彼は思つた。

しかし幻滅と同時に、彼はあらたに、嫉妬《しつと》に襲《おそ》はれてゐる自分を知つた。その感情がどこへ向つて自分を連れてゆくのかを増山は怖れた。》

あるいは、《しかし幻滅と同時に、》以降は、これを小説として完成させるための劇的粉飾かもしれない。だがしかし、これを見送る増山の《幻滅》は、三島由紀夫の感じた通りのものだろうと、私は思う。幻滅して、しかし、三島由紀夫はどこかで感心し、呆《あき》れてもいる。最後の《増山は怖れた。》も、取りようによっては揶揄となるし、それ以前にある佐野川万菊なる人の描写そのものが、いたって婉曲《えんきよく》なる揶揄になっているからだ。

《万菊が人にものをたのむときの、尤《もつと》もそれは機嫌のよいときのことであるが、鏡臺《きやうだい》から身を斜《はす》にふりむいて、につこりして輕《かる》く頭を下げるときの、何とも云《い》へぬ色氣のある目もとは、この人のためなら犬馬の労をとりたいとまで、増山に思はせる瞬間があつた。さういふとき万菊自身も、自分の權威《けんゐ》を忘れず、とるべき一定の距離を忘れてゐないながらも、明瞭《めいれう》に自分の色氣を意識してゐた。》

その世界の中で自分の持つ「權力」を十分に意識して、それを毛ほども表に出さず、ひたすら柔弱に女を演じ続けている男を、三島由紀夫は「賛嘆」よりも、どこか呆れながら、それでもしかし冷静に書き続けて行く。だからこそ、その冷静さには揶揄が宿る。当然、万菊を見る増山の視線は、三島由紀夫自身の視線なのである。

『女方』という小説自体が、佐野川万菊の不思議な体質をそのままにするような文体で書かれているものではあるけれど、この作品には更に不思議な「注文」までついている。『女方』は、『橋づくし』と題される短編集に、『貴顕』という短編共々収録されるのだが、そのあとがきで、作者はこう言っている――《「女方」は俳優の分析であり、「貴顕」は藝術《げいじゅつ》愛好家の分析である。前者の主人公は女性的なディオニュソスであり、後者の主人公は衰退せるアポロンである。この二篇はいはば對《つい》をなしてをり、一雙《さう》の作品として讀《よ》まれることを希望する。》

『貴顕』というのは、「なんにもしないこと」を「するべきこと」としたある侯爵の息子の、揶揄に満ちた「肖像」である。「呆れるべき」という言葉が、本文の随所に、ひそやかな地雷のように埋め込まれている。その対象を書いてしまうということ自体が、対象に対する歴然たる揶揄なのだから、「これと一対と思え」と言われたら、『女方』の方は、そこに隠し持っているひそやかな揶揄を、歴然と浮かび上がらせることにもなってしまう。『橋づくし』には他にも四篇の短編小説が収録されているが、『女方』と『貴顕』の他には、そんなへんな注文がついていない。だから、「こんな愛情表現があるものか……」と、「最愛の女方役者をモデルにした小説」を前にした私は、それをする三島由紀夫の頭の中に些《いささ》か呆れるのである。三島由紀夫は、中村歌右衛門が「女」でなかったことに、怒りさえ感じていたのではなかったかと。

佐野川万菊が「女ではないもの」であることを、増山は重々承知していて、それであっても賛美は続いていた。それがしかし、恋によって万菊が「自分自身」になってしまうと、増山は恋の前で黙殺され、黙殺された増山は、急に万菊が「女ではないこと」を生々しく意識してしまう。「嫉妬とはそういうものだ」と言ってしまえばそういうものだが、三島由紀夫の立場は、狂言方の増山ではなく、万菊に恋されてしかるべき「若き演出家」でもあるのである。三島由紀夫が、万菊に黙殺される立場の人間なら、嫉妬半分の揶揄があってもいいが、彼が万菊に恋される立場の人間だったら、これはなんだかへんになる。

それを「女だ」と思う意識もない者が「女ではないもの」に恋されたら、「これはなんだ？」と驚くだろうが、三島由紀夫は、増山と同じように、「彼は女でもある」ということを、重々承知しているのである。その彼には、万菊の恋を笑う理由も、怯《おび》える理由もない。だから、彼が万菊の恋を笑うのなら、なにか別の理由があるのである。

三島由紀夫が歌右衛門に感じた複雑さは、『仮面の告白』の「私」が近江に感じた複雑さとよく似ているだろう。つまりは、「嫉妬」である。近江を求めて近江を拒む——その理由は、近江が「私」以上に「男」だからである。歌右衛門を求めて歌右衛門を拒む——その理由もまた、歌右衛門が三島由紀夫以上に「男」だからである。

「完全なる女方」と言われた中村歌右衛門が、しかし本当に「女」でありたかったのかどうか、私＝橋本は疑っている。たとえば『京鹿子娘道成寺《きょうがのこむすめどうじょうじ》』を踊って、歌右衛門は女以上に女らしい——そんなことは当たり前で、それはどの女方にも言えることだが、しかし歌右衛門の真価は、「女以上に女らしいこと」ではない。美しい娘が踊り続けて、『京鹿子娘道成寺』の「娘」は、最後「恐ろしい蛇」になる。「恐ろしいもの」を演じて、中村歌右衛門以上に恐ろしかった歌舞伎役者を私は知らない。それは、前後の脈絡を無視して「恐ろしい」のである。その恐ろしさが歴然となるように、彼の演技は一貫しているのである。つまり、『京鹿子娘道成寺』の「美しい娘」は、常に「恐ろしいものになるだけの必然」を隠し持っているのである——それを、ちらりほらりと見せてしまうのである。そうして、そのままで「美しい」のである。「美しい」のは美しいだけで、しかし、それと同時に、その娘はまた「恐ろしい」。だから、その娘が最後になって見せる「恐ろしさ」は、首尾一貫していて、しかも以前の「美しさ」とはまったく脈絡を欠いて、ただ「恐ろしい」のである。女方を演じる彼の情熱は、最後において「恐ろしいもの」になるためだけにあるのではないかという気さえしてしまう。

そんな「怒り」がなぜ彼の中にあるのか？――そう考えて、私には答が一つしか見つからない。「女にされていることがいやだから」である。その怒りは、「女を演じさせられることを運命づけられてしまった者の怒り」なのだ。私にはそうとしか思えない。つまりその点において、中村歌右衛門は、水谷八重子と同じなのである。彼もまた、「虚無の人」なのである。女方に対する女優として、水谷八重子は、その中枢《ちゅうすう》に「虚無」を据えた。しかし、女方である歌右衛門は逆で、彼は、虚無の中から進み出る。彼の女方演技のすごさは、そこにあるのである。

歌右衛門の美は、三島由紀夫的な表現を取れば、「凍れる炎」である。昭和二十六年に「六世中村歌右衛門」を襲名した際の公演プログラムで、三島由紀夫はこう書いている――《今度の歌右衛門の特徴といふべきは、あの迸《ほとばし》るやうな冷たい情熱であらう。芝翫の舞臺を見てゐると、冷静な知力や計算の持つ冷たさではなくて、情熱それ自身の持つ冷たさが滿溢《まんいつ》してゐる。『道成寺』のごとき蛇身の鱗《うろこ》の冷たさがありありと感じられ、氷結した火事を見るやうな壯觀《さうくわん》である。芝翫の動くところ、どこにも冷たい焔《ほのほ》がもえあがり、その焔は氷のやうに手を灼《や》くだらうと思はせる。》

もう一つ、歌右衛門の特徴は、「滅びの美」とか「悲劇性」と言われるものである。《かごつるべの見染めで八ツ橋が花道へかかる。八文字を踏みはじめる合圖《あひづ》に、男衆の肩で右手を立てて、本舞臺を見込んで嫣然《えんぜん》とする。踏み出す足に華麗な衣裳《いしやう》がグラグラと搖れる。

かうした刹那《せつな》刹那に、芝翫のたぐひなく優柔な肉體《にくたい》から、ある悲劇的な光線が放たれる。それが舞臺全體に、むせぶやうなトレモロを漲《みなぎ》らす。妖氣《えうき》に似てゐる。墨染や瀧夜叉《しや》が適《ふさ》ふのは當然《たうぜん》である。》（昭和二十四年『中村芝翫論』）

ここに書かれているのは、ある意味で「歌右衛門のすべて」である。三島由紀夫は「悲劇的な光線」と言うが、私に言わせれば、それは「歌右衛門の念押し」である。彼は、自分が演じようとする「女」が信じられないのである。信じられないから、「ああか、こうか」の思索をする。普通の人にとっては「念押し」としか言いようのない、試行錯誤を繰り返す。三島由紀夫の言う《八文字を踏みはじめる合圖に、男衆の肩で右手を立てて、本舞臺を見込んで嫣然とする。踏み出す足に華麗な衣裳がグラグラと搖れる。》は、「これであるならば、〝八ツ橋〟なる女は表現出来ているだろうか？」と思う、歌右衛門の試行錯誤であり、念押しなのである。

この人は、演技の手を抜くことが出来なかった。「念押し」が本来の人が気を抜いたらどうなるか？　ただの無意味になる。だから、決して気なんか抜かない。張り詰めた緊張感で、「私が演じる女は、これで演ずべき女になっているだろうか?」と、念押しをする。そしてそれを、観客に強要する。「なっておりますでしょうか? 私はなっておると信じてこのように演じておりますが? なっておりますでしょうか? なってお
りますよね？　さァ、ご覧遊ばせ」というのが、彼の演技である。それで、「歌右衛門
はしつこい」と言う人もいた。ところがしかし、歌右衛門のすごさは、その念押しの
一々が、「見るに価《あたい》する技芸」になっていることである。だから、《それが舞臺全體に、
むせぶやうなトレモロを漲らす。》になってしまうのである。《氷結した火事》とは、歌
右衛門が「女」であることに疑問を抱いた結果のものなのだと、私は信じている。自分
のあり方を根本のところで疑っている点において、歌右衛門は「虚無の人」なのである。
だがしかし、その歌右衛門の属するところは、「近代」ではない。歌舞伎という「前
近代」である。そこで「自分のすることを疑う」などということは出来ない。それは、
「自分の属する世界全体を疑う」になってしまうからである。一人の歌舞伎役者が歌舞
伎そのものに疑義を呈しても、歌舞伎の興行は続いている。それを疑っている暇なんか
ない。だから歌右衛門は、近代の知識人のようなことをしない。自分の感じた疑問を自
分の中に留めておくことなんか許されない。ともかく、舞台に立たなければならない。
だから、舞台の上ですべての疑問を観客に提出してしまう。それが、彼にとっての「演
技」だった。

「私は納得がゆきませんのでこのように演じますが、これをいかがご覧遊ばしますか？」と提出する――それが歌右衛門の演技で、それが見るに価する見事さを持っているのが、歌右衛門の腕であり修練だった。観客はそれに対して称賛する。しかし、その称賛が正しいかどうかは分からない。客のレベルが、歌右衛門自身の求める「正解」に適《かな》っているかどうかは分からないからである。また、昨日やって「正解」となりえたような気がするものを、今日またやって、同じような「正解」となるかどうかも分からない。歌右衛門は、決して気を抜かず、近代の知識人の遥《はる》かに上を行く「思索の人」となったのである。

近代知識人の思索は、考えみればたやすい。「いやだ」と言って投げ出してしまうのも、その「思索」の内だからである。しかし、歌右衛門にそれは出来ない。「お客様がいらっしゃる舞台を投げ出すなんて、とんでもない！」である。近代知識人の思考には「破綻《はたん》」までが許容されて、しかし中村歌右衛門の思考には、それが許されない。彼が納得することは、観客が納得することとイコールであらねばならない――そうでなければ「正解」ではない。こんな勤勉で前向きな「虚無」があるだろうか？　しかし、六世中村歌右衛門とは、そのような「虚無」だったのである。

三島由紀夫が死んだその頃、「三島に勝てたのは歌右衛門だけだ」と言った人がいて、それが誰だったかは忘れたが、直感だけで生きていた私はそれを聞いて、「そうかもしれない」と思った。三島由紀夫も念押しをする人だが、しかし、彼の念押しに観客はいないのである。彼は彼一人で念押しをして、文学という舞台の観客は、それに手を叩《たた》く前に、「うーむ」と深く思考し、議論して、学ぼうとしたりする。そういう観客は、念押しが必要な役者にとって、最も頼りにならない観客なのである。それを知った時、三島由紀夫は、観客抜きで念押しをしてしまうだろう。それが「文学者の孤独」である。だからこそ、その念押しは、歌右衛門のそれよりも弱くなる。文学者にとって、重要なのは「自分のあり方」だが、役者にとって重要なのは、「お客様の納得」なのである。客観性を求めて、文学者は主観の妥協と出会い、「お客様の納得」を必然として、役者の思索は客観に届くことを義務づけられる。三島由紀夫はどうあがいても、中村歌右衛門という「男」に勝てなかった。歌右衛門が《女性的なディオニュソス》なら、紛れもなく彼は英雄なのである。

中村歌右衛門は、三島由紀夫の女性形のようなものである。しかも、三島由紀夫よりも強い。三島由紀夫よりも、住む世界は「本物」である。歌舞伎の世界は、明治出来の華族の世界よりも古いのだ。中村歌右衛門は、その世界に生まれたお姫様だった。このお姫様もまた、「塔」の中に幽閉されていた。その塔は、「女であらねばならない」と命じる塔だった。だからそのお姫様は、塔の中でお姫様になった。「なりたくはないが、ならなければならない以上、ならねばならない」と。

このお姫様は、幽閉を逆手に取って、「世界一のお姫様」になってしまった。それを遠くから、幽閉によって理屈が多くなってしまった王子様が見ていた。その遠くの塔に住むお姫様は、王子様の好みに適った、「いかにも全身が理屈で出来上がっていそうな美しいお姫様」だった。まるで、「生きていることが悲劇」であるような美しい外見を持っている、尋常ならざるお姫様だった。王子様はそのお姫様に恋をして、お姫様の理屈を見ず、お姫様がお姫様であることの美しさだけを見ていた。お姫様の「中」を見たら、そこに自分と同じ「王子様」がいることを知ったろうが、遠くの塔に住む理屈の多い王子様は、それをするのだけがいやだった。

中村歌右衛門は、『鹿鳴館』でも『黒蜥蜴《くろとかげ》』でも、なんでもやってのけられるだけの腕と思索力を持っていた役者である――科白《せりふ》の調子だけは低かったが。『サド侯爵夫人』だって『恋の帆影』だって、やれた役者である。やるとなったら、作者の考えを越えたところで、「彼自身の納得」を満たすために、とんでもなく深い解釈をしてしまうだろう。歌右衛門の解釈は「頭」では起こらず、「身体」に起こってしまうから、彼の思索の結果は、「舞台の上のやったこと」だけなのである。そのすごさは、見たものにしか分からない。しかし、三島由紀夫は、彼にそういうものを見なかった。「思索するお姫様の美しさ」に感嘆して、恋をして、そのお姫様の「思索の内容」を考えなかった。

三島由紀夫が彼のために書いた芝居は、すべて「きれいなお姫様の芝居」であり、

「哀れに美しいだけの若い人妻の芝居」だった。三島由紀夫は、ただお姫様が好きだったのである。「きっとどこかに、自分に見合ったお姫様がいる」――王子様ならそう思う。その点において、三島由紀夫は、立派に人並みの王子様だった。

三島由紀夫の好きな画家は、「ワットー」だった。私はある時それを知って、目を疑った。「あの、なんにもないロココの画家が〝一番好きな画家〟？」と、仰天した。愛らしく、頬がピンクで、それ以外になにもないロココの画家が「一番好き」――三島由紀夫なら「デューラー」とかそんな答が返って来るのではないかと思っていた私は、「一体この人はなにを考えているんだ？」と思ったが、三島由紀夫はただ、お姫様が好きだったのである。

きれいなピンクの薔薇《ばら》を見て「きれい……」と言う男の子がいても不思議はない。ロココのワットーが好きだった三島由紀夫は、そういう男の子だった。彼がきれいなお姫様を見て「きれい……」と思ったことを責めることは出来ない。

あとがき

本書の元になった原稿は、二〇〇〇年の秋に刊行された『新潮十一月臨時増刊／三島由紀夫没後三十年』に掲載されたものである。それは、本書の序と第一章、終章の六、終章の七の一部に当たり、掲載タイトルは本書と同じ『「三島由紀夫」とはなにものだったのか』だった。原稿枚数は百枚――本書の六分の一以下である。

夏の頃、『新潮』編集部から「〃三島由紀夫と戦後〃というテーマで百枚の原稿を書かないか」との依頼を受けた。しかし私は、そのテーマに関心がない。本書においても、その元となった一番最初の原稿においても、「三島由紀夫と戦後」というテーマは初めと終わりに顔を出すだけで、中核となるものは結局、「ただの三島由紀夫論」である。「そうなってもよいか？」という断りを入れた上で、私は百枚の原稿を書いた。

私の中に「三島由紀夫と戦後」という形での発想や関心がないのは、私が「文学者」ではないからである。そのように思う。私の中には、「戦後という時代を三島由紀夫に代表させる」という発想がない。それ以前に私は、「文芸評論」というものに関心がない。だから、「文学が時代を代表し、文学が時代を語る」とは思わない。近代以前の歴史時代ならそういうことも起こるが、日本の近代文学は、まだ「歴史時代のもの」とはカウントされていない。私にとって、「文芸評論」というのは「自分とはなんだか違う世界にあるよく分からないもの」なので、そう思う私には、「三島由紀夫と戦後」などという語り方が出来るとも思えない。

二〇〇〇年の夏、『新潮』編集部からの依頼があった時、私は『双調平家物語』を書きながら、『二十世紀』という本を纏《まと》め上げる最終段階に入りつつあった。日本の「戦後」という時代が「二十世紀」という枠組の中に収まってしまうのはもちろんである。私にとって、二十世紀は二十世紀としてあり、そこで三島由紀夫の存在は大きなものでなかった。「戦後」という時代を生きた三島由紀夫の中に、その時代状況が投影されているのはもちろんであるが、私にとっての三島由紀夫は、「戦後という時代を代表するもの」ではない。本文でも言ったが、私は一九七〇年の十一月に自決した「思想家三島由紀夫」には関心がない。私の知る三島由紀夫は、思想の左右対立を主軸として語られる「戦後」という時代状況とは無縁のところに存在していた、「なにか」なのである。二十世紀という時代の中に点として存在はしていても、三島由紀夫は、「二十世紀」とか「戦後」という枠組の中で語られることに馴染《なじ》まない「なにか」を内含している存在なのである。私の関心は、その「なにか」にしかない。本書の元となった百枚の原稿も、そこからしかスタートしなかった。

ところで、本書の終章七の冒頭部分である。初出の文章では、その前にこういう一節があった——。

《「三島由紀夫」とはなにものだったのか？——ということの答を、私はまだ出してはいない。実はこの後に「松枝清顕《まつがえきよあき》の接吻《せっぷん》」という章題を用意していたのだが、私に与えられた枚数は尽きようとしている。そこでとりあえず、形ばかりの結論めいたことを書かなければならない。》

初出の原稿は、その後に本書の終章七に該当する部分を続け、一応の完結を見る。つまり、一番最初に書かれた百枚の原稿は、本書の第二章から終章の五までを欠落させて完結していたということである。「松枝清顕の接吻」と題される第二章の一以降の省略を自覚して、「一応この百枚で完結」ということにしてしまった私は、「この続きを書きたい、なんとしてでも書かせろ」という要求をしていたわけではない。普段の私なら、そういう駆け引きを平気でする。しかし珍しいことに、この時に限っては、そういう気がなかった。「向こうから〝書け〟という依頼が来たらやってもいいけど、こっちから進んで〝書かせてほしい〟と言う気もないな」と思って放ったらかしておいた。これは私にとって、至って珍しいことである。普段の私は、「まだ書くことがある。単行本で書き足すから、この続きをやらせてくれ」と明白に宣言してしまう。しかし、それをしなかった。たかだか百枚の原稿では単行本になるはずもない。百枚の原稿は百枚の原稿のまま、いつかどこかへ消えてしまうだけである。「書き足すことがないわけでもないが」というモノローグを抱えた私は、「このまま消えるのならそれでもいいや」と思っていた。つまり、この私には、三島由紀夫に対する積極的な関心がなかったのである。その傾向は、以前からあった。

一九九一年に国書刊行会から『日本幻想文学集成』という作家別のアンソロジー叢書《そうしょ》が出版されて、私はその中の何冊かの編集を担当するよう依頼を受けた。私は、芥川龍之介と川端康成の巻なら担当したいと言った。それ以外の関心はあまりなかった。しかし、編集側は更に「三島由紀夫と久生十蘭《ひさおじゅうらん》の巻を担当してほしい」と言って、私は初め、その依頼を断った。私にとって久生十蘭は、「影響を受けすぎた作家」である。その影響を払拭《ふっしょく》するためにかなりの時間がかかった。だから、「もう離れたい」と思った。久生十蘭に関してはそのように明白な理由があったのだが、三島由紀夫に関しては違う。「こういう言い回しは素敵だな」と思ったことはあるにしろ、三島由紀夫は私にとって、「多大な影響を与えた作家」ではない。その初めの時から、私と三島由紀夫との間には距離がある。その距離ゆえに、私にとっての三島由紀夫は「反面教師」に近いところもある。だから、「三島由紀夫のアンソロジーを作れ」という依頼に対して、私は、「三島由紀夫にならもっと他に適任者がいるだろう」と思った。「それは自分の領域ではない」

というのが、私にとっての三島由紀夫なのである。結局私は、四冊分のアンソロジーの編集を担当してしまったけれども、私にとっての三島由紀夫は、一貫して「やってやれないこともないけれど、積極的にやりたいわけではない、自分の領域とは違うところにいる人」なのである。

二〇〇〇年の秋、「やってもいいけど、別に積極的にやりたいわけじゃない」という中途半端《はんぱ》さで百枚の原稿を渡した私は、やがて再び『新潮』編集部からの依頼を受ける。「三島由紀夫に関して、後二回、計二百枚の原稿を書いてほしい」と。それを聞いて私は、「分かってるな」と思った。途中の省略部分を書き始めて、それが百枚で終わるわけもない――だから、「二百枚はちょうどいい枚数だ」と思ったのである。そう思う私は、二百枚以上の原稿を書こうという気もなかった。

それで私は、『続「三島由紀夫」とはなにものだったのか』『そして、「三島由紀夫」とはなにものだったのか』と題された文章を、『新潮』の二〇〇一年二月号と五月号に発表することになる。それは、本書における第二章の一、二、四、六、七、第三章の一、二、三。そして、第三章の五、六、八と、終章の四、五である。かくして、本書の原型となる三百枚の原稿は揃《そろ》った。その三百枚の原稿を単行本として出版したいと、新潮社は言う。既に構成は明確で、後に書かれた二百枚の原稿を所定の位置に収め、全体の形を整えればいいだけである。「単行本のために少しだけ書き足される必要はある」と思ったが、それは結局本論から切り離され、「補遺」として纏められた。「補遺」の部分は、本来なら第三章の十と十一の間に挿入されるべきものである。しかし、それをしてしまうと、あまりにも長大な挿入が論旨を見失わせるおそれが出て来る。それで私は、一度この部分を削除し、改めて本論の後に「補遺」として復活させた。そんなことをしたのも、私にとっては初めてだった。

　本書『「三島由紀夫」とはなにものだったのか』は、私にとって、自分の書いた本の中では一番不思議なあり方をする本である。私は一貫して、「もうこれで終わりでいいや」と思っている。「本来的なあり方」よりも、「自分の分担領域」という考え方をしている。「やれって言うんならやってもいいけど」と考えて、一度終わったはずのものをまた続ける。本来ならこれは、二〇〇〇年の秋に書かれた百枚の原稿のままで終わっていてよかったものである。後に書き足された分も含めた、三百枚の雑誌掲載分だけで単行本になっていてもいいはずである。そう思っていてしかし、その原稿を単行本にするという作業の内で、私は更に三百五十枚分を加筆してしまった。第二章の三、五、八、九、第三章の四、七、九、十、十一、十二、終章の一、二、三がその部分である。もしかしたらこの部分が、最も「書くべきこと」に該当する部分だったかもしれない。

「終わったけど終わらない」――この本を書く私は、一貫してそのことを意識している。書き足すたびに、なにかに踏み込んでいる。「こわいから踏み込めずにいたところに、勇気をふるって踏み込む」というのとは違う。「そこは自分の踏み込む領域じゃないから踏み込まない」と思って遠慮しているーーあるいは自己規制をしているのである。因果なことに、私には「論の隙間《すきま》」というのが見える。その「隙間」を突つき出すと膨大な量を扱うことになるから、めんどくさいから知らん顔をしているというのもある。今度の仕事もそれには近いのだけれども、やはり「遠慮」の部分が大きかった。それは、この本に対する私の加筆作業が、第二章の三ーー「『仮面』の詮索《せんさく》」から始まったことで明らかである。

『仮面の告白』というややこしいタイトルを持つ小説ーーここに三島由紀夫の「なにか」が濃厚に籠《こ》められていることは確かである。それをして、しかし当の三島由紀夫は、そこに立入禁止の注連縄《しめなわ》を張ってしまった。「仮面」の一語が、「これは事実か、仮構か」という詮索を呼び起こすような仕組になっているからである。「それは嘘《うそ》か、本当か」ということを探究し決着づけるのは、文芸評論家か近代文学の研究者で、それを探るアプローチは、「三島由紀夫の実生活を精査する」と決まっている。私はそれに関心がない。三島由紀夫が「立入禁止」の注連縄を張った辺りには、改めて「関係者以外立入禁止」の標示が立てられているーー私はそのように思う。それは、「文芸評論や文芸評論家の領分」であって、自分とは関係ない領域なのであるーー私はそのように思っている。三島由紀夫と私との間にある「遠さ」の質は、そのようなものなのである。

私は、自分のことを「文学者」だとは思っていない。「文芸評論」というものも、自分とは関係のないものだと思っている。そして、それを言う私は、「文学という宮廷」という表現を使う人間である。私にとって、「文学者」とは「文学という宮廷」に連なる貴族であり、「作家」という肩書きを持っているにしろ、私はただの平民なのである。私はそう思っているから、その私には、「文学」も三島由紀夫も「文学者」も、みんな遠いのである。その遠さは、日本国の一市民と、大日本帝国議会の議員との間にある遠さと等しい。別に「貴族院」である必要もない。政体が大きく異っている以上、日本国の一市民でしかない私に、「大日本帝国議会の議員」は、それだけで十分に遠いのである。

一九七〇年代の終わり、ひょんなことから「作家」という肩書きを手に入れて、私は「もう王政は終わっている」と思った。根拠はなく、実感である。宮廷に連なろうとしても、私の意識の中には「宮廷」がない。その代わりにあるのは「業界」という言葉だが、文学という宮廷は、そんな言葉を絶対に受け入れないだろう。そもそも私にとって、近代になってから出来た「宮廷」は、余分で不可思議なものでしかないのである。それで言えば私は、「自分を閉じ込めてくれる塔に出合えなかった不幸な王子様」だろう。私はそれでいいと思っているのだが、宮廷に連なる貴族達にとって、「幽閉を可能にする塔」は、また一方で「自分の誇るべきステイタス」でもあるのである。

それが「不幸」を生み出す因《もと》であるのなら、ぶち壊してしまえばいい——私はそう思うのだが、しかしその「不幸の因」は、一方では「誇るべきステイタス」なのである。そんなものに手を触れたら、「慮外者！」という叱責《しっせき》にあう。だから私は、そういう訳の分からないものに近づけない。私には、近代文学というもののあり方がよく分からない。それ以前の、百年、二百年——あるいは千年前の文学の方が、まだ近しくてよく分かる。これでも私は「礼儀」という言葉を知っているから、ただ遠くて自分とは無関係にあるものを、それだけの理由で「ぶっ壊してしまえ！」と言うつもりもない。関係ないものは関係がなく、ただ遠いのである。そして、それを言ってしまえば、私は「男という宮廷」からさえも遠い。

三島由紀夫は、その初めから私とは関係がなかった。三島由紀夫が死んだ年、私は三島由紀夫が卒業したのと同じ大学の学生だった。一九六九年の五月、三島由紀夫がそこにやって来て学生達と討論をしたということを、私は後になって知った。その頃の私は、自分が在籍している大学に対して、一切の関わりを持ちたくなかった。大学でなにが起こっても、関心がなかった。その関心のなさは、私に「一ケ月の安静」を要求するほどの苛烈《かれつ》さで起こった。

その討論が『討論　三島由紀夫VS.東大全共闘』という本になった時も、「なんでそんなもんが本になるんだろう?」と思った。私のサークルの一年後輩の男が、「僕の発言がここに一行収録されている」と誇らし気に言ったのを聞いた時、「なんでそんなことを自慢したいんだろう?」と不思議にも思った。その彼は数年後に死んでしまうのだが、死んだ何年も後になって『討論 三島由紀夫VS.東大全共闘』を読んだ私は、そこに早逝《そうせい》した後輩の姿をたやすく見出だした。『討論 三島由紀夫VS.東大全共闘』で、学生の発言はすべて匿名《とくめい》扱いで記録されているのだが、そこに死んだ後輩の姿は歴然と見え、「いかにもあいつが言いそうなことだな」と思った。彼は三島由紀夫に対して、「あなたの言うことは分からない」と言っているだけなのである。いかにも向うっ気が強く、「一言ケチをつける」だけの役回りであっても、そこに自分が存在していることを喜んだ男――「なんであいつは、へんな自己主張ばっかりが強かったんだろう?」と、死んだ後輩を哀れにも思った。三島由紀夫は、そんな青年から一方的に、「僕は三島と関わった!」と自慢されてしまうような存在だった。私は、そんな三島由紀夫と関わりたいとも思わなかったし、そんな後輩に付き纏《まと》われたいとも思わなかった。

その関係のない三島由紀夫の小説を読み通したのは、本文にもある通り、一九七一年の初め頃のことである。その時の感想は、第二章の一にある通りのもので、やがて私は三島由紀夫に慣れ、一九七三年の夏になって、全集に収録された『豊饒《ほうじょう》の海』四部作を再読することになる。この時の私は、もう『春の雪』に違和を覚えなかった。しかし別のところで、愕然《がくぜん》とするような違和感を持った。

『天人五衰』の後半である。

本多繁邦の養子となった「松枝清顕最後の転生」である透は、二十歳の年に東京大学教養学部へ入学するのだが、それは一九七四年のことなのである。一九七〇年に書き上げられた『豊饒の海』は、その最終部において、「まだ訪れていない近未来」を舞台にしていた。初読の一九七一年にそれに気がついて、しかし私は、そのことの持つ意味に気づかなかった。一九七三年の私は、三島由紀夫の冒した重大なミスを、目《ま》の辺りに見るのである。

三島由紀夫が東大で全共闘との討論を行った年は、「大学紛争による構内の荒廃」を理由にして、東大の入試が中止になった年である。一九六九年に入試はなく、東大を目指した受験生達は、一九七〇年度の入試を受け、順当に行けば一九七二年の四月、専門課程である本郷キャンパスへやって来ることになる。私がその大学に入ったのは一九六七年で、順当に行けばもう卒業していてもいいはずだったのだが、一九七二年になっても、私は学生として本郷のキャンパスにいた。そこで、入試中止の翌年に入学した「闘争以後の学生」を見た。そしてびっくりした。彼等はあきれるほどに、子供っぽかったからである。彼や彼女に教室で話しかけられて、私は「東大は変わった」と思った。彼等はもう、『討論 三島由紀夫VS.東大全共闘』に登場した後輩とは、別種の学生だったからである。本多透は、古いタイプの東大生で、自意識過剰なその後輩とそっくりだった。「一体なんの変化が起きたのだ？」と思って、彼や彼女が「入試中止後の学生」であることに気がついた。東大はその時から、明瞭《めいりよう》に変質したのである。一九七三年、『豊饒の海』を再読していた私は、やっぱりまだ大学にいた。そして、「この東大へ、来年本多透がやって来るのだ」と思った。「来年この大学にやって来る本多透は、物の見事に古いだろう。本多透の古さは、今の東大の中で浮き上がるだけの存在になるだろう」と。三島由紀夫の書いたものを読んで「古い」と思ったのは、それが最初である。三島由紀夫の書いた本多透は、「その後に変質が起こる」などとは思われていなかった「過去の東大生」になっていたのである。

「三島由紀夫は、それを見通せなかったのか」と思った。一九七〇年に死んだ三島由紀夫は、その死の時点において、「未来予測の果たせない過去の人」になっていたのだと思った。「過去の人とならざるをえない時間軸に向かって、三島由紀夫は死を選んだのか」と思った。一九七三年の夏の時から、三島由紀夫は私にとって、「現代人」ではなくなったのである。私はその前提に従って、残りの三島由紀夫全集の続巻を読んだ。そして、「古い」とは思わなかった。「終わってしまった過去」という背景を与えられた時、三島由紀夫の作品は、変わらぬ新鮮な輝きを保っていたのである。私にとって三島由紀夫は、「全集の中にいる過去時代の作家」だった。

その『豊饒の海』をどうして三読するようになったのか。前後のことは忘れてしまったが、それは私が三十代の半ばになろうとしていた頃のことである。私は、「偉大なる作家の安定した巨大な作品」を求めていた。もしかしたら、「三島由紀夫という作家の力」を求めていたのかもしれない。私もまた「作家」になっていたから。

しかし三読の間、私は始終落ち着かなかった。「『豊饒の海』とは、こんなに気持ちの悪い小説だったのか?」とさえ思った。行間にへんなものが蠢《うごめ》いているようだった。なぜそう思ったのか、今の私には理由が分かる。三島由紀夫の小説を「お話」としてしか読んでいなかった私が、その時になって初めて、「文学でもある」という発見をしてしまったからである。『豊饒の海』の中には、「自分の生き方」を問題にしようとする「私小説作家三島由紀夫」がいて、それが私には「異様」と思われたのである。そんなものに目を向けてしまった三十代の私は、だから無意識の内に、「作家のあり方」を三島由紀夫に求めたのだろう。そこにいた「三島由紀夫」は、私の求める作家像を教えてくれるような存在ではなかった。「作家・三島由紀夫」と会って、私はその時に「自分とは関係のない人だ」と明瞭に悟って、それ以来ずーっと、関係がないのである。

自分とは関係がない。だから、「分かりたい」という気にはならない。しかし、「分かろう」と思えば、それが可能になるだけの用意はある——二〇〇〇年になってその人のことを「書いてもいい」と思った私にとって、三島由紀夫とはそういう存在だった。

三島由紀夫論を書く私には、常に「これで終わりってことにしてもいいや」という保留がつきまとう。「これで終わりってことにしてもいいや」と思いながら、その一方で私は、「論の隙間」を明確に意識している。「本」として一貫させるためには、その隙間を埋めなければならない——そう思って、自分の前にある「関係者以外立入禁止」の領域に踏み込んでしまった。そして、総計六百五十枚の本書が出来上がった。別に短くはないが、私にとっては「格別に長大」というわけでもない。一冊の本を書き終わって、私は「ああ、終わった！」と思う。それが通例で、私にとって本を書くことは、「ああ、終わった！」の一言を発するカタルシスを得ることであるのかもしれない。ところがしかし、二〇〇一年の秋になって完成したこの本は、私に「ああ、終わった！」の声を上げさせてくれないのである。「終わった」は確かなことで、私には格別付け足すことがない——それは明らかであるにもかかわらず、『「三島由紀夫」とはなにものだったのか』を書き上げて、「ああ、終わった」の一言は言って、しかしそれを言う私に、爽快《そうかい》感がないのである。こんなことは初めてだった。

私は首を捻《ひね》った。「終わった」に関しての爽快感のなさを、三島由紀夫のせいにしようとも思った。「三島由紀夫という作家は閉じているから、これと付き合っても格別の爽快感はないのだ」と、人に言いもした。しかし、それであってもまだへんなのである。「終わったものは終わったものでそれっきり」を常とする私の中で、三島由紀夫はまだ終わらないのである。うっかりすると、三島由紀夫を引き合いに出して、なにかを語ろうとしている。二十一世紀の人のあり方——特に「男」のあり方を思うと、三島由紀夫が「例」として浮かび上がる。「これはどうしたことか？」としばらく戸惑って、今ここで答を出すことにする。

　私の中で、三島由紀夫はとうの昔に終わっている。二十一世紀の今になって、わざわざ終わらせる必要はない。私にとって、三島由紀夫は「目の前に立ちはだかる大きな存在」ではなかったのである。それは、「自分とは関係ないところに存在して、他人にとってはなにか大きな意味を持つらしい、不思議ななにか」だった。私には、三島由紀夫を終わらせる必然がない。だったら、なぜこれを書いたのか？——そう思って私は、自分の思考をひっくり返した。私がこの本を書いたのは、「終わらせるため」ではないのである。終わらせることしか考えていなかった私は、「なぜ終わらない？」と首を捻っていたが、この本は、「終わらせるための本」ではなくて、「始めるための本」だったのである。

　三島由紀夫は、そう考えなくてもいいことを、袋小路《ふくろこうじ》の方向に向けてだけ考え詰めて行く人だった。あるいは、袋小路の壁を背景にして、「ここが行き止まりだ」という前提にのっとって、作家を続けていた人だった。私はそのように思う。そして、私の三島由紀夫に対する不思議さは、「なんでそんな風に考えるんだろう?」である。この本の中で、私は一貫して、三島由紀夫とそのように対峙《たいじ》して来たと思う。「なんでそんな風に考えるんだろう?」と私の思う謎《なぞ》は、三島由紀夫を超えて、「文学」から「時代状況のあり方」から、「男なるものの思考の根本」へまで及ぶものである。「なんでそんな風に考えるんだろう?」と思って、それがよく分からない私には、そんな風に考える習慣がないのである。だから分からない。適当に、自分の分かるところだけをつまみ食いして、後は「関係ない」で放っぽり出していただけだから、分かるわけはないのである。

この本を書くことは、私にとって、「行かなくてもいい領域に一歩ずつ足を踏み入れる」ということだった。もちろん、その「行かなくてもいい領域」は、欲望の領域なんかではない。それは私にとって周知の事実だから、禁断もためらいもない。三島由紀夫の内部に謎はない。謎は、彼の外部と内部の接点――そのためらいの不思議なややこしさにある。だから私は、「この人はなんで足を踏み出さないのだろう?」と思う。「この人はなぜ、自分が進み出たところを〝ないこと〟にしてしまうのだろう?」と、不思議に思う。それはおそらく、三島由紀夫だけではないのだろうが、そこに「文学の不思議」を思う私は、改めて「三島由紀夫と戦後」なるテーマに思いを馳《は》せる。それは私にとって、「なんでそんなこと考えなきゃいけないの?」であることなのだが、多くの人にとって、「戦後」は、まだ決着のついていない時代なのである。だから、「終わらせる」も必要なのかもしれない。しかし、遠い昔に終わってしまっているものを、今更もう一度「終わらせる」もないもんだと思う。だったら、いっそ考え方を変えてしまえばいいのである。終わってしまった「戦後」という時代は、ろくな始まり方の出来なかった時代なのである。そこで時代は混乱していて、それを承知していながら、まともな一歩を踏み出すことが出来なかった。戦後二十五年が過ぎた三島由紀夫の死は、ためらいの末に得られた不十分な一歩の上にあった。だったら、そんな「戦後」は捨ててしまえばいいのである。

「戦後」は、始まらぬままに終わってしまった。二十世紀後半の日本の思想の沈滞はそこに原因していると、私は思う。つまり、いつまでも死んだ子の齢《とし》を算《かぞ》えていても仕方がないということである。だから、「終わった」を前提にして考えると、そういう「終わった」の屋上屋状態になる。「戦争は終わった」は、「戦後が始まった」の同義語で、「二十世紀が終わった」は、「二十一世紀が始まった」の同義語である。「始まった」が必要な時代に、「終わった」が爽快感をもたらすわけでもない。「そうか、〝ああ、終わった〟じゃなくて、〝さア、始めるか〟なのか」と思って、私はようやくこの一冊を終えられる。

なにを始めるのか知らないが、やることはいくらでもあるなとは、この『「三島由紀夫」とはなにものだったのか』を書き上げて思うことである。「そんなにやることが一杯あるのか……」と思えば、「めんどくせーなー」と思いもする私は、それで楽をしようと思って、「ああ、終わった——しばらく休んでもいいでしょ?」と言いたかっただけなのだなと、ついに改めて思うのである。

二〇〇一年十二月七日

橋本　治

この作品は平成十四年一月新潮社より刊行された。

新潮文庫編
文豪ナビ　三島由紀夫

時代が後から追いかけた。そうか！　早すぎたんだ――現代の感性で文豪の作品に新たな光を当てる、驚きと発見に満ちた新シリーズ。

三島由紀夫著
仮面の告白

女を愛することのできない青年が、幼年時代からの自己の宿命を凝視しつつ述べる告白体小説。三島文学の出発点をなす代表的名作。

三島由紀夫著
花ざかりの森・憂国

十六歳の時の処女作「花ざかりの森」以来、巧みな手法と完成されたスタイルを駆使して、確固たる世界を築いてきた著者の自選短編集。

三島由紀夫著
愛の渇き

郊外の隔絶された屋敷に舅と同居する未亡人悦子。夜ごと舅の愛撫を受けながらも、園丁の若い男に惹かれる彼女が求める幸福とは？

三島由紀夫著
盗賊

死ぬべき理由もないのに、自分たちの結婚式当夜に心中した一組の男女――精緻微妙な心理のアラベスクが描き出された最初の長編。

三島由紀夫著
禁色

女を愛することの出来ない同性愛者の美青年を操ることによって、かつて自分を拒んだ女達に復讐を試みる老作家の悲惨な最期。

「三島由紀夫《みしまゆきお》」とはなにものだったのか

新潮文庫　は－15－4

平成十七年十一月一日発行
令和二年十一月十五日六刷

著者　橋《はし》本《もと》治《おさむ》

発行者　佐藤隆信

発行所　株式会社新潮社

郵便番号　一六二—八七一一
東京都新宿区矢来町七一
電話　編集部(〇三)三二六六—五四四〇
　　　読者係(〇三)三二六六—五一一一
http://www.shinchosha.co.jp

価格はカバーに表示してあります。

乱丁・落丁本は、ご面倒ですが小社読者係宛ご送付ください。送料小社負担にてお取替えいたします。

印刷・大日本印刷株式会社　製本・加藤製本株式会社

ISBN978-4-10-105414-8 C0195